本书出版承以下基金资助：

教育部人文社科一般项目"现代中国知识界的'红学热'研究"
（立项编号：16XJC751001）
龙岩学院博士科研启动项目"新世纪以来经典名著阅读进基础教育的一线调研与策略研究"
（立项编号：LB2023001）

《红楼梦》
与中华文化共同体

陈荣阳　戴绿红　著

厦门大学出版社　国家一级出版社
XIAMEN UNIVERSITY PRESS　全国百佳图书出版单位

图书在版编目（CIP）数据

《红楼梦》与中华文化共同体 / 陈荣阳，戴绿红著
. -- 厦门：厦门大学出版社，2024.12
　　ISBN 978-7-5615-9314-1

　　Ⅰ . ①红… Ⅱ . ①陈… ②戴… Ⅲ . ①《红楼梦》研
究 Ⅳ . ①I207.411

中国国家版本馆CIP数据核字(2024)第041713号

责任编辑　高　健
美术编辑　李夏凌
技术编辑　朱　楷

出版发行　厦门大学出版社
社　　址　厦门市软件园二期望海路39号
邮政编码　361008
总　　机　0592-2181111　　0592-2181406(传真)
营销中心　0592-2184458　　0592-2181365
网　　址　http://www.xmupress.com
邮　　箱　xmup@xmupress.com
印　　刷　厦门集大印刷有限公司

开本　720 mm×1 000 mm　1/16
印张　17.75
字数　291 千字
版次　2024 年 12 月第 1 版
印次　2024 年 12 月第 1 次印刷
定价　98.00 元

厦门大学出版社
微信二维码

厦门大学出版社
微博二维码

前言　红楼中华梦

　　胡适、陈独秀、吴宓、俞平伯、茅盾、何其芳、张天翼、舒芜、阿英、张爱玲、王蒙、李国文、刘心武、刘绍棠、李准、陈村、刘再复、林语堂、高阳……

　　这是一份"红学"名单。

　　这个名单洋洋洒洒，蔚为壮观，几乎就是一个中国现当代文学史名人录。当然，以上的名单只是包含那些出版有"红学"专著的名家，如果我们将那些虽没有"红学"专著却同样评红说红、同样嗜好《红楼梦》的名家增添进来，那么这个名单还可以加上鲁迅、郭沫若、巴金、曹禺、苏曼殊、张恨水、冰心、叶圣陶、曹聚仁、胡风、沈从文、聂绀弩、朱湘、端木蕻良、孙犁、林斤澜、贾平凹、邓友梅、白先勇、三毛、王文兴……这样的名单就几乎囊括了整个中国现当代文学名家。几乎所有中国现当代文学名家，都是《红楼梦》迷，他们或者写有《红楼梦》研究文章，或者倾心礼赞过《红楼梦》，或者在创作上明显受到过《红楼梦》的重大影响。

　　如果加上那些现当代文学史之外的嗜红名家，这样的名单可以开列得更多更庞大：黄遵宪、王国维、蔡元培、钱玄同、沈尹默、陈寅恪、邓拓、梁思成、吴组缃、启功、季美林、冯友兰、李泽厚、夏志清、唐德刚、周策纵、余英时、赵冈、叶嘉莹、龚鹏程……更不用提那些专事红学研究的名家，如周汝昌、冯其庸、王昆仑、蒋和森、刘梦溪、李希凡等。名单上的人，从国学大师到新学翘楚，从教育学家到经济学家，从政治伟人到哲学硕儒，林林总总，各行各业，一应俱全。这些人，有的擅拳捋袖，搦管操觚，寻幽入微，论辩风生，一逞胸中红楼感观；有的无视岁月峥嵘、山遥水远，案头枕边，常备一册，时时沉湎，处处优游，不亦快哉；有的豪笔一挥，坼材角妙，"以言夫小说，《红楼梦》只立千古，余皆无足齿数"[1]，径直比诸锥处囊中、鹤立鸡群，好恶褒贬，泾渭分明；有的大言《红楼梦》乃是"开天辟地、从古到今第一部好小说，当与日月争光，万古

---

① 梁启超：《清代学术概论》，北京：东方出版社 1996 年版，第 93 页。

不磨者",向异国友人夸耀炫示,殷勤引荐①……

这是一场迷。

从《红楼梦》问世以来,其阅读与传播之热烈已经成为一种奇特的现象。此书最早以手抄本的传播,乾隆五十六年(1791年),程伟元和高鹗整理印行一百二十回本《红楼梦》,大大扩展了它的流传范围,"嘉庆初年,此书始盛行。嗣后遍于海内,家家喜阅,处处争购"②。阅读《红楼梦》在嘉庆朝成为京城的一种时尚,得舆所作的《京都竹枝词》言:"开谈不说红楼梦,读尽诗书是枉然!"③ 程本之后,出现了东观阁本、纬文堂本等其他各种刻本,《红楼梦》进一步风行大化,到了道光年间,已经有人慨叹《红楼梦》一书,近世稗官家翘楚也。家传户诵,妇孺皆知。④ 随着阅读的兴盛,护花主人、太平闲人、大某山民、周春等各种红楼评点家评红说红的作品不断涌现,关于《红楼梦》的题咏层出不穷、数以千计⑤,甚至续书也有数种⑥。二知道人曾经慨叹"最易沉酣者,红楼梦也"。⑦

到了近代,《红楼梦》研究蔚然成"学"⑧,梁启超、黄遵宪、王国维、蔡元培等知识界一代名家纷纷参与《红楼梦》的阅读、评说,这些知识界名家普遍走出了以往《红楼梦》研究家的传统路数,将《红楼梦》小说和《红楼梦》研究逐渐推向一个前所未有的高度。以往的《红楼梦》研究基本属于评点性质,评点

---

① 郑子瑜、实藤惠秀编校:《黄遵宪与日本友人笔谈遗稿》,载潘重规:《红学六十年》,台北:三民书局1991年版,第1页。

② 一粟编:《红楼梦资料汇编》,北京:中华书局2004年版,第15页。

③ 一粟编:《红楼梦资料汇编》,北京:中华书局2004年版,第354页。

④ 一粟编:《红楼梦资料汇编》,北京:中华书局2004年版,第349页。

⑤ 据一粟在《红楼梦资料汇编》中统计,"把有关《红楼梦》的续书、戏曲、专著、诗词等等的卷首题词,以及追和《红楼梦》原作的诗词剔除不计,至少还有三千首"。

⑥ 据一粟《红楼梦书录》载,有三十余本,如逍遥子《后红楼梦》、秦子忱《续红楼梦》、兰皋居士《绮楼重梦》、归锄子《红楼梦补》、娜嬛山樵《补红楼梦》、花月痴人《红楼幻梦》、吴沃尧《新石头记》等。

⑦ 二知道人《红楼说梦》:"古今皆梦也:功列旗常,名垂竹帛,正梦也;福泽将至,征兆先成,吉梦也;庄周栩栩为蝶,幻梦也;郑人蕉隍复鹿,寤梦也……外此则噩梦、觭梦、喜梦、惧梦、妖梦,莫不有寓目之兆焉,而最易沉酣者,红楼梦也。"

⑧ "红学"称谓起先出于《红楼梦》爱好者之间的戏言,后来相率为风,成为《红楼梦》研究界较为正式的称呼。此称谓最早的记载有两个:一见李放《八旗画录》引《绘境轩读画记》言:光绪初,京朝士大夫尤喜读之,自相矜为"红学"云。一见均耀《慈竹居零墨》载:华亭朱子美先生昌鼎,喜读小说。自言生平所见说部有八百余种,而尤以《红楼梦》最为笃嗜。精理名言,所谭极有心得。时风尚好讲经学,为欺饰世俗计,或问:"先生现治何经?"先生曰:"吾之经学,系少一横三曲者。"或不解所谓。先生曰:"无他,吾所专攻者,盖'红学'也。"

家大都以类似于金圣叹评《水浒传》、张竹坡评《金瓶梅》的形式，紧紧围绕作品的内容来说道，其立言无外乎冷热金针[①]、左钗右黛、情书理教诸项，往往类似小说导读。而从19世纪末20世纪初开始，随着王朝衰亡之相的不断流露以及"现代"巨兽的逐渐逼近，"世变"（王国维语）的阴影已经笼罩在整个知识界的上空，面对巨大的文化断裂危机，知识界名家不约而同地将《红楼梦》与自身的时代感触及知识梦想相凝合，从而产生出具有强烈时代印记和个人性格的《红楼梦》解读。眷念古典、未能忘旧的人往往以《红楼梦》为寄托咏怀，在其中读出许多文化没落、世情消亡、个体绝望的信息。哀哀怨怨、栖栖遑遑之文，夹以坎坎坷坷、犹犹豫豫之行，别有一番以生命入文的孤绝滋味。如王国维读出《红楼梦》乃是"彻头彻尾之悲剧"[②]与"悲剧中之悲剧"[③]，正在于《红楼梦》中固有的悲剧因素与王朝没落的时代悲氛，以及其知识结构中的叔本华悲观哲学影响、个体生活际遇中的悲情坎坷等因素互相激荡，最终方融合成王国维独特的红楼读法。而这种红楼读法，反过来强化了他的个人悲情与悲观哲学，最终在时代的彷徨失措中，王国维以其纵身一跃，将王朝没落、文化陆沉的时代悲氛推向高潮。

　　一批人告别旧文化的同时，另一批知识界新秀正在组织一场新文化的再造仪式。对于这一批人而言，古/今、中/西两组矛盾交缠纠结，对现代颂扬却要面对西方现代的蛮横无理，对历史批判却难拒绝古典文化的深幽魅惑，乃至其领袖人物在呐喊几声革命口号后，却纷纷跃入《红楼梦》的渊薮，不管其所述缘由是"白话源头"（周作人）、"科学方法"（胡适）还是"社会心理"（陈独秀），古典小说的集大成之作《红楼梦》成为其解读述说文化梦想的载体，总

[①] 张竹坡《皋鹤堂批评第一奇书金瓶梅》卷首撰有"竹坡闲话""冷热金针"二文，言"冷热……二字为一部之金钥"，指出书中温秀才、韩伙计乃"温""寒"之代称，此二字所隐喻的人情冷暖，是书中的总纲，但是《金瓶梅》"其文之洋洋一百回，而千针万线，同出一丝，又千曲万折，不露一线"，如果读者不明所以，"不几辜负作者千秋苦心哉"，于是，要用自己的评点，"为之递出金针"，让全书主谈"冷热"的主线凸显。此即"冷热金针"。后继《红楼梦》评点家哈斯宝、张新之等皆受张竹坡影响，同持此说以观《红楼梦》。如哈斯宝《新译红楼梦总录》：富贵则假可成真，贫贱则真亦成假。富贵是热，热则莫不成真，其真即假。贫贱是冷，冷则莫不成假。其假中亦有真。张新之《妙复轩评石头记》："《金瓶梅》有'苦孝说'，因明以孝字结，此则暗以孝字结。至其隐痛，较作《金瓶梅》者尤深。《金瓶》演冷热，此书亦演冷热。《金瓶》演财色，此书亦演财色。"

[②] 王国维：《红楼梦评论》，载郭豫适编：《红楼梦研究文选》，上海：华东师范大学出版社1988年版，第166页。

[③] 王国维：《红楼梦评论》，载郭豫适编：《红楼梦研究文选》，上海：华东师范大学出版社1988年版，第167页。

是事实。一个多世纪以来，现代与古典、中国与西方的融合碰撞一直持续不断，几乎所有文化人都在趋新与恋旧两极之间摇摆取舍，《红楼梦》也往往成为恋旧派与趋新派的重要选择，成为他们寄寓文化情绪、述说文化梦想的重要载体，几乎欲谈新旧文化必谈《红楼梦》，欲谈中西文化必谈《红楼梦》，欲谈个体与时代也必谈《红楼梦》。20世纪上半叶，《红楼梦》的地位不断上升，从士大夫口头的"小说中无上上品"①，逐渐上升至中国之"绝大著作"，成为中国人必读的第一古典文学名著。众多知识界名人的加入，也使得红学蓬蓬而兴，不仅经常成为学术界争鸣的发源地，而且常年成为报纸杂志上的公众热门话题，"显学"之相逐渐显露。

20世纪30年代末，阶级斗争理论引入红学研究，与在军事上不断取得胜利的新政权实现了对接，这成为中华人民共和国成立后红学继续繁盛的关键。50年代对胡适红学研究模式的清算，进一步巩固了阶级斗争理论在红学研究中的地位。成功实现话语转型的红学，极好地阐述了新政权对于民国旧文化的改造，自然也就大行其道，成为新时代的宠儿。人民文学出版社整理出版的一百二十回本《红楼梦》数十次再版，印数惊人。《红楼梦》戏曲的传播进一步扩大了小说的影响，1958年徐玉兰、王文娟主演的越剧《红楼梦》成为戏曲史上的一座丰碑，仅1958—1962年，即演出335场，观众61.6万多人次，该剧灌制唱片发行300多万张②，一曲"天上掉下个林妹妹"家传户唱，不胫而走。为了举办曹雪芹逝世200周年纪念活动，1962年，在文化部门的授意下，专家学者连篇累牍在《人民日报》《光明日报》等报刊上发表关于曹雪芹生卒年的考证文章，还发动数千人寻找曹雪芹遗迹，嗣后举办了关于曹雪芹的一系列高规格纪念活动。经由一系列的官方塑形，曹雪芹成功登上神位，成为"人民作家"，《红楼梦》成为"人民的"伟大文学。批红读红的活动则普及至乡间田头、工厂社区，相关文章数以万计，具有那个时代特有的大生产特性。

20世纪70年代末期，艺术研究院红楼梦研究所、红楼梦学会、《红楼梦学刊》等相继创立，红学终于正式定鼎，成为具有明确研究机构、群体组织和研究刊物的学科小门类。全国成百上千的红学家，每年发表数以百万计的红学研究文字，各类图书馆里的红学专著足以用卷帙浩繁、汗牛充栋来形容。80年代，

---

① 杨恩寿：《词余丛话》，载朱一玄编：《红楼梦资料汇编》，天津：南开大学出版社1985年版，第71页。

② 朱小珍：《"红楼"戏曲演出史稿》，上海：上海戏剧学院博士学位论文，2010年。

电视剧和电影的播出，继续扩大《红楼梦》的影响，剧中那些华丽绚烂的服装、荡气回肠的音乐，与青春美丽的男女演员，共同成为大众传媒一代的美好回忆。20年后，当剧中林黛玉的扮演者陈晓旭红颜薄命、魂归离恨，各路媒体一片唏嘘、哀悼不已，正是因为清丽绝俗的"林妹妹"附寄着媒体从业者（基本也是伴随大众传媒成长的一代）最为美好的年代记忆，以及最为纯粹的古典情怀。在号称文化低潮期的20世纪90年代，《红楼梦》长期稳居各大畅销书排行榜前列，翻印《红楼梦》等古典文学名著成为众多出版社保持商业利润的手段之一。90年代以来学术书籍低迷滞销，各种红学研究书籍居然逆流而上，每每成为热点大卖。如霍国玲姐弟的《红楼解梦》系列，总发行量达数十万册，而刘心武的红楼揭秘系列，更在21世纪初借助媒体的力量，销量成功突破百万册。更为令人惊讶的是，随着几次国际性大型红学会议的召开，人们豁然发现，《红楼梦》不只是一部小说，它俨然已经成为海内外中华文化圈的重要连接脐带，许多被中华文化浸润的心灵里，都涌动着对于《红楼梦》的热爱——阅读和评说《红楼梦》已经成为近代以来中华文化圈最重要的一个迷与梦。

为何阅读和评说《红楼梦》会成为近代以来中华文化圈最重要的迷与梦呢？我以为有以下三点原因：

第一，《红楼梦》是一个处处皆谜的文本。

少有作品像《红楼梦》这般处处皆谜。"因毫不干涉时世，方从头至尾抄录回来，问世传奇。从此空空道人因空见色，由色生情，传情入色，自色悟空，遂易名为情僧，改《石头记》为《情僧录》。至吴玉峰题曰《红楼梦》，东鲁孔梅溪则题曰《风月宝鉴》。后因曹雪芹于悼红轩中披阅十载，增删五次，纂成目录，分出章回，则题曰《金陵十二钗》……至脂砚斋甲戌抄阅再评仍用《石头记》》"甲戌本《石头记》第一回的这段关于作者和书名的文字即让人云山雾罩，到底原作者是"石兄"，还是抄录出文字的空空道人，是吴玉峰，还是东鲁孔梅溪，或者是曹雪芹？书名到底是《石头记》《情僧录》，还是《红楼梦》《风月宝鉴》《金陵十二钗》？现在流传的版本中，署名曹雪芹的为什么不是最后的《金陵十二钗》，而是《石头记》或《红楼梦》？曹雪芹到底是使用了"狡狯"之笔来制造"烟云模糊处"的原作者，抑或只是"披阅十载，增删五次，纂成目录，分出章回"的修改者之一？

至于这个可能的重要作者曹雪芹到底是何方神圣，考证起来同样也是让人目乱睛迷，颇生治丝益棼之感。袁枚说曹雪芹是曹寅之子[①]；敦诚言曹雪芹是曹寅之孙[②]；胡适利用贾、曹互证的方法，推出曹雪芹是曹寅之孙、曹颙之子[③]；王利器等人则认为康熙五十七年（1718 年）曹頫奏折中所称的曹颙"遗腹子"就是曹天祐，而曹天祐后来改名曹雪芹[④]。曹雪芹是否为曹寅之孙，有一个很大的疑点是，《红楼梦》中的人物是较为讲究避讳的，但书中对"寅"字却没有避讳，"又是口犯又是手犯"[⑤]，这个不可思议的细节貌似只能证明曹雪芹并非《红楼梦》的作者，或者证明曹雪芹是作者但并不是曹寅的后代。曹雪芹的生卒年和年龄，更是越考证越迷乱。出生年的推定目前都是靠猜测，没有具体的史料记载。出生月日则一般依据贾、曹互证的方式，通过类比来纵情想象。[⑥] 朋友敦诚的"四十年华付杳冥"和张宜泉的"年未五旬而卒"，曹雪芹到底活了多少岁，根本无法确认。比较具体一点的卒年考证一项，同样也有壬午（1763 年）说和癸未（1764 年）说两种，持各自说法的双方争作一团，各有理由，也各自无法驳斥对方的理由。

更大的谜团则是，现在为我们所熟知的《红楼梦》到底是什么样的书？

---

① 袁枚《随园诗话》：康熙年间，曹楝亭为江宁织造……其子雪芹撰《红楼梦》一部，备记风月繁华之盛。中有所谓大观园者，即余之随园也。

② 敦诚《四松堂集》中有《寄怀曹雪芹》诗，题目下注一"霑"字，指其名，诗句"扬州旧梦久已绝"下注"雪芹曾随其先祖寅织造之任"。

③ 胡适《红楼梦考证》：曹寅的《楝亭诗钞别集》中有"辛卯三月闻珍儿殇，书此忍恸，兼示四侄寄东轩诸友"诗三首，其二云："世出难居长，多才在四三。承家赖犹子，努力作宵男。"四侄即顾，那排行第三的当是那小名珍儿的了。如此看来，顾与颙当是行一与行二。曹寅死后，曹颙袭织造之职。到康熙五十四年（1715 年），曹颙或是死了，或是因事撤换了，故次子曹頫接下去做。织造是内务府的一个差使，故不算做官，故《氏族通谱》上只称曹寅为通政使，称曹頫为员外郎。但《红楼梦》里的贾政，也是次子，也是先不袭爵，也是员外郎。这三层都与曹頫相合，故我们可以认为贾政就是曹頫，因此，贾宝玉就是曹雪芹，是曹頫之子，这一层更容易明白了。

④ 曹頫奏折于 1930 年发现，内中称"奴才之嫂马氏，现因怀妊孕已及七月"。《八旗满洲氏族通谱》的曹家世系表中，曹天祐与曹颙、曹頫等人列为一辈，"现任州同"，王利器的《马氏遗腹子·曹天祐·曹霑》（《红楼梦学刊》1980 年第 4 辑）认为马氏遗腹子即是曹天祐，《八旗满洲氏族通谱》将其辈分弄错了，曹天祐即后来的曹雪芹，因父亲获罪改名。

⑤ 《红楼梦》中的人物是比较重视避讳的，如林黛玉"读至凡书中有'敏'字皆念念作'密'字，每每如是；写字遇着'敏'字，又减一二笔"，又有红玉因为避宝玉的讳改名小红等。但书中似乎对寅字并不避讳，第十回，张太医为秦氏看病时说："……肺经气分太虚者，头目不时眩晕，寅卯间必自汗，如坐舟中。"第十四回，凤姐协理宁国府丧事，"至寅正，平儿便请起来梳妆"。第二十六回，写薛蟠误认"唐寅"二字为"庚黄"，引发一场笑话。第六十九回，天文生对贾琏说，尤二姐"明日寅时入殓大吉"。胡适在《红楼梦考证》里举第五十二回晴雯补孔雀裘，"只听自鸣钟已敲了四下"，力陈此处是曹雪芹避祖父曹寅的讳，显得过于武断。

⑥ 参见陈维昭：《红学通史》，上海：上海人民出版社 2005 年版，第 661~662 页。

它是一本或者几本书？这一本或几本书在一个或几个作者手里完成到什么程度？

之所以会有这些问题，是因为《红楼梦》不像现代其他小说一般，有一个明确经由作者定稿或同意印行而流传开来的文本。大体上，这个书分两个系统流传：一个系统是手抄本，多署名《石头记》，个别署名《红楼梦》，有八十回，一般都有脂砚斋等人的评点，现存的版本有甲戌本、己卯本、庚辰本、有正本、蒙古王府本、甲辰本、己酉本、列藏本等十几种，残存章回数目从一两回到八十回不等；另一个系统大多为印刷本，署名《红楼梦》，一般为一百二十回，有程甲本、程乙本、程丙本、东观阁本、善固楼本、宝文堂本、藤花榭本、桐花凤阁本、金玉缘本等。印刷本还好，基本是以程本系统为底本，相互之间的差异不算特别大。手抄本则版本之间文字差异较大，有些地方可能是抄写者的笔误，有些地方研究者只能猜测是原稿修改过程中不断有人传抄出来，从而导致前后各个版本之间的差异。

目前比较通行的说法是，曹雪芹完成了全书大部分，但是因为个别章节被借阅者迷失，而且"书未成芹为泪尽而逝"①，最后只剩下八十回残本，起先以《石头记》或者《红楼梦》的名字流传，乾隆五十六年（1791年），程伟元、高鹗续写了后四十回并定名《红楼梦》刊刻印行。但这种成说也不断受到挑战，乾隆年间的红学批评家周春在《阅红楼梦随笔》中记述有人在1790年已经购买到一百二十回《红楼梦》的钞本。② 程伟元也在程甲本序言中自述先得钞本"只八十卷"，后来竭力搜罗"仅积有廿余卷"③，"一日偶于鼓担上得十余卷"④，然后才与友人"细加厘剔，截长补短，抄成全部，复为镌板，以公同好"⑤。这些

---

① 靖本第二十回批：余只见有一次誊清时与《狱神庙慰宝玉》等五六稿被借阅者迷失叹叹丁亥夏畸笏叟。甲戌本第一回批：能解者方有辛酸之泪哭成此书壬午除夕书未成芹为泪尽而逝余尝哭芹泪亦待尽每意觅青埂峰再问石兄余不遇獭头和尚何怅怅今而后惟愿造化主再出一芹一脂是书何本余二人亦大快遂心于九泉矣甲午八月泪笔。

② 周春《阅红楼梦随笔》：乾隆庚戌秋，杨畹耕语余云："雁隅以重价购钞本两部：一为《石头记》，八十回；一为《红楼梦》，一百廿回，微有异同。爱不释手，监临省试，必携带入闱，闽中传为佳话。"

③ 程甲本《红楼梦》序言，载郭豫适编：《红楼梦研究文选》，上海：华东师范大学出版社1988年版，第12页。

④ 程甲本《红楼梦》序言，载郭豫适编：《红楼梦研究文选》，上海：华东师范大学出版社1988年版，第12页。

⑤ 程甲本《红楼梦》序言，载郭豫适编：《红楼梦研究文选》，上海：华东师范大学出版社1988年版，第12页。

言之凿凿的第一手记述既不能完全信以为真，也不能完全漠然无视。后四十回到底是不是他人续写的本身已经存在争议，即便认同是续写的，由谁续写的也存在不少疑问。曾经一段时间众多研究者都认为后四十回是高鹗所补，程伟元只是书商，许多红楼梦的印行本甚至直接署名"曹雪芹、高鹗"著①。近年来，另有研究者提出，在《红楼梦》的续写过程中，二者"分任"，被同时代人许为"文章妙手"的程伟元比高鹗更为重要②。

一本被认定为历经不断修改、部分文稿散佚、最终由他人补全的小说，自然引发了另外两个谜团：原稿曾经是怎样写的？作者是怎样设计结局的？这两个谜团本身就足以引起众多红学研究者的兴趣。更为刺激人情的是，在流传下来的《红楼梦》文稿第五回"游幻境指迷十二钗 饮仙醪曲演红楼梦"中，原作者早已先作了一个总纲，预先用诗词和图画提示了全书主要人物的结局，貌似完全可以按图索骥。不仅如此，还有号称与原作者关系莫逆的脂砚斋、畸笏叟等人，在评点文稿的过程中不断透露原作者的写作意图和书中人物的结局，时时宣扬"草蛇灰线，伏脉千里"，处处提点读者此处"删去天香楼一节""缺中秋诗俟雪芹""与《狱神庙慰宝玉》等五六稿被借阅者迷失""醉金刚一回文字，伏芸哥仗义探监""茜雪至《狱神庙》方呈正文"等。怎的不叫探佚者忽而欢呼雀跃，忽而心痒难搔，在遗址废墟中憔神悴力、五迷三道？

在作者与版本方面，《红楼梦》宛如层峦叠嶂，丛丛簇簇，令人眼花缭乱，不辨东西；在其流传于世的文字内容中，也往往异色杂错，颠颠倒倒，令人思迷神惑，难分真假。

《红楼梦》的年代本身就是个谜。第一回作者借用空空道人和通灵石头的对话来说明自己写作此小说的年代，空空道人说此书"无朝代年纪可考"，通灵石头解释说自己的故事"不过只取其事体情理罢了，又何必拘拘于朝代年纪哉！"因此在小说中，发型、服饰、制度、时事等，或从清朝或从明朝，或属汉家或属满族，穿插错杂，颇具后现代的碎片风味。作者在书中叙事时间的安排上，往往闲庭信步，伸舒在握，显得游刃有余，甚有韵致。书中既有"勉强支

---

① 俞樾《小浮梅闲话》：《船山诗草》有《赠高兰墅（鹗）同年》一首云："艳情人自说红楼。"注云："《红楼梦》八十回以后俱为兰墅所补。"然则此书非出一手。按乡会试增五言八韵诗，始乾隆朝。而书中叙科场事已有诗，则其为高君所补，可证矣。胡适据此定论后四十回为高鹗所补。此说遂成为公论。1957 年人民文学出版社《红楼梦》，即署名曹雪芹、高鹗著。

② 参见胡文彬的《历史的光影：程伟元与〈红楼梦〉》等著作。

持了一二年""隔了七八年""又不知历几时几劫"等粗略交代时间的语句，又有精确到某一点的细致点染，比如"真是闲处光阴易过，倏忽又是元宵佳节矣""已到腊月二十九了，各色齐备""因又年近岁逼，诸务猬集""至次日，乃是四月二十六日""这日正是端午佳节""择于八月二十日起身""至十五日五鼓""时已丑正三刻，请驾回銮"等。这些不断闪现的具体时间让一代代研究者去尝试制作《红楼梦》的小说年表①，然而一旦存有这般念想，略一注目，便会发现自己已经深陷迷雾，不辨南北。

单只其中人物的年龄，就往往令人顾此失彼、如坠五云之中。例如主要人物贾宝玉的年龄，在第二十五回，标明是十三岁。该回中凤姐宝玉生病，和尚来医治，将玉"擎在掌上，长叹一声道：'青埂峰一别，展眼已过十三载矣！'"但是同一年里，第四十五回比宝玉小一岁的林黛玉却明确地对宝钗说"我长了今年十五岁"，第四十九回里也介绍："此时大观园中比先更热闹了多少。李纨为首，余者迎春、探春、惜春、宝钗、黛玉、湘云、李纹、李绮、宝琴、邢岫烟，再添上凤姐儿和宝玉，一共十三个。叙起年庚，除李纨年纪最长，他十二个人皆不过十五六七岁，或有这三个同年，或有那五个共岁，或有这两个同月同日，那两个同刻同时，所差者大半是时刻月分而已，连他们自己也不能……细细分晰，不过是弟兄姊妹四个字随便乱叫。"那么，这个时候贾宝玉的年龄是十三岁或者是十六岁？如果假定是十三岁，往后倒推五年，在第五回，贾宝玉方才八岁，如何能梦游太虚幻境与秦可卿一番云雨并"强袭人同领警幻所训云雨之事"？而且年方八岁的小儿，听到秦可卿死讯，居然"连忙翻身爬起来，只觉心中似戳了一刀的不忍，哇的一声，直奔出一口血来"，也忒不可思议了。如果假定第二十回时写错了，宝玉是年十六岁，那么往后倒推六年，宝玉十岁，第三回林黛玉进贾府，应该是九岁。但前面又说六岁的林黛玉丧母一个月后即随贾雨村进京，难道贾雨村林黛玉一行在路上足足走了三年？有研究者归纳了《红楼梦》中各类人物的年龄问题，发现还有宝钗探春凤姐薛蟠等人的年龄忽大忽小，"贾兰、贾环、惜春、巧姐、板儿、雪雁总长不大"，"17 年来，黛

---

① 从《红楼梦》问世以来，就不断有人在为其编排年表。范锴、姚燮、张笑侠、俞平伯、周汝昌、周绍良、王彬、沈治钧等都根据自己的理解，编过《红楼梦》年表。年表的不断重排，足以证明其一直存在争议。

玉们的心理年龄总在 15 岁左右"等有趣现象。[①]

《红楼梦》的发生地点也是个谜。小说中最著名的几个女子号称"金陵十二钗",那两座带有大观园的贾家府第却不在金陵,金陵只是贾家的原籍地,第二回中,冷子兴讲述贾府的故事,贾雨村道:"去岁我到金陵地界,因欲游览六朝遗迹,那日进了石头城从他老宅门前经过。街东是宁国府,街西是荣国府,二宅相连,竟将大半条街占了。"第三十三回贾政暴打贾宝玉,贾母怒气冲冲地对贾政说,要和王夫人、贾宝玉回南京去,这一点,足以作为贾府原籍金陵的证据。至于小说中主要描写的贾家两座府第,到底位于何处,可就颇费思量。先是其位置忽焉在南,忽焉在北。经常下大雪,部分人有睡炕的习惯,貌似是在北方。大观园中却又有众多南方植物,潇湘馆的"千百竿翠竹"也还罢了,北方偶尔也曾可见,但园中众人能不时持螯赏桂花、"连两只仙鹤在芭蕉下都睡着了",这些南方特有的物事堂而皇之地随处出没,可就令人难以索解。更费解的是,第三回"有日到了都中,进入神京,雨村先整了衣冠,带了小童,拿着宗侄的名帖,至荣府的门前投了",清清楚楚地说贾府是在"都中",书中却又冒出了一个"长安"。第六回刘姥姥对她女婿狗儿说:"如今咱们虽离城住着,终是天子脚下。这长安城中,遍地都是钱,只可惜没人会去拿去罢了。"第七十九回,香菱对贾宝玉解释夏金桂的家世也说:"合长安城中,上至王侯,下至买卖人,都称他家是'桂花夏家'。"这个"长安"又是贾府所在的"都中"。第十八回,小说介绍妙玉的来历时说,其"因听见长安都中有观音遗迹并贝叶遗文,去岁随了师父上来"。贾宝玉梦游甄家,听得甄宝玉说"我听见老太太说,长安都中也有个宝玉"。甲戌本《石头记》的书前"凡例"解释这种做法的原因:"书中凡写长安,在文人笔墨之间,则从古之称;凡愚夫妇儿女子家常口角,则曰中京,是不欲着迹于方向也。盖天子之邦,亦当以中为尊,特避其东、南、西、北四字样也。"貌似逻辑非常清楚。但一翻到第十五回,我们却又迷糊了。该回中水月庵的老尼向凤姐求托办事一节,一口气出现了"长安县""长安府""长安守备""长安节度使"四个名称,来旺儿从位居长安都中的贾府出发,"连夜往长安县来,不过百里路程",更乱的是,王子腾做的官居然是京

---

① 参见雷宇辉:《论〈红楼梦〉人物年龄错乱问题》,《韶关学院学报(社会科学版)》2004 年第 4 期。雷宇辉还在文末提出了《红楼梦》人物年龄错乱的两个可能原因:第一,《红楼梦》多稿合成或一稿多改的成书过程使然;第二,作者的女儿崇拜观,使得他在塑造女性形象时,有意无意地不让她们长大,让她们总处于少年时代。

营节度使，那与先前的长安节度使岂不是自相矛盾？自俞平伯于《红楼梦辨》中首次提出红楼梦的地点问题之后，顾颉刚、刘大杰、胡适、启功、周汝昌等人都曾就此问题展开讨论，却也似乎很难有个让大家信服的解释。相比而言，各种说法之中，胡适的说法较为圆融。1928年2月，在《考证〈红楼梦〉的新材料》一文中，胡适说："平伯与颉刚对于这个地点问题曾有很长的讨论。他们的结论是'说了半天还和没有说一样，我们究竟不知道《红楼梦》是在南或在北'。我的答案是：曹雪芹写的是北京，而他心里要写的是金陵：金陵是事实所在，而北京只是文学的背景。"①依据胡适的这个说法再加完善，或者可以说：作者心里想写的是金陵，构思的基础地图是北京，落到纸上的却是长安？

《红楼梦》中的这些缺失错乱，使得整部小说粗略看过，尚觉可观，细细玩味推究，却发现步步蹉跎，处处皆谜，难以索解。学者龚鹏程就曾经惊叹道："中国人的梦，有孔子梦坐两楹之间、有庄周梦蝶、有南柯一梦、有黄粱梦、有《西厢记》草桥惊梦、有玉茗堂四梦……然而梦之奇、梦之妙，莫过于《红楼》。……而自有这本梦书以后，便又出现了无数的复梦、续梦、后梦、补梦、重梦、圆梦，出现了无数解梦的书，解之、辨之、考之、说之、猜之……逐渐成了'梦魇'，使人疯魔。"②当然，《红楼梦》也因为各种谜语，而成为考证家的爱好，每次考证新手法的引入、小说版本的新发现、旁证材料的新挖掘，都会引发阵阵红学热潮。阅读和解说《红楼梦》成为一项永远都需要重新进行的事情，也成为一项长盛不衰的学术工程。

第二，《红楼梦》是古典与现代的节点。

在中国文学史上，一直都有着一种分段式高峰的文学史图说，诸子散文—汉代大赋—六朝骈体文—唐代诗歌—宋词—元曲—明清小说③，这样的分段式高峰图说，非常容易被理解成为包含某种文明传承意味的文学传递：文学的火炬被一代代传递，最终落到了"明清小说"的手里；或者是，文学的波浪一代代震荡累积，最终在"明清小说"这里达到高潮。不管是哪一种样式，

---

① 胡适：《胡适红楼梦研究论述全编》，上海：上海古籍出版社1988年版，第172~173页。

② 龚鹏程：《红楼丛谈》，济南：山东画报出版社2012年版，第3~4页。

③ 这种分段式高峰的文学史图说，最早流行于元代，如陶宗仪《说郛》卷十二引太平老人《袖中锦》言：五绝即汉篆、晋字、唐诗、宋词、元曲。罗宗信为周德清《中原音韵》作序，言：世之共称唐诗、宋词、大元乐府，诚哉！至王国维，于《宋元戏曲史》自序提出，凡一代有一代之文学：楚之骚，汉之赋，六代之骈语，唐之诗，宋之词，元之曲，皆所谓一代之文学，而后世莫能继焉者也。与此同时，先后有蘅塘退士《唐诗三百首》（1763年）、上彊村民《宋词三百首》（1924年）、任二北《元曲三百首》（1927年）等选集行世，这种分段式高峰说法，遂成中国文学史的定论。

明清小说作为古典文学的最后一个高峰，无疑带有总结陈词的效果。而《红楼梦》作为这个高峰的最高点，自然拥有读者最高的礼赞。不仅如此，小说特有的形式，又令《红楼梦》可以最大限度地包容前代的各种文学样式，《红楼梦》中，既有《芙蓉女儿诔》等骈文，有《葬花吟》《秋窗风雨夕》等诗歌，有《西江月》《寄生草》等词，有《红楼梦》十二仙曲等散曲，也有两汉大赋的铺张，魏晋山水小品的俊秀，有唐代传奇的华丽，有宋明话本的简洁，几乎包容了中国古典文学的各种样式及各种风格。更令人着迷的是，因为作家笔力精湛、胸怀广大，《红楼梦》活泼自然、纤毫毕现地展现了王朝时代的社会全景，既包含"簪缨贵族、诗礼世家"的衣食住行等生活细节，也有市井街巷、贩夫走卒的普通生活场景，层层密密，触感十足，王希廉所作《红楼梦总评》即赞叹《红楼梦》内容丰富，迹近无所不包："一部书中，翰墨则诗词歌赋、制艺尺牍、爰书戏曲以及对联匾额、酒令灯谜、说书笑话，无不精善；技艺则琴棋书画、医卜星相及匠作构造、栽种花果、畜养禽鱼、针黹烹调，巨细无遗；人物则方正阴邪、贞淫顽善、节烈豪侠、刚强懦弱及前代女将、外洋诗女、仙佛鬼怪、尼僧女道、娼妓优伶、黠奴豪仆、盗贼邪魔、醉汉无赖，色色俱有；事迹则繁华筵宴、奢纵宣淫、操守贪廉、宫闱仪制、庆吊盛衰、判狱靖寇以及讽经设坛、贸易钻营，事事皆全；甚至寿终天折、暴亡病故、丹戕药误及自刎被杀、投河跳井、悬梁受逼、吞金服毒、撞阶脱精等事，亦件件俱有：可谓包罗万象，囊括无遗。岂别部小说，所能望见项背？"[1] 丰富的王朝时代生活工笔，使得《红楼梦》宛如中国古代文明所凝结成的精致玉石摆件，玲珑剔透，流光溢彩。

19世纪末20世纪初，曾经辉煌一时的中华文明遭遇了巨大的危机。在现代国家体制和军事系统的强势打击之下，早已臃肿腐化、不思进取的古老帝国摇摇欲坠，更具摧毁力度的是，在西方强势殖民扩张的掩映下，"现代"逐渐被理解成为一个具有绝对"普世价值"的发展方案，政治、经济、军事需要现代化，甚至就连知识、艺术、文明等，都需要现代化。现代化的追求几乎成为这个时期有识之士的共同追求。1911年，王朝时代彻底结束，中国也亦步亦趋地进入"现代"的世界政治架构中。与此对应的是，曾经紧紧依附于王朝体制的古典文明面临流离失所的局面。有序的伦理、优雅的礼仪、精致的饮食、华丽的文辞、细腻的情感、悠闲的节奏……这些贵族世家的产出一度编织成中国

---

① 王希廉：《红楼梦总评》，载朱一玄编：《红楼梦资料汇编》，天津：南开大学出版社1985年版，第539页。

古典文明最为光鲜亮丽的部分，现今却正在与过去的王朝一起风消云散。与资本主义和西方文化相关联的现代梦想追求的是更富有更强大更实用，动荡的世界，粗糙的情感，欲望化的生活：悠闲自足的世家文明已经不是新权力阶层的选择。

作为贵族世家文明的精致雕镂，《红楼梦》成为中华古典文明存亡续绝的火种之一，众多思古伤时的人借以在其中一窥辉煌年代的吉光片羽。于是，阅读《红楼梦》便不仅是阅读某一部小说，而且成为一种仪式、一种凭吊或者一种回忆。"前八十回的《红楼》，好比一轴巨卷，比《清明上河图》还要大，里面画满一段一段的池亭园圃，三五成群的美人反复出现，有时伴着宝玉，有时围着贾母，画卷边沿背景部分是那些丑陋贪婪动辄折磨女孩子的年长妇女，以及淫邪而且居心不良的臭男人。这巨轴好像没有尽头似的，倘使曹雪芹喝酒吃鸭高兴起来，要把大观园那似乎不会完的夏天再延长些，爱读这书的读者也会愉快地继续下去。"① 而《红楼梦》里之所以会反复出现宴饮游乐、联诗作对、猜谜斗茶的场景，是因为："大观园不是事实的回忆，而是以部分回忆作素材而创造出来的乐园，是曹雪芹心中的至美境界，他自然并不急于结束这美梦。于是他用诗、画、戏曲的手法，细细地描，悠闲地铺陈，写到最后数回似乎有点阴霾，但前面是一片晴日，偶有几片乌云，后来都飘过了。宝玉被父亲狠狠打了一顿，马道婆施了一次术，晴雯病倒又让庸医伤害一下，但这些事都过去了；而在事前事后是一片笙歌，建园归省，美人雅集，老太太游宴，凤姐的笑话一个又一个，'众人都笑了'，姑娘们闹着拧着脸蛋儿，'嗤'、'扑哧'地笑，'脂评'的批者就批道：'余亦欲拧。'"② 写作者、书中人、批书人，都沉浸在《红楼梦》的乐园中不能自拔，而许多阅读者则赞叹任何时候翻开《红楼梦》的任意一页，都可以津津有味地读下去③，这已经成为《红楼梦》阅读传播中的一个特殊现象。

---

① 孙述宇：《红楼梦的传统艺术感性》，载胡文彬、周雷编：《红学世界》，北京：北京出版社 1984 年版，第 109 页。

② 孙述宇：《红楼梦的传统艺术感性》，载胡文彬、周雷编：《红学世界》，北京：北京出版社 1984 年版，第 125 页。

③ 李国文的《红楼非梦》分析道：红楼梦给我所带来的阅读愉悦：第一，不论从哪一页翻开来阅读，不论从头往后读，还是从后往前读，都能很快进入角色；第二，不论读过多少遍以后，再捧起来读下去，都能找到与前不同的、常读常新的体会；第三，不论时间和空间发生了什么样的变革、变迁、变化，甚至变异，这部书之所以不朽，就在于永远有话好说的强大生命力上。（参见古耜编：《百年一觉红楼梦》，郑州：河南人民出版社 2006 年版，第 244 页。）

　　古典时代的终结，往往就意味着现代时期的开始。《红楼梦》产生于王朝时代最后的一段辉煌时期，乾隆的文治武功以及之前几个朝代的积累，使得清王朝的国力在此时达到了一个小高潮。国力的强盛逐渐孕育出思想的某些变化因素，贾宝玉所发的"女儿是水作的骨肉，男人是泥作的骨肉。我见了女儿，我便清爽；见了男子，便觉浊臭逼人"等议论，就带有朴素的女权主义思想。《红楼梦》作为以男女爱情为主线的小说文体，能够得到众多士人的传阅激赏，对其推崇备至，自然也有社会风气日渐开化的缘故。

　　更为重要的是，这些因素，被现代的众多《红楼梦》研究者注意到了。现代性的一个重要特质，就是其自身往往通过讲述"传统"来塑造自我。在世界发现现代性的时候，现代性就已经在具有现代性的世界里无处不在。所以当人们试图讲述现代性的时候，发现无法在现行的语言框架内以自我注解的方式进行定义和讲述。于是，寻找异于当前世界的元素来讲述当前充满现代性的世界，就成为必然选择。空间上的东方想象和东西方故事为讲述现代性的人提供了一个视角，时间上的"传统"想象和古今故事则为他们提供了另外一个视角。通过讲述一个个关于"传统"的故事，现代性完成了自我塑形。正如伽达默尔所说的："传统并不是我们承继得来的一种先决条件，而是我们自己把它生产出来的，因为我们理解着传统的进展并参与到传统的进展之中，从而也就靠我们自己进一步规定了传统。"① "传统"成为可以讲述也可以生产制造的东西，自然也就存在多种阐释可能，而这多种阐释，无论其如何遮遮掩掩、故布疑阵，最终的指向都是为了证明现代性本身——这样说，并不是持历史虚无主义，认为"传统"一片空无，人们完全可以不顾历史的某些确实发生的事实而信口雌黄，而是说，过去发生的事情在不同立场不同思维的人的理解和阐释下，可能有完全不同的讲述，而在现代性的背景下，对历史的讲述往往成为对"传统"的讲述，进而成为对现代性的佐证。

　　《红楼梦》作为过去时代的一个辉煌艺术品，带有整个时代的丰富沉积，自然成为讲述现代性的人最为中意的文本之一。更为便利的是，《红楼梦》本身就是一个迷雾重重的文本，步步皆谜，处处皆密，各路人等极易在其中找寻到自己需要的材料，并加以延伸演绎。"单是命意，就因读者的眼光而有种种：经学家看见《易》，道学家看见淫，才子看见缠绵，革命家看见排满，流言家看

---

　　① 伽达默尔：《效果历史的原则》，甘阳译，《哲学译丛》1986 年第 3 期。

见宫闱秘事。"①鲁迅对《红楼梦》评论者的这番理解可足一说。事实正是如此，从 20 世纪初开始的《红楼梦》研究热潮里，对于本书有着各种大相径庭的解读。如五四时期的佩之等人，读出的《红楼梦》是家庭小说和社会小说，最重要的是揭露封建包办婚姻和批评社会，"作者所提出的几个问题，如婚姻问题、纳妾问题、子女教育问题、弄权纳贿问题、作伪问题等，都是社会上极重要的问题，所以说他只有'批评社会'四个字，作为他的主义"。②到了 20 世纪 50 年代，毛泽东在《红楼梦》中读出了"几十条人命"，运用最新阶级斗争理论来解读的人，有的读出《红楼梦》是反映封建社会农民斗争意识崛起的写照，有的读出《红楼梦》是反映市民阶层反抗意识兴起的标本，实在令人莫衷一是，目眩神驰。作家李准评论道："《红楼梦》对中国人究竟有多大影响？我觉得是无从估量的。我从很多人身上看到一股'红楼梦味'。近百年来，中国的大、中、小知识分子，他们对封建社会的仇视，对人道主义的向往，对煊赫官僚的鄙夷，对自由思想的启蒙，甚至于对女权认识的提高，对爱情的专注和讴歌，几乎无不和《红楼梦》这本书有关。所以我国人把《红楼梦》当做'国宝'之一。"③此语可称达论。的确，从 19 世纪末 20 世纪初开始，《红楼梦》研究就走在一条"现代"的道路上，整个"红学"已经成为各路充满现代憧憬的知识人陈述现代梦想的平台，他们对于王朝时代的批判、对于人道主义的向往、对于自由思想的热爱都借助《红楼梦》这个载体来实现，《红楼梦》里面有着近代中国人的各种现代梦，它包含着中华传统文化的传承与发展构想，也足以被称为"中国灵魂的一部分"④。

第三，中华文化共同体的象征。

"文化共同体"是近年来研究中国文化的学者频繁使用的一个概念，论者往往以此概念来补充或质疑"想象的共同体"这一广为人知的民族主义研究著作在中国研究中的适应性。自从 1983 年本尼迪克特·安德森《想象的共同体》一书出版以来，"想象的共同体"这一名词已经成为研究民族主义的学者

① 鲁迅:《集外集拾遗·〈绛洞花主〉小引》，载郭豫适编:《红楼梦研究文选》，上海:华东师范大学出版社 1988 年版，第 194 页。

② 佩之:《红楼梦新评》，载郭豫适编:《红楼梦研究文选》，上海:华东师范大学出版社 1988 年版，第 265 页。

③ 李准:《〈红楼梦〉笔谈》，载古耜编:《百年一觉红楼梦》，郑州:河南人民出版社 2006 年版，第 218 页。

④ 李准:《〈红楼梦〉笔谈》，载古耜编:《百年一觉红楼梦》，郑州:河南人民出版社 2006 年版，第 219 页。

无法避开的基础性概念，该书也成为后殖民主义研究中的重要著作。本尼迪克特·安德森在该书中提出，民族、民族属性与民族主义是一种"特殊的文化的人造物"，在亚非殖民地特别是印尼的民族主义形成过程中，"资本主义、印刷科技与人类语言宿命的多样性"这三种样式的聚合，使得"想象共同体成为可能"。而近年来研究中国文化的学者，如金耀基在《中国政治与文化》中则提出，中国与印尼及亚非等其他多民族杂居的文化形式完全不一样，"它是一个以文化而非种族为华夷区别的独立发展的政治文化体"，其具有独特的文明秩序。在传统的"中国"观念里，只要是承认并宗师中华文化的政权，都是"中国"的。华夷之别并非基于其血统出身，而是以其文化皈依为根本判别标志。历代入主中原或南北对峙的王朝，虽然都有其朝代国号，但都可以"中国"为其通称。无论是汉族人建立的秦王朝、汉王朝、宋王朝、明王朝，还是带有鲜卑血统的李氏建立的唐王朝，甚至是蒙古族人建立的元朝、满族人建立的清王朝，只要是以中华文化为其文化皈依，都可以被接受为"中国"，成为中华文化的一员。至于普通民众，更是完全以其精神文化皈依为厘定标准，不管其位居何处，只要是领受了中华文化的灌溉，都可以自称或被称为"中国人"。余英时认为，"中国人"这个名词自从产生以来，就不是一个政治概念，而是一个文化概念。换句话说，中国不仅是一个国家政权的概念，而且是一个文化共同体——我们习惯称之为"中华"的文化共同体。

在历史上，华夷之辨虽有其重要性，但往往只是作为王朝交替时期的某些政治手段来使用，长期处于强势地位的中华文化共同体并没有感受过太多的外来文化威胁，因而除了制造道统故事之外缺乏对于整体自我的讲述。近代以来，中国积弱，外来殖民者数次击败承继中华道统的清王朝，攻破城池，强占租界，索要赔款……这种种行为已经完全颠覆了传统中华文化共同体中"华夏""中国"的各种想象。从国族救亡的角度，强调中华文化共同体的概念成为凝聚人心共渡危难的第一选择。因而，从晚清时候开始，不断出现对于中华文化共同体的宣传与讲述。例如，在推翻清政府的过程中，革命者所提倡的"驱除鞑虏，恢复中华"等口号，以及采用黄帝纪年、祭祀孔子等行为，就是以宣扬中华文化共同体来作为其号召民众的方式。至于革命胜利后，改而取消"排满"，宣扬"中华民族""五族共和"，则是出于政治目的，制造"想象的共同体"的范畴了。

政治上的各种救亡行为必须强调中华文化共同体，文化上的自我救亡更加需要强调中华文化共同体。作为一种文化共同体，中华文化大体以内敛、和谐、优美为特征，其美学伦理和哲学思维与西方文化具有一定的不同，特别是与极具侵略性的西方现代性相比，更是大相径庭。在西方文化的强势进逼下，中华文化面临着巨大的危机：这到底是一种平行于西方文化的异质文化，还是一种落后且必将被现代文化取代的陋质文化？五四一代知识者曾经展开过一场对中华文化的全面审查，一部分知识者以不破不立的决心对中华文化的丑陋面进行揭露批判，认为全面西化才是中国文化重获新生的唯一路径；另一部分知识者则继承晚清国粹派的观点，以保种救国的热情大力宣扬中华文化，认为将"保存国粹""整理国故"与学习西潮相结合，才能最终实现中华文化复兴。对自身文化进行彻底的批判，固然颇有大刀阔斧重开混沌的痛快淋漓，但在国族危难、正当激励人心的时候，这种做法却有些不合时宜。所以五四一众批判国民性的知识者往往走向更为理性的一面，最终落脚于"批判地继承"这一层面。由此，在近代中国，对中华文化共同体的强调成为整个社会的国族情感寄寓方式，包含着曾经最为旖旎骀荡的家园梦想。

《红楼梦》以其文化传达的丰富性，当仁不让地成为中华文化共同体最重要的象征之一。书名《红楼梦》，先就具有极为强烈的寓言性：一个钟鸣鼎食、传承数代的诗礼贵族之家，走到了衰落末世，最终红楼朱门破败颓圮，一场繁华恍如春梦——这正如曾经辉煌一时的中华文化，人寡途穷，一地苍凉。至于其内容，则在不断点染家族衰亡主题的同时，细细描写如何内里亏空、奢靡无度、不知经济、无才补天等诸项，脂砚斋评点《红楼梦》时，经常触目伤怀，痛哭失声。如第十三回正文"若应了那句'树倒猢狲散'的俗语"处，庚辰本脂砚斋眉批："树倒猢狲散之语今犹在耳，屈指三十五年矣，哀哉伤哉，宁不痛杀！"庚辰本第十八回正文"那宝玉未入学堂之先，三四岁时，已得贾妃手引口传"处，脂砚斋批曰："批书人领至此教，故批至此，竟放声大哭。俺先姊仙逝太早，不然，余何得为废人耶？"五四时期陈独秀、佩之等人，皆将《红楼梦》读为家庭小说，其实毋宁直接读为中华文化的小说，更见深刻。不仅如此，《红楼梦》作者在写作本书的时候，匠心独运，将较多的笔墨放置于忆念旧欢上面，一方面，以大观园为中心的才子佳人们，宴饮盘游、吟诗猜谜、戏谑爱恋，可谓极尽人间赏心乐事，另一方面，却在鲜花着锦、烈火烹油的繁华时候，幽风细吹，无常隐隐，更令人读之意夺神骇、心折骨惊。在家族主题之外的其他主题,同样往往是"喜荣华正好,恨无常又到"的手法。于是,整部《红楼梦》也就"悲凉之雾,遍被华林"(鲁迅语)了。永忠的诗《因墨香得观红楼梦小说吊雪芹三绝句》曰"传神文笔足千秋,不是情人不泪流。可恨同时不相识,几回掩卷哭曹侯"[①],想来近代感时伤世的知识者读《红楼梦》之时,免不了也常常洒下几滴怅望千秋的有情之泪。

《红楼梦》既有如此笔力可以描摹出一个民族的血泪史,自然是一部"天地间不可无一,不可有二"[②]的好小说,一部如此好的小说,自然可以大大增加对于中华文化的自信心。"《红楼梦》在中国小说中,总可以说是上乘的作品。就是同西洋长篇小说比起来,也有过之而无不及。西洋小说多得很,但是文学史上所称为第一流的伟大小说,我几乎都读过。其中最长,最有名的,如俄国托尔斯泰的《战争与和平》《安娜小史》《复活》,好则诚然好,但是比起《红楼梦》来,我总觉得还不如。"[③]"论者总以《红楼梦》与《战争与和平》相比,不错,这两部小说相同之点很多,但以结构论,前者远过于后者。"[④]这样的比较总让国人豪气顿生,一扫经济军事方面的落后阴霾。毛泽东在最高国务会议上的发言中,如此公开评价《红楼梦》:"我国……工农业不发达,科学技术水平低,除了地大物博,人口众多,历史悠久,以及在文学上有部《红楼梦》等等以外,很多地方不如人家,骄傲不起来。"[⑤]一部文学名著《红楼梦》,居然得以与地大物博、人口众多、历史悠久三者并列,成为中国为数不多可以超越西方的地方,这样的评价可谓至矣尽矣、蔑以加矣。

最重要的是,对于一个世纪以来备尝流离失所与动荡不安的中国人,包容了中华文化各种因素的《红楼梦》成为整个文化的象征,只要捧起《红楼梦》,只要阅读《红楼梦》,只要评说《红楼梦》,他们就是在与整个中华文化晤对,就可以在任意时间任意空间里连接上中华文化共同体,让自己的心灵得到栖息和皈依。1948年,胡适离开北平,仓促之间,几十万藏书全都抛置一边,只带走了父亲的日记和甲戌本《红楼梦》两册书。政治动荡中,胡风被投入监牢,

---

① 永忠:《因墨香得观红楼梦小说吊雪芹三绝句》,载郭豫适编:《红楼梦研究文选》,上海:华东师范大学出版社1988年版,第5页。

② 杨懋建:《梦华琐簿》,载一粟编:《红楼梦资料汇编》,北京:中华书局2004年版,第364页。

③ 白衣香:《红楼梦问题总检讨》,载吕启祥、林东海主编:《红楼梦研究稀见资料汇编》,北京:人民文学出版社2001年版,第712页。

④ 李辰冬:《红楼梦研究》,载吕启祥、林东海主编:《红楼梦研究稀见资料汇编》,北京:人民文学出版社2001年版,第500页。

⑤ 毛泽东:《毛泽东文集》第7卷,北京:人民出版社1999年版,第43页。

唯一的要求是给他一本《红楼梦》。刘再复自述漂泊异国他乡,行囊中必定有本《红楼梦》。20世纪下半叶,我国港台地区及海外掀起了一阵阵《红楼梦》研究的热潮,涌现出宋淇、余英时、赵冈、潘重规等一大批颇有建树的红学家。政治动荡后,我国大陆与港台地区及海外的文化交流重新开放,一个具有标志性的事件就是1980年在美国威斯康星大学召开的国际《红楼梦》研讨会,彼时海内外红学名家济济一堂,《红楼梦》里话中华,浮生如梦亦如烟,真是令人唏嘘不已。

概而言之,《红楼梦》阅读与研究之所以长盛不衰,成为中国近代以来最特别的一个文化现象,正是由于它本身就是一个充满了谜的文本,有着无限的解读空间,而它的产生年代正处于古典与现代的交会,于是它既成为古典文化的集大成者,又成为现代学人创造"传统"所喜爱的对象;当然,最重要的是,它以其丰富性成为中华文化共同体的重要象征。于是,批评解说《红楼梦》成为中国近代以来的一个迷恋,《红楼梦》也承载了一个文化共同体的各种梦想,成为中国近代以来最大的梦。

本书的写作,需要申明两个态度:

第一,本书并非《红楼梦》小说研究。

《红楼梦》是一本说不尽的书,不同时代不同背景的读者皆可作出不同解读,本书不想继踵众多《红楼梦》研究,成为一本小说研究之作。当然,更不试图进入曹学、版本学、探佚学等传统红学领域。作为中国现当代文学专业的研究者,笔者在其中试图做的工作是探讨近代以来中华文化圈的知识者如何以《红楼梦》研究来寄托各种文化和文学梦想。雷蒙·威廉斯晚年曾经提出一个重要的概念——"情感结构"(structure of feeling),在《漫长的革命》一书中,他将其定义为"社会基本组成中所有元素的特有的生活结果"。如果我们借用威廉斯的概念,或者可以说,本书研究近代以来中华文化圈的知识者的各种红楼梦想,就是在探讨那个时期知识者的情感结构,包括更深地了解近代以来各个时期的社会思潮和知识者阶层的思想隐曲及其个体经验。从这一点来看,虽然《红楼梦》在当今的学术序列中隶属古典文学,本书所研究的却正属于中国现代文化思潮甚至是中国现代文学的一部分。

第二,本书并非红学研究史。

有关红学研究的学术史论著,已经有不少,专著有郭豫适《红楼研究小史稿》《红楼研究小史续稿》、白盾《红楼梦研究史论》、韩进廉《红学史稿》、胡邦炜《红楼祭——20 世纪中国一个奇特文化现象之破译》、孙玉明《红学：1954》、刘梦溪《红学》《红楼梦与百年中国》、潘重规《红学六十年》、陈维昭《红学通史》《红学与二十世纪学术思想》等，单篇论文则有胡文彬《〈红楼梦〉研究三十年》（《学习与探索》1980 年第 2 期）、刘梦溪《红学三十年》（《文艺研究》1980 年第 3 期）、赵建忠《新中国红学研究六十年》（《河北学刊》2009 年第 1 期）等。其中，陈维昭《红学通史》最为宏博精深，作者以扎实的文艺理论及对中国现当代各种文化思潮的领悟，对整个红学研究历史作了详细梳理，高屋建瓴，鞭辟入里，堪称通史类佳作。另外几本红学史论著，则往往各有侧重，如孙玉明《红学：1954》以断代史的方式，从 1954 年的红学风波入手，细细剖析这场风波中各方的心理及反应；陈维昭《红学与二十世纪学术思想》在 20 世纪各种学术思潮的背景下来考察红学与各种思潮的呼应扭转；胡邦炜的《红楼祭——20 世纪中国一个奇特文化现象之破译》侧重讲述与《红楼梦》有关的各种文化事件。但是，这些红学史论著的视角与本书还是存在一定的区分的。本书认为，《红楼梦》的阅读及研究之所以在中国近代长盛不衰，成为显学，不仅是其与 20 世纪各种学术思潮相生相连，也不仅是其在某些苦难时期成为知识分子的心灵避难所，更为根本的原因在于其处于古典与现代的联结，既是古典的重要界碑，也是现代的言说对象，并在层层涂抹中成为中华文化共同体的重要象征。

本书的重点并不在重写一本红学研究史，而在于讨论中华身份框架下，各路《红楼梦》阅读者和研究者如何以之寄托各种梦想，构建中华文化共同体。因此，虽然《红楼梦》的创作年代在乾隆朝，其阅读和评说则从小说尚在写作的过程中就已开始，但是，"中华"这个文化身份被发现和突出，并成为《红楼梦》研究者的思想基底，却在晚清，而且明晰于王朝鼎革之际。所以，本书所分析的对象，是从王国维、蔡元培等一批处于王朝鼎革漩涡中心、同时对中华文化的处境充满危机感的清末民初知识界士人开始，继而顺着时间的延展，次及之后各个阶段带着中华文化身份忧虑的"红楼梦中人"。在此之前的《红楼梦》阅读及研究者，却甚少在其文字中显露如此明晰的文化情怀，自不在本书的视线中。至于其他虽也阅读及研究《红楼梦》，却未能明晰显露出文化情怀的，即便其也属名家，既不在本书的架构中，也只能大胆舍去。

最后，谨以红学名家吴世昌一首诗为本书定场：

红楼一世界，世界一红楼。
不读红楼梦，安知世界愁。
红楼一梦耳，能令万家愁。
只缘作者泪，与侬泪共流。
说部千百种，此是情之尤。
不独女儿情，亦见世态忧。
古今情何限，离恨几时休。
所以百年内，常抱千载忧。
红楼复红楼，世上原无有。
可怜痴儿女，只在梦中游。

目录

第一章　大变革时代的幽梦影

　　以儒教伦理为基础、以宗法亲族为纽带、以家国天下为架构的中华文化具有异常结实的稳定性，在其数千年发展过程中，曾经显现出了极大的包容吸纳能力，无论是汉唐之间佛教的浸染还是宋元时期异族的交汇，最终都成为中华文化保持生机和创新能力的一个浪花而已。但是到了19世纪末20世纪初，中华文化却面临着前所未有的危机，内外交困，西学东渐，"西方"与"现代"的双重压力使得"数千年未有之变局"已经成为整个社会的共识。① 面对变局，整个社会流荡着一股末世的哀感，"颓波难挽"的忧伤弥漫延伸，成为世纪交接之际文人作品的重要主题。

　　在这"数千年未有之变局"中，各类接受了时代熏陶的知识者无疑重任在肩，承担着引领中华文化走向新生的责任。从甲午海战至戊戌变法，从辛亥革命至新文化运动，变革的内容一步步调整一步步扩大，从物质强国到制度救亡，最终指向整个中华文化的彻底变革。梁启超曾发表过一番澎湃激昂的言论，认为中国此后的各种变革一定是绵延不绝的，其波澜偭诡、五光十色之处，甚至要胜于之前的欧洲革命，"哲者请拭目以观壮剧，勇者请挺身以登舞台"。② 历次变革中，正是知识者们"挺身以登舞台"，不仅引介了各种西方现代思潮，而且在失败与挫折中不断探索，走出了一条独具特色的中华近代化道路。

　　当然，勇者多有，哲者也不少。对于深受中华文化滋养的士人们，固然有胸怀天下、锐身赴难的刚健品格，更为深入骨髓的则是浸淫诗书、醉心礼乐的君子风流。时代变革救亡风潮中，自然屡有强调实用的功利之风，这与士人们

---

　　① 费正清《剑桥中国晚清史》有一个统计，1840—1860年的20年间，只有1人明确表示过中国遇到了"变局"，而1860—1900年的40年间，至少有43人正式发表过这样的认识。

　　② 梁启超：《自由心影录》，成都：四川文艺出版社1998年版，第226页。

心中的那些娴雅有趣、揖让有礼的儒学世界是有一定差距的，更为重要的是，士人们从传统中华文化中养就的思古情怀与清洁操守，使得他们往往与时代思潮保持谨慎的距离，更愿意在时代的欢歌中静静品味传统的幽香细密。"凭栏一片风云气，来作神州袖手人"，虽观望时代风云，却抽身世外，谨守传统，不愿意进入其中，成为清末民初相当一部分知识者的态度。

在这种时代氛围中，哀感顽艳与充满传统风味的《红楼梦》自然成为知识者们喜好的对象，不仅寄托着他们的时代感伤，更隐藏着他们对于传统中华文化的深深迷恋。

第一节　遗民苦闷与悲剧观想

1904 年，王国维在其主编的《教育世界》上发表了《红楼梦评论》一文，全文洋洋洒洒一万四千多字，从美学精神、伦理价值等各方面来论说，力陈《红楼梦》是我国美术史之"绝大著作"，是"彻头彻尾之悲剧"。许多学者将之视为红学研究的一部典范性著作。

《红楼梦评论》从老子的"人之大患为吾有身"与庄子的"大块载我以形，劳我以生"出发，王国维指出人类为了生存和繁衍，所以有了各种各样的手段和机构，也有了各种各样的欲望与痛苦，进而他引入了叔本华关于人生的理论，人生如同钟表一样，只是在苦痛与倦怠之间来回摆动。因为人生与欲望和痛苦紧密相连，人类为了告慰自身，就产生了美术，美术使人"超然于利害之外"，从而忘却欲望之我，只有知识之我。受康德的影响，王国维也将审美分为"优美"和"壮美"两类。普通之美，都属于优美；"至于地狱变相之图，决斗垂死之像，庐江小吏之诗，雁门尚书之曲"[1]，这类能够让人觉得恐惧的悲剧，属于壮美。

《红楼梦评论》第二章名为"红楼梦之精神"，本章一开始，引用了德国诗人哀伽尔关于男女之间问题的一首诗，提出"哀伽尔之问题，人人所有之问题，而人人未解决之大问题也"[2]。王国维认为，"其自哲学上解此问题者，则二千

---

[1]　王国维:《红楼梦评论》，载郭豫适编选:《红楼梦研究文选》，上海：华东师范大学出版社1988 年版，第 161 页。

[2]　王国维:《红楼梦评论》，载郭豫适编选:《红楼梦研究文选》，上海：华东师范大学出版社1988 年版，第 162 页。

年间，仅有叔本华之《男女之爱之形而上学》耳。诗歌小说之描写此事者，通古今中西，殆不能悉数，然能解决之者鲜矣"①。《红楼梦》的超卓挺拔之处，就在于不只是提出这样的问题，还提出了解决的办法。王国维先是提出，《红楼梦》开头讲述的贾宝玉前身为补天顽石，"因见众石俱得补天，独自己无才，不得入选，遂自怨自艾，日夜悲哀"，这就是"生活之欲先人生而存在"②的明证。叔本华提出人最大的罪孽就是人的出生，王国维也深同此论，他指出，顽石的大误在于非要进入这个充满痛苦忧患的世界，它迷失了本性，却不知道这是因为自己的"一念之误"造成的。而当第一百一十七回僧道二人来度化贾宝玉，贾宝玉发言把玉还给僧道二人，其实是在述说自己要摆脱生活之欲，所谓的玉，只是其"生活之欲"的代表。在王国维看来，人类的男女之欲要比饮食之欲更加旺盛，更难以摆脱，"前者无尽的，后者有限的也；前者形而上的，后者形而下的也"③，所以男女之欲所带来的痛苦要远远超过饮食之欲。《红楼梦》之所以能够被称为伟大，就在于它"实示此生活此苦痛之由于自造，又示其解脱之道不可不由自己求之者也"④。

接下来，王国维又以叔本华的理论来讲述人类的解脱之道。人类的解脱不能通过自杀来得到，只能用出家来求取。只有出家，才是以个人的大毅力抗拒生活之欲，自杀只不过以身体消灭来得到个体解脱，真实的人生苦痛并没有得到解决。在《红楼梦》一书中，"故金钏之堕井也，司棋之触墙也，尤三姐、潘又安之自刎也，非解脱也，求偿其欲而不得者也"⑤。书中真正得到解脱的，只有贾宝玉、惜春、紫鹃这三个出家的人。王国维还提出，出世解脱也有两种状况：一个是观他人的痛苦而求解脱，另一个是感悟到自己的痛苦而求解脱。惜春、紫鹃的出世走的是"观他人之苦痛"的道路，她们属于"非常之人"，她们的卓绝之处在于能够

———————

① 王国维：《红楼梦评论》，载郭豫适编选：《红楼梦研究文选》，上海：华东师范大学出版社1988年版，第162~163页。

② 王国维：《红楼梦评论》，载郭豫适编选：《红楼梦研究文选》，上海：华东师范大学出版社1988年版，第163页。

③ 王国维：《红楼梦评论》，载郭豫适编选：《红楼梦研究文选》，上海：华东师范大学出版社1988年版，第164页。

④ 王国维：《红楼梦评论》，载郭豫适编选：《红楼梦研究文选》，上海：华东师范大学出版社1988年版，第164页。

⑤ 王国维：《红楼梦评论》，载郭豫适编选：《红楼梦研究文选》，上海：华东师范大学出版社1988年版，第164页。

"由非常之知力，而洞观宇宙人生之本质"①，了解了宇宙人生的本质之后，她们进而领悟到生活无法摆脱痛苦，于是就采取断绝生活的欲望来得到解脱的办法。这种由观想他人之苦痛来领悟人生苦痛进而寻求解脱的方式特别困难，"于解脱之途中，彼之生活之欲，犹时时起而与之相抗，而生种种之幻影"②，这犹如佛教的修行过程中要不断遭受各种心魔的干扰一样，要花费极大的心力才能达到彻底的涅槃。王国维以为惜春、紫鹃的这种解脱道路，非普通人所能为，不是普通人的领悟之道，只有贾宝玉的"觉自己之苦痛"才是普通人的途径。普通人的觉悟解脱，例如贾宝玉的觉悟，是发现自身的苦痛，"彼之生活之欲，因不得其满足而愈烈，又因愈烈而愈不得其满足，如此循环，而陷于失望之境遇"③，因为人生充满欲望与失望，被生活之欲纠缠困扰的人，领悟到了宇宙和人生的真相，追求自我的心灵宁静，最终"彼全变其气质，而超出乎苦乐之外，举昔之所执著者，一旦而舍之"④。这种解脱方法是"以生活为炉，苦痛为炭，而铸其解脱之鼎"⑤。王国维认为，这两种解脱途径虽然没有高下之分，但是"前者之解脱，超自然的也，神明的也；后者之解脱，自然的也，人类的也。前者之解脱，宗教的也；后者美术的也。前者平和的也；后者悲感的也，壮美的也，故文学的也，诗歌的也，小说的也"⑥，因此《红楼梦》的主人公不是惜春或者紫鹃等其他人，而是贾宝玉这个苦苦求索的人。王国维认为，必须将《红楼梦》放置于世界文学之中来理解其成就。

　　承接上一章结尾所提出的问题，在第三章"《红楼梦》之美学上之价值"里，王国维继续说道，代表中国传统精神的戏曲小说，全都带着一股乐天的精神，"始于悲者终于欢，始于离者终于合，始于困者终于亨"⑦，在我国文学中，只有

① 王国维：《红楼梦评论》，载郭豫适编选：《红楼梦研究文选》，上海：华东师范大学出版社1988年版，第164页。

② 王国维：《红楼梦评论》，载郭豫适编选：《红楼梦研究文选》，上海：华东师范大学出版社1988年版，第164页。

③ 王国维：《红楼梦评论》，载郭豫适编选：《红楼梦研究文选》，上海：华东师范大学出版社1988年版，第165页。

④ 王国维：《红楼梦评论》，载郭豫适编选：《红楼梦研究文选》，上海：华东师范大学出版社1988年版，第165页。

⑤ 王国维：《红楼梦评论》，载郭豫适编选：《红楼梦研究文选》，上海：华东师范大学出版社1988年版，第165页。

⑥ 王国维：《红楼梦评论》，载郭豫适编选：《红楼梦研究文选》，上海：华东师范大学出版社1988年版，第165页。

⑦ 王国维：《红楼梦评论》，载郭豫适编选：《红楼梦研究文选》，上海：华东师范大学出版社1988年版，第166页。

《桃花扇》和《红楼梦》具有这种因为厌世而求解脱的精神。但是王国维认为，《桃花扇》的解脱，写得较为牵强，侯方域冒着千难万险才与李香君见面，却在听了张道士一句话之后出家，"自非三尺童子，其谁信之哉"？况且《桃花扇》的作者孔尚任，只是借侯李之事来写故国之戚，却并非为了描写人生的缘故。从这一点来说，"《桃花扇》，政治的也，国民的也，历史的也；《红楼梦》，哲学的也，宇宙的也，文学的也"①。王国维指出，《红楼梦》堪称一部彻头彻尾的悲剧，此书中出现的所有人，无论善恶，只要与生活之欲产生关联的，"无不与苦痛相终始"。叔本华提出悲剧有三种形式：第一种是由于恶人作恶所成的悲剧；第二种是由于不可知的命运引发的悲剧；第三种是"由于剧中之人物之位置及关系而不得不然者"②，也就是并没有明显的恶人或者命运的因素，而是普通的人碰到了普通的遭遇而形成的。人们在看第一、第二种悲剧的时候，虽然感到恐惧，但往往觉得自己的命运并不会凑巧那么悲惨，因此这两种悲剧并不能对人达成警醒的目的。第三种悲剧就发生在我们每一个人的身边，而且没有可以埋怨责备的对象，无法抱怨，所以才是天下最惨的悲剧。例如，《红楼梦》里，宝玉、黛玉、宝钗三人之间的关系，最终以宝玉宝钗结婚、黛玉含恨而死为结局，"金玉良姻"战胜"木石前盟"，其中有三人的原因，也有贾母、王夫人、凤姐、袭人等人有意无意中的推动，普通人做着普通的事，最终却酿成人生的悲剧，由此观之，《红楼梦》可称为"悲剧中之悲剧"。

第四章为"《红楼梦》之伦理学上之价值"。王国维先是作了一个假设，假设《红楼梦》一书写贾宝玉在黛玉死之后，因此自杀或者颓废终生，那么此书就没有太多价值了。这是因为，"欲达解脱之域者，固不可不尝人世之忧患；然所贵乎忧患者，以其为解脱之手段故，非重忧患自身之价值也"③，人亲身领受世界的苦痛，其目的在于通过领受苦痛、思考苦痛达到解脱，苦痛本身并没有价值。如果人只是每日处于苦痛之中，却并没有从苦痛中寻求解脱的勇气，那么，他就会"天国与地狱，彼两失之"，最终一无所获。

接着，王国维又提出了另外一个问题：解脱出世，从伦理学上来看，能成

---

① 王国维：《红楼梦评论》，载郭豫适编选：《红楼梦研究文选》，上海：华东师范大学出版社1988年版，第166页。

② 王国维：《红楼梦评论》，载郭豫适编选：《红楼梦研究文选》，上海：华东师范大学出版社1988年版，第167页。

③ 王国维：《红楼梦评论》，载郭豫适编选：《红楼梦研究文选》，上海：华东师范大学出版社1988年版，第169、170页。

为人类的最高理想吗？从普通人的视角而言，"撒手悬崖"、一恸出家的贾宝玉，是世俗所非议的断绝父子关系抛弃人伦的不忠不孝的罪人。对于这个世界，维护其日常运转的忠孝仁义等一般伦理道德，可以称为"绝对的道德"。如果从叔本华的理论来看，人生和世界的存在本身就是一个错误，人类的祖先犯错产生出了带有各种欲望的人类，使得人类千百年来处于痛苦中不能自拔，"终无时而赎，而一时之误谬，反复至数千万年而未有已也"①。所以，贾宝玉弃绝人伦，从当前人所认为的普通道德来看，是不忠不孝的，但"若开天眼而观之"，却是在完成父辈们未竟的事业，"可谓干父之蛊者也"。如果说，只有出世才是实现解脱的唯一途径，"然则，举世界之人类，而尽入于解脱之域，则所谓宇宙者，不诚无物也欤"②？会不会因为大家都禁绝各种欲望而使得现有的人类社会崩溃灭绝呢？王国维如是说，"然有无之说，盖难言之矣，夫以人生之无常，而知识之不可恃，安知吾人之所谓有非所谓真有者乎？则自其反面言之，又安知吾人之所谓无非所谓真无者乎？即真无矣，而使吾人自空乏与满足、希望与恐怖之中出，而获永远息肩之所，不犹愈于世之所谓有者乎！然则吾人之畏无也，与小儿之畏暗黑何以异？自己解脱者观之，安知解脱之后，山川之美，日月之华，不有过于今日之世界者乎？"③这样的辩词与《庄子》中的鱼乐鱼不乐之辩有点类似，人类无法知道现实之外的东西，所有现实之外的东西都只能依靠推理，严格来说，各种推理并不能作为人类行为的准则，所以，人类禁绝各种欲望之后的世界到底是会陷于崩溃灭亡还是变得更好，根本无法在现实的架构内予以判别。美术本来就是为了疗救人类苦痛而存在的，倘使人类灭亡，达到解脱，就没有苦痛，也就不再需要美术这种药，那么一切美术（艺术）也就没有存在的必要了。

但是，王国维接着提出，依据叔本华的观点，人是不可能得到解脱的，一切人类及万物的意志，都属于个体的意志，因此，个人的解脱，必须包含整个世界的解脱，才算真的解脱。王国维征引了自己所写的一首诗，"人间地狱真

① 王国维：《红楼梦评论》，载郭豫适编选：《红楼梦研究文选》，上海：华东师范大学出版社1988年版，第170页。

② 王国维：《红楼梦评论》，载郭豫适编选：《红楼梦研究文选》，上海：华东师范大学出版社1988年版，第171页。

③ 王国维：《红楼梦评论》，载郭豫适编选：《红楼梦研究文选》，上海：华东师范大学出版社1988年版，第171页。

无间，死后泥洹枉自豪。终古众生无度日，世尊只合老尘嚣"①，对释迦和基督是否真能实现解脱表示怀疑。既然人不可能达到完全的解脱，那么部分的个体解脱有没有意义、解脱这件事是否具有伦理学意义呢？王国维以无生主义来指称解脱之道，用生生主义来指称现存之道，他提出，生生主义本身也是不可能实现的。人类繁衍生存是无限的，而世界是有限的，因为资源的有限、人口的增长必然使得生生主义所追求的"最大多数之最大福祉"，最终成为一种理想化的境界。虽然生生主义成为一种理想化的境界，但因为它保证了现实世界的存在秩序，所以依然具有积极的伦理学意义。无生主义也是同理，虽然其追求的目标无法实现，但作为一种理想，它同样具有伦理学意义。顺理成章地，以解脱为追求的《红楼梦》也就具有极为有益的伦理学价值，"宇宙之大著述"当之无愧。

王国维的《红楼梦评论》发表之后，好评一片，成为《红楼梦》研究史上一座绕不过去的丰碑，它"完全突破了传统小说研究中零散随意、缺乏整体性与美学观照的评点、鉴赏、题咏、索隐等多种研究模式，使得红学的研究不再沉陷于寻章摘句、深文周纳的狭小格局，而呈现为一种高屋建瓴、综合圆融的系统化格调，并因此而引导了整个 20 世纪红学批评派以及小说批评学的学术趋势"②。有证据表明，他所提出的《红楼梦》阅读方式启发了后来胡适的"新红学"研究，堪为"新红学"的先驱③。王国维自觉从美学、伦理学价值方面来谈论《红楼梦》，受到了绝大多数红学家的赞扬。当然，他以叔本华理论来解读《红楼梦》，以"悲剧"作为《红楼梦》的最大价值，也遭到了不少后起红学研究者的指责：叶嘉莹说其"生搬硬套"，以西方理论来套中国作品，过于粗糙；舒芜则指出其文中存有避重就轻、过于偏执等问题。

笔者所关注的问题则在于：虽然《红楼梦》有家族败亡、爱情破灭、存在思索三大主题，而且的确这几个方面怨气悲声，颇有"悲剧"的气象，但是其中也有女性崇拜思想、贵族生活宴饮之展示、人类性格之探讨等其他各种分量不小的内容，为何王国维会对之视而不见，只是依照叔本华的理论将其解释为彻头彻尾的关于"欲"的悲剧呢？从问世之日起，《红楼梦》就有无数的阅读者、

① 王国维：《红楼梦评论》，载郭豫适编选：《红楼梦研究文选》，上海：华东师范大学出版社 1988 年版，第 173 页。

② 俞晓红：《一个世纪的观照——写在王国维〈红楼梦评论〉发表一百周年之际》，《红楼梦学刊》2004 年第 1 辑。

③ 沈治钧：《王国维红学语境要略》，《红楼梦学刊》2010 年第 4 辑。

评论者，也往往会有论者说及其悲剧性，但都不会将其作为唯一主题来看待，而在王国维这里，《红楼梦》的悲剧性却成为唯一的视点，单执一面、不及其余的背后，到底有着怎样的个体心理与社会沉积？

王国维，1877 年出生于浙江海宁县盐官镇。其父亲王乃誉为江苏溧阳县县衙幕僚，"先生家庭经济本是中人产业，一岁所入，略足以给衣食"①。经过父亲多年奋斗，王家有了一定积蓄产业，虽然不算富豪，也还算殷实。1887 年王国维祖父嗣铎卒，王乃誉回乡奔丧，之后遂闭门教子、不再出行。王乃誉并非科举出身，只是上过几年私塾，之后全凭自己勤奋好学，成为诗书能手，同时因为常年在外，阅历丰富，眼光老辣。他将王国维送入海宁名师陈寿田处学习时文，自己也不时考察关注王国维的功课。然而，从目前存世的《王乃誉日记》②可以看出，王国维的功课一般，与王乃誉之期待有一定距离。1891 年王国维十五岁，该年 2 月 17 日（正月初九），王乃誉"饬静（安）论朝考卷，一无佳处，并询以读书学贾（何者）为得"③。2 月 18 日（正月初十），"饬静（安）抄文学书，虽不惮烦，而启发迄不得其佳处，可知治学亦非愣然能进"④。2 月 21 日（正月十三日），王乃誉"为静（安）指示作字之法"⑤。2 月 22 日（正月十四日），"改静儿字"⑥。次年，王国维参加海宁县试，成绩还不错，1892 年 3 月 11 日（二月十三日），王乃誉日记中有记载，"出之桥，陈四云案出，静儿在后掣健儿之州前看图，喜名在第三图，而陈、郭诸戚俱在三、四图"⑦。据一些关于王国维的传记分析，王国维的名次在 20 多名。

1892 年 4 月，王国维参加府试，落榜，其父亲在日记中写道："静儿杭（州）回，知考而未取，自不思振作用功于平日，妄意自为无敌，及至临场数蹶，有弃

---

① 袁英光、刘寅生：《王国维年谱长编》，天津：天津人民出版社 1996 年版，第 2 页。

② 以下有关王国维学业的文字皆见《王乃誉日记》（袁英光、刘寅生：《王国维年谱长编》，天津：天津人民出版社 1996 年版）。

③ 《王乃誉日记》，载袁英光、刘寅生：《王国维年谱长编》，天津：天津人民出版社 1996 年版，第 5 页。

④ 《王乃誉日记》，载袁英光、刘寅生：《王国维年谱长编》，天津：天津人民出版社 1996 年版，第 5 页。

⑤ 《王乃誉日记》，载袁英光、刘寅生：《王国维年谱长编》，天津：天津人民出版社 1996 年版，第 5 页。

⑥ 《王乃誉日记》，载袁英光、刘寅生：《王国维年谱长编》，天津：天津人民出版社 1996 年版，第 5 页。

⑦ 《王乃誉日记》，载袁英光、刘寅生：《王国维年谱长编》，天津：天津人民出版社 1996 年版，第 6 页。

甲曳兵之象。"① 从其父亲的评价可以看出，年少的王国维眼高手低的毛病还是比较明显的，心理素质也不强，科场考试之初已经有"弃甲曳兵"、一败涂地的迹象。按照当时的制度，府试未通过的人，可以选择报考官府开设的书院就学，可以不用参加府试和院试，直接获得参加乡试的资格。为了参加次年的浙江乡试，王乃誉出钱将王国维送入了杭州崇文书院。次年 8 月，王国维参加浙江恩科乡试，结果又是未完场就出来了。王国维自沉后，其友人陈守谦在祭文中说，"君于学不沾沾于章句，尤不屑就时文绳墨，故癸巳大比，虽相偕入闱，不终场而归，以是知君之无意科名也"②。对照王乃誉的日记，祭文中间很可能有不少为贤者讳、为逝者隐的因素，此时的王国维读过的最出格的书是前四史③，对新学的了解也有限，并未如后来一般兼博中西，对自己的人生未来及学术道路尚不可能有那么严整的规划。窦忠如在《王国维传》中说县试中榜之后，年仅 16 岁的王国维在海宁声名鹊起，和陈守谦、叶宜春、褚嘉猷三人一起被誉为"海宁四才子"，而且王国维"当推第一"。这个说法来源于王国维弟弟王哲安所作《海宁王静安先生遗书》的序言。序言中说，王国维在州学时"与褚嘉猷、叶宜春、陈守谦三君上下议论，称海宁四才子"④。王哲安作此序言的时候，王国维已经名满天下，此时称为"海宁四才子"之一或者之首，自然是毫无疑问，但很难想象 30 多年前，一个县试名次一般、府试不中、新学未知、诗画亦一无所长⑤的少年，在文风极盛的海宁，能有如此名声。

1894 年又逢乡试年，5 月 17 日（四月十三日），王国维赴杭州再次参加考试，再次落榜。乡试虽然再次失利，1894 年却成为王国维人生轨迹的重要转折点。本年，中国在甲午海战中战败，引发了国人的热烈议论，关注时事、反思自我、呼吁变法开始成为整个社会知识阶层的普遍心声。王国维也受到

---

① 《王乃誉日记》，载袁英光、刘寅生：《王国维年谱长编》，天津：天津人民出版社 1996 年版，第 6 页。

② 袁英光、刘寅生：《王国维年谱长编》，天津：天津人民出版社 1996 年版，第 7 页。

③ 王国维后来在《三十自序》中说："十六岁见友人读《汉书》而悦之，乃以幼时所储蓄之钱，购前四史于杭州，是为平生读书之始。"

④ 王哲安：《海宁王静安先生遗书·序》，载袁英光、刘寅生：《王国维年谱长编》，天津：天津人民出版社 1996 年版，第 6 页。

⑤ 迄今为止未见关于王国维善画的记载，书法方面，1894 年 6 月 1 日（四月二十八日），父"见静儿作书，竟无是处，指示之犹不见其工整，况润腴端厚何可及耶！"可知其书法亦不甚佳。杜鹏飞的《王国维书法浅议》（《中国书法》2018 年第 5 期）也认为：王国维书法"是不显山不露水，中规中矩的一笔文人字、学人字"。

了时代氛围的感染，"先生目睹陵替，慨然有所感。时国人方抵掌争言时事，谋变法以自强，先生始知世有所谓新学者，每思自奋，但以家贫，不能游学，居恒怏怏"①。可以说，正是由于开始关注时事，王国维灵智初开，逐步思考自己的人生规划。

乡试落第之后，王国维一边温书备考下科，一边先后担任了几所私塾的教师。但是积习难改，依旧带有几分少年意气，在一次负气辞去塾师之职后，父亲王乃誉大怒，责备其"不知正礼一也；不顾家贫而教辞之，前修已少，后望无着二也。既不以馆为重，且欲他出以就别项，意或未之称，则谁为援手。况出行旅资，住下火食，而不图谋先见及此，真是无筹算计，无识见无才用。大恨，谴责之。胸中磊磊，若是安望成家，吾复何望，及夜不安"②。家里经济状况已经因为人口增添所带来的几次花费而逐渐恶化，无奈之下，"家人私议将□（原稿本字迹不清）熙门之产售去，或约一千余元"③。1896年11月28日（十月二十四日），家中为王国维举办婚礼，夫人莫氏为同邑商人家庭之女。1897年，王国维赴杭州再应乡试，再次榜上无名，回家后入同乡沈冠英家为塾师，也从此绝了科举之念想。科举之路的失意，对于王国维的影响还是很大的，虽然其自沉后，各类亲友及研究者往往喜欢将其绝意科举解释为一种主动选择的行为，例如弟弟王国华在《海宁王静安先生遗书·序》中即说是甲午中日海战之后，其父王乃誉将康有为梁启超的论政文章给王国维阅读，王国维深受感动，于是"弃帖括而不为"，前面所列陈守谦的祭文等也是如此做法。但只要想想王国维在1917年所编撰的《补家谱忠壮公传》里，对祖上历年的科举经历津津乐道巨细靡遗的那份热情④，还有当其后来被敕令选为南书房行走时候，对其他三位都是进士出身而自己却以诸生身份厕身其间的激动，就会知道，王国维放弃科举并不像是主动抉择，而更像是无奈之举。科举的失意对于王国维形成偏于悲观的性格特点是起着重要作用的。

1898年，王国维迎来了人生中的第一个转折点。

1896年8月9日，《时务报》在上海创刊。王国维时常带回《时务报》与

---

① 袁英光、刘寅生：《王国维年谱长编》，天津：天津人民出版社1996年版，第9页。
② 袁英光、刘寅生：《王国维年谱长编》，天津：天津人民出版社1996年版，第11页。
③ 袁英光、刘寅生：《王国维年谱长编》，天津：天津人民出版社1996年版，第11页。
④ 王氏后裔中除了王恕、王辉分别荣登南宋隆兴元年（1163年）和绍熙四年（1193年）的进士榜，其他人在科举场上均没有斩获，因此王国维在追述其先人时遇有庠生、廪生或国学生身份的先祖，皆一一指出，加以强调。

父亲王乃誉一起阅读、探讨，如同那个时代的众多士人一般，身在海宁的父子俩逐渐关心时局，开始有了追求新思潮的愿望。1897年年底，在《时务报》担任书记员的同学许家惺有事不能继续任职，请王国维相代。于是1898年的正月二十六日，王国维在父亲的陪同下奔赴上海，担任《时务报》书记员。王国维除了抄写、校对等本职工作之外，还兼任报社的门房，负责收发邮件和接待来客等，后来因为人手不够，又搬进总编室，负责帮主编汪氏兄弟写各种往来信件和文章。此时，梁启超等人已经离开《时务报》，报社内部矛盾重重，已经逐渐失去了最初注目新潮、纵论时局的锐气。王国维在此工作繁忙，所得薪水却仅有每月12元，多次向总编申诉未果，几次欲辞职，却苦于没有其他门道，也没有其他专长。

这个时候，《农学报》与《时务报》合办了一个东文学社，培养日语翻译人才，在《农学报》主编罗振玉的推荐帮助下，王国维开始了半工半读的生活。每日午后前往东文学社学习3个小时，然后匆匆返回报馆工作。因为报馆杂事繁多，除了每日3小时的听课时间以外，几乎没有多少时间可以复习功课。所以，这个时期王国维的日语学习进展很慢，曾经因为考试不及格而差点被退学，后来经罗振玉的求情，才得以留下继续学习。虽然工资微薄，如果能够坚持不间断地学习日语，也可有个进身之阶，不幸的是，才学了不到半年，这年7月，王国维就病倒了。由于工作劳累营养不良，王国维瘰病（脚气病）发作，双腿难以行走，不得不回家治病。等他病况稍有好转，11月29日回到上海，《时务报》却又已经关闭，幸亏有罗振玉邀请他为《农学报》写稿并且推荐其担任东文学社庶务，每月有30元收入。这段时间，王国维日语水平有了较大的进步，还在日本朋友的推荐下开始接触康德、叔本华等西方哲学名家的作品。1901年2月，在罗振玉的资助下，王国维赴日本留学。不过仅仅在日本停留了几个月，腿疾重新发作，不得不于当年6月提前回国。

在当时，出国留学已经成为政府选任官员的一个条件。洋务运动时期接受派遣赴美留学的幼童和赴欧留学的船政学堂学员，大部分在归国后都被授予相应官职。之后陆续几次留学的学生，也大多进入各类衙门工作。1903年，《奖励游学毕业生章程》颁布，规定从日本各类学校毕业的中国留学生，可以依据其学历给予拔贡、举人、进士、翰林等科举出身，这使得留学生的身份进一步拔高，不仅摆脱了吏员的阴影，而且成功进军清流，成为与通过科举考试晋身者具有同样地位的官身。王国维留学生涯的中断，对其又是一个巨大的打击。王国维曾在《三十自序》中说："留东京四五月而病作，遂以是夏归国。自是而后，遂为独学之时代。体素羸弱，性复忧郁，人生之问题，日往复于胸臆，自是始决计从事于哲学的研究。"①

回国后，王国维一直担任罗振玉的助手，帮其处理各种事务，并且在罗振玉主编的《教育世界》上发表了数篇文章，逐渐在学界有了一些名气，生活压力虽在，也还可以勉强糊口。因为生活暂时安定了下来，王国维购买了大量哲学原著，在工作之余勤加研习，逐渐读懂并喜欢上了叔本华哲学。1903 年 4 月，王国维应张謇之邀北上，任通州师范学校教师。次年 1 月底寒假时，乘坐轮船从通州返回海宁，不料船到上海，才发现行李箱已经被撬开，内中衣物尽湿，在通州一年省吃俭用剩下来的 100 块银圆已经不翼而飞。此事犹如晴天霹雳，王国维在上海盘桓了 10 多天，多方交涉无果，最后只好快快而回。在通州一场辛苦，化为虚无。1904 年，王国维受罗振玉邀请，担任《教育世界》主编。不料瘰疬又发作，"日费元余"，重重磨难之下，精神几乎崩溃。

以上是写作《红楼梦评论》之前，王国维的个人经历，可以看出，他前半生实在是挫折无数，从科场失意者到职场沉浮者，屡踬屡起，多所不适意。其个人所写诗歌，已经多有悲观出世之想。1898 年所作诗《杂感》云："侧身天地苦拘挛，姑射神人未可攀。云若无心常淡淡，川如不竞岂潺潺。驰怀敷水条山里，托意开元武德间。终古诗人太无赖，苦求乐土向尘寰。"② 其中谈及自己因为家室之累，有所拘牵，所以依旧"侧身天地"之间，无法追求出世，只能在尘寰间苦求乐土。这种情绪在其诗歌中多有流露，如任教通州时所作的《游通州湖心亭》中，也有"人生苦局促，俯仰多悲悸"的句子。1904 年正月间，王国维瘰疬复发，终日困卧床上，无法做事，其诗《病中即事》言："滴残春雨住无期，开尽园花卧不知。因病废书增寂寞，强颜入世苦支离。拟随桑户游方外，未免杨朱泣路歧。闻道南山薇蕨美，膏车径去莫迟疑。"③ 又是对自己苦苦在外职场拼搏表示了强烈的厌倦心理——但是显然，这只能是发发牢骚，聊备一格罢了，人总是要活着，生活总是要继续的。王国维由己及人，逐渐开始探讨人生诸多问题。其诗《来日》二首，其一曰："来日滔滔来，去日滔滔去。适然

---

① 王国维：《三十自序》，载袁英光、刘寅生：《王国维年谱长编》，天津：天津人民出版社 1996 年版，第 27 页。

② 陈永正校注：《王国维诗词全编校注》，广州：中山大学出版社 2000 年版，第 32 页。

③ 陈永正校注：《王国维诗词全编校注》，广州：中山大学出版社 2000 年版，第 56 页。

百年内，与此七尺遇。尔从何处来？行将徂何处？扶服径幽谷，途远日又暮。雪然一罅开，熹微知天曙。便欲从此逝，荆棘窘余步。税驾知何所，漫漫就前路。常恐一掷中，失此黄金注。我力既云痡，哲人倘见度。瞻望弗可及，求之缣与素。"①时光匆匆而去，人生于这世上，"与此七尺遇"，有了肉体，有了精神和意识，于是就有各种疑问，自己从何而来又将去向哪里等问题折磨着人，自己一直在追求着得到拯救的机会，但是，哲人却又"瞻望弗可及"，于是只能是从文字中去寻求拯救。在这种情况之下，王国维阅叔本华之著作而"大好之"，以为其道出了人世的终极秘密，自然也就是顺理成章、水到渠成的了。在写作《红楼梦评论》的过程中，王国维又作了一首诗——《平生》："平生苦忆挈卢敖，东过蓬莱浴海涛。何处云中闻犬吠，至今湖畔尚乌号。人间地狱真无间，死后泥洹枉自豪。终古众生无度日，世尊只合老尘嚣。"②这首诗的前半首言自己平生的心愿是与神仙卢敖一起东游蓬莱，过上自由自在、无忧无虑的生活，但是淮南王与黄帝等人的成仙事迹皆已不可考究，只剩传说于世，看来这个心愿只是空想而已。后半首则表达了对于拯救超脱梦想破灭的忧伤，人存于这个世上，与在地狱中也没有什么区别，佛教所谈的超脱涅槃只是佛陀的自夸而已，这个世上的人就根本得不到拯救。王国维在《红楼梦评论》中引录了自己的这首诗，几乎在此一诗中就包含了他此时的根本思想：人生苦海，超脱无望。

许多研究者在谈及王国维的时候，往往注目于其国学大师、清华四大导师之一等光环，被其《人间词话》、甲骨名家、自沉颐和园等著述与事迹所眩惑，因而在看待其人生诸事时浪漫满怀、遐想联翩，其实王国维除了学术襟怀与思想追求之外，更是一个从乡土之间走出来、苦苦挣扎于乱世的血肉之躯。从其日记中可以看出，即便是其后来仕清，并最终自沉，也与生活收入关系不小。1906 年，王国维应罗振玉之邀请，到北京任职，先后任学部总务司行走、学部图书馆编译等。辛亥革命后，无处维生，随罗振玉流亡日本，全家生活基本依靠罗振玉资助。1916 年，应犹太富商哈同邀请，回国主持《学术丛编》杂志，同时兼任仓圣明智大学教授，每月报酬约 200 元。但由于薪金经常被拖欠，不得不四处兼职，一是帮罗振玉收购古书画，二是应沈曾植之邀参与《浙江通志》的编撰工作（总 240 元），三是为蒋孟蘋编密韵楼藏书书目（月修 50

---

① 陈永正校注：《王国维诗词全编校注》，广州：中山大学出版社 2000 年版，第 52 页。

② 陈永正校注：《王国维诗词全编校注》，广州：中山大学出版社 2000 年版，第 64 页。

元）。由于生活经常入不敷出，罗振玉曾劝其再往日本做寓公[①]，王国维与儿子的书信中也常常谈及家庭的经济困境[②]。1923年溥仪诏选王国维等四人南书房行走，罗振玉在溥仪降诏的第二天，便写信告诉王国维并催促其尽快北上就职，信中除了介绍同僚、表示庆贺之外，不忘记在结尾加上一句："月俸亦不薄，足供旅用。"可以见出，经济一直是王国维的一大困扰。据陈瑞云在《清帝列传·宣统帝》中记述，当时充任溥仪师傅，其俸禄中单是养廉银最少也有600两之多。王国维的儿子王潜明进入海关工作第七年后工资升到每月143元，已经属于高收入阶层，王国维这样的俸禄在当时堪为天价了。得到这个好消息，王国维就举家北上，租了地安门附近织染局的一个大宅子，过上了生平最为优渥安定的一段日子。王国维十分珍惜这个机会，不仅主动上折力劝溥仪励精图治，而且极力避免卷入派系斗争中。当初得到这个职务，本就是亲家兼好友罗振玉大力推荐的结果，结果在王国维向溥仪进呈《观堂集林》的时候，罗振玉让其一并代呈自己的几本著作，王国维怕担关系引发其他问题，居然拒绝了。不幸的是，1924年，溥仪遭驱逐，王国维的优渥日子结束，只能接受清华国学院的聘任，住进了清华园。王国维后来一直以清王朝的遗民自居，固然也许有文化传统的因素，但其两次任职清政府以及后来得到皇室的厚遇，显然也是非常重要的因素。科举失利、职场浮沉，王国维半生潦倒，却只有清帝慧眼独睐、虚席揖让，于情于理，不效遗民之忧，怎堪一酬知己！

以此思想来看《红楼梦》，自然是伤心人读伤心经，处处悲忏，页页惊心了。陈维昭在《红学通史》中说，王国维"旨在强调审美的直观性质，借用'审美无利害关系'的命题去演绎《红楼梦》，证明《红楼梦》使人无欲解脱。而实际上，他与《红楼梦》的小说世界（尤其是小说的悲剧内涵与性质）处于一

---

① 1916年10月14日王国维信复罗振玉："公函中言再往东作寓公之说，维所极愿。若全眷浮海，恐不能行。现维拟二种办法，一归海宁，一仍住上海。若归海宁，则以大儿入青年会寄宿舍，年费二百余元，次儿或送嘉兴，则所费不多。若全家用度月五六十元，岁费约千元左右，比之寓沪可省三分之一。维则每年往东一次，与公同行，暂则住一月，久则数月亦可，每年研究均以家所有书为根本，而至东则参考诸书以成之，此为最妥办法。若寓沪则所需较多，一年或需两度赴东，而所驻之期均不能过久，好在今年决不能作归计，尚可从容定计也。"袁英光、刘寅生：《王国维年谱长编》，天津：天津人民出版社1996年版，第192页。

② 1920年1月23日王国维信复儿子王潜明："家中用度本可稍省，而汝三弟赴镇治装等共六十余元，又高明衣服亦须略须预备，故此数月用度仍多。幸浙江通志局送八十元，故得还汝岳五十元，已交季英矣。年底略可敷衍，然须透用正月中薪数十元耳。"袁英光、刘寅生：《王国维年谱长编》，天津：天津人民出版社1996年版，第302~303页。

种利害关系之中"①。陈维昭此说针对的是王国维《红楼梦评论》中的一个悖论，论文前半部用康德的审美无利害理论去解说《红楼梦》的价值，后半部却极力从伦理学上证明《红楼梦》不是反社会而是具有社会价值的，这样的悖论只能证明王国维思想中依旧存留着强大的社会伦理压力——这个在科举与职场中苦苦挣扎求生的家庭长子已经走出了年少时期的懵懂无知叛逆懈怠，转而成为一个具有强烈伦理责任意识的俗世中人。正是由于已为俗世成人，其在发表了一番审美无功利的言论之后，必须赶紧申明自己所中意的作品并不是一个反社会斩伦理的出格之作，而恰恰有可能正是最大的一种伦理。笔者则更愿意将陈维昭的这句话借用在此，来说明王国维将《红楼梦》读为彻头彻尾的大悲剧，更重要的利害关系在于，《红楼梦》一书成为其慰藉苦闷人生的知音人，借助《红楼梦评论》，他得以暂时一抒胸臆，以此告慰自己多年的艰难困苦。

王国维在《红楼梦批评》中显露的这种生命悲感，固然有其个体遭际的因素，其实更可以说是一种时代情绪。晚清时期，关于世变的各种论调已经成为知识界的共识，不断有人提出当前必须面对大破坏的局面，康有为在《大同书》中提出，这个时代的天地之间，"不过一大杀场、大牢狱而已"②，梁启超则说"今有巨厦，更历千岁，瓦墁毁坏，榱栋崩折，非不枵然大也，风雨猝集，则倾圮必矣"③，径直将中国比作一座历经千载、即将倾圮的大厦。面临这场天地之间的大破坏，晚清众多知识者不免心中腾跃，情绪横流，往往在其作品中吐气噎声、发抒苦闷。如"霜鬓萧疏忘却冷，危栏烟柳夕阳迟"④、"天乐蓥腾如昨梦，杞忧涕泪有谁知"⑤之类感时伤事的句子屡见不鲜。而且，这种感伤由于与改天换地、拯救末世的英雄情怀纠结在一起，更是容易将之有意无意地加以情绪放大，晚清诗人们动辄"沧海惊波百怪横，唐衢痛哭万人惊"⑥、"无端歌

---

① 陈维昭：《红学通史》，上海：上海人民出版社 2005 年版，第 109 页。

② 康有为：《大同书》，载郑力民编：《康有为集》，广州：广东人民出版社 2018 年版，第 221 页。

③ 梁启超：《论不变法之害》，载方志钦、刘斯奋编：《梁启超诗文选》，广州：广东人民出版社 1983 年版，第 6 页。

④ 张之洞：《登采石矶》，载上海辞书出版社文学鉴赏辞典编纂中心编：《古人笔下的安徽胜迹》，上海：上海辞书出版社 1982 年版，第 492 页。

⑤ 李慈铭：《丁丑九月京邸大风感怀》，载胡光舟、周满江编：《古诗类编》，桂林：广西人民出版社 1990 年版，第 253 页。

⑥ 康有为：《出都留别诸公》，载黎洪、施培毅、朱玉衡选注：《历代诗词选注》，合肥：安徽人民出版社 1984 年版，第 352 页。

哭因长夜，婺尾阴阳剩此时"[1]，其诗之气魄雄浑、悲歌慷慨处，具有极为浓烈的感伤情怀。这种感伤情怀有时甚至泛滥到即便只是吟咏普通事物，也能百折千回、徘徊不已。如谭嗣同的诗歌《题残雷琴铭》："破天一声挥大斧，干断柯折皮骨腐，纵作良材遇已苦。遇已苦，呜咽哀鸣莽终古！"该琴据传是取用雷劈中的梧桐树制作而成，在谭嗣同笔下，却恍惚如同上古巨人，与天争竞，被万钧雷动劈死，其精魄因而终古呜咽哀鸣——只是一把取材有些奇特的琴，竟生生杜撰出一段感天泣地的大悲剧来。"20世纪初，无论对于社会，还是对于人生，知识者似乎都有一种置之死地而后生的愿望与冲动，尽管可能有着各自不同的内涵与不同的释义。不用说谭嗣同、秋瑾的喋血，如苏曼殊的自伤自毁与革命，章太炎等从佛教的涅槃获得信心，鲁迅对于'死亡与朽腐'的大欢喜，当然，也包括王国维从叔本华尼采那里接受的哲学，都不缺少一种将有限生命呈献于'人天大道场'的慷慨之气，一种如同耶佛担罪饲虎的悲愿。这种'悲愿'和'慷慨之气'，本身带有某种'审美主义'的浪漫格调，所成长出的审美歌哭，恰好可以表征正在他们眼前演绎的沧桑历史。"[2]

当然，那种大气魄大悲慨更多的只是属于走在时代潮头的风云人物，对于王国维等曾经苦苦挣扎于科举和职场的下层士人而言，他们从时代大变局中体味的，更多的是各种艰辛与无奈。

晚清时期，随着近代经济的发展，越来越多的人投身于商业，选择科举道路本身即一件颇具压力的事情。1893年，山西举人刘大鹏这样写道："近来吾乡风气大坏，视读书甚轻、视为商甚重，才华秀美之子弟，率皆出门为商，而读书者寥寥无几，甚且有既游庠序，竟弃儒而就商者。"[3] 次年年初的日记中，他再次发出感叹："世风之凌夷，不可言矣。邑人之视读书甚轻，视为商甚重。"[4] 山西如此，王国维所在的浙江更是严重。浙江本来就已经是沿海工商业发达之地，制线业、造纸业等行业在全国居于领先地位，还是重要的商业进出口岸。王乃誉日记中就有与王国维商量到底是科举还是从商的记载。参加科举，如果中式，成功步入仕途，尚算正途；如果不中式，在新时代中就显得百

---

① 谭嗣同：《和友人除夕感怀》，载黎洪、施培毅、朱玉衡选注：《历代诗词选注》，合肥：安徽人民出版社1984年版，第350页。

② 孟泽：《"遗民诗学"的亲证——王国维的精神变迁与情感归属》，《中国韵文学刊》2007年第1期。

③ 刘大鹏：《退想斋日记》，太原：山西人民出版社1990年版，第17页。

④ 刘大鹏：《退想斋日记》，太原：山西人民出版社1990年版，第28页。

无一用了——此时的各种新式学堂已经风起云涌，清政府也开始重视各种实用专业人才。据统计，1895 年以前，全国仅有新式学堂 20 所，到了 1903 年，总数已经上升到 769 所，1904 年，达到 4476 所。新式学堂的学生在 1904 年有近 10 万人，次年即递增至近 26 万人，科举废除后 1906 年猛增至 55 万人，1909 年已经达到 164 万之众。[①] 清政府也出台了各种人才实用政策，准许新式学堂的各种毕业生，可以经由考试录用为官员。如京师同文馆规定，学生毕业后，可以参加由总理衙门主持的选拔考试，根据成绩高低授予九品至七品之间的官职。广东同文馆也规定，成绩优异的学生可以直接"调京试用，授以官职"。稍后成立的京师大学堂同样规定，大学毕业生等同于进士，可以直接授予官职。至于船政、水师、武备等军事学堂的毕业生，则早在洋务运动初期就已经能够被授予军职，步入仕途。王国维连续多次参加科举名落孙山，一度只能选择作为塾师来维持生计，如果不是后来有了去《时务报》的机遇，面对时代新潮，可能只会成为社会的局外人，在乡间沉寂一生了。

而即便王国维以《时务报》为跳板，走进了时代新潮中，如果不是有身家厚实、学问精深的罗振玉一路提携帮助，大概在上海这个大城市中也只能做个卖文为生的小文人，其生活境遇同样凄惨。与王国维同时的晚清著名小说家吴趼人，来到上海之后以卖文为生，先后主持《字林沪报》《采风报》《奇新报》《寓言报》等，发表了大量时论、小说，其《二十年目睹之怪现状》《恨海》等小说名噪一时，称为沪上名作。但由于稿酬微薄，吴趼人不得不日夜辛劳、手不释笔，其曾经自述生活窘状："我佛山人，终日营营，以卖文为业，或劝稍节劳。时方饭，乃指案上曰：'吾亦欲节劳，无奈为了这个。'或笑曰：'不图先生吃饭，乃是咬文嚼字。'"[②] 故事谑笑之后，思之令人心酸！由于常年工作劳累，生活贫困，吴趼人年仅 45 岁即病逝，死时身上仅有四角小洋，全靠朋友为其收殓。晚清时期，京沪两地报刊业虽然已经逐渐发展，相应的稿酬制度也逐步建立，但是总体而言，卖文为生的士人收入并不高，许多人生活于穷困之中，在社会最底层苦苦挣扎。由于这种个人境遇，清末民初的小说以充满愤懑的谴责小说、黑幕小说以及充满忧伤情绪的哀情小说为两大潮流。民初第一部引起全国巨大轰动的小说《玉梨魂》，第一章出场，就是身为男人的何梦霞在那里"臂挽花锄，背负花囊"，学着林黛玉葬花。全书故事则痴男怨女，交缠纠结，有情

---

① 参见王笛：《清末新政与近代学堂的兴起》，《近代史研究》1987 年第 3 期。

② 吴趼人：《吴趼人全集》第 7 卷，哈尔滨：北方文艺出版社 1998 年版，第 342 页。

眷侣，分合乱离，配上作者华丽忧郁的文笔，其悲情踟蹰之处，成近代哀情小说之滥觞。之后吴双热《孽冤镜》、李定夷《賈玉怨》等小说，也尽是悲情郁郁、哀鸿一片。王国维写作《红楼梦评论》之前，方应罗振玉之邀，赴上海担任《教育世界》主编，不料瘰疬发作，终日卧床，"日费元余"，本就薪酬微薄，再兼病痛苦恼，其观摩《红楼梦》，放眼望去，处处哀声，笔笔悲剧，自也与同时期的哀情小说家一样，颇有以他人之酒杯浇自己胸中之块垒的意味。

在困苦郁结之中，为了保持自己的奋斗动力，王国维不得不用特别骄傲的方式来为自己打气，于是天才论成为其迷醉自我的一种选择。还在《时务报》做小书记员的时候，王国维就有不少宣称自己怀才不遇的诗句，如"我生三十载，役役苦不平""惜哉此环宝，久弃巾箱间"等，得到罗振玉的赏识与帮助，他自述中称赞此事是"匠石忽惊视，谓与凡材殊"。《人间词》甲稿，王国维在托名樊志厚①所写的序言中，直言自己的词"言近而旨远，意决而辞婉，自永叔以后，殆未有工如君者也。君始为词时，亦不自意其至此，而卒至此者，天也，非人之所能为也"②。《人间词》乙稿，王国维再次托名樊志厚作序，称赞自己之词"真能以意境胜"③，大多数的词"意深于欧，而境次于秦"④，但是到了个别能把意与境结合在一起的词，"如《甲稿·浣溪沙》之'天末同云'、《蝶恋花》之'昨夜梦中'、《乙稿·蝶恋花》之'百尺朱楼'等阕，皆意、境两忘，物我一体，高蹈乎八荒之表，而抗心乎千秋之间，骎骎乎两汉之疆域，广于三代，贞观之政治，隆于武德矣。方之侍卫，岂徒伯仲？此固君所得于天者独深，抑岂非致力于意境之效也"⑤。经过一番比较，王国维把自己的词说成胜过古往今来李白、欧阳修、秦观、李煜等一切名家，而且说自己的成功并非有意努力的结果，而是自己"得于天"，是天才所为。这种做法王国维在其一生中屡屡使用，如《观堂集林》的两个序言也是分别假托蒋汝藻和罗振玉之名，在以蒋汝藻名义所写的序言中，王国维称赞自己："君书才厚数寸，在近世诸家中著书不为多，然新得之多，未有如君书者也。君新得之多，固由于近日所出新史

① 赵万里《王靖安先生年谱》最早提出，《人间词》两序乃王国维托名樊志厚所作。1939年开明书店《人间词话》附录中王幼安言"此二序虽为观堂手笔，而命意实出自樊氏"。刘雨《〈人间词序〉作者新证》（《文学遗产》1985年第2期），认为此二序乃王国维挚友樊少泉所作。但是刘雨此说缺少直接证据，也无法解释樊少泉为何要化名樊志厚作序的问题。故而此处依旧从赵万里说。

② 王国维：《人间词话》，桂林：广西人民出版社2017年版，第68页。

③ 王国维：《人间词话》，桂林：广西人民出版社2017年版，第71页。

④ 王国维：《人间词话》，桂林：广西人民出版社2017年版，第71页。

⑤ 王国维：《人间词话》，桂林：广西人民出版社2017年版，第71页。

料之多，然非君之学识，则亦无以理董之。盖君于乾嘉诸儒之学术方法无不通，于古书无不贯串，其术甚精，其识甚锐，故能以旧史料释新史料，复以新史料释旧史料，辗转相生，所得乃如是之夥也。"① 以罗振玉名义写的序言，则更是不吝美词，称赞自己写的《殷卜辞中所见先公先王考》及《殷周制度论》"义据精深，方法缜密，极考证家之能事"②，自己虽然只有 47 岁，但是有了这两篇文章，"自兹以往，固将摅伏生、申公而与之同游，非徒比肩程、吴而已"③。写序时候对所序的书及作者有所称赞，本也是可以的，但如王国维这般毫不谦抑地自赞，而且将其强调为自己的天才所得，这种言说方式不能用简单的人格方式来讨论，而应该放置于作者所处的时代来理解。

1904—1905 年，王国维在其主编的《教育世界》杂志上，发表了几篇叔本华和尼采的专论，如介绍叔本华哲学思想的《叔本华氏之遗传说》（1904 年 72 号）、《论叔本华之哲学及其教育学说》（1904 年 75、77 号）、《德国哲学大家叔本华传》（1904 年 84 号）、《叔本华之思索论》（1905 年 94 号），以及介绍尼采学说的《尼采氏之教育观》（1904 年 71 号）、《德国文化大改革家尼采传》（1904 年 76 号）、《尼采氏之学说》（1904 年 78、79 号）、《叔本华与尼采》（1904 年 84 号）等。叔本华、尼采皆力推天才说，在其著作中往往将自己比作天才，而且特别强调天才在战胜逆境、追求永恒意义上的独特意义。王国维的《红楼梦评论》作于 1904 年，正是其思想上刚与叔本华尼采邂逅相恋、欢爱融洽的时候，于是二者的天才之说，即流溢于《红楼梦评论》的字里行间。在文中，王国维不遗余力地给予《红楼梦》最大的礼赞，"绝大著作""宇宙之大著述""我国美术上之唯一大著述""悲剧中之悲剧"等各种赞誉纷至沓来，将《红楼梦》的文学地位捧上了前所未有的高度。细细品读，这些对《红楼梦》的膜拜赞誉，内中隐隐涌动着叔本华尼采的天才论口沫，与王国维后来在各种序文中称赞自己天才的做法之间，实在是有着一脉相承的因子。

王国维的这种天才论调，其实也是那一个时代接受了西方哲学思想的知识者所共有的特征。甲午中日战争之后，众多知识者意识到，只是洋务运动所

---

① 蒋汝藻：《王国维手定观堂集林序一》，《王国维手定观堂集林》，杭州：浙江教育出版社 2014 年版，第 1 页。

② 罗振玉：《王国维手定观堂集林序二》，《王国维手定观堂集林》，杭州：浙江教育出版社 2014 年版，第 1 页。

③ 罗振玉：《王国维手定观堂集林序二》，《王国维手定观堂集林》，杭州：浙江教育出版社 2014 年版，第 2 页。

倡导的中学为体西学为用，并不能彻底改变中国的落后局面，只有从制度、思想、文化等各个方面全面学习西方，才有可能使中国真正走上富强的道路。于是在甲午中日战争之后，出现了一股翻译西方书籍及通过翻译日本书籍转译西方书籍的热潮，据统计，从1896年大规模译日书起，至民国成立，共译日书达958种①，翻译外国图书的总数则超过1500种。1898—1905年，严复接连翻译出版了赫胥黎《天演论》、亚当·斯密《原富》、斯宾塞《群学肄言》等西方人文名著，引发巨大的反响。特别是《天演论》一书，更是不胫而走，形成一股全国性的进化论热潮，一时众口扬扬，争谈"物竞天择""优胜劣汰"。胡适曾回忆当时的盛况道，《天演论》出版之后，几年时间内就风行全国，甚至都成为中学生的读物。读《天演论》的人，很多人并不了解《天演论》在科学史或思想史上的贡献，只是被"优胜劣汰"这四个字鼓动刺激，晚清以来，中国在面对列强时的屡战屡败，让"优胜劣汰"这四个字显得尤为刺眼，"几年之中，这种思想像野火一样，延烧着许多少年人的心和血"，于是，一时之间，"天演""物竞"等《天演论》上的术语"都渐渐成了报纸文章的熟语，渐渐成了一班爱国志士的'口头禅'"。②众多立志新学的知识者，其出发点虽在拯救中国、启蒙世人，面对对于世界一无所知的国人，却自然免不了颇有一些卓尔不群、目无余子的良好感觉。雨果、拜伦等浪漫主义作家以及叔本华、尼采的天才论，一来强调面对社会庸众的拼搏奋争，二来宣扬个体的天授之能，正好契合了当时知识者的思想状况及情感需求，因而大行其道。

然而，以天才自命的知识者也往往较容易感受到旧体制无所不在的压力，唯其所行，正是要突破旧有体制的拘束，建立新的体制，故而也必须与旧体制展开全面而持久的战斗。不幸的是，面对旧体制，接受了新思想的知识者往往处于"无物之阵"，无论是帝国制度、官僚制度，还是宗法制度，对于这些知识者都具有压倒性的胁迫能力，知识者往往面对一梦醒来处处不平却举步维艰、力不从心的局面。越多的骄傲，与现实的不如意比较起来，就会有越多的伤感。于是，从龚自珍等一代新知识者开始，整个晚清以至民国初年的知识界，其作品乃至人生中往往泛滥着一股深浓的悲情味道。龚自珍一生沉浮下僚、郁郁难展，"独倚东南涕泪多"，年仅50岁即暴病而亡；谭嗣同等维新派人，高歌"我自横刀向天笑"，朝夕之间，从朝廷重臣成通缉要犯，或亡命天涯或喋

---

① 方华文：《20世纪中国翻译史》，西安：西北大学出版社2005年版，第6页。
② 胡适：《胡适文集》第1集，北京：北京大学出版社1998年版，第70页。

血街头；苏曼殊身世凄凉，穷困潦倒，四处流浪，数度寄食于寺院，激愤之下，"无端狂笑无端哭，纵有欢肠已似冰"，最终39岁即撒手人寰。在知识界泛滥的这股悲情幽风一路冷吹，影响了整个20世纪，乃至后来黄子平、陈平原、钱理群的《论"二十世纪中国文学"》直接以"悲凉"作为20世纪中国文学的主要特征之一。

悲情无限，自然生出解脱诸想，于是宗教特别是佛学成为晚清知识界的一种风尚。龚自珍晚年"终日坐佛香缭绕中，翻经写字，以遣残年"①。林则徐一生"奉佛甚谨"，从青年时起就每日诵经，积极参与各地佛教活动。晚清著名佛学家杨文会门下时常信士满座，梁启超曾回忆当时盛况道："谭嗣同从之游一年，本其所得以著《仁学》，尤常鞭策其友梁启超。启超不能深造，顾亦好焉；其所著论，往往推挹佛教。康有为本好言宗教，往往以己意进退佛说。章炳麟亦好法相宗，有著述。故晚清所谓新学家者，殆无一不与佛学有关系，而凡有真信仰者率皈依文会。"对于此种现象，梁启超特别在其《清代学术概论》中辟专节讲述，他认为其盛行的原因在于"社会既屡更丧乱，厌世思想，不期而自发生；对于此恶浊世界，生种种烦懑悲哀，欲求一安心立命之所；稍有根器者，则必遁逃而入于佛"。②

王国维生于晚清之时，自然也极容易体味到整个知识界的这种悲情气息以及解脱之想，在种种因缘际会之中，接触并接受叔本华的哲学思想，与时代氛围的潜移默化是不无关联的。在其《红楼梦评论》中，之所以大谈悲剧，将《红楼梦》解读为天地之间的"大悲剧"，恰正是其"呼吸领会"时代气味的结果。在《红楼梦评论》中，王国维屡次提及宗教，特别是一次提到佛教的"若不度尽众生，誓不成佛"，一次则分析《佛国记》中佛陀前身菩提萨埵的一首佛偈，更可见出，其同样也在整个时代的宗教风尚中——只不过，王国维最终不进佛门，而是另立新教，以叔本华为信仰神祇、以学术研究作为其修行法门罢了。《红楼梦评论》则无疑是其早期修行道路上的重要一站，"自吾人思之，则人生之运命固无以异于悲剧，然人当演此悲剧时，亦俯首杜口，或故示整暇，汶汶而过耳。欲如悲剧中之主人公，且演且歌以诉其胸中之苦痛者，又谁听之，而谁怜之乎？夫悲剧中之人物之无势力之可言，固不待论。然敢鸣其苦痛者与不敢鸣其苦痛者之间，其势力之大小必有辨矣。夫人生中固无独语之事，而戏

---

① 刘埜：《龚自珍致邓传密佚札系年校注》，《故宫博物院院刊》1980年第1期。

② 梁启超：《清代学术概论》，北京：东方出版社1996年版，第90~91页。

曲则以许独语故,故人生中久压抑之势力独于其中筐倾而篚倒之,故虽不解美术上之趣味者,亦于此中得一种势力之快乐"①,王国维此段话说的是"戏曲",其实于其自身,也可以换为《红楼梦评论》"以许独语故,故人生中久压抑之势力独于其中筐倾而篚倒之"。

20 年后,同样深研叔本华、尼采的陈铨曾以"涛每"笔名发表《读王国维先生红楼梦评论之后》,其言"王先生评《红楼梦》之根本观察点,盖发源于叔本华之哲学思想。然而《红楼梦》作者与叔本华二人之所见是否能相合至如此程度,吾人不能无疑?予终觉根据一家言以看他家,终不免有戴起颜色眼镜看物之危险,因所引证无论如何精密,总脱不过作者之成见,而其他不合其成见者,容易忽视过去"②,虽属批评,亦可谓知论。也许正是因为"呼吸领会"到了末世之中文人的那种"悲凉"处境,王国维最终才会选择自沉,而他的自沉才会引发整个知识界的精神大动荡。

第二节　宦海文人的自叙传

1917 年 9 月,蔡元培出版了一本薄薄的《石头记》研究小册子——《石头记索隐》。在《石头记索隐》的开头,蔡元培提出,"《石头记》者,清康熙朝政治小说也。作者持民族主义甚挚。书中本事在吊明之亡,揭清之失,而尤于汉族名士仕清者寓痛惜之意"③。在蔡元培看来,整本《石头记》就是一个充满政治隐秘的小说,充满了明清鼎革之际的汉族哀伤,只是作者当时既虑触文网,又欲别开生面,特于本事以上,加以数层障幕,使读者有"横看成岭侧成峰"之状况。④

首先,蔡元培提出,从《石头记》的文本特点来看,可以分为三个层面来解读。"最表面的一层"为"谈家政而斥风怀,尊妇德而薄文艺。其写宝钗也,

---

① 王国维:《人间嗜好之研究》,载姚淦铭、王燕编:《王国维文集》第 3 卷,北京:中国文史出版社 1997 年版,第 29 页。

② 涛每:《读王国维先生红楼梦评论之后》,载吕启祥、林东海主编:《红楼梦研究稀见资料汇编》,北京:人民文学出版社 2001 年版,第 158 页。

③ 蔡元培:《石头记索隐》,载绿林书房辑校:《蔡元培学术论著》,杭州:浙江人民出版社 1998 年版,第 9 页。

④ 蔡元培:《石头记索隐》,载绿林书房辑校:《蔡元培学术论著》,杭州:浙江人民出版社 1998 年版,第 9 页。

几为完人，而写黛玉、妙玉，则乖痴不近人情，是学究所喜也，故有王雪香评本"[1]；接着往下的一层，"则纯乎言情之作，为文士所喜，故普通评本多着眼于此点"[2]；最后一层，"则言情之中善用曲笔。如宝玉中觉，在秦氏房中布种种疑阵，宝钗金锁为笼络宝玉之作用，而终未道破。又于书中主要人物设种种影子以畅写之，如晴雯、小红等均为黛玉影子，袭人为宝钗影子是也。此等曲笔，惟太平闲人评本能尽揭之"[3]。但是，蔡元培批评道，即便是能够读出《石头记》内第三层"曲笔"的太平闲人张新之，也并没有读懂《石头记》的真正内在隐曲，根本说不出《石头记》的本事。在"阐证本事"方面，"以《郎潜纪闻》所述徐柳泉之说为最合，所谓宝钗影高澹人，妙玉影姜西溟是也"，另外，"近人《乘光舍笔记》谓书中女人皆指汉人，男人皆指满人，以宝玉曾云男人是土做的，女人是水做的也，尤与鄙见相合"[4]。

受到这两则笔记的启发，蔡元培提出，《石头记》的总体隐性架构就是满汉、明清之别，"书中红字多影朱字。朱者，明也，汉也。宝玉有爱红之癖，言以满人而爱汉族文化也；好吃人口上胭脂，言拾汉人唾余也"[5]。至于书中袭人等谆谆劝告贾宝玉不许吃人口上的胭脂，则影射清廷历朝皇帝时时申诫满人、防止汉化的做法。至于《石头记》的其他书名《情僧录》及《风月宝鉴》，蔡元培认为，"或以情字影清字，又以古人有'清风明月'语，以风、月影明、清，亦未可知也"[6]。有了这个总体架构，再来看《石头记》，就会发现越来越多的影射。蔡元培指出，《石头记》是从明朝灭亡开始讲起的，"第一回所云：'这一日三月十五日，葫芦庙起火，烧了一夜，甄氏烧成瓦砾场。即指甲申三月间明愍帝殉国、北京失守之事也。士隐注解《好了歌》，备述沧海桑田之变态，亡国之痛昭然若揭。而士隐所随之道人跛足麻履鹑衣，或即影愍帝自缢时之状。甄

---

① 蔡元培：《石头记索隐》，载绿林书房辑校：《蔡元培学术论著》，杭州：浙江人民出版社1998年版，第9页。

② 蔡元培：《石头记索隐》，载绿林书房辑校：《蔡元培学术论著》，杭州：浙江人民出版社1998年版，第9页。

③ 蔡元培：《石头记索隐》，载绿林书房辑校：《蔡元培学术论著》，杭州：浙江人民出版社1998年版，第9页。

④ 蔡元培：《石头记索隐》，载绿林书房辑校：《蔡元培学术论著》，杭州：浙江人民出版社1998年版，第9页。

⑤ 蔡元培：《石头记索隐》，载绿林书房辑校：《蔡元培学术论著》，杭州：浙江人民出版社1998年版，第10页。

⑥ 蔡元培：《石头记索隐》，载绿林书房辑校：《蔡元培学术论著》，杭州：浙江人民出版社1998年版，第10页。

士本影政事,甄士隐随跛足道人而去,言明之政事随愍帝之死而消灭也"①。甄家(真家)遭了劫难,明朝灭亡了,那么风头正盛、荣华正好的贾家(假家)当然就是清朝了。"然作者深信正统之说,而斥清室为伪统,所谓贾府即伪朝也。其人名如贾代化、贾代善,谓伪朝之所谓化、伪朝之所谓善也。贾政者,伪朝之吏部也。贾敷、贾敬,伪朝之教育也(《书》曰'敬敷五教')。贾赦,伪朝之刑部也,故其妻氏邢(音同刑),子妇氏尤(罪尤)。贾琏为户部,户部在六部位居次,故称琏二爷,其所掌则财政也。李纨为礼部(李礼同音),康熙朝礼制已仍汉旧,故李纨虽曾嫁贾珠,而已为寡妇。其所居曰稻香村,稻与道同音。其初名以杏花村,又有杏帘在望之名,影孔子之杏坛也。"②贾府指代清朝,贾府的各个男性主子也分别有影射朝廷六部的意思。

因为认定《石头记》就是影射明清鼎革之际的各种人事,于是,蔡元培开始考证小说中各种人物的"原型"。《石头记》开头叙贾雨村与甄家的丫鬟娇杏有一场姻缘,贾雨村中进士发达后娶了娇杏,在蔡元培看来,影射的显然就是明末变节投降伪朝之人,作者于汉人之服从清室而安富尊荣者,如洪承畴、范文程之类,以娇杏代表之。娇杏即侥幸③。至于试图与贾府攀上关系却反而受辱的,"如钱谦益之流,则以贾瑞代表之。瑞字天祥,言其为假文天祥也(文小字宋瑞)。头上浇粪,手中落镜,言其身败名裂而至死不悟也"。

关于贾宝玉,《石头记索隐》指出,"宝玉者,传国玺之义也,即指胤礽"④,书中将康熙朝两立两废的太子胤礽作为《石头记》贾宝玉的原型,指出二者都曾在父亲的严厉教导下学习,都有魔魇之病发作的历史。蔡元培还认为,巧姐似乎也是影射胤礽的,不仅因为"巧与礽字形相似",更因为"宝玉被打由贾环诉说金钏儿事,宝玉被魇由贾环之母赵姨娘主使,巧姐被卖亦由贾环主谋,与胤禔之陷胤礽相应"⑤,巧姐与贾宝玉的受难都是由贾环发出的。更明显的是,

① 蔡元培:《石头记索隐》,载绿林书房辑校:《蔡元培学术论著》,杭州:浙江人民出版社1998年版,第10页。

② 蔡元培:《石头记索隐》,载绿林书房辑校:《蔡元培学术论著》,杭州:浙江人民出版社1998年版,第10页。

③ 蔡元培:《石头记索隐》,载绿林书房辑校:《蔡元培学术论著》,杭州:浙江人民出版社1998年版,第11页。

④ 蔡元培:《石头记索隐》,载绿林书房辑校:《蔡元培学术论著》,杭州:浙江人民出版社1998年版,第12页。

⑤ 蔡元培:《石头记索隐》,载绿林书房辑校:《蔡元培学术论著》,杭州:浙江人民出版社1998年版,第19页。

巧姐被卖与胤礽被废，都是由于"爱银钱忘骨肉的狠舅奸兄"勾结在一起，最终才酿成其大苦难。

《石头记索隐》的主体部分是考证书中的女子皆影射众多仕清的康熙朝汉族名士。蔡元培提出，林黛玉影射的名士是朱竹垞（即朱彝尊），薛宝钗影射的名士是高江村（即高士奇），王熙凤影射的名士是余国柱，探春影射的名士是徐健庵（即徐乾学），惜春影射的名士是严荪友（即严绳孙），妙玉影射的名士是姜西溟（即姜宸英），宝琴影射的名士是冒辟疆，史湘云影射的名士是陈其年（即陈维崧），刘姥姥影射的名士是汤潜庵（即汤斌）。蔡元培一一考证罗列了《石头记》中人物的事迹性格爱好与所影射人物的事迹性格爱好，指出二者的许多相合之处。虽然"其他迎春等人，尚未考出"，但是蔡元培显然认为，之前所列的九个小说中人物与康熙朝的众多仕清汉族名士之间，是有着明确的影射关系的。

在结尾部分，蔡元培又考证出几条"插叙之事"，"与康熙朝时事"相应。第一个是石呆子为了一把扇子弄得家破人亡的事，蔡元培认为其影射的是康熙朝戴名世因《南山集》而抄家灭族一案。第二个是《石头记》中人物偷读《西厢记》《牡丹亭》等书籍一事，蔡元培认为《西厢记》《牡丹亭》皆含有反清复明之寓意，故而影射的是康熙朝的那些违碍之书。第三个是焦大骂人与包勇打贼二事，蔡元培以为影射的是方苞骂人与打相国仆人二事。第四个是省亲时黛玉暗帮宝玉写诗一事，蔡元培以为影射的是康熙召见时张鹏翮暗帮王世贞写诗一事。第五个是元妃省亲一事，蔡元培以为影射的是康熙南巡。

《石头记索隐》的最后，蔡元培信心满满地指出，自己对于《石头记》影射康熙间事的解读，虽不及百之一二，然《石头记》之为政治小说，决非牵强附会，已可概见。触类旁通，以意逆志，一切怡红快绿之文，春恨秋悲之迹，皆作二百年前之因话录旧闻记读可也。[①]

蔡元培《石头记索隐》出版后，畅销南北，几年之内印行 20 余版，凭借作者日渐上升的社会名望及其别具一格的解读，《石头记索隐》迅速成为索隐派红学的扛鼎之作。但是，在后世深受胡适新红学影响的红学史家看来，这是一部不好评价的作品。新红学鼻祖胡适在 1921 年所作的《红楼梦考证》认为蔡元培的《石头记索隐》是"猜笨谜"，虽然引书很多、用心很勤，"但我总觉得蔡

① 蔡元培：《石头记索隐》，载绿林书房辑校：《蔡元培学术论著》，杭州：浙江人民出版社 1998 年版，第 72 页。

先生这么多的心力都是白白的浪费了，因为我总觉得他这部书到底还只是一种很牵强的附会"①。在胡适看来，种种对《红楼梦》的索隐读法都是"穿凿附会"的，都不是做《红楼梦》研究的正当做法。他指出，想要做关于《红楼梦》的研究或考证，"我们只须根据可靠的版本与可靠的材料，考定这书的著者究竟是谁，著者的事迹家世，著书的时代，这书曾有何种不同的本子，这些本子的来历如何。这些问题乃是《红楼梦》考证的正当范围"②，也只有这种严密的科学的考证才是《红楼梦》考证的正确方法。整个20世纪的主流红学界基本是在胡适的新红学框架下进行研究的，许多人对索隐派深恶痛绝，觉得他们打乱了《红楼梦》的"正常"研究，"悖理违情"，只能把《红楼梦》研究引入歧途③，对于这些人来说，蔡元培的《石头记索隐》同样也是属于应该加以嘲笑加以批判的对象。然而，培育了新文化运动的北大校长蔡元培，对整个20世纪中国知识界恩重如山，强烈的感恩之心，又使得主流红学界不好意思对蔡元培的《石头记索隐》大肆挞伐。于是，在涉及《石头记索隐》的时候，红学史家一般更喜欢说说身为职员的胡适与身为校长的蔡元培如何就《红楼梦》展开君子之争、双方在学术上的歧义并不影响对对方的尊重还有蔡元培如何主动为学术争论方胡适提供证据④等趣闻轶事。在此之外，红学史家在评论蔡元培《石头记索隐》的时候，虽然照旧也是对其索隐方法不以为然，却尽力为其"错误"找理由，这个理由就是——排满。

时至今日，蔡元培写作《石头记索隐》用意在于以其书宣扬排满思想，几乎已经成为红学界的定论。白盾《红楼梦研究史论》分析道，蔡元培"他是个民族革命家，又受到西方思潮的影响"⑤。与蔡元培同时代的龚自珍、魏源、康有为等人提倡"今文学"，以之作为托古改制的工具。在这种治学方法的影响之下，蔡元培"在《红楼梦》里看到了'排满'的思想"⑥。当然，蔡氏与王梦阮、沈瓶庵《红楼梦索隐》一书的不同在于，"他是借用'红楼'作为'排满'的武器，有召唤亡灵作战的意思，有其积极的目的动机"⑦。陈维昭在《红学通史》中提

① 胡适：《胡适红楼梦研究论述全编》，上海：上海古籍出版社1988年版，第80页。

② 胡适：《胡适红楼梦研究论述全编》，上海：上海古籍出版社1988年版，第86页。

③ 郭豫适：《拟曹雪芹"答客问"——论红学索隐派的研究方法》，上海：华东师范大学出版社2006年版，第9页。

④ 胡适自述，蔡元培在找到《红楼梦考证》的重要材料《四松堂集》之后，及时送给其参阅。

⑤ 白盾主编：《红楼梦研究史论》，天津：天津人民出版社1997年版，第132页。

⑥ 白盾主编：《红楼梦研究史论》，天津：天津人民出版社1997年版，第132页。

⑦ 白盾主编：《红楼梦研究史论》，天津：天津人民出版社1997年版，第132页。

出："蔡元培进行《红楼梦》索隐之日，正是当时中国排满反清情绪高涨之时，所以他的'本事'确认就朝着反满的方向进行。蔡元培之阅读《石头记》，与他的倡扬民族主义的反清政治倾向密切相关。"[1] 通过将蔡元培的《石头记索隐》解释为作者有意地宣传排满，红学史家完成了对"蔡校长"的救赎：既然是有意的革命行为，无论如何偏激出格，总是可以原谅的，而借书籍来传播革命思想，更见革命家善于利用一切外物来扩大革命影响的激情与谋略。

许是觉得那个横眉怒目、偏执满汉之界的蔡元培与大众所知的提倡思想自由、兼容并包的蔡校长差距甚大，近年来，也不断有学者试图为《石头记索隐》翻案，如刘广定曾提出，蔡之"所谓'政治小说'，只是指'含有政界人物故事的小说'而已，与现代'政治小说'意义不同"[2]。只是刘广定文章重点在于为《石头记索隐》增加一些补遗，并没有就此观点展开更多论述。最为明显为蔡元培《石头记索隐》翻案的是冉利华的《创造国语的文学——蔡元培写作〈石头记索隐〉动机新探》一文。文中先是分析了《石头记索隐》的一些措辞，"'作者持民族主义甚挚'等语，与其说是论者'持民族主义甚挚'的表述，不如说是论者本着客观求实的态度从小说中发现的'事实'，而他本人所抱持的绝非狭隘的民族主义，所反对的也绝非满族人，而是占少数的统治者的特权，是阻碍社会进步、让人民得不到自由平等生活的腐朽专制的封建政权"[3]，作者认为在写作《石头记索隐》的过程中，蔡元培是冷静的，并非狭隘的民族主义者，根据对其书与其人的比对，可以非常确定地认为，蔡元培写作《石头记索隐》这本书并不是在"宣扬狭隘的民族主义、倡扬反异族统治的政治倾向"[4]。至于写作《石头记索隐》的原因，冉利华分析了 20 世纪 20 年代蔡元培几次演讲中对于《红楼梦》小说价值的评价，提出"蔡元培一生为了民族革命而不懈奋斗。但他之所以进行革命，是为了全中国人民的自由、民主与平等，而不是出于狭隘的种族主义；蔡元培写作《石头记索隐》，目的并非宣传排满、倡扬民族主义的反满清的政治倾向。其深层的动机倒在于提高语体小说在文学大家庭中的地位，通过肯定语体小说而肯定语体文，并从而促进统一的国语的形成、使用

---

[1] 陈维昭：《红学通史》，上海：上海人民出版社 2005 年版，第 120 页。

[2] 刘广定：《蔡元培〈石头记索隐〉补遗》，《红楼梦学刊》2003 年第 1 辑。

[3] 冉利华：《创造国语的文学——蔡元培写作〈石头记索隐〉动机新探》，《文化与诗学》2010 年第 1 期。

[4] 冉利华：《创造国语的文学——蔡元培写作〈石头记索隐〉动机新探》，《文化与诗学》2010 年第 1 期。

与推广"①。只是，冉利华的这篇文章，似乎并不能令人信服，蔡元培在20年代的几次演讲，可以明显地看出其观点是受到胡适等新文化运动者影响的，无论是提倡白话小说还是倡导方言文学，都是到了新文化运动才有的思想，在写作《石头记索隐》的1915年，蔡元培尚未形成这些观念，更不用说自觉地在其研究与写作中倡导这些观念了。

那么，蔡元培写作《石头记索隐》到底是出于什么样的心理？真的是在宣传排满吗？

将《红楼梦》解读为反清小说，是从19世纪末开始的。为了替维新变法寻找理论根源，康有为重兴今文经学，以《新学伪经考》《孔子改制考》等作品来重新解读六经。在这种思潮之中，出现了以社会政治思想来解读小说的做法。《新小说》杂志从1903年第7号起，开辟"小说丛话"专栏，刊载了平子、曼殊、饮冰、趼人等几位关于中国古典小说的对话式评论。这些评论之中，就有涉及《红楼梦》的。平子认为，《红楼梦》是"种族小说"，"系愤清人之作"，不能"专以情书目之"。②平子提出，《红楼梦》是一部暗隐了汉人对于清朝统治的愤恨之情的小说，"第七回便写一焦大醉骂，语语痛快。焦大必是写一汉人，为开国元勋者也，但不知所指何人耳。……又观焦大所云：'欺软怕硬，有好差使派了别人（必是督抚海关等缺。）二十年头里的焦大爷眼里有谁？别说你们这一把子的杂种们。你们作官儿，享荣华，受富贵。你祖宗九死一生，挣下这个家业，到如今不报我的恩，反和我充起主子来了！'字字是血，语语是泪，故屡次禁售此书，盖满人有见于此也。今人无不读此书，而均毫无感触，而专以情书目之，不亦误乎？"③之后，眷秋在文章中提出，《石头记》内中记录着清代的秘史，书中各种事迹与人物，都是可以找到出处的。作者不敢直白地说出影射的时代，因此才变化为无稽之言，"深文曲笔，务求其晦"④。眷秋指出，《石头记》第一回，其回前诗"满纸荒唐言，一把辛酸泪。都云作者痴，谁解其中味"，即为该书的宣言，正文"当日地陷东南"这六字，也是比较明确地指代南

---

① 冉利华：《创造国语的文学——蔡元培写作〈石头记索隐〉动机新探》，《文化与诗学》2010年第1期。

② 曼殊等：《小说丛话》，载朱一玄编：《红楼梦资料汇编》，天津：南开大学出版社1985年版，第863页。

③ 曼殊等：《小说丛话》，载朱一玄编：《红楼梦资料汇编》，天津：南开大学出版社1985年版，第863页。

④ 眷秋：《小说杂评》，载朱一玄编：《红楼梦资料汇编》，天津：南开大学出版社1985年版，第881页。

明陷落。从这些文字来看，《红楼梦》所讲述的是福王被清朝俘虏之后的故事。"故甄士隐出家时，曲中又有'从此后真方唱罢假登场，反认他乡是故乡……到头来都是为他人作嫁衣裳'等语，叹腼颜事仇者之无耻也。呜呼！异族之辱，黍离之痛，所感深矣！"①

1903—1912 年，反清排满运动正是火热时期，以上几位评论者从《红楼梦》中读出明清之仇、家国之恨，尚属情理之中。但是，《石头记索隐》出版的 1917 年，清帝已经逊位，辛亥革命宣告成功，临时政府迅疾改换口号为"五族共和"，在这个时候，曾经官居临时政府教育总长的蔡元培，怎么可能在此时宣扬排满、"召唤亡灵作战"？当然，不可忽视的是，蔡元培虽然是光复会和同盟会的早期骨干，但其并非从一开始就一心要推翻清廷，其对清廷的态度，有几次颇为复杂的转变，并非那么简单。

蔡元培，浙江绍兴人，少有俊才，科场得意，17 岁举秀才，22 岁中举人，之后回乡读书磨砺，25 岁进士出身，选翰林院庶吉士。两年后，授翰林院编修。甲午战争之后，国内知识界新学之风大炽。受此风潮影响，蔡元培也阅读了一批新学书籍，并逐渐成为变法革新的支持人。虽然并未参与戊戌变法，蔡元培却在日记中表达了对主持变法的谭嗣同等人的赞赏。②戊戌变法失败后，蔡元培愤而辞官，回乡后被聘任为绍兴中西学堂监督。

由以上经历可以看出，在《石头记索隐》写作之前③，蔡元培堪称科场得意者，这使得他对清廷尤其是清帝存有一定的感恩之心。细查此时期的蔡元培日记，可以看出，蔡元培这个阶段的思想基本上属于传统士大夫伦理思维的范畴，其相关言论并未脱离"皇上圣明，奸臣乱政"的基本套路。例如，1894 年十月四日的蔡元培日记，先是录一段甲午海战的邸报，接着评论海战中的各方行为，蔡元培认为甲午战败，"圣明洞鉴，从谏如流，而庸相债帅朋比欺罔之

---

① 眷秋：《小说杂评》，载朱一玄编：《红楼梦资料汇编》，天津：南开大学出版社 1985 年版，第 881 页。

② 此时期蔡元培日记中有"维新党人，吾所默许""侯官浏阳，为吾先觉""于戊戌六君子中，尤佩服谭复生（嗣同）君"等语。辞官回到绍兴后，得好友胡钟生信函，见示谭嗣同、林旭狱中所作诗，蔡元培悲愤不已，亦将其全部录入日记。

③ 蔡元培开始对《红楼梦》这部小说的情节进行考证，是在 1898 年，他在当年七月二十七日的日记中写道："余喜观小说，以其多关人心风俗，足补正史之隙，其佳者往往意内言外，寄托遥深，读诗逆志，寻味无穷。前曾刺康熙朝士轶事，疏证《石头记》，十得四五，近又有所闻。杂志左（下）方，用资印证。"如林黛玉（朱竹垞）、薛宝钗（高澹人）……宝玉（纳兰容若），刘姥姥（安三）。参见王世儒编：《蔡元培日记》，北京：北京大学出版社 2010 年版，第 94 页。

习，当销燿矣"①。1895 年四月六日，对于《马关条约》，蔡元培评论道："圣上谦抑，博访廷议，而疆臣跋扈，政府阘茸，外内狼狈，虚疑恫喝，以成炀灶之计，聚铁铸错，一至于此，可为痛哭流涕长太息者也！"② 此外，1900 年《致徐树兰函》："承示并二十三日《申报》，具悉。所属恭录二十一日上谕悬之厅事，仰见老成深虑，钦佩无任。尚有奉商者，下款请列台衔，若元培则不愿列名也。使其言而果出于我皇上与，勿欺而犯，先师所训，面从后言，《尚书》所戒，亦不能不绎其言之何如而漫焉崇奉之。况乎二十四年八月以后所下上谕，岂尚有一字出于我皇上哉？皆黎邱之鬼所为耳。"③ 可以看出，对于"我皇上"，蔡元培一直有比较浓厚的感情，对整个清廷也没有直接的反对意见，其经常表达的，无非奸臣当道、国家多难。

不仅如此，在日记里，蔡元培还曾经提出，满汉两族在清朝 200 年间并没有太多激烈的冲突，"到养正书塾，晤伯绚、仲昭，见示章枚叔所为《訄书》，宗旨在帝孔氏，逐满洲。伯绚言，瓜尔佳锡侯，满洲之言维新者，见此书因立一扶满抑汉宗旨，以与枚叔争。噫，黄种方绌于白种，乃而种之中乃自相与争，此何异汤沐已具，而群虱乃斗于裈中也。然满汉之界，祖宗立法未善有以启之，二百余年无大争，故界不破，今乃有以争为宗旨者，此满汉大同（乱）之基也"④。因此，蔡元培认为，不应该在外患严重的时候挑起满汉之争，而应该先集中力量解决西方"白种人"的威胁，然后再来讨论解决自己的内部民族问题。蔡元培认为，章太炎的《訄书》要求汉族人团结起来驱逐满人，和某些满人提出扶满抑汉，都是不对的。

攘外再安内，将满汉之世仇淡化，这就是蔡元培在 20 世纪初的基本立场。1903 年，蔡元培匿名在《苏报》上发表《释"仇满"》，进一步说明自己的观点。此文发表时署名"来稿"，后来在口述的《传略》中，蔡元培承认这篇文章是自己匿名发表的。

《释"仇满"》一文提出，由于满汉两族之间相互通婚，文化差异越来越小，到了这个时候已经很少有纯粹的满族人了，满族与汉族之间并没有太大的区别，"吾国人一皆汉族而已"⑤。蔡元培指出，在这个时代还不断强调自己满族

① 王世儒编：《蔡元培日记》，北京：北京大学出版社 2010 年版，第 25 页。
② 王世儒编：《蔡元培日记》，北京：北京大学出版社 2010 年版，第 31 页。
③ 高平叔编：《蔡元培全集》第 1 卷，北京：中华书局 1984 年版，第 91 页。
④ 王世儒编：《蔡元培日记》，北京：北京大学出版社 2010 年版，第 164 页。
⑤ 高平叔编：《蔡元培全集》第 1 卷，北京：中华书局 1984 年版，第 171 页。

人身份的,往往是那些具有特权的人。这些人强调满族人的身份,是为了自己能顺理成章地继续长期享受现有的特权,这些人包括"世袭君主,而又以少数人专行政官之半额,一也;驻防各省,二也;不治实业,而坐食多数人之所生产,三也"[1]。基于这个认识,蔡元培提出,满汉之争,并不是简单的种族之争,而是"政略之争",属于政治制度层面。蔡元培并不否认在清朝前期有大批的汉族主义者在反满,但是,他认为,到了 200 年之后,当前的几种汉族主义者的"仇满"行为,"其所指挥,所褒贬,一以吾前者云云相反"[2],和清初的反满主义者的做法是不一样的,这些人,他们所做的事情更接近于民权斗争,"是非真仇满者也"。在现代的民主大形势下,真的"仇满",想要将满族人置于死地的,或者是清廷中那些反对学习西方先进文化,担心由此造成"汉人强,满人亡"局面的保守派,或者是那些提出实行君主立宪制,但坚持必须以满族人来组建贵族上议院的立宪派。蔡元培犀利地指出,保守派和立宪派的这两种人,其目的都是要继续维护少数人统治多数人的专制制度。但是,"民权之趋势,若决江河,沛然莫御"[3],如果非要逆大势而为,这两派人的结果必然是螳臂当车,"招他日惨杀之祸"[4]。不仅如此,他们的所作所为,还会连累满洲人,使得作为人口少数的满洲人可能招致灭族之祸。从这个意义上来说,这两派人才是真正的"仇满"。

蔡元培《释"仇满"》里的这番言论发人深省、高屋建瓴,显示了一代政治家对于时政的独到理解,可以说,在分析问题的深刻有力方面,远超同时代的人。这番言论无疑表达了蔡元培对于满汉之争的基本态度:两个民族都是中华民族,彼此内部需要团结起来,把斗争矛头指向抵抗外来侵略和推翻专制制度。比较可惜的是,这番带有较为理性思考的言论,在当时蓬勃发展的反清斗争热潮中,并不好大力宣扬,因此,这篇文章只能匿名发表于《苏报》,后来蔡元培也没有找到适当的场合再次就此问题展开论述。然而,毫无疑问,《释"仇满"》证明:起码在 1903 年之前的一段时间,蔡元培对于满汉之争是持反对态度的。

1903 年之后,俄、法两国加快对中国的军事侵略,攻占了东北和广西。蔡

---

① 高平叔编:《蔡元培全集》第 1 卷,北京:中华书局 1984 年版,第 172 页。
② 高平叔编:《蔡元培全集》第 1 卷,北京:中华书局 1984 年版,第 173 页。
③ 高平叔编:《蔡元培全集》第 1 卷,北京:中华书局 1984 年版,第 174 页。
④ 高平叔编:《蔡元培全集》第 1 卷,北京:中华书局 1984 年版,第 174 页。

元培在上海应声而起，带领爱国学社和中国教育会等爱国组织，积极开展拒俄、拒法运动。蔡元培多次组织在张园集会，声援留日学生的抗议活动。与此同时，在蔡元培的倡导下，上海纷纷成立学生义勇队、保国会等组织，蔡每日与学生一起操练军事，随时准备参战。不承想，上海民众的爱国活动遭到清政府的严酷镇压。6月底，上海公共租界工部局应清政府要求查封《苏报》馆，突击逮捕了邹容、章太炎等人。蔡元培幸免于难，转徙青岛以及日本多地，避过抓捕。

对于民众反侵略运动的镇压，使得蔡元培最终改变了自己对清政府的态度，将推翻清廷作为新的行动准则。1904年，蔡元培发表了小说《新年梦》。蔡元培提出，当前的政府就是列强"牵犬马的绳子，宰牛羊的刀子"，号召民众奋起，推翻清廷统治。1904年夏，日本留学生成立军国民教育会暗杀团，"其后苏君偕同志数人至，投子民。子民为赁屋，并介绍钟宪鬯君入会"，其后，蔡元培积极为暗杀团成员寻找住所，并参与了几次炸药研制密会，"开会时，设黄帝位，写誓言若干纸，如人数，各签名每纸上，宰一鸡，洒血于纸，跪而宣誓，并和鸡血于酒而饮之。其誓言，则每人各藏一纸。乃教授制炸药法，若干日而毕"[1]。1904年秋，暗杀团成员重新改组，成立光复会。光复会将宗旨定为"光复汉族，还我山河，以身许国，功成身退"，公开提出了推翻清廷的口号。1905年，同盟会与光复会合并，蔡元培也转任同盟会上海分会总负责人。因为革命元老的身份，辛亥革命后，蔡元培被孙中山任命为中华民国临时政府教育总长。

辛亥革命后，"光复汉族，还我山河""驱除鞑虏，恢复中华"等"反满"口号已经完成了历史使命，在新形势下，临时政府迅速提出了"五族共和"的新口号，"中华民族"成为更具时代内涵的新民族概念。1912年元旦，《中华民国临时大总统宣言书》中，孙中山首次提出了"五个统一"："国家之本，在于人民。合汉、满、蒙、回、藏诸地为一国，即合汉、满、蒙、回、藏诸族为一人。——是曰民族之统一。"[2] 此后，临时大总统孙中山又多次在不同场合的电报、文告和批示中，强调五族共和，"五大民族，均归平等"。至此，可以说，曾经轰轰烈烈的反满运动已经完成了它的历史使命，正式"功成身退"了。

---

[1] 蔡元培：《蔡元培自述》，北京：人民日报出版社2011年版，第130页。

[2] 《临时大总统宣言书》，载蒋世弟、吴振棣编：《中国近代史参考资料》，北京：高等教育出版社1988年版，第385页。

不唯如此，清朝灭亡民国建立后，由于临时中央政府对地方各派势力并没有统合能力，各地军阀纷起，各级政府常常上下政令不行，导致整个国家混乱不堪。从二次革命到护国运动再到护法运动，几次内战不仅没有消灭军阀割据，反而令国家四分五裂，各地民不聊生，经济状况持续恶化。诗人陈三立描述道："余尝以为辛亥之乱兴，绝羲纽，沸禹甸，天维人纪寖以坏灭，兼兵战连岁不定，劫杀焚荡烈于率兽，农废于野，贾辍于市，骸骨崇邱山，血流成江河，寡妻孤子酸呻号泣之声达万里。"[①] 孙中山也在所著的《建国方略》一文中感慨："夫去一满洲之专制，转生出无数强盗之专制，其为毒之烈，较前尤甚。……溯夫吾党革命之初心，本以救国救种为志，欲出斯民于水火之中，而登之衽席之上也。今乃反令之陷水益深，蹈火益热，与革命初衷大相违背。"[②] 国事败坏，使得不少原本支持民主共和的人，转而对民国的制度充满怀疑。

辛亥革命之后，林纾曾经在写给吴畬芬的书信中，表达了自己对民主共和国家的期待之情："共和之局已成铁案，万无更翻之理，而恭、涛二卿，图死灰复燃，合蒙古诸王，咆勃于御前，以震慑孤儿寡妇，滋可悲也！项城似有成算，重兵在握，已与孙中山密电往来，大抵亲贵群诺，共和立成，亲贵反对，共和亦成。不过在此数日中决定耳。仆生平弗仕，不算满洲遗民，将来仍自食其力，扶杖为共和国老民足矣。然德宗果不为武氏所害，立宪早成，天下亦不糜烂至此，罪大恶极者为那拉氏，次则奕劻，又次则载泽，又次则载沣三兄弟及溥伦，万不可加以赦令也。弟早晚亦赴上海，以卖文卖画为生，度此余年，余则教吾数子，为共和守法之国民足矣。"[③] 林纾原来的政治态度是拥护维新、提倡立宪，所以，对于民国以清帝逊位、南北议和的方式实现更替，颇为赞同。因此，林纾说自己在民国时期不想卷入党争，只求度过残年，"为共和国守法之国民足矣"——这也是民国初年不少知识者的想法。不曾料想，民国成立不久，袁世凯等各路军阀轮流上台，把持国会进行党争派斗，共和国家体制成为其实施统治的一种工具。共和制度并没有体现出其优越性和先进性，整个社会反而在此情况下动荡不安、战乱不已。社会动荡的时代，种种道德失据、伦常无序的现象也随之而来。1913 年，林纾发表讽刺诗《共和实在好》，表达

① 陈三立:《散原精舍文集》，沈阳:辽宁教育出版社 1998 年版，第 141 页。
② 孙中山:《建国方略》，北京:中国长安出版社 2010 年版，第 3 页。
③ 林纾:《寄吴敬宸书(一)》，载李家骥等整理:《林纾诗文选》，北京:商务印书馆 1993 年版，第 319 页。

自己对于民国各种现象的强烈不满："共和实在好，人伦道德一起扫。入手去了孔先生，五教扑地四维倒。四维五教不必言，但说造反尤专门。问君造反为何事，似诉平生不得志。乘兵一拥巨款来，百万资财可立致。多少英雄用此谋，岂止广东许崇智。得了幸财犹怒嗔，托言举事为国民。国民为汝穷到骨，东南财力全枯竭。当面撒谎吹牛皮，浑天黑地无是非。议员造反亦无罪，引据法律施黄雌。稍持国法即专制，大呼总统要皇帝。全以捣乱为自由，男女混杂声嘹嘹。男也说自由，女也说自由，青天白日卖风流。如此瞎闹何时休，怕有瓜分在后头。"①

对民国的失望，使得林纾转而成为清廷的悼念者。1913 年 4 月 12 日，林纾以布衣之身独谒崇陵，拜祭光绪皇帝。来谒崇陵的都是前朝官员，只有林纾是布衣，结果他比任何一个前朝官员都哭得更加伤心，连守陵的卫士也被其感动了。1913—1922 年，林纾以遗民身份先后 11 次至光绪陵墓拜祭。其谒陵之虔诚，溥仪深受感动，亲手书写"贞不绝俗"匾额赠赐。林纾收到匾额之后，专程作《御书记》一篇表达自己的感激之意。文中言："呜呼！布衣之荣，至此云极。一日不死，一日不忘大清。死必表于道曰：'清处士林纾墓'，示臣之死生，固与吾清相终始也。"② 自此，曾经拥护共和制度的林纾转而走向怀念清王朝时代的遗老之路——那时虽然瓮牖绳枢、上漏下湿，但是蓬门荜户，依旧聊可寄身；而今进入曾被极力鼓吹的共和民国，却是片瓦无存、一片焦土，怎不令他"行迈靡靡，中心摇摇"？

与林纾一样，梁济等一大批由清入民的士人，也同样经历了从希望到失望的过程。梁漱溟之父梁济为光绪举人，曾任清政府内阁中书、教养局总办委员等官职，民国成立后，继续就任国民政府民政部主事等职务，但在目睹时政的败坏之后，愤而控诉："辛亥革命如果真换得人民安泰，开千古未有之奇，则抛弃其固有之纲常而应世界之潮流，亦可谓变通之举，乃不惟无幸福可言，而且祸害日酷……观今日之形势，更虐于壬子年百倍，直将举历史上公正醇良仁义诚敬一切美德悉付摧锄……民彝天理将无复存焉，是乌可默而无言耶？"③ 最终，梁济于 1918 年 11 月六十大寿之际，投积水潭自尽而死。

这些由清入民的士人们，一旦从政治制度、道德伦理上重新肯定前清，

---

① 林纾：《共和实在好》，载李家骥等整理：《林纾诗文选》，北京：商务印书馆 1993 年版，第 227 页。
② 林纾：《林琴南文集·畏庐三集》，北京：北京市中国书店 1985 年版，第 68 页。
③ 梁济：《梁巨川遗书》，上海：华东师范大学出版社 2008 年版，第 201 页。

也就能越发清晰地领受到由于新文化冲击和"礼崩乐坏"所带来的文化断裂感。"一姓兴废，本天道之适然。独恨立国五千年，凡夫制度，文为声名，文物所以殊异。夫遐裔而自别于禽兽者，无不颠倒摧毁，随之而尽。"① 已经成为著名遗民诗人的陈三立曾与李瑞清、陈曾寿等遗民相邻而居，"每乘月夕相携立桥畔，观流水，话兴亡之陈迹，抚丧乱之靡届，悼人纪之坏散，落落吊影，仰天唏嘘"②。各地遗民群体纷纷开展各类诗文聚会，组成各种文社，诗酒书画，酬唱应和，以追忆旧欢、怀想故国。如瞿鸿玑、冯煦、缪荃孙、沈曾植等人组成逸社，成员有 14 人；樊增祥、瞿鸿玑、陈三立等组成超社，成员有 12 人；夏剑丞、黄公渚、朱疆村等组成沤社，成员达 28 人；陈宝琛、夏孙桐等组成冰社，成员有 20 余人；刘承干、周湘舲等组成淞社，成员多达 49 人；梁鼎芬在广东组织"南园诗社"，参与者达 100 多人……民国成立数年内，整个知识界反而爆发了一股强烈的怀清风潮，其中既带有对民国现实的不满，更带有悠悠绵绵的文化眷念。

对于已经过去的清王朝，蔡元培很少口出恶言，以对清廷的称呼为例，"满清"一般带有贬斥之意，而"前清"则显得较为温和。遍查《蔡元培全集》，只有 1918 年《在中国社会党会议时的演说词》里讲到一次"满清"："江亢虎在鄂，并未有他种举动，甫抵汉口，即被拘捕，与满清时代拘捕革命党，如出一辙，蹂躏人权，莫此为甚。"③ 其他地方，都是用"前清"。如 1912 年发表在《民立报》的《答客问》"我等在前清时代，早已徘徊阁部，持万世一系之君主立宪说，以自托于当日之爱国者矣"④。又如 1913 年的《敬告全国同胞》，文中说："又或爱袁氏也甚挚，务使挟令名以去，如前清之隆裕太后，则宜集合同宗旨之人，哀求袁氏，速速宣布退位，以示其不忍牺牲全国国民，以保存一己之权位，是又爱袁氏者所代为心许者也。"⑤ 虽然蔡元培并没有留下什么怀念前朝的文字，而且在各种场合中，也尽量不提及自己的过往，但从对于前朝的称呼上，足可以见出蔡元培之敦厚。

① 顾廷龙校《艺风堂友朋书札》，上海：上海古籍出版社 1981 年版，第 587~588 页。
② 陈三立：《散原精舍文集》，沈阳：辽宁教育出版社 1998 年版，第 202 页。
③ 蔡元培：《在中国社会党会议时的演说词》，原载《民立报》1912 年 8 月 24 日。高平叔编：《蔡元培全集》第 2 卷，北京：中华书局 1984 年版，第 278 页。
④ 蔡元培：《答客问》，原载《民立报》1912 年 7 月 27 日。高平叔编：《蔡元培全集》第 2 卷，北京：中华书局 1984 年版，第 270 页。
⑤ 蔡元培：《敬告全国同胞》，原载《民立报》1913 年 7 月 27 日。高平叔编：《蔡元培全集》第 2 卷，北京：中华书局 1984 年版，第 311 页。

从以上来看，《石头记索隐》的写作宗旨与反满之间还有较大的缝隙，其书的出版更不可能以排满为目的——以蔡元培的政治眼光和政治嗅觉，在时过境迁的 1917 年重提满汉之争、宣扬反清排满，是不大可能的；而以民国初年弥漫整个知识界的怀旧风潮和蔡元培本人秉性的笃实忠厚，更不可能无端做出鞭挞旧主的举动。

在《石头记》的字里行间，蔡元培看到了什么？为何独独是他，将《石头记》说成了政权嬗替中的满汉传奇？《石头记索隐》提出两个重要索隐：一是小说整体背景隐明清鼎革，二是小说中的众多女性隐仕清的汉族名士。明清的王朝鼎革状况，如果将其后推 200 年来观察，岂非与清末民初的状况具有不少相似之处？而蔡元培的政治身份，例如以清朝翰林入民国政府为教育总长，其角色转换之尴尬，岂非和仕清的汉族名士之间形成一种特殊的同构状态？或者，我们可以这么假设：《石头记索隐》中隐藏着蔡元培对王朝鼎革、时代变迁的独特感受，也隐喻了其对多年宦海波折的某些感悟？

本章的前半部分，笔者稍微概括了一下蔡元培在写作《石头记索隐》之前的大体政治轮廓，然而从知人论世、以意逆志的方面来说，这样的政治轮廓描述显然是外在的粗浅认知，并没有真正涉及蔡元培内心的各种挣扎与痛苦。自新文化运动之后，蔡元培以"蔡校长"、一代完人的神性光环耀人耳目。然而，从各类传记和研究中，我们发现，蔡元培并非那种意志坚定、内心顽强的革命者，而只是一个经常辞职、经常试图逃离政治，却又迫于时势，不得不一次次出仕、一次次被卷入各种政治纠纷的时代追梦者。

蔡元培说到自己的性格特点与学术兴趣，"孑民之治经，偏于故训及大义。其治史，则偏于儒林、文苑诸传、艺文志，及其他关系文化、风俗之记载，不能为战史、经济史及地理、官制之考据。盖其尚推想而拙于记忆，性近于学术而不宜于政治。于旧学时代，已见其端矣"[①]。其朋友陶成章也评价蔡元培德性有余，却"方略颇短"，"不耐人事烦扰"。蔡元培一生之中，事业上偶有挫折，或者与同僚之间发生矛盾，往往就选择辞职，"孑民二十四岁，被聘为上虞县志局总纂。因所定条例为分纂所反对，即辞职。一生难进易退，大抵如此"[②]。

蔡元培第一次辞职在戊戌政变之后。1894 年以后，国内知识界一时之间

---

① 蔡元培：《蔡元培自述》，北京：人民日报出版社 2011 年版，第 124 页。
② 蔡元培：《蔡元培自述》，北京：人民日报出版社 2011 年版，第 124 页。

兴起一股阅读新学、西学救国的风潮，在这个风潮的影响下，蔡元培也阅读了不少新学书籍，在其日记中表达了对维新派变法的钦佩之意，"维新党人，吾所默许"①。然而，由于自身的恬淡性格，虽然在日记中心向维新，蔡元培却没有参与，"是时，康、梁新用事，拜康门者踵相接。孑民与梁卓如君有己丑同年关系，而于戊戌六君子中，尤佩服谭复生君。然是时梁、谭皆在炙手可热之时，耻相依附，不往纳交。直至民国七年，为对德宣战问题，在外交后援会演说，始与梁卓如君相识"②。戊戌变法失败后，维新派遭到镇压，蔡元培并没有参与其事，没有受到牵连，却在这个敏感时刻毅然辞职返乡——变法运动火热之时静坐旁观，变法失败后却辞职表示与其同进退，这种政治生活处理方式，可以见出蔡元培本人具有比较明显的率性而为的文人习气。

回乡之后，蔡元培转而投身教育，接受聘任为绍兴中西学堂监督，惜乎好景不长，"孑民与教员马用锡君、杜亚泉君均提倡新思想。马君教授文辞，提倡民权、女权。杜君教授理科，提倡物竞争存之进化论。均不免与旧思想冲突。教员中稍旧者，日与辩论，孑民常右新派。旧者恨之，诉诸堂董。堂董以是年正人心之上谕送学堂，属孑民恭书而悬诸礼堂。孑民愤而辞职"③。辞职不久，蔡元培再次受聘为嵊县剡山书院院长。由于经费困难，筹措过程中多所艰难，蔡元培任职一年多，又再次辞职。在这之后，蔡元培辗转绍兴、上海、杭州等地，1901年8月，接受南洋公学特班总教习聘任。但是，一年后，由于校内师生矛盾激化，学生"于是激而为全体退学之举。特班生亦牺牲其保举经济特科之资格，而相率退学，论者谓为孑民平日提倡民权之影响。孑民亦以是引咎而辞职"④。与学生一起退出南洋公学后，为避免学生失学，蔡元培四处奔走，先后找到罗迦陵、蒯光典等人募捐，成立爱国学社与爱国女学，蔡本人就任学社副总理、总理等职。在成立爱国学社的同时，蔡元培又创办了中国教育会，吸纳了一批爱国学社的师生加入协会。不承想，没多久，中国教育会又与爱国学社之间产生了矛盾。蔡元培夹处中间，斡旋无力，愤而辞去两个社团的一切职务。失去蔡元培的支持后，两个社团迅速陷入困境，于是再次请求蔡元培回归，接受调停。1904年，蔡宣布回归，就任中国教育会会长和爱国女学总

① 中国蔡元培研究会编：《蔡元培全集》第1卷，杭州：浙江教育出版社1998年版，第279页。
② 蔡元培：《蔡元培自述》，北京：人民日报出版社2011年版，第124页。
③ 蔡元培：《蔡元培自述》，北京：人民日报出版社2011年版，第124页。
④ 蔡元培：《蔡元培自述》，北京：人民日报出版社2011年版，第127页。

理。但是自此两个协会活动再也难以恢复原有兴盛状态。1906年，秋瑾等人在绍兴创办学务公所，邀请蔡元培赴绍兴主持工作。因为对在上海办学的失望，蔡元培接受了学务公所的邀请，赴任绍兴担任总理。但是没过多久，又因为聘请工作人员、开设师范班等事与学务公所内部人员产生矛盾，再次辞职。一心以教育救国，却多历挫折，被迫多次辞职，于是蔡元培决心赴德国留学，系统学习西方的教育方法和教育理念。

辛亥革命成功之后，蔡元培由欧洲回国。孙中山命薛仙舟来邀请蔡元培共同参与临时政府的组建。也许是心知宦海不易，蔡元培谢绝了薛仙舟的邀请。但是作为光复会和同盟会的重要领导人，蔡元培很难置身政治之外，最终蔡元培只能答应就任教育总长。就任不到3个月，南北和谈，孙中山依照约定辞去大总统职务，由唐绍仪重组内阁。蔡元培多次上书请辞教育总长的职务，都被驳回，只好继续留任教育总长。1912年7月之后，袁世凯抓紧在内阁中安插人手，整个内阁中，只有司法、教育、农林、工商4个部的部长是同盟会会员，其余财政、军政等要害部门的部长都是袁世凯的亲信，蔡元培于是和仅存的4个同盟会会员部长一起提出辞职。辞职之后，蔡元培作《答客问》一文发表，在文中表达自己不贪恋权位也不希望卷入政治派别斗争的本意。辞职之后，蔡元培再次赴德国莱比锡大学等地游学。此时，蔡元培已经年近五十，名声扬于海内，但其实建树不多，辞职和隐退，几乎就是他的生活样式，也几乎成为其重要的心理情结。

1917年，蔡元培回国就任北京大学校长。在任上，蔡元培改革学制、广聘名师，以"思想自由、兼容并包"作为北大基本办学理念，让北大逐渐成为新旧文化碰撞融汇的场所。可即便如此，蔡元培依旧还是思退绵绵，经常徘徊于辞职和隐退之间，虽然10年间名义上一直都是北京大学校长，但真正管理校务的时间断断续续，其曾自述"综计我居北京大学校长的名义，十年有半；而实际在校办事，不过五年有半，一经回忆，不胜惭悚"[1]。

五四运动中，北京大学学生上街游行示威，蔡元培并不赞同，其一贯的观点认为学生在学校里，"应以求学为最大目的，不应有何等政治的组织"[2]。那些有参与政治热情的，应该到20岁毕业成年后，以个人身份自行参加政治团体，不把学校卷入其中。1918年，北京各高校学生曾经组织上街游行，向总

---

① 蔡元培：《蔡元培自述》，北京：人民日报出版社2011年版，第171页。

② 蔡元培：《蔡元培自述》，北京：人民日报出版社2011年版，第167页。

统府请愿，当时蔡元培就曾出来阻止学生。劝阻失败后，甚至一度提出辞职。五四运动中，蔡元培眼见无力阻止学生游行，也就不再出面劝阻。学生游行遭到镇压之后，蔡元培没有袖手旁观，积极与国民政府相关部门沟通，多方营救被捕学生。5月7日，全部被捕学生皆被营救出来，次日，蔡元培随即向徐世昌总统提交了辞呈："为呈请辞职事：窃元培自任国立北京大学校长以来，奉职无状，久思引退。适近日本校全体学生又以爱国热诚，激而为骚扰之举动，约束无方，本当即行辞职；徒以少数学生被拘警署，其他学生不忍以全体之咎归诸少数，终日皇皇，不能上课，本校秩序极难维持，不欲轻卸责任，重滋罪戾，今被拘各生业已保释，全体学生均照常上课。兹事业已告一段落。元培若再尸位本校，不特内疚无穷，亦大有累于大总统暨教育总长知人之明。敬竭诚呈请辞职，并已即日离校。一切校务，暂请温宗禹学长代行。敬请大总统简任贤者，刻期接任，实为公便。谨呈。"①

徐世昌接到蔡元培的辞呈后，专门发布《大总统指令》加以挽留。此令公布于5月10日，然而蔡元培已经于5月9日径自挂冠而去，给北大师生留下一纸启事："我倦矣！'杀君马者道旁儿'。'民亦劳止，汔可小休'。我欲小休矣！北京大学校长之职，已正式辞去；其他向有关系之各学校，各集会，自五月九日起，一切脱离关系。特此声明，惟知我者谅之。"②

蔡元培挂职而去之后，龚心湛（时任代理国务总理）和傅岳棻（时任教育部代理总长）曾经多次来电挽留。蔡元培皆拒绝复职。6月5日，国民政府内阁会议决定接受蔡元培之辞，以胡仁源继任北大校长。消息传出，北大师生一片哗然，校内紧急召开会议，对外发表声明，宣称除了蔡元培之外，拒绝承认任何人为北京大学校长。全国多个组织也向政府请愿，要求挽留蔡元培。6月15日，蔡元培草拟了《不肯再任北大校长的宣言》："（一）我绝对不能再作那政府任命的校长：为了北京大学校长是简任职，是半官僚性质，便生出许多官僚的关系，那里用呈，那里用咨，天天有一大堆无聊的照例的公牍。要是稍微破点例，就要呈请教育部，候他批准。什么大学文、理科叫作本科问题，文、理合办的问题，选科制的问题，甚而小到法科暂省学长的问题，附设中学的问题，都要经那拘文牵义的部员来斟酌。甚而部里还常常派了什么一知半解的部员来视察，他报告了，还要发几个训令来训饬几句。我是个痛恶官僚的人，

① 高平叔编：《蔡元培全集》第3卷，北京：中华书局1984年版，第293~294页。
② 高平叔编：《蔡元培全集》第3卷，北京：中华书局1984年版，第294页。

能甘心仰这些官僚的鼻息么？我将进北京大学时，没有想到这一层，所以两年有半，天天受这个苦痛。现在苦痛受足了，好容易脱离了，难道还肯投入去吗？（二）我绝对不能再作不自由的大学校长：思想自由，是世界大学的通例。德意志帝制时代，是世界著名的开明专制的国，他的大学何等自由。那美、法等国，更不必说了。北京大学，向来受旧思想的拘束，是很不自由的。我进去了，想稍稍开点风气，请了几个比较的有点新思想的人，提倡点新的学理，发布点新的印刷品，用世界的新思想来比较，用我的理想来批评，还算是半新的。在新的一方面偶有点儿沾沾自喜的，我还觉得好笑。那知道旧的一方面，看了这点半新的，就算'洪水猛兽'一样了。又不能用正当的辩论法来辩论，鬼鬼祟祟，想借着强权来干涉。于是教育部来干涉了，国务院来干涉了，甚而什么参议院也来干涉了，世界有这种不自由的大学么？还要我去充这种大学的校长么？（三）我绝对不能再到北京的学校任校长：北京是个臭虫窠（这是民国元年袁项城所送的徽号，所以他那时候虽不肯到南京去，却又移政府到南苑去的计画）。无论何等高尚的人物，无论何等高尚的事业，一到北京，便都染了点臭虫的气味。我已染了两年有半了，好容易逃到故乡的西湖、鉴湖，把那个臭气味淘洗净了。难道还要我再作逐臭之夫，再去尝尝这气味么？我想有人见了我这一段话，一定要把'我不入地狱，谁入地狱'的话来劝勉我。但是我现在实在没有到佛说这句话的时候的程度，所以只好谨谢不敏了。"①

这篇宣言里，蔡元培将自己对官场应酬和政治倾轧的厌恶表达得十分清楚，从这篇宣言可以看出，学生运动也不过只是其辞职的一个导火索，不管有没有五四运动，以蔡元培在文中表达的对官场的深恶痛绝，辞职而去估计也是早晚的事。在亲友的劝说之下，这篇措辞十分激烈的宣言最终没有公开发表，转而由其堂弟蔡元康代拟了一个离职通告在上海各报发表。通告中声称蔡元培辞职是因为回到上海之后，患有胃病、精神衰弱等病症，遵医嘱专心养病。但是，在各界人士群情激愤的要求之下，蔡元培的辞职梦并没有办法实现。1919 年 7 月，国民政府教育部委派秦汾为政府代表、汤尔和为教职员工代表，会同四个学生代表，专程赴上海恳求蔡元培回京复职。苦辞不成之下，蔡元培最终答应北上复职。

1922 年 10 月，蔡元培又差点因为学生闹事辞职。由于办学经费紧张和严格要求学生认真听讲的需要，北大校务会议决定修改以往免费向学生发放

---

① 高平叔编：《蔡元培全集》第 3 卷，北京：中华书局 1984 年版，第 297~299 页。

讲义的做法，课程讲义一律由学生自费购买，将节省下来的经费用于添置图书等事务。10 月 17 日下午，为抗议讲义收费改革，数十名北大学生闯进学校会计室，大肆谩骂恫吓财务人员。10 月 18 日早晨，又有数十名北大学生冲进校长办公室，要求蔡元培废除讲义费。争执之中，校长办公室外又聚集了几百名学生，呐喊起哄。急怒之中，蔡元培写下辞呈并再次直接离开北大。北大校方被迫紧急召开教务会议，开展一系列措施以挽留蔡元培，教育部也紧急派人劝告慰留。最后，北大校评议会做出决议，开除带头闹事学生冯省三，蔡元培收回辞呈，讲义费收费制度也暂停。

　　1923 年，蔡元培再次辞职。由于认为当时的教育总长彭允彝"蹂躏人权献媚军阀"，蔡元培愤而辞职，"我不管他们打官话打得怎么圆滑，我总觉得提出者的人格，是我不能再与为伍的。我所以不能再忍而立刻告退了"①。其实如果了解蔡元培在任时期的心路历程，就会知道，如同前几次的辞职一样，教育总长的"献媚"也只是一个导火索而已，蔡元培早已"不耐人事"，一心求去。关于此次辞职，蔡元培也公开发表了《关于不合作宣言》一文。在宣言中，蔡元培说，"我是一个比较的还可以研究学问的人，我的兴趣也完全在这一方面。自从任了半官式的国立大学校长以后，不知道一天要见多少不愿意见的人，说多少不愿意说的话，看多少不愿意看的信。想每天腾出一两点钟读读书，竟做不到，实在苦痛极了。而这个职务，又适在北京，是最高立法机关行政机关所在的地方。止见他们一天一天的堕落：议员的投票，看津贴有无；阁员的位置，禀军阀意旨；法律是舞文的工具；选举是金钱的决赛；不计是非，止计利害；不要人格，止要权利。这种恶浊的空气，一天一天的浓厚起来，我实在不能再受了。我们的责任在指导青年，在这种恶浊气里面，要替这几千青年保险，叫他们不致受外界的传染，我自忖实在没有这种能力。所以早早想脱离关系，让别个能力较大的人来担任这个保险的任务"②。细思其言，这次辞职自然有对当事官员的不满，但更多的则是缘于自己对官场生涯的厌倦——承担了半官方身份的北京大学校长职务，自是难免有许多社会应酬与行政事务，在蔡元培看来，这种生活并非他所喜欢的。然而，由于其在知识界的超卓名望，蔡元培却不得不一次次被迫承担北京大学校长之职。不仅如此，蔡元培还先后担任了庚子赔款委员会委员长、青岛大学董事、国立编译馆董事、中山大学筹

---

① 蔡元培：《蔡元培自述》，北京：人民日报出版社 2011 年版，第 151 页。

② 蔡元培：《蔡元培自述》，北京：人民日报出版社 2011 年版，第 150 页。

备委员会委员等几十种社会兼职。更为痛苦的是，作为光复会、同盟会的元勋，以及教育界和知识界的代表，蔡元培又往往被各方势力裹挟，承担了多种政治职务，例如浙江省务委员（1926年）、国民政府教育行政会委员（1927年）、国民党中央监察委员会主席（1927年）、国民政府代理司法部长（1928年）等。伴随着政治上的各种纷争，蔡元培无心仕途却屡起屡落，一次次就职，一次次辞职，想来心中更是别有一番滋味。

"欲渡黄河冰塞川，将登太行雪满山"，蔡元培的一生，备尝宦海沉浮之苦，使得其天性之中的隐退情结不断强化，于是其经常徘徊于入世与归隐之间，彷徨无地，愁山闷海。蔡元培的这种宦海沉浮，在清末民初其实并非鲜见。以孙中山为例，同盟会成立后，先是与黄兴争论同盟会旗帜到底采用青天白日旗还是井字旗，接着与章太炎就捐助费用的使用发生争吵，几次几乎辞职。辛亥革命胜利后，同盟会本部发表宣言，表白革命党人将于"功成事遂"之后引退，"散处朝市或悠悠林野"。但是出于全国革命形势的要求，孙中山从海外回国，被推举为临时大总统。然而其仅仅在任一个多月，即主动辞去临时大总统之职，让位于袁世凯。1912年8月，宋教仁以同盟会为基础成立了国民党，孙中山凭借其强大的人望当选理事长，但其也推辞不就，党务交由宋全权代理。之后，孙中山连续发动二次革命、护法运动等，四处奔走，数起数落，不断就任也不断辞职。清末民初几十年间，军阀林立，拥兵自重，新旧势力，此起彼伏，政治家们为了实现心中理想，不得不经常厕身行列、与虎谋皮，在各个势力之间苦苦挣扎、委曲求全。然而政治家们通常又手无寸铁，虽然胸怀大志，奋力呼号，其生死兴败往往只在朝夕之间，一旦面对潜流暗涌的现实政治，往往只能以辞职来作为抗议方式。也许正是因为备尝种种艰辛无奈、困顿忧郁，蔡元培才于《石头记》一书中读出了与众不同的历史隐喻——厕身于异族之中的文人心史。

《石头记索隐》中，蔡元培虽然提出《石头记》书中有真伪之辨也有明清之别，并且就贾府男性影射何人等作了一些说明，但整篇《石头记索隐》的重心，是将书中女子的事迹与康熙朝仕清汉族名士的事迹进行索隐互证。蔡元培提出，林黛玉影射朱竹垞，薛宝钗影射高江村，探春影射徐健庵，惜春影射严荪友，王熙凤影射余国柱，史湘云影射陈其年，妙玉影射姜西溟，宝琴影射冒辟疆，刘姥姥影射汤潜庵。这些人里面，余国柱、高士奇、徐乾学、汤斌属于康熙朝较早出仕为官的。余国柱依附明珠，依靠其提点步步高升；高士奇得明珠推荐，一举成为康熙近臣；徐乾学早先依附明珠，后来投奔索额图，也官运亨通；汤斌立身廉洁干练，不愿依附权臣，官场之路相对较为坎坷。四个较早出仕的人，下场都较为凄凉：高士奇被数次弹劾，虽有康熙庇护，仍三次"在籍赋闲"，最终老于乡间；余国柱受明珠案牵连，以贪赃枉法之罪革职；徐乾学致仕后被御史弹劾，革职查办；汤斌被御史多次弹劾，忧惧而死。陈维崧、朱彝尊、严绳孙三人皆康熙十八年（1679年）举博学鸿词科。康熙十八年（1679年）的博学鸿词科与普通科考不同，是一个颇具政治含义的事件。康熙亲政后，鉴于清朝入关多年，政权已经较为稳固，开始逐步采用一些怀柔政策，改变对汉族的高压政策。康熙十八年特开博学鸿词科，即怀柔手段之一。康熙希望借此恩科以笼络汉族名士，使其为朝廷所用。本次博学鸿词科，参加方式较为特别，要求各地推荐本乡名士，再汇聚北京参加考试。对当时的汉族名士来说，接受征召等同于投降新主，是明显的变节行为。于是，各地汉族名士纷纷采用各种形式来拒绝征召：李颙以疾病作为托词，不被允许，拔刀自刺，才免于征召；顾炎武被举荐征召，不愿意参加，自此隐居山林；吕留良被征召，拒绝入京，嘉兴郡守再次举荐，被迫削发为僧。康熙命地方官"以礼敦请"黄宗羲入京修撰《明史》，黄宗羲以年老多病为辞，但迫于压力，最终由弟子万斯同代师入京。万斯同在京期间，坚持"以布衣参史局，不署衔、不受俸"。陈维崧、朱彝尊、严绳孙等人在这个时候参加博学鸿词科考试，无疑是要承受巨大的道德压力的。然而，变节出仕，三人却并没有飞黄腾达，基本只是长期担任较为边缘的低级文官，并没有太多发挥个人才智的机会。姜西溟，康熙十九年（1680年）受征召入明史馆担任纂修官，之后也是官运蹭蹬，只好多次参加科举，寻求改变出身。直到70岁高龄才考中探花，授翰林院编修。两年之后，姜西溟因顺天乡试舞弊案入狱，死于狱中。

康熙朝投身清廷的这些汉族名士，不管其思想上是主动还是被动，以汉族名士面对满族统治，以前朝遗民面对新朝权贵，往往陷于十分尴尬的境地。其宦旅之中，既想求取异族恩宠，又往往难以彻底忘怀自身的汉族身份，难免徘徊踯躅，进退维谷。不仅如此，在清朝前期满汉分治、满人为主的政坛上，其日常举动更是难免处处掣肘、步步惊心，别有一番忧郁滋味。蔡元培以汉族之身参加清廷科举，又以清廷翰林之身任职国民政府，其身份转换之间，自是有各种尴尬抑郁，所以其对《石头记》中真假之分也就极为敏感，对书中种种不如意之痛极为敏感，对大观园中的一男多女状况极为敏感，对男女之间互相吸引却又有各种各样忧虑矛盾羞愧盼望的情绪极为敏感。于是，在蔡元培读来，整部《石头记》自然就是触目惊心，血泪横流，笔笔都是康熙间仕清汉族名士的郁郁难申，带有写作者强烈的痛惜与同情。

第三节　红莲白藕：索隐考证的经学梦

索隐派与考证派的论争是百年红学界的一大公案。"索隐派"指的是红学研究界以考索《红楼梦》隐藏本事为务的一派，该派一般认为《红楼梦》在表面的宝黛爱情故事、贾府世家故事之外，还有一个更重要的隐藏本事，而这个隐藏的本事才是作者写作《红楼梦》的根本意图，索隐派多采用类比演绎的方式来论说。"考证派"指的是胡适《红楼梦考证》以降，号称以科学考证为基本研究方法的红学研究一派，该派一般以考证《红楼梦》的作者家世、版本、名物为务，大都认同胡适在《红楼梦考证》中关于《红楼梦》作者、版本的几个基本论断，再以此为基础衍化考辨，多采用推理、材料归纳的方式来论证。从1921年胡适《红楼梦考证》开始，红学研究的考证派就对索隐派大肆挞伐，展开旷日持久的批判活动。

考证派的鼻祖胡适在其《红楼梦考证》篇首即开门见山反对索隐派，认为索隐派完全走错了道路，"他们不去搜求那些可以考定《红楼梦》的著者、时代、版本等等的材料，却去收罗许多不相干的零碎史事来附会《红楼梦》里的情节，他们并不曾做《红楼梦》的考证，其实只做了许多《红楼梦》的附会"[1]。在逐次批驳了的三种附会的"红学"之后，胡适忠告那些喜欢《红楼梦》的读者，如果想真正了解《红楼梦》，"必须先打破这种种牵强附会的《红楼梦》谜学"[2]。胡适提出，以往的猜谜红学都是走到了错误的道路上，正确的考证方法是，根据"可靠的版本与可靠的材料"，去考证《红楼梦》的作者是谁、作者的生平事迹是怎样的、写作的时代、有什么不同的版本等，这些问题才是做《红楼梦》研究应该考证的"正当范围"。在胡适看来，《红楼梦》一书的写作只有一个简单的目的，那就是"描写这一个'坐吃山空'、'树倒猢狲散'的自然趋势"[3]。所以，

---

① 胡适：《胡适红楼梦研究论述全编》，上海：上海古籍出版社1988年版，第75页。

② 胡适：《胡适红楼梦研究论述全编》，上海：上海古籍出版社1988年版，第85~86页。

③ 胡适：《胡适红楼梦研究论述全编》，上海：上海古籍出版社1988年版，第107~108页。

《红楼梦》应该算是"一部自然主义的杰作"①。要做《红楼梦》研究,"猜笨谜"是绝对错误的,只有考证才是唯一路径。

胡适研究方法的两个重要衣钵传人继续高扬考证、反对索隐。1923年俞平伯发表《红楼梦辨》,书中第六部分"作者底态度",同样对索隐派作了反面介绍:"他们大半预先存了一个主观上的偏见,然后把本书上底事迹牵强附会上去,他们底结果,是出了许多索隐,闹得乌烟瘴气不知所云。"②在俞平伯看来,"求深反浅,是这派'红学家'底通病"③。而胡适的另一位传人周汝昌,在其1953年出版的《红楼梦新证》中,也同样痛斥索隐派红学家"深文周内",把《红楼梦》这部伟大著作歪曲到"可怜的地步"。周汝昌在该书中指出,邓狂言的《红楼梦释真》有明显的文史常识欠缺,因为这个欠缺,邓狂言见了书中"骚达子"等某些当时通用的说法,"便捕风捉影,无事自扰,大惊小怪!读者起初几几乎真要相信了他。但一读了邓先生的书,便只有哑然了"④。

胡适门墙之外,后进大多数红学家也基本服膺考证方法,对索隐派多有贬词。郭豫适在1980年出版的《红楼研究小史稿》中指斥索隐派,研究《红楼梦》的思想观点和索隐的方法对后来的《红楼梦》研究产生了很坏的影响。⑤郭豫适认为,索隐派有三个"谬误":"索隐派红学家不能理解文艺创作与社会现实的关系","索隐派红学家根本不懂得文学批评的意义和作用","索隐派红学家根本不懂得文学批评的科学的方法"。⑥多年之后,郭豫适还特意作了一本书,题名《拟曹雪芹"答客问"——论红学索隐派的研究方法》,专门论证索隐派方法"终归穷途"。白盾在其《红楼梦研究史论》中也直言不讳地对索隐派表示批判,"'索隐红论'的种种揣测之辞、悠谬之说的非理性、非科学的'学说'——姑称之'学说'吧!——对《红楼梦》来说是'点金成铁'、'化神奇为腐朽',有百害而无一利的"。⑦

20世纪90年代,霍国玲、霍国平姐弟索隐派新作《红楼解梦》出版之后,同样引来众多红学家发文批评。例如,孙玉明在分析了《红楼解梦》的索隐方

---

① 胡适:《胡适红楼梦研究论述全编》,上海:上海古籍出版社1988年版,第108页。
② 俞平伯:《俞平伯论红楼梦》,上海:上海古籍出版社1988年版,第178页。
③ 俞平伯:《俞平伯论红楼梦》,上海:上海古籍出版社1988年版,第179页。
④ 周汝昌:《红楼梦新证》,上海:棠棣出版社1953年版,第24页。
⑤ 郭豫适:《红楼研究小史稿》,上海:上海文艺出版社1980年版,第159页。
⑥ 郭豫适:《红楼研究小史稿》,上海:上海文艺出版社1980年版,第159~160页。
⑦ 白盾:《红楼梦研究史论》,天津:天津人民出版社1997年版,第142页。

式时指出，"这种弯弯绕式的超常的思维方式以及顾此失彼自相矛盾的论证方法，在《红楼解梦》中比比皆是"。在孙玉明看来，霍氏姐弟所做的研究只是一种想入非非的猜谜，根本不能算是红学研究，"由此我们便不难看出，索隐派红学家们是何等的偏激、固执！他们解决问题的方法又是多么的滑稽可笑"。①

《红楼解梦》之后，刘心武出版红学专著并在百家讲坛上开讲，引发了最大的一波批判浪潮。先是吴祚来在网络上发表《从刘心武"包二奶"看知识分子的堕落》一文，引发海内外近百家媒体热炒，接着《艺术评论》2005年第10期集中刊发了蔡义江、孙玉明等人的访谈或批判文章，对刘心武在公众传媒上讲述索隐红学表达了激烈的反对态度。如陈晓红所作的《请告刘心武先生：新索隐派之路走不通——访红学家蔡义江先生》就引述了蔡义江对索隐派的批评，认为索隐派具有不顾常识、不择手段和不负责任这"三不"作风，"红楼文化本该是姹紫嫣红的百花园，现在反把它当作随便倾倒废物的垃圾场，真是悲哀"②。《温州师范学院学报》2005年第6期也集中发表了一系列对刘心武研究的批判文章，主要包括李虹的《娱乐氛围下的红学论争——刘心武现象之文化探析》，吴祚来的《面对"秦学"，我们该思考些什么？》，赵建忠的《红学的歧路与出路——刘心武"秦学"的理论困境与当代红学方向的选择》，郑铁生的《与刘心武争鸣的态度、原则和意义》。当年第6期的《红楼梦学刊》也刊登了《冯其庸、李希凡、张庆善访谈录——关于刘心武"秦学"的谈话》，几位红学研究名家一起展开对刘心武索隐红学的批判。如果再加上红楼梦学会副会长胡文彬在某次讲座上公开劝诫《刘心武应遵守学术规范》，可以说，几乎大多数当代红学名家都对刘心武的索隐方式表示了强烈的斥责态度。2006年第2期《红楼梦学刊》更是几乎成为刘心武批判专号，以学者冠名标题的形式，"实名"对刘心武展开批判，刘石《文学研究不同于猜谜活动》、詹福瑞《对刘心武的"秦学"如果默认，那是学界的一种悲哀》、张国星《学术与"邪术"》等一个个标题读来正气凛然、立场坚定。不仅如此，市场上还在短期内出现了一批专门批判刘心武的图书，如公孙冶《揭秘与猜谜——刘心武"秦学"透视》，崔耀华、张祖晔、崔天昊合著的《误解红楼——刘心武之"秦学"》等。媒体将这场批判运

---

① 孙玉明：《想入非非猜笨谜（下）——红学索隐派与〈红楼解梦〉》，《红楼梦学刊》1997年第1辑。

② 陈晓红：《请告刘心武先生：新索隐派之路走不通——访红学家蔡义江先生》，《艺术评论》2005年第10期。

动命名为"刘心武遭红学家围殴",实在颇为形象生动。

令人惊讶的是,虽然遭到考证派的围追堵截、刀砍火烧,索隐派却是批而不灭、前仆后继,不仅从来不曾"道统"断绝,反而潜长暗滋,每隔数年即有一个小高潮。

乾隆五十九年(1794年),周春写成《阅红楼梦随笔》一书,提出《红楼梦》记述的是金陵张侯家事,此为"红楼索隐派"的滥觞之作。自此,"索隐"作为一种研究方法,正式发轫于红学界。清末民初,王梦阮、沈瓶庵的《红楼梦索隐》(1916年),蔡元培的《石头记索隐》(1917年)和邓狂言的《红楼梦释真》(1919年)三大索隐专著相继问世并接连再版,引发索隐派的第一个小高潮。考证派的胡适、俞平伯著书对其进行批判之后,索隐派曾经鸣金息鼓过一阵,但随即又出现了阚铎的《红楼梦抉微》(1925年)、寿鹏飞的《红楼梦本事辨证》(1927年)和景梅九的《石头记真谛》(1934年)、湛卢《红楼梦发微》(1948年),分别将《红楼梦》解读为《金瓶梅》别本、九龙夺嫡、满汉之争和康熙董小宛故事,各有一番演绎。20世纪50年代周汝昌《红楼梦新证》出版,对索隐派又是一番驳斥,此时内地红学界以考证和思想评论为主,索隐派在内地生存艰难,但随即港台相继出现潘重规的《民族血泪铸成的红楼梦》(1951年)、《红楼梦新解》(1959年),杜世杰的《红楼梦原理》(1972年)和李知其的《红楼梦谜》(1984年)等作品,索隐派在流民之地光复故园,欣欣如也。80年代之后,内地出版的一系列红学论著在尊重考证派的同时,都对索隐派颇有警惕之意,郭豫适的《红楼研究小史稿》(1980年)、刘梦溪的《红学三十年》(1980年)等皆对索隐派提出了批评。孰料好景不长,索隐之胤不绝,霍国玲、霍国平姐弟以10年之功暗索红楼,于1989年推出了《红楼解梦》,初版即开印2.8万册,创造了学术论著出版的一个标杆,之后十数年间,《红楼解梦》系列出至第六集,总印数达百万册之巨。考证派红学家方当开始对霍氏姐弟展开批驳,不提防又有刘心武《秦可卿之死》《刘心武揭秘红楼梦》等作品"月落重生灯再红",先是得考证派大将周汝昌之荐波澜微起,继而借助媒体之力,大行其道,一飞冲天,索隐"秦学"几成燎原之势。虽然考证派大力指摘索隐派"搞错了对象,张冠李戴,刻舟求剑,难免徒劳无功"[1],认为索隐派的红学研究"这种视《红楼梦》为史书的观点,实际上降低了这部奇书的品格与层次。从此思维误区出

---

[1] 关四平:《红学索隐派与中国文学传统》,《红楼梦学刊》2010年第5辑。

发去索隐，其结论难免于隔靴搔痒，凿枘不合"①。然而奇怪的是，索隐派就是批而不绝、压而不灭，1951年，考证派鼻祖胡适在看过潘重规的索隐派文章后，惊呼"我自愧费了多年考证功夫，原来还是白费了心血，原来还没有打倒这种牵强附会的猜谜的'红学'"②。这声惊呼真是余音袅袅，回响迄今。

考证派与索隐派之争，如果客观一点地说，实际上应该只是考证派对索隐派的一路痴缠追杀：处于强势地位的考证派对索隐派声色俱厉、呼喝指斥，将其视为整个红学研究大业的洪水猛兽；处于弱势地位的索隐派则一般都是静默处之，徐图发展，最多辩解几句自身的研究并非无的放矢，强调自身的研究也是建立在书里书外众多史实考辨的基础上，自己的索隐虽属一家之言，也是其来有自。

"索隐"一词，目前所见的最早记录来自《周易·系辞上》的一段文字："探赜索隐，钩深致远，以定天下之吉凶，成天下之亹亹者，莫大乎蓍龟。"孔颖达注释"索隐"一词为"索谓求索，隐谓隐藏"，"索隐"即探索寻求隐藏真义的意思。《周易》系辞认为，上天的意图平常时候是隐藏起来不为人知的，但是会以某些卦象来显示，人以蓍草龟甲来占卜，其目的在于借此领悟上天隐藏在卦象中的吉凶，一定程度上了解上天隐藏的意图。同理，在阅读经书的时候，古人认为圣贤有一些真义是隐藏在文字背后的，粗略地阅读并不能穷尽真义，必须经过索隐之法阐释，方能精研内里、明辨其真。例如，另一本经书《春秋》，其文字简约隐晦，一般认为内中包含微言大义，孔子在其中采用了皮里阳秋的笔法，一字之间，褒贬立成，所以"丘明恐弟子各安其意，以失其真，故论本事而作传"，左丘明担心弟子在阅读《春秋》的时候各凭自己的理解，以致不能了解孔子在《春秋》中的意图传达的真义，于是特别为《春秋》作传，既为《春秋》中简约的记述阐明"本事"，更重要的是，探赜索隐，将孔子在《春秋》中的微言大义传达出来。《春秋》中的一些记述，如赵盾弑其君、天子狩于河阳等，如果不经《左传》阐明本事，为后来者详细记述事件的具体经过，也没有经左丘明点明孔子为何选择"弑""狩"的字眼来记述，后来者阅读时难免云山雾罩，品不出《春秋》的精妙之处。

正是因为有《左传》珠玉在前，演示了"索隐"读法在解读经书、明了真义中的重要作用，所以，"索隐"也就成为中国传统解经学的重要目标。然而，许

---

① 关四平：《红学索隐派与中国文学传统》，《红楼梦学刊》2010年第5辑。

② 胡适：《胡适红楼梦研究论述全编》，上海：上海古籍出版社1988年版，第223页。

多经书从表面上看来却似乎并没有《春秋》看来那么多微言大义，甚至有些语句与儒家思想之间并没有太多关联。于是，"索隐"转而成为一种手法，解经学家借助类比、归纳等方式，千方百计找出经书文字与儒家思想之间的关联，以此论证古圣贤所遗经书的博大精深，这种手法到后来俨然成为解经学的核心部分。

索隐方法用得最为经典的当属汉代毛亨、毛苌辑注的《诗经》传本。毛诗本篇首总纲《毛诗序》开言即一段著名的索隐："《关雎》后妃之德也，风之始也，所以风天下而正夫妇也。故用之乡人焉，用之邦国焉。风，风也，教也。风以动之，教以化之。"顺着这种索隐思路，诗歌也就被阐述成具有政治意义的产物，"先王以是经夫妇，成孝敬，厚人伦，美教化，移风俗"。[①] 至于《诗经》的三种体裁风雅颂，风是"上以风化下，下以风刺上"，雅是"言王政之所由废兴也"，颂是"美盛德之形容，以其成功告于神明者也"，三百篇都有政治寓言在其中。除了大序之外，毛诗本在每一篇诗歌篇首都撰有小序，以之作为解题，阐述经过索隐方法所读到的诗歌本事。毛诗的索隐，虽然有不少篇目的确能够点明情感、索得本事，但相当大部分都是深文周纳、强作解人的附会，并不足为训。汉代以后的经师以之为本，再加以笺注索隐，产生了徐广《毛诗背隐义》、何胤《毛诗隐义》、陈统《毛诗表隐》等多种"隐"体著作，这些索隐之后的索隐往往也就错得更加离谱。

受毛诗的影响，索隐的风气也传到了诗文的注释与理解领域。唐代李善所作的《文选注》乃是此类索隐的典型代表。在该书中，李善旁征博引，将索隐与考证结合，从某些诗句的描写与用语中求索含的深层意蕴。其阐释多有所发现，但也不乏穿凿附会之处，如把《古诗十九首》解释为君臣关系，言《行行重行行》"为君臣朋友之交中被谗间而见弃绝者之词"，就已经带有不少的臆想成分了。

唐代对于两汉索隐风的最大继承，是将索隐之法反向运用到文学创作中，创造出独特的讽喻诗形式。如杜甫的《赠花卿》云："锦城丝管日纷纷，半入江风半入云。此曲只应天上有，人间能得几回闻。"诗人表面上赞扬花敬定府中排演音乐十分美妙，实际上则是在讽喻花敬定僭用天子礼乐。[②] 刘禹锡《玄都

---

① 卜子夏：《毛诗序》，载萧统编：《文选》，上海：上海古籍出版社1998年版，第378~379页。
② 杨慎《升庵诗话》："花卿在蜀颇僭用天子礼乐，子美作此讥之，而意在言外，最得诗人之旨。"沈德潜《说诗晬语》："诗贵牵意，有言在此而意在彼者，杜少陵刺花敬定之僭窃，则想新曲于天上。"

观桃花》云："紫陌红尘拂面来，无人不道看花回。玄都观里桃千树，尽是刘郎去后栽。"诗人表面写玄都观里的桃花，实际上也是在讽刺朝中各个政治派别党同伐异。至于白居易，也同样仿照《诗经》国风做了许多反映民间疾苦的讽喻诗，不过因为情感及其所触及的题材，这些讽喻诗并没有像前面杜甫和刘禹锡的诗那样意旨难明。此后，历代即形成了与汉唐"美刺"文学一脉相承的讽喻诗创作与解说传统，如杨万里在诗论中提倡"下以风刺上"（《六经论·诗论》）、沈德潜鼓吹"以微言通讽喻"（《施觉庵考功诗序》）等。

诗歌创作上的这股潜隐与索隐法也相应地被运用到戏曲创作中。明代是文人戏曲创作较为活跃的时期，厂卫高压与严苛刑罚之下，为了指涉时事，一抒胸臆，许多文人不得不在其创作中深藏暗隐，言此而意彼。明代沈德符的《万历野获编》"填词有他意"条载："填词出才人余技，本游戏笔墨间耳，然有寓意讥讪者。如王渼陂之《杜甫游春》，则指李西涯及杨石斋、贾南坞三相；康对山之《中山狼》，则指李崆峒；李中麓之《宝剑记》，则指分宜父子；近日王辰玉之《哭倒长安街》，则指建言诸公是也。又闻汤义仍之《紫箫》，亦指当时秉国首揆，才成其半，即为人所议，因改为《紫钗》。"[1] 这些戏曲的创作者虽然不明说自己的意旨，但在特殊时代与特殊场景中，通过类比暗示与谐音相关等手法，与欣赏者之间达成了一定的认知重合，因而虽然往往讲的是一个故事，欣赏者却可以用索隐的方式从中读出创作者所欲说而不敢说的内容。

小说创作和解读方面也是如此。脱胎于史传文学的中国古典小说，天生带有对于历史的强烈兴味，所谓的稗官野史，正在于"国史之任，记事记言，视听不该，必有遗逸，于是好奇之士，补其所亡"[2]，以小说补正史所无，既有细节又富传奇，"小说者，正史之余也"。作为"正史之余"，中国古代产生了大量以历史事件为根底的小说，如《吴越春秋》《三国演义》《西游记》《水浒传》等，皆属将原有历史事件或历史人物加工渲染而成。在这些以历史事件或历史人物为原型的小说之外，又有一部分颇怀讥刺当政、批评时人之想的小说，这批小说既要"记事记言"，又担心政治高压和时人不满，自然是照搬经学的影射之法，将当世的人与事，化入文中，却往往故意留它几缕发丝、半条衣带，蛛丝马迹之间，挑动读者以索隐之法读之。《儒林外史》以马纯上影射冯粹中，以

① 沈德符:《顾曲杂言》，载隗芾、吴毓华编:《古典戏曲美学资料集》，北京:文化艺术出版社1992年版，第263页。

② 李振宏注说:《史通》，开封:河南大学出版社2011年版，第310页。

卢信侯藏书入狱影射清代文字狱，即这种做法。陈维昭《红学通史》分析道，"在一个高度专制、意识形态的控制高度严密的文化中"，中国出现了"讽喻"这个传统，各种诗文、小说、戏曲，经常都被解读为其中具有某些"讽喻"的因素。在这种传统的影响下，"一些作家也萌发了文史合一、借文载史的创作动机"，这些作家希望自己的创作成为一种具有"隐喻"特征的作品，"读者就可以用两副眼光破解他的隐喻，还原他的文心"，而受了"讽喻"传统影响的读者也经常"用两副眼光分解作品中的隐喻"，试图去解读作品中隐藏的真实，或者说拨开作品的表象，找到"隐喻"的另外一个面目。于是，作家与读者之间形成了一种有趣的默契，这种"地下传播"的读写之间的默契"令作家与读者双方都获得了一种独特的快感"。①

正是在这个传统路线中，索隐也成为早期解读《红楼梦》者所喜用的一种手法。更兼以《红楼梦》中多有比较明显的谐音暗示，如篇首即有一大段言论："此开卷第一回也。作者自云：因曾历过一番梦幻之后，故将真事隐去，而借'通灵'之说，撰此《石头记》一书也。故曰'甄士隐'云云。但书中所记何事何人？自又云：'今风尘碌碌，一事无成，忽念及当日所有之女子，一一细考较去，觉其行止见识，皆出于我之上。何我堂堂须眉，诚不若彼裙钗哉？实愧则有余，悔又无益之大无可如何之日也！当此，则自欲将已往所赖天恩祖德，锦衣纨绔之时，饫甘餍肥之日，背父兄教育之恩，负师友规训之德，以至今日一技无成、半生潦倒之罪，编述一集，以告天下人：我之罪固不免，然闺阁中本自历历有人，万不可因我之不肖，自护己短，一并使其泯灭也。……虽我未学，下笔无文，又何妨用假语村言，敷演出一段故事来，亦可使闺阁昭传，复可悦世之目，破人愁闷，不亦宜乎？故曰'贾雨村'云云。此回中凡用'梦'用'幻'等字，是提醒阅者眼目，亦是此书立意本旨。"②

这段文字中，直接点明了小说中甄士隐与贾雨村分别谐音"真事隐"和"假语存"，说明这是整部《石头记》的关键之处，接着又详细地解释了小说作者的创作缘由和创作意旨，在于以假语村言，使得"闺阁昭传，复可悦世之目，破人愁闷"。同时，指出书之所以用"梦""幻"等字，是因为要提醒读者注意整部小说的真假虚实之本质。有了这个总纲，再来读《红楼梦》，首先映入眼帘

---

① 　陈维昭：《红学通史》，上海：上海人民出版社 2005 年版，第 118 页。

② 　本段语句在程乙本等流行版本中作为第一回文字，现经与甲戌本比对，红学界基本认为是脂砚斋回批混入正文。

的便是随处可见的谐音，如千红一窟（千红一哭）、万艳同杯（万艳同悲）、单聘仁（善骗人）、卜世仁（不是人）等，更有各种谜语隐语星罗棋布，如十二钗判词图画、群芳夜宴花签酒令等。对于本就深受中国索隐传统影响的人而言，立身红楼，即恍如春行山阴道上，奇花异景，目不暇接，因而可能也就不知不觉心移色动、想入非非。以《红楼梦》内中所描宁荣二公之功勋盖代，延祚子孙，索隐派不免将其读为当时公侯之隐，如靖逆侯张勇、忠勇公傅恒等；以贾府规制之富贵奢华以及最终之衰亡败落，又更容易将其读为种种权臣盛衰故事的影射，如明珠、和珅等；以宝玉黛玉之间求而不得的爱情悲剧，内中似乎大有影射悲情怨偶的可能，索隐者自然容易想及顺治帝与董鄂妃之事；以贾府祭祀之逾制、秦可卿闺房布置之奇异，以及小说中不时出现的北静王、忠义亲王、忠顺王府等人脉往来，有政治喜好的人更喜欢将《红楼梦》解为一部宫闱政治小说，如九龙夺嫡、弘晳逆案等；以真假二府之辨、男女清浊之论，以及书中人物的文采风流，有民族情结的人却是偏向于《红楼梦》所隐的乃是满汉之争、家国之恨……种种索隐，不一而足，正是中国传统经学绵绵不绝之象。

索隐派由经学传统孳孽而生，同《红楼梦》的传播流布相伴相随，与之相比，考证派进入红学则似乎颇有些令人意外。

考证本身就是传统经学中与索隐并列的另一个重要方法。随着时代的变迁，语言、名物、事件等各个方面也必然会不断产生变化，这决定了各种经书史籍必须不断以层层累积的方式，在新的时代里得到新的解读。崇奉过去的经典，试图解读经典，就必须先重"小学"，经由文字学、音韵学、训诂学等方面先读懂经典，再用当下的语言与思想加以阐释。而要治文字学、音韵学、训诂学等，首要的就是考证，以考历代典籍名物的方式，证其本体。汉代开始，由于典籍流失、时代变化等，许多经书都已经显得繁难偏僻，需要经师的注解才能读懂，于是汉代相继出现了一大批擅长考证的经师，如孔安国、扬雄、郑玄、马融、服虔等，一大批前代经书得到了注释，还出现了训诂学的四大专门著作《尔雅》《方言》《说文解字》《释名》，考证学得到了极大的发展。历朝以降，不断有学者鸿儒加入注解经书的行列，几乎所有古代典籍都有数代学者进行钻研笺注，这些笺注固然有许多探析语义、分析思想的部分，但其中占据最大份额的无疑是对名物、事件的重重考证。《汉书·艺文志》分析考证学大行的弊端，说道："后世经传既已乖离，博学者又不思多闻阙疑之义，而务碎义逃难，便辞巧说，破坏形体；说五字之文，至于二三万言；后进弥以驰逐。故幼童而守一艺，白首而后能言。安其所习，毁所不见，终以自蔽——此学者之大患也。"然而，历代以来，无论是汉学、唐儒，还是宋学、清儒，考证已经与整个中国传统学术水乳交融、不可分割，无论如何贬抑，仍旧有无数学者沉湎于此，乐在其中。特别是到了清朝中后期，乾嘉之际，"汉族士大夫做亡国奴已做成习惯。不梳辫子，而要回头去留明朝的'长毛'，反觉不舒服。加以康雍乾三朝开明专制的结果，'三代以下无斯盛'，物阜民丰，简直是亘古所未有。《明夷待访录》因而再也引不起知识分子的共鸣。再加三朝文字之狱的教训，士大夫既不想再搞明心见性，又不想搞也不必再搞什么经世致用，这样才群起'厚古薄今'，大倒其字纸篓，搞起了胡适之先生宣传了一辈子的'乾嘉之学'——具体一点地说便是'训诂学'、'校勘学'和'考据学'——也就是'整理国故'之学"。[①]

鸦片战争之后，内忧外患不断加剧，经世致用之风大盛，特别是在洋务运动和维新变法之后，向西方学习现代科学技术和政治思想，日渐成为整个社会的风尚。孜孜以考证古代语言风物制度为务的乾嘉学派，虽然余绪尚在，而且一度凭借反满复汉的潮流有过短暂中兴，国粹派影响延绵不断，然而已经渐趋式微，越来越显示出局限性。在这种情况下，作为小说的《红楼梦》似乎没有什么理由与考证结缘。特别是晚清黄遵宪、梁启超等人大力宣扬小说界革命，重视小说的"熏浸刺提"功能，将小说视为启蒙民众、教化新知的重要工具。在这个背景下，对小说《红楼梦》的研究与评说一度聚焦于其政治意义方面。如1903—1904年《新小说》连载《小说丛话》，侠人在其中提出"故有暴君酷吏之专制，而《水浒》现焉；有男女婚姻之不自由，而《红楼梦》出焉"[②]，曹雪芹著此书是"以大哲学家之眼识，摧陷廓清旧道德之功之尤伟者也"[③]，赞扬曹雪芹是和龚定庵并列的"吾国近百年来的大思想家"。大体上，在胡适《红楼梦考证》之前，接受了现代思想的红学家对《红楼梦》的基本评判是"然其描摹家庭社会事情，穷形尽致，丝丝入扣，读之于世故人情，当知不少。故《红楼》

---

①　胡适口述，唐德刚译注：《胡适口述自传》，桂林：广西师范大学出版社2005年版，第132页。

②　侠人：《小说丛话》，载朱一玄编：《红楼梦资料汇编》，天津：南开大学出版社1985年版，第869页。

③　侠人：《小说丛话》，载朱一玄编：《红楼梦资料汇编》，天津：南开大学出版社1985年版，第868页。

一书，言情小说而实兼家庭社会之小说也"①。

胡适之所以选择以考证来进入《红楼梦》研究，在他自陈，是因为受到了杜威实验主义哲学的影响，杜威具有系统思想的学术分析方式帮助他了解了一般科学研究的基本步骤，杜威的思想也帮助他了解中国诸如考据学、考证学等古典学术和史学家治学的方法。胡适称呼这些传统的治学方法为evidential investigation，胡适认为，在那个时候，很少人"会想到现代的科学法则和我国古代的考据学、考证学，在方法上有其相通之处"②。经过杜威实验主义哲学的启发，胡适坚定了对中国传统学术方法的信念，于是以考证来整理国粹，致力于中国的"文艺复兴运动"（相关论述参见本书第二章）。然而这种治学方法，实是与晚清以来看重思想、着意政治的潮流南辕北辙，而与章太炎、刘师培、黄侃等国粹派众人所行的发扬传统、光大汉学之举比邻而居。

胡适的《红楼梦考证》一文，直接以"考证"命名，其内容也几乎全为考证，全文所做的工作就是经过考证得出关于《红楼梦》前八十回著者的六条结论③及后四十回续作者为高鹗的结论。通篇作为序文的《红楼梦考证》，并没有多少对于《红楼梦》故事情节或者文学价值的介绍。胡适对于《红楼梦》的最大感受是，全书"只是老老实实的描写这一个坐吃山空、树倒猢狲散的自然趋势"④，因此，这部小说可以称为"一部自然主义的杰作"，至于这个"自然主义的杰作"文学价值怎样，胡适语焉不详，并没有细说。多年之后，在和朋友的通信中，胡适点明了自己的态度，"雪芹是个有天才而没有机会得着修养训

---

① 境遍佛声：《读红楼梦札记》（1917 年 3 月），载吕启祥、林东海主编：《红楼梦研究稀见资料汇编》，北京：人民文学出版社 2001 年版，第 9 页。

② 胡适口述，唐德刚译注：《胡适口述自传》，桂林：广西师范大学出版社 2005 年版，第 102 页。

③ 胡适《红楼梦考证》：总结上文关于"著者"的材料，凡得六条结论：

（1）《红楼梦》的著者是曹雪芹。

（2）曹雪芹是汉军正白旗人，曹寅的孙子，曹頫的儿子，生于极富贵之家，身经极繁华绮丽的生活，又带有文学与美术的遗传与环境。他会做诗，也能画，与一班八旗名士往来。但他的生活非常贫苦，他因为不得志，故流为一种纵酒放浪的生活。

（3）曹寅死于康熙五十一年。曹雪芹大概即生于此时，或稍后。

（4）曹家极盛时，曾办过四次以上的接驾的阔差；后来家渐衰败，大概因亏空得罪被抄没。

（5）《红楼梦》一书是曹雪芹破产倾家之后，在贫困之中做的。做书的年代当乾隆初年到乾隆三十年左右，书未完而曹雪芹死了。

（6）《红楼梦》是一部隐去真事的自叙：里面的甄、贾两宝玉，即是曹雪芹自己的化身；甄、贾两府即当日曹家的影子（故贾府在"长安"都中，而甄府始终在江南）。

④ 胡适：《胡适红楼梦研究论述全编》，上海：上海古籍出版社 1988 年版，第 108 页。

练的文人","在那个贫乏的思想背景里,《红楼梦》的见解当然不会高明到那儿去,《红楼梦》的文学造诣当然也不会高明到那儿去"①,基于这样的理解,胡适甚至认为自己在《红楼梦考证》中评价《红楼梦》是"自然主义的杰作",已经是过分赞美《红楼梦》了,"在那一个浅陋而人人自命风流才士的背景里,《红楼梦》的见解与文学技术当然都不会高明到那儿去","我向来感觉,《红楼梦》比不上《儒林外史》;在文学技术上,《红楼梦》比不上《海上花列传》,也比不上《老残游记》"②。胡适对《红楼梦》评价不高,一是由于其文学才能方面的缺陷③,难以进入"鸿蒙情种"曹雪芹的内心④,尤为重要的原因是,胡适是以考证的眼光来进行小说研究的。唐德刚评论胡适考证禅宗史的行为,说过这样一段话,"搞学问重在'学'、重在'识',搞宗教重在'信'、重在'悟'。尤其是佛教,如果一位学者,既不信又不悟而偏要在'思想'上去碰它,那就只能搞点佛教的'史实'(factual history)来消遣消遣了"⑤。因为不"信"与不"悟",想要整理国粹的胡适不得已走上了一条乾嘉学派众人早已运用纯熟的无思无欲之路,考证成为其必然选择。"但是从'学问'上去看,胡先生倒的确把一部'禅宗史'弄到前空古人的程度。可是他就不能谈'禅',要谈也不深。他欢喜谈《六祖坛经》,但他兜来兜去则是'坛经史'。《坛经》本身是个什么东西,对他倒是次要的。"⑥

在胡适的启发下,新红学后继大将们也大多是以考证的眼光来看《红楼梦》的。俞平伯在《红楼梦辨》中同样认为"《红楼梦》在世界文学中底位置是不很高的",《红楼梦》"至多不过是个人身世性格底反映",其中写来写去,无非"身世之感,牢愁之语",即便小说内中有一些"忏悔了悟",也只是东方传统思想中的基本套路,"不过因为旧欢难舍,身世飘零,悔恨无从,付诸一哭,于

---

①　胡适:《胡适红楼梦研究论述全编》,上海:上海古籍出版社 1988 年版,第 290 页。

②　胡适:《胡适红楼梦研究论述全编》,上海:上海古籍出版社 1988 年版,第 279~280 页。

③　胡适缺乏文学才能,论者多有涉及,如对其《尝试集》缺少诗味的批评,对其嘲笑杜甫"独留青冢向黄昏"的质疑等,较为完整论述其文学才能缺乏的有格里德《胡适与中国的文艺复兴:中国革命中的自由主义(1917—1937)》等专著。孙郁《鲁迅与胡适》云:"就性情而言,胡适似乎更适宜成为一名学者,而不是诗人。他缺少一种癫狂,也无诗化哲人的气质。"(孙郁:《鲁迅与胡适》,武汉:长江文艺出版社 2007 年版,第 484 页。)

④　梁归智在《大梦谁先觉——胡适之红学观谫论》《诗与学的"分"与"合"》等论著中分析过,胡适之所以不能理解《红楼梦》的思想艺术真谛,是因为他不是一个真诗人,难以进入"鸿蒙情种"曹雪芹的内心。

⑤　胡适口述,唐德刚译注:《胡适口述自传》,桂林:广西师范大学出版社 2005 年版,第 222 页。

⑥　胡适口述,唐德刚译注:《胡适口述自传》,桂林:广西师范大学出版社 2005 年版,第 223 页。

是发而为文章，以自怨自解"，这样的小说起到的作用无非"破闷醒目，避世消愁"而已，因此《红楼梦》从地位上来说和其他中国传统小说一样，"不得入于近代文学之林"。①《红楼梦辨》同样也是专注于考证，看该书所开列的目录，即可见出：

一　论续书底不可能

二　辨原本回目只有八十

三　高鹗续书底依据

四　后四十回底批评

五　高本戚本大体的比较

六　作者底态度

七　《红楼梦》底风格

八　《红楼梦》底年表

九　《红楼梦》底地点问题

十　八十回后底《红楼梦》

十一　论秦可卿之死（附录）

十二　后三十回的《红楼梦》

十三　所谓"旧时真本《红楼梦》"

十四　《读红楼梦杂记》选粹（附录）

十五　唐六如与林黛玉（附录）

十六　记《红楼复梦》（附录）

十七　札记十则（附录）

其目录洋洋洒洒，只有第七节"《红楼梦》底风格"算是比较接近于现今的小说内容分析方式，其他部分全都是在考证。文怀沙在《红楼梦研究》的"跋"中认为俞平伯"他的史癖趋向于红楼梦的程度简直不下于乾嘉诸子对于典籍的诠诂"，可以说，完全道出了俞平伯作《红楼梦辨》的考证派特点。

至于周汝昌，则干脆提出，红学是一种比较特殊的学问，它并不是用一般小说学去研究一般小说的一般学问，"它是以《红楼梦》这部特殊小说为具体对象而具体分析它的具体情况、解答具体问题的特殊学问"，与其他小说学有

---

① 俞平伯：《红楼梦辨》，北京：商务印书馆 2010 年版，第 113 页。

天壤之别。在《什么是红学》一文中，周汝昌认为，红学包含曹学、版本学、探佚学、脂学这四个最重要的部分，至于研究《红楼梦》的思想、艺术等，并不能算在红学的范围内。① 该文一出，学界一片哗然，有不少红学研究者撰文表示反对。陈维昭在《红学与二十世纪学术思想》中分析道，"周汝昌的这种观点受到红学界的普遍反对，这是意料之中的。然而，周汝昌的这种观点却揭示了《红楼梦》的阅读命运的另一面。这一面是历来的考证学者没有提及的，这就是《红楼梦》在被阅读的过程中，有一种近似于经学的命运"。② 由于《红楼梦》自身存在许多版本、作者方面的疑窦等待考证，对它的研究就不是一个普通的小说学范畴，而是变成了国学的一个课题，"在传统国学看来，小学（文字学、音韵学、训诂学）是一切学问的基础，离开小学，就谈不上国学。形而上学或美学的探讨，可能会扑朔迷离、游移不定，但小学却是一门牢固、深厚的学问。正是在这一点上，'红学'才与'敦煌学'、'甲骨学'鼎足而三，而不是跟《诗经》、《楚辞》之学鼎足而三，也不是与唐诗、宋词之学鼎足而三"③。

正是因为红学已经成为一种近似于经学的国学，所以考证派极深研几、谂经诹史的时候，难免在考证与索隐两大传统方法之间穿插往来，兼取二者以成其论。例如，关于脂砚斋是谁的问题，胡适在《考证〈红楼梦〉的新材料》一文说："评者脂砚斋是曹雪芹很亲的族人，第十三回所记宁国府的事即是他家的事，他大概是雪芹的嫡堂弟兄或从堂弟兄，——也许是曹颙或曹頫的儿子。松斋似是他的表字，脂砚斋是他的别号。"④ 几年之后，胡适又推翻了自己的说法，"我相信脂砚斋即是那位爱吃胭脂的宝玉，即是曹雪芹自己"⑤。其间观点的转换，与考证派所自矜的科学、严谨相去甚远，却与索隐派的注重类比与大胆想象有不少共通之处。在胡适看来，历史既是科学，又是艺术，需要的是"大胆的想象"："做历史有两方面，一方面是科学——严格的评判史料，一方面是艺术——大胆的想象力。史料总不会齐全的，往往有一段，无一段，又有一段。那没有史料的一段空缺，就不得不靠史家的想象力来填补了。有时史料虽可靠，而史料所含的意义往往不显露，这时候也须靠史家的想象力来解释。整理史料固重要，解释（interprete）史料也极为重要。中国止有史料——

① 周汝昌：《什么是红学》，《河北师范大学学报（哲学社会科学版）》1980 年第 3 期。
② 陈维昭：《红学与二十世纪学术思想》，北京：人民文学出版社 2000 年版，第 95 页。
③ 陈维昭：《红学与二十世纪学术思想》，北京：人民文学出版社 2000 年版，第 95 页。
④ 胡适：《胡适红楼梦研究论述全编》，上海：上海古籍出版社 1988 年版，第 164 页。
⑤ 胡适：《胡适红楼梦研究论述全编》，上海：上海古籍出版社 1988 年版，第 200 页。

无数史料——而无有历史，正因为史家缺欠解释的能力。"① 虽然胡适也强调在"大胆的想象"之后，需要"小心的求证"，但这种靠想象来连缀史料，并且主要是依靠类比推论的方式，岂不正是落入了索隐派旧红学的圈套？难怪有学者干脆将胡适称为"新索隐派"。

胡适作出了关于曹家和曹雪芹的一些基本判断，后继考证派就在此基础上继续推进，然而因为缺少关于曹家和曹雪芹的直接史料，考证派往往都只能在《红楼梦》中寻找各种细节，通过贾曹互证，将其比附于曹家或曹雪芹，以此来推想曹家或曹雪芹的生平事迹——这也完全就是索隐派的索隐方法。试看俞平伯的一段推理互证："我疑心曹雪芹的穷苦，是给他弟兄所害。看《红楼梦》上，个个都欢喜宝玉，惟贾环母子乃是他的怨家；雪芹写贾环，也写得他卑琐猥鄙得狠：可见他们俩有彼此不相容的样子，应当有一个恶果。但在末四十回里，也便不提起了。……贾政对于贾环的卑琐，宝玉的痴憨，都是不欢喜的，所以曹寅的诗上把'承家'希望到侄子身上，也是有的。我的意思，《红楼梦》上把弟兄排行弄乱了，贾环应是比宝玉大，父死之后，由他袭职——七十五回末了，贾赦拍着贾环的脑袋笑道，'以后就这样做去，这世袭的前程就跑不了你了'，似可作证。"②

这一段文字中，俞平伯用了"疑心""似可作证"等词语，完全是一副依靠想象的架势，在运用贾曹互证的时候，不仅用浮现在《红楼梦》字面上的贾家情形来推想曹家的情形，甚至试图用自己想象的曹家情形来推想小说创作者的初衷。这种以甲证乙再以乙证甲的自我循环论证，是推理考证的大忌，却是索隐派惯常使用的手法。

考证派中，将这种自我循环论证运用到极致的是周汝昌。周氏早年所作的《红楼梦新证》，已经常常采用自我循环论证手法，如制作"雪芹生卒与红楼年表"，即将曹雪芹亲友的生平与红楼梦中贾府人物的生平循环自证。周汝昌晚年时期，极力考证《红楼梦》一百二十回本是一部反映并且经历了宫廷斗争的作品。在《双悬日月照乾坤》一文中，周汝昌考证出北静王是废太子胤礽之子弘皙，《红楼梦》中史湘云的诗句"双悬日月照乾坤"以及贾府与北王府之间非同寻常的友谊，都是曹家曾参与九龙夺嫡之事的影射。在没有明确史料证据的情况下，通过将清代一些宫闱内斗的细节与《红楼梦》中的情节进行比对，

---

① 耿云志编：《胡适语萃》，北京：华夏出版社 1993 年版，第 15 页。

② 俞平伯、顾颉刚：《俞平伯和顾颉刚讨论〈红楼梦〉的通信》，《红楼梦学刊》1981 年第 3 期。

周汝昌大胆作出了推论：曹家加入了废太子胤礽的政治集团，最终被二次抄家，一败涂地。依照此思路，在《〈红楼梦〉"全璧"的背后》一文中，周汝昌甚至提出，现今流传于世的一百二十回本《红楼梦》，是和珅出重金延请文士（以程伟元、高鹗为代表）为他续补的，之后再将此删除了众多碍语的本子进呈乾隆。"周氏把曹学、脂学、版本学、探佚学熔化于一炉之中，把关于作者、版本的考证与'历史本事'的考证水乳地交融在一起"①，"而他在材料之间的过渡则全凭'悟'性的自由翱翔。这是一篇考索并用、以考带索、有索必考的典范之作"②。陈维昭《红学通史》赞叹道："至此，索隐红学达到一种透彻玲珑、浑然成熟的境界。"③

　　事实上，考证派学者所使用的这种自我循环论证，在中国传统训诂学上是一个常见现象。训诂学的一个基本方法就是"转相为注，互相为训"。辞典在注释"考"字时，往往注为"考者，老也"，而在注释"老"字时，则反过来说："老者，考也。"同样的情形还有"更，改也。改，更也""宫谓之室，室谓之宫"等，这种情况便是"互相为训"的关系，也称为互训。这种互训在二者同为一个类别层面的时候，自然没有太多区别，但是到了二者有了虚实、内外之别的时候，就成为考证派所仇视的索隐做法了。考证派之所以在其作品中大肆采用自我循环论证的互训方法，在于其坚持认为《红楼梦》就是一部曹雪芹的"自叙传"，内中所写的都是曹雪芹的生平与曹家的历史。"在'自叙传'的观念之下，已知的曹家历史可以用来证明《红楼梦》中的故事就是历史的实录，反过来，《红楼梦》的故事也可以作为历史实录去证明未知的曹家历史。一般人称胡适、周汝昌这种做法为'以贾证曹'，实际上，胡适等的文史考证是双向互证的"，"这正是一切本事考证（包括索隐红学）的最本质的特征"④。也许对于真正惯常使用这种双向互证的人来说，所谓的考证与索隐之争，已经不存在了，周汝昌在《还"红学"以学——近百年红学史之回顾》这篇文章中就直言："今日之人，已然被那些评论者们弄得不甚了然，以为胡适批驳批倒蔡元培，是一场水火冰炭的大'斗争'，双方各执一词，'势不两立'，实际的事情的'本质'并非如此——他们正是'一丘之貉'：都是在研索《石头记》这部小说的'本

①　陈维昭：《红学通史》，上海：上海人民出版社 2005 年版，第 603 页。
②　陈维昭：《红学通史》，上海：上海人民出版社 2005 年版，第 603 页。
③　陈维昭：《红学通史》，上海：上海人民出版社 2005 年版，第 603 页。
④　陈维昭：《红学通史》，上海：上海人民出版社 2005 年版，第 147 页。

事',并无根本的分歧——分歧只是蔡先生认为曹雪芹是写别人,而胡先生则主张曹雪芹是写'自己'。"[①]换句话说,无论是所谓的索隐派还是所谓的考证派,都在运用类似解经学的方法研索本事,双方之间除了小说内容是自传或他传的差异之外,并没有太多根本性的不同。

其实,如果从整个中国传统经学史来考察,索隐与考证二者本就是盘根错节,被解经学家们娴熟地交叉运用于解读经典。近代研究中国经学史的人一般将经学分为三大派:"西汉今文学"、"东汉古文学"和"宋学"。这三派各自特点:"今文学以孔子为政治家,以《六经》为孔子致治之说,所以偏重于'微言大义',其特色为功利的,而其流弊为狂妄。古文学以孔子为史学家,以《六经》为孔子整理古代史料之书,所以偏重于'名物训诂',其特色为考证的,而其流弊为烦琐。宋学以孔子为哲学家,以《六经》为孔子载道之具,所以偏重于心性理气,其特色为玄想的,而其流弊为空疏。总之,三派固各有其缺点,亦各有其优点。"[②]索隐与考证二者各自侧重微言大义的探求和名物制度的考索,在中国经学史上,二者就分别成为两个具有鲜明特色学派——古文经学派和今文经学派——的核心治学方法。以董仲舒为首的今文经学派采纳的是儒家治理天下的理论,重视其在政治制度与纲常礼法方面的作用,所以特别重视对经书"微言大义"的挖掘。这种做法上接春秋时期的公羊传,下启清代常州学派、康有为等人,自然地,在其阐发事理的时候,采用不少索隐之法,极力鼓吹圣贤法天象地,一言一行皆有深意。而以东汉孔安国、郑玄等为首的古文经派,产生于先秦典籍的发现,于是其所重视的,也相应地为重述典籍、注释经书诸事,考证手法成为其谨守恪遵的学术规范。古文经学派与今文经学派在一些问题上是有着根本性的分歧的,在经学史上多有论争。特别是到了清代,先是古文学派极盛,惠栋、江永、戴震、段玉裁、王引之父子等名家大师辈出,其在历史、地理、诸子、金石、版本目录等各门学问上都取得了前所未有的巨大成就。古文经学派影响所至,及于整个清朝,到了近代,依旧胤绪不断,章太炎、梁启超、钱穆、钱锺书等都深得其三昧。而今文经学派也从清中期开始隔代重兴,先是常州学派张惠言、庄存与、刘逢禄等重尊公羊学,借以讥刺时政、感发有为,其后康有为以公羊学之法重新阐释经典、宣扬变法,更是重

① 周汝昌:《还"红学"以学——近百年红学史之回顾》,《北京大学学报(哲学社会科学版)》1995年第4期。

② 皮锡瑞:《经学历史》,北京:中华书局1981年版,第3页。

新将今文经学推到了时代潮头。因为共处一代，今文经学派与古文经学派自然互相攻讦，或斥对方琐碎饾饤，或贬他者空疏怪妄。虽说在阐释解读经典的时候，双方除了在方法上有所侧重，还往往兼采二者以成其论，但在实际论争中，双方往往皆夸大对手的缺点，却对自己也不同程度借鉴对手方法讳莫如深。从这点来说，红学的考证派与索隐派之争，可以视为中国经学史上古文经学派和今文经学派之争的延续。

在考证派众多红学家中，俞平伯是为数不多的能够进行自我反省的人。1922 年，《红楼梦辨》出版，其大体研究思路与胡适相同，走的是考证的路子。但 1925 年，俞平伯就在《现代评论》上发表《〈红楼梦辨〉的修正》一文，以今日之我攻昨日之我，反对将《红楼梦》当成自叙传来看。在这篇文章中，俞平伯提出，《红楼梦辨》存在许多问题，其中，最需要修正的一句话是"《红楼梦》为作者的自叙传"①。《红楼梦》是作者自述生平，有感而作，这是原作中说得很清楚，也得到后代研究者证实的事情。现在要考虑的是，作者自传的成分在《红楼梦》中到底占了多大的比例。俞平伯认为，"决不如《红楼梦辨》中所假拟的这样多"②。所以俞平伯认为自己犯了一个错误，在《红楼梦辨》里没有注意到自叙传与自叙传文学之间的区别，对于历史与历史小说之间的界限并没有加以区分。正是因为这样的误解，所以原书中"把曹雪芹的生平跟书中贾家的事情搅在一起"，甚至做了一个对应年表，就完全错误了，毕竟《红楼梦》最多只能算是自传性质的小说，"不能把它径作为作者的传记行状看啊"③。在这种反思中来看胡适与索隐派之争，俞平伯更是发现号称反索隐的胡适，自身也在索隐之中，胡适自己在考证时大谈贾府与曹家有什么相似之处、贾宝玉的哪些事迹与曹雪芹有什么相似之处、黛玉是谁、宝钗是谁等问题，这和他自己在批判的"影射""猜笨谜"从本质上来说是没有什么差别的。从这一点看来，新红学对索隐派的攻击是站不住脚的，新红学家说自己比索隐派说的对的部分多一点，或者可以，但是要说自己一定比索隐派聪明，却并不见得。大家用的方法其实都是相似的，"老实说，我们还是他们的徒子徒孙呢"，根本都没有跳出索隐派的樊笼。俞平伯认为，如果考证派想打破索隐派的"猜笨谜"，"只

---

① 俞平伯：《俞平伯论红楼梦》，上海：上海古籍出版社 1988 年版，第 341 页。

② 俞平伯：《俞平伯论红楼梦》，上海：上海古籍出版社 1988 年版，第 342 页。

③ 俞平伯：《俞平伯论红楼梦》，上海：上海古籍出版社 1988 年版，第 372 页。

有把一个人比附一个人，一件事比附一件事，这个窠臼完全抛弃"。①

在俞平伯看来，想要在红学研究上有新的进步，就必须走出考证派与索隐派"考索本事"的窠臼，把《红楼梦》当作小说而不是史料来看待，从价值和影响上来说，《红楼梦》是"一篇不可磨灭的杰构"，对于这样的小说杰作，索隐派用猜谜法来读它，考证派用充满考据癖的方法来读它，都是"可怜而可笑"的。同年，有读者王南岳写信给俞平伯，提出希望看到俞平伯进一步考证小说内容的文章。俞平伯在回信中说，自己对考证《红楼梦》的内容已经不感兴趣了，现在自己不想再去做考定《红楼梦》年表这类的事情，因为"我恭恭谨谨地说，我新近发见了《红楼梦》是一部小说"②。也许正是有此认识，俞平伯才在20世纪50年代一改考证派风格，做了几篇关于《红楼梦》思想、艺术的评论。不幸的是，由于在运动中饱受批判，俞平伯的这种转向并没有得到太多的延伸与发挥。20世纪80年代，历劫重生的俞平伯面对红学考证之风兴盛的局面，数次重提旧话，如在《索隐与自传说闲评》这篇文章中说，"《红楼梦》之为小说，虽大家都不怀疑，事实上并不尽然"③，很多人总想把这个小说当史料来研究，敲敲打打，不这样做就好像不过瘾，好像《红楼梦》的价值就没那么高了，其实这是错的，这就是所谓的"钻牛角尖"。虽然不能否认《红楼梦》很复杂、很多元，可以供研究者从各个角度来讨论，"但它毕竟是小说"，最根本的这一点是不会变的。俞平伯认为，小说就是虚构的，虽然不必要排斥真实发生的事情，"但这些素材已被统一于作者意图之下而化实为虚"，而且虚是主要的，实是次要的，这个分寸必须掌握好，如果"颠倒虚实，喧宾夺主，化灵活为板滞，变微婉以质直，又不几成黑漆断纹琴耶"④。然而这番言语已经无法阻止考证之火炽炽而起、渐成燎原，各类红学、曹学专家所致力的，依旧是考证本事、挖掘隐曲。俞平伯此语，迅速湮没于众多红学考证大军之中。面对此景，俞平伯甚至提出，"人人皆知红学出于《红楼梦》，然红学实是反《红楼梦》的，红学愈昌，红楼愈隐"⑤。

俞平伯的这句话，自然是劝说无效之后的一时气话，作不得真。但他的这句话，与数十年前青年俞平伯对考证的痴迷做一番比较，倒是别有意思。在

---

① 俞平伯：《俞平伯论红楼梦》，上海：上海古籍出版社1988年版，第345页。

② 俞平伯：《俞平伯论红楼梦》，上海：上海古籍出版社1988年版，第333页。

③ 俞平伯：《俞平伯论红楼梦》，上海：上海古籍出版社1988年版，第1144页。

④ 俞平伯：《俞平伯论红楼梦》，上海：上海古籍出版社1988年版，第1144页。

⑤ 俞平伯：《俞平伯点评红楼梦》，北京：团结出版社2004年版，第371页。

《〈红楼梦辨〉的修正》一文中，俞平伯对自己写作《红楼梦辨》之时为何没有注意区分小说与史书的不同、一头扎进考证的陷阱表示不解：历史与历史小说，是"显而易见，可喻孩提"的差别，可是当时的自己就是把它们搞混了；自己在写作《红楼梦辨》的时候，明明知道《红楼梦》非信史，却"一面偏要当它作信史似的看"，并且以之为材料，写了厚厚一本考证的文字，"在今日的我追想，真觉得索解无从"①。这种百思不得其解的疑惑，与晚年俞平伯对考证热为何盘踞红学界的疑惑和不满，可作一处观。

为什么一部《红楼梦》会吸引得无数人忽忽欲狂，沉迷于索隐考证的经学陷阱之中不能自拔呢？

前面说过，胡适以经学方法来进入《红楼梦》，在于其受到杜威实验主义哲学的影响，然而据《胡适口述自传》言，其出生于科举之家，年轻之时即受到过良好的经学教育——不过，此时所读，都是朱熹一派宋儒的著作。在清华留美预备班的时候，胡适见到了郑玄一派的汉学著作，大好之，赴美留学时特别带了一套《十三经注疏》，以为研读之便。唐德刚评价胡适是"幼而习、长而行，考据成癖"②，以胡适之家学，即便不至于此，但其受过汉学的影响，却是毋庸置疑的。在美国期间，胡适备尝思乡之苦，在学业上也颇受挫折，最终决定从农学专业转为哲学专业，赴哥伦比亚大学追随杜威。胡适自述，"实验主义成了我的生活和思想的一个向导，成了我自己的哲学基础"③，然而，唐德刚依据胡适自己对于中国传统学术与西方学术方法的论述，明确指出，胡适在美求学期间，虽然号称受到了浦斯格和杜威等现代学者的影响，但是他的治学方法可以说却只是"集中西传统方法之大成"④，他的治学方法其实继承的是中国乾嘉学派和西洋中古僧侣所搞的圣经学。虽然胡适在 1919 年提出"整理国故"的时候，有着其关于中西方文化融合以及中国文化复兴的一整套观念作为背景（详见本书第二章），但如果从情感积淀和学术影响这个角度来说，中国传统解经学无疑是其后来学术活动的直接根源。正是由于深受解经学的影响，胡适才在进行《红楼梦》研究的时候，不自觉地脱离当时的新学之一般途径，转而以经学为依，以考证为本。

---

① 俞平伯：《俞平伯论红楼梦》，上海：上海古籍出版社 1988 年版，第 343 页
② 胡适口述，唐德刚译注：《胡适口述自传》，桂林：广西师范大学出版社 2005 年版，第 136 页。
③ 谢军、钟楚楚主编：《胡适留学日记》，海口：海南出版社 1994 年版，第 3 页。
④ 胡适口述，唐德刚译注：《胡适口述自传》，桂林：广西师范大学出版社 2005 年版，第 136 页。

　　与胡适相比，出身于纯正经学世家的俞平伯，其以考证进入《红楼梦》的研究则似乎更为随心应手。俞平伯在其：《红楼梦辨》中不仅步武胡适，将胡适在作者、版本等方面的研究进一步深化细致，而且在《红楼梦》主题认识上也有着颇为接近经学的阐释。在"《红楼梦》底风格"一章中，俞平伯提出："从这里所发生的文章风格，差不多和哪一部旧小说都大大不同，可以说《红楼梦》底个性所在。是怎样的风格呢？大概说来，是'怨而不怒'。"① 据他的分析，《水浒》"愤激之情，已溢于词表"，是"一部怒书"；《儒林外史》"虽愤激之情稍减于耐庵，但牢骚则或过之，看他描写儒林人物，大半皆深刻不为留余地"②；至于《二十年目睹之怪现状》《广陵潮》等晚清小说，或"大吹法螺"，或"村妇谩骂"，都是等而下之。只有《红楼梦》一书，能够秉持"怨而不怒"的风格，"以此看来，怨而不怒的书，以前的小说界上仅有一部《红楼梦》，是怎样的名贵啊"③。俞平伯所啧啧称赞的"怨而不怒"风格，正是朱熹等儒家经学大师们颂扬不已的《诗经》主要品格之一。20 世纪 50 年代批俞批胡高潮时，有人敏锐地注意到俞平伯赞同《红楼梦》"怨而不怒"与其对高鹗续书持反对意见之间的关联，并进而找寻到了这二者的总源头："他们为什么如此痛恨高鹗呢？我认为他们反对高鹗的立足点，是和他们对红楼梦的总的看法相一致的，所以，这之间，也有所区别。俞先生所欣赏的红楼梦是'怨而不怒'的红楼梦，而红楼梦到八十回以后，矛盾冲突已达于白热化，高鹗在后四十回中，基本上忠于现实的必然发展，忠于曹雪芹的精神，痛快淋漓地暴露了封建统治代表的冷酷残忍嘴脸，破坏了俞平伯先生所认为'怨而不怒'的风格，也就触犯了俞平伯先生对封建制度的深切感情。这是俞平伯先生反对高鹗的立足点。"④ 虽然批判者有某些上纲上线的成分，但其的确击中了俞平伯们的情感核心——对封建审美情趣的深切感情。

　　作为新文化运动的代表性人物，胡适以《文学改良刍议》等一系列文章步入文坛，高呼以新文学代替旧文学，并以《尝试集》等一系列作品探索文学的新形式。俞平伯则同样以《春水》等新诗步入文坛，并与傅斯年、罗家伦等人一起组织新潮社，大力推动新诗运动。在创作新文学的时候，二者却不约而同

---

① 俞平伯：《红楼梦辨》，北京：商务印书馆 2010 年版，第 121 页。

② 俞平伯：《红楼梦辨》，北京：商务印书馆 2010 年版，第 122 页。

③ 俞平伯：《红楼梦辨》，北京：商务印书馆 2010 年版，第 122 页。

④ 晓立：《〈红楼梦新证〉的功过》，载作家出版社编辑部编：《红楼梦问题讨论集》第 4 集，北京：作家出版社 1955 年版，第 212 页。

地进入"旧文学"领域，而且都是以极为传统的经学考索方式进入，这显然是有着极为顽固而深切的怀旧情感在内的。尤为应该注意的是，胡适、俞平伯们的这种红学研究方式，却受到了当时学界内外几乎众口一词的称赏，也带动了一代又一代的人继踵沉迷于红学考索，这无疑更证明了本章一直在谈论的问题：王朝溃败之后，面对中华文化的流离失所，整个文化界都面临巨大的情感空缺，充满了浓浓的怀旧情绪。"过去的事，看来像没有什么关痛痒，但是现在的情形，都是从过去渐渐变来。凡事看了现在的果，必定要求过去的因，怎么可以制止不论呢？"求新固然是应该的，但是，"不悟人类所以异鸟兽者，正以其有过去、未来之念耳。若谓过去之念，当令扫除，是则未来之念，亦可遏绝，人生亦知此瞬间已耳，何为怀千岁之忧，而当营营于改良社会哉？"①

怀旧的文化界急需一个路径以重新接续传统，于是自然地，"国学"也就在晚清民国时期大行其道，盛极一时。写作《红楼梦评论》《人间词话》的王国维，在罗振玉的建议下，放弃文学研究，转而埋首金石学、甲骨学，找到了其接续传统的路径。对文学依旧抱有热望的胡适和俞平伯们，则欣喜地发现了《红楼梦》乃是通往传统的另一路径，而且其所具有的巨大阐释空间，足以为他们孤苦无依的"中华"传统提供栖身之所。"京事一切沉闷（新华门军警打伤教职员），更无可道者；不如剧谈《红楼》为消夏神方，因每一执笔必奕奕如有神助也。日来与兄来往函件甚多，但除此以外竟鲜道及余事者，亦趣事也。"②俞平伯视《红楼梦》为消夏神方，只要一提笔与顾颉刚谈论，即"奕奕如有神助"，这正是因为其在时代的彷徨中找寻到了精神支点，在与传统的续接中找到了一条恒定有力的通道。"虽然在受过教育的外行看来，古典语言文献学常常沉浸于一些细微末节的东西，但是它重构了文化传统，将最伟大的、得以幸存的作品更为清晰地展现出来"③，通过这种重构与展现，它建立了整个关于历史的形象，并且把历史的形象显示在这个世界的人们面前。不仅是考证，也包括索隐，"当《红楼梦》成为索隐派红学家的理解对象之后，或者当《红楼梦》唤醒索隐派红学家大脑中关于某段历史的记忆而成为理解对象之后，索隐派红学家实际上就把理解对象纳入自己的理解结构之中，通过联想、想

① 章太炎：《驳中国用万国新语说》，载刘梦溪主编：《中国现代学术经典·章太炎卷》，石家庄：河北教育出版社1996年版，第608页。

② 顾颉刚：《顾序》，载俞平伯：《红楼梦辨》，上海：上海书店出版社1990年版，顾序第7、8页。

③ E.希尔斯：《论传统》，傅铿、吕乐译，上海：上海人民出版社1991年版，第193页。

象、记忆等心理活动,把理解对象整合成为一个富于索隐者个人情感特征和思维特征的意象"①,充满经学氤氲的红学研究,在一地废墟之上隐隐重建了那座巍峨庞大的传统影像。

---

① 陈维昭:《红学与二十世纪学术思想》,北京:人民文学出版社 2000 年版,第 55 页。

第二章　被发明的传统：思想、语言与情感

　　王朝灭，纲统绝！然而尚未等得孤臣孽子们哭祭龙沉凤杳①、抒发春恨秋悲，喧哗涌动的时代巨轮早已裹挟着残山剩水，向着潮头浪尖一往无前再不回头。从晚清开始，数代能工巧匠，以鲜血为引，以热情为经，踏行漠北江南异域别国，访求上下古今圣贤智慧，试图重铸一艘号为中华的艨艟巨舰。在尔时俊彦看来，"前程浩浩，后顾茫茫"，这艘巨舰，不能只是停留于比拟往昔中华之"隆盛煊赫"，而要"百年淬厉电光开"，在一个"未来""进步""独立""自由"的现代背景中冶炼融合，方可以"壮丽浓郁、翩翩绝世"，在列强环伺、国势日颓的时候起沉疴疗绝症，横波破浪，重新焕发出华夏神采。

　　在关于现代性的想象中，中/西、古/今的概念貌似以其本质性的强烈差异不可相容，二者之间难免上演一场摧枯拉朽的破军之战，然而因为重铸中华的过程中本就带有强烈的救亡意旨，西方乃是重生中华的抗衡敌对，而古典则是中华追求现代过程中揽镜自照、确立自我属性的重要凭借，于是彼时的锻打淬砺中，中/西、古/今这两个内部相对的概念并未分离隔绝，反而逐渐渗透黏合、板结成块，最终成为重铸成型的中华船体上最为稳固的甲板。重铸中华，既包含着对现代的想象与规划，也包含着对古典的审视与解读，二者皆在锻打淬砺中渗透黏合难分彼此——换一种说法则是对古典的审视与解读，也是对现代的想象与规划。

　　作为古典中华文化的集大成者，《红楼梦》同样在这场锻打淬砺中火花四射。从晚清时候起，"思想反叛"就成为《红楼梦》的重要标签，众多充满现代

---

　　①　陈曾寿《八声甘州》(1924 年)：镇残山风雨耐千年，何心倦津梁？早霸图衰歇，龙沉凤杳，如此钱塘。一尔大千震动，弹指失金装。何限恒沙数，难抵悲凉。慰我湘居望眼，尽朝朝暮暮，咫尺神光。忍残年心事，寂寞礼空王。漫等闲、擎天梦了，任长空、鸦阵占茫茫。从今后，凭谁管领，万古斜阳？

想象的人，将其对婚姻自由的渴望、对家族统治的痛恨、对政治制度的认识，都通过叙论《红楼梦》的形式加以陈说。而在寻求建构现代语言的过程中，"白话范本"也成为《红楼梦》的另一个标签，通过《红楼梦》等古典小说，五四一代新文化人再造出一个具有延续性的白话传统，这个源自中华文化内部并与西方现代潮流符合的白话传统，使得现代语言的建构成为可能。更令人瞩目的是，对《红楼梦》的研究成为20世纪上半叶中国国族想象的重要部分，对《红楼梦》作者家世、佚文、版本、物事的考索风行知识界，结合了传统经学方法和现代理念的"红学"俨然成为"国学"的重要组成部分，内中寄寓了胡适等人殷勤恳切的中华文化复兴美梦。以红楼梦中华，并非只是在梦回某个具有确定意义的过去"中华"，实际上，更包含了以现代视域重述历史再造传统"中华"并以之为所处时代助力呐喊的豪情壮志。

第一节 反抗典型：红楼新读法之一

《红楼梦》到底是一本什么样的书？众多回答中，花月痴人的答法是较有代表性的一种："同人默庵问余曰：'《红楼梦》何书也？'余答曰：'情书也。'默庵曰：'情之谓何？'余曰：'本乎心者之谓性，发乎心者之谓情。作是书者，盖生于情，发于情；钟于情，笃于情；深于情，恋于情；纵于情，囿于情；癖于情，痴于情，乐于情，苦于情；失于情，断于情；至极乎情，终不能忘乎情。惟不忘乎情，凡一言一事、一举一动，无在而不用其情。此之谓情书。'"①

花月痴人以"情书"二字概括《红楼梦》，他提出，"本乎心者之谓性，发乎心者之谓情"，与自己的本心相合就是"性"，依照自己的本心表达出来就是"情"。《红楼梦》作者有极为深刻的对"情"的体悟，"极乎其情"，难以忘情，于是在其书中的人物，"一言一事、一举一动"，处处皆有"情"的痕迹。嫏嬛山樵的说法与花月痴人的说法类似："古人云：'情之所钟，正在我辈。'故情也，梦也，二而一者也……无此情即无此梦也，无此梦缘无此情也。妙哉！雪芹先生之书，情也，梦也；文生于情，情生于文者也。"②

---

① 花月痴人：《红楼幻梦自序》，载一粟编：《红楼梦资料汇编》，北京：中华书局2004年版，第54页。

② 嫏嬛山樵：《补红楼梦序》，载一粟编：《红楼梦资料汇编》，北京：中华书局2004年版，第52、53页。

娜嬛山樵的这个说法除了强调"文生于情，情生于文"之外，还加入了一个重要的认识线索：因为"情之所钟，正在我辈"，所以"情也梦也"。所谓的"情之所钟，正在我辈"，出自《晋书·王衍传》，是"魏晋风度"的一个重要典故，如果再加上花月痴人所说的"发乎心者之谓情"，两相比照，二人评价《红楼梦》为"情书"的重要因缘显然就在于认为《红楼梦》具有跟魏晋美学之"深情"相同的品质与思想。

魏晋美学之"深情"早已被研究者广为剖析，它指的"是在现实的人生之中，特别是在情感之中去达到对无限的体验，进入一种超越有限的、自由的人生境界"[1]。在《世说新语》中记录了相当多的"深情"故事，如桓温泣柳、阮籍葬母等，甚至可以说，整部《世说新语》所记载的各种魏晋士人言谈举止，都是表达其"深情"的故事。魏晋士人的"情"虽然是由个体所发出的，但是其本质已经超出了个体的情绪，与人类千百年来"对宇宙的流变、自然的道、人的本体存在的深刻感受和探询连在一起"，是一种"普泛的对人生、生死、离别等存在状态的哀伤感喟"。[2] 既是一种思辨，也是一种智慧。换句话说，此"情"其实并非只是对他人他物之情，而实在是魏晋士人对自己之情，他所"钟情"的，只是自己的生命哀伤。花月痴人和娜嬛山樵读出的《红楼梦》，是一部充满了生命感喟的"情书"，全书嗟叹吟咏的主题是繁华似水、人生如梦。

这样的解读其实又与晚明以来的"情教"思潮隐隐相合。晚明情教的启蒙人李贽力倡对宋明理学的反叛，提出了著名的论断"穿衣吃饭，即是人伦物理，除却穿衣吃饭，无伦物矣"[3]，将人日常的一言一行等正常欲求，作为人伦物理的最高价值加以肯定。李贽的这个观念并非开天辟地，而实在是明代阳明心学与程朱理学历经数代斗争的结果，最终心学一脉的"心外无物""知行合一"等观念战胜了程朱理学的"存天理，灭人欲"，受到了社会各阶层的广泛欢迎。受此思潮的影响，社会上出现了一股注重感官欲望、追求新鲜刺激的风气，"人情以放荡为快，世风以侈靡相高"。明代中后期的徐渭、汤显祖以及公安三袁等士人，也纷纷倡导自由恣肆的生活美学原则，将情感的放纵快意作为最高原则加以宣扬。在此基础上，汤显祖提出"人生而有情。思欢怒愁，

---

① 李泽厚、刘纲纪：《中国美学史：魏晋南北朝编》，合肥：安徽文艺出版社1999年版，第104页。

② 李泽厚：《李泽厚十年集》第1卷，合肥：安徽文艺出版社1994年版，第340页。

③ 李贽：《李贽文集》，北京：北京燕山出版社1998年版，第19页。

感于幽微,流乎啸歌,形诸动摇"①,在戏曲创作中高扬"情"的地位,以男女之恋情承载其对于人生的诸种感喟。明代戏曲压卷之作《牡丹亭》,即以杜丽娘"因情成梦",一梦而亡,最终因为"情根一点是无生债","叹情丝不断,梦境重开",鬼魂与书生柳梦梅再续前缘,感动幽冥,还阳复生,得偿情债。汤显祖在《牡丹亭题词》中倾心礼赞"情"的巨大力量:"情不知所起,一往而深,生者可以死,死可以生。"②冯梦龙则明确提出,要"以情设教",以"情教"之昌盛来反理学名教的压抑,"借男女之真情,发名教之伪药"。③

《红楼梦》中有一条非常明确的主线就是宝玉与黛玉之间的爱情,而且小说中有数次提到《牡丹亭》中的故事词曲,作为全书总纲的《红楼梦》十二仙曲开首即唱道"开辟鸿蒙,谁为情种?都只为风月情浓……"可以明显地看出受晚明"情教"的影响。自然地,写男女真挚相恋之情成为众多《红楼梦》读法中最为盛行的一种,如涂瀛《红楼梦论赞》提出,宝玉的情,是人世的情,是"天地古今男女共有之情"④,是古往今来男女之间难以完全表达的情,这种情就是贾宝玉和林黛玉"心中目中、意中念中、谈笑中哭泣中、幽思梦魂中、生生死死中悱恻缠绵固结莫解之情",古往今来,只有圣人方能"尽性",也只有贾宝玉能"尽情",所以,他称贾宝玉为"圣之情者也"。陈其泰认为,"凡人爱博,则情不专,独宝玉不然。彼固以女色为命,到处留情。然只如镜中之花,水中之月,雪中之鸿爪,梦中之鹿肉,原在何有何无之数。其饥渴饮食性命以之者,惟一林黛玉耳"⑤。"盖其所谓情,男女夫妇房帏床笫而已矣。今试立男女于此。男之悦女,徒以其女也悦之;女之悦男,亦徒以其男也而悦之。则苟别易一男女,而与其所悦者品相若,吾知其情之移矣。情也而可以移乎?又苟别易一男女,而更出其所悦者之品之上,吾知其情之夺矣。情也而可以夺乎?又使男女之相悦,终不遂其媾,则亦抱恨守缺,因循苟且于其后,而情于是乎穷矣。情也而可以穷乎?即使男女之相悦,竟得如其愿,则亦安常处顺,以老以没,而情于是乎止矣。情也而可以止乎?故情之所以为情,移之不可,夺之不

① 汤显祖:《汤显祖集全编》,上海:上海古籍出版社 2015 年版,第 1596 页。

② 汤显祖:《汤显祖集全编》,上海:上海古籍出版社 2015 年版,第 1552 页。

③ 冯梦龙:《叙〈山歌〉》,高洪钧编著:《冯梦龙集笺注》,天津:天津古籍出版社 2006 年版,第 147 页。

④ 涂瀛:《红楼梦论赞》,载一粟编:《红楼梦资料汇编》,北京:中华书局 2004 年版,第 127 页。

⑤ 陈其泰:《桐花凤阁评红楼梦》第一○九回总评,载朱一玄编:《红楼梦资料汇编》,天津:南开大学出版社 1985 年版,第 759 页。

可，离之不可，合之犹不可。未见其人，因思其人，既见其人，仍思其人，不知斯人之外更有何人，亦并不知斯人即是斯人。乃至身之所当，心之所触，时之所值，境之所呈，一春一秋，一朝一暮，一山一水，一亭一池，一花一草，一虫一鸟，皆有凄然欲绝，悄然难言，如病如狂，如醉如梦，欲生不得，欲死不能之境，莫不由斯人而生，而要反不知为斯人而起也。虽至山崩海涸，金消石烂，曾不足减其毫末，而间其须臾。必且致憾于天地，归咎于阴阳，何故生彼，并何故生我，以致形朽骨枯，神泯气化，而情不与之俱尽。是故情之所结，一成而不变，百折而不回，历千万劫而不灭，无惬心之日，无释念之期，而穷而变，变而通，通而久，至有填海崩城，化火为石，一切神奇怪幻，出乎寻常思虑之外者。斯即有灵心妙舌，千笔万墨，而皆不能写其难言之故之万一。此所谓情也。夫情者，大抵有所为而实无所为者也，无所不可而终无所可者也，无所不至而终无所至者也。两人之情，如是而已。"[1]

男女情爱故事在任何时代都是特别容易感动人心的内容，再加上封建时代本就颇为严厉的男女之防与思想钳制，《红楼梦》中宝黛恋爱故事与宝玉的某些离经叛道的言论，极容易得到年青一代的认可，所以本书流传不久，就不断出现青年男女痴迷成癖的故事。乐钧《耳食录》载："昔有读汤临川《牡丹亭》死者，近时闻一痴女子以读《红楼梦》而死。初，女子从其兄案头搜得《红楼梦》，废寝食读之。读至佳处，往往辍卷冥想，继之以泪。复自前读之，反复数十百遍，卒未尝终卷，乃病矣。父母觉之，急取书付火。女子乃呼曰：'奈何焚宝玉、黛玉！'自是笑啼失常，言语无伦次，梦寐之间未尝不呼宝玉也。延巫医杂治，百弗效。一夕瞪视床头灯，连语曰：'宝玉宝玉在此耶！'遂饮泣而瞑。"[2] 陈其元《庸闲斋笔记》记录当时传闻，杭州一位商贾之家的小姐，"明艳工诗，以酷嗜《红楼梦》致成瘵疾。当绵惙时，父母以是书贻祸，取投诸火。女在床，乃大哭曰：'奈何烧杀我宝玉！'遂死"。陈镛《樗散轩丛谈》也载："邑有士人贪看《红楼梦》，每到入情处，必掩卷瞑想，或发声长叹，或挥泪悲啼，寝食并废，匝月间连看七遍，遂致神思恍惚，心血耗尽而死。"[3]

这些青年男女酷嗜红楼，因而一病不起的事迹可能真有，也未必尽都属实，民间传闻往往掐头去尾，有许多杜撰想象歪曲之处，这种看书致死之类的

---

① 乐钧：《耳食录》，载一粟编：《红楼梦资料汇编》，北京：中华书局2004年版，第348页。

② 乐钧：《耳食录》，载一粟编：《红楼梦资料汇编》，北京：中华书局2004年版，第347页。

③ 陈镛：《樗散轩丛谈》，载一粟编：《红楼梦资料汇编》，北京：中华书局2004年版，第349页。

传言之所以屡见不鲜广为传播，往往是因为其中带着传播者的隐隐恶意。在《红楼梦》脍炙人口不胫而走的时候，许多固守封建纲常礼法的人对之也深恶痛绝。如记录杭州小姐嗜红而亡的陈其元，就指斥"淫书以《红楼梦》为最……令人目想神游，而意为之移，所谓大盗不操干矛也"[①]。梁恭辰《北东园笔录》也评价说："《红楼梦》一书，诲淫之甚者也。……摹写柔情，婉娈万状，启人淫窦，导人邪机。"[②]

不仅如此，这些贬斥《红楼梦》为"淫书"的人，往往对写作者曹雪芹多有讥刺诅咒。梁恭辰就在贬斥了一番《红楼梦》之后，讥刺曹雪芹"以老贡生槁死牖下，徒抱伯道之嗟，身后萧条，更无人稍为矜恤，则未必非编造淫书之显报矣"[③]。汪堃的《寄蜗残赘》也说："《红楼梦》一书，始于乾隆年间，后遂遍传海内，几于家置一编。聪明秀颖之士，无不荡情佚志，意动心移，宣淫纵欲，流毒无穷。至妇女中，因此丧行隳节者，亦复不少。虽屡经查禁，迄今终未绝迹。相传其书出于汉军曹雪芹之手。嘉庆年间，逆犯曹纶，即其孙也。灭族之祸，实基于此。曾闻一旗下友人云，《红楼梦》为谶纬之书，相传有此说。言之凿凿，具有征引。是邪非邪，吾不得而知之矣。"[④]毛庆臻的《一亭考古杂记》说法更为恶毒，直接在自己的笔记中杜撰了曹雪芹因为作此淫书遭受业报的故事，"然入阴界者，每传地狱治雪芹甚苦，人亦不恤。盖其诱坏身心性命者，业力甚大，与佛经之升天堂正作反对。嘉庆癸酉，以林清逆案，牵都司曹某，凌迟覆族，乃汉军雪芹家也。余始惊其叛逆隐情，乃天报以阴律也。伤风教者，罪安逃哉？"在毛庆臻看来，《红楼梦》贻害主人，更是毒害众生，应当"聚此淫书，移送海外，以答其鸦烟流毒之意，庶合人古屏诸远方，似亦阴符长策也"[⑤]。

因为背上了"淫书"的罪名，《红楼梦》也屡遭禁毁。毛庆臻在《一亭考古杂记》中有记载说，对于《红楼梦》，时人"潘顺之、补之昆仲，汪杏春、岭梅叔侄等捐赀收毁，请示永禁"[⑥]。梁恭辰也说"我做安徽学政时，曾经出示严禁"[⑦]。

① 陈其元:《庸闲斋笔记》,载一粟编:《红楼梦资料汇编》,北京:中华书局 2004 年版,第 382 页。
② 梁恭辰:《北东园笔录》,载一粟编:《红楼梦资料汇编》,北京:中华书局 2004 年版,第 366 页。
③ 梁恭辰:《北东园笔录》,载一粟编:《红楼梦资料汇编》,北京:中华书局 2004 年版,第 367 页。
④ 汪堃:《寄蜗残赘》,载一粟编:《红楼梦资料汇编》,北京:中华书局 2004 年版,第 381 页。
⑤ 毛庆臻:《一亭考古杂记》,载一粟编:《红楼梦资料汇编》,北京:中华书局 2004 年版,第 358 页。
⑥ 毛庆臻:《一亭考古杂记》,载一粟编:《红楼梦资料汇编》,北京:中华书局 2004 年版,第 358 页。
⑦ 梁恭辰:《北东园笔录》,载一粟编:《红楼梦资料汇编》,北京:中华书局 2004 年版,第 367 页。

同治七年（1868年），丁日昌任江苏巡抚。该年四月十五日，巡抚衙门即发布《禁毁淫词小说令》，开列了应禁书目和小本淫词目录234种。四月二十一日，复增加34种。这两次宣布禁毁的小说，其中就包括有《红楼梦》及其续书《续红楼梦》《后红楼梦》《补红楼梦》《红楼圆梦》《红楼复梦》《绮楼重梦》《增补红楼》《红楼补梦》等多种。除了官府禁毁，《红楼梦》也成为民间宗族势力仇视禁毁的对象。余治《得一录》（同治八年刊本）抄录有地方禁令《翼化堂章程》，该章程言，《西厢记》《红楼梦》等搬演才子佳人风流韵事的戏，"调情博趣"，"足使少年人荡魂失魄，暗动春心，是诲淫之最甚者"[1]。所以，该章程中明确规定："各处城乡庙宇多有戏楼，庙壁上必须立碑，永禁点演淫戏；楼上不便立碑，或砌石入壁，或悬木榜，写明奉宪示禁字样，并书明如演唱一出，定议扣除戏钱一千文，不准徇情宽贷。恃强不遵者，禀官究责。"[2]

有叛逆精神，宣扬自由恋爱，却又屡遭诋毁、屡遭咒骂、屡遭查禁——这样的《红楼梦》简直就是反抗封建统治的绝佳典范，所以近代以来的反封建人士，往往将《红楼梦》中的贾宝玉或《红楼梦》外的曹雪芹引为同道，对之加以称颂礼拜。

1903年，侠人在《新小说》所办的"小说丛话"栏目，发表了一番言论，称赞"吾国之小说，莫奇于《红楼梦》，可谓之政治小说，可谓之伦理小说，可谓之社会小说，可谓之哲学小说、道德小说"[3]。侠人剖析道，之所以称《红楼梦》为"政治小说"，最明显的例子是元妃省亲时对家里人说的："当初既送我到那见不得人的去处"，"反不如寻常贫贱人家，娘儿兄妹可常在一块儿"，这样的言语貌似只是普通的抱怨，实际上内中别有乾坤，"绝不及皇家一语，而隐然有一专制君主之威在其言外，使人读之而自喻"[4]。称《红楼梦》为"伦理小说"，则来源于书中贾宝玉"只好与姐姐妹妹在一处"，"于父亲伯叔都不过为圣贤教训，不得已而敬之"，这种态度正是对封建伦理的反叛，"中国数千年来家族之制与宗教密切相附，而一种不完全之伦理乃为鬼为蜮于青天白日之间，日受

---

① 余治：《得一录》，载一粟编：《红楼梦资料汇编》，北京：中华书局2004年版，第360页。
② 余治：《得一录》，载一粟编：《红楼梦资料汇编》，北京：中华书局2004年版，第360页。
③ 《小说丛话》，载一粟编：《红楼梦资料汇编》，北京：中华书局2004年版，第570页。
④ 《小说丛话》，载一粟编：《红楼梦资料汇编》，北京：中华书局2004年版，第570~571页。

其酷毒而莫敢逆"①，"而著者独毅然而道之"②，这就是《红楼梦》作为伦理小说的重要突破之处。之所以称《红楼梦》为"社会小说"，是因为作为"代表人物"的贾宝玉，"视世间一切男子皆恶浊之物，以为天下灵气悉钟于女子"③，侠人以为，贾宝玉这样的观点实际上表达了作者对于现实世界"恶业"导致中国社会退化之迹昭然的反思。《红楼梦》能够传达出这样丰富的具有批判性的思想，作者之功劳巨大，贾宝玉贬男人褒女子的话，"此真著者嫉末世之不仁，而为此以寓其种种隐痛之第一伤心泣血语也"④，以作者"大智大慧、大慈大悲之眼观之"，整个中国社会"直无一人而不可怜，无一事而不可叹"⑤。所谓的"哲学小说""道德小说"，则指的是《红楼梦》在哲学层面上来反传统道德，道德本来是服务于人性的，然而旧道德却是"戕贼人性以为之"，自然该彻底修改，"而奈何中国二千年，竟无一人焉，敢昌言修改之哉！而曹雪芹独毅然言之而不疑，此真使我五体投地，更无言思拟议之可云者也，此实其以大哲学家之眼识，摧陷廓清旧道德之功之尤伟者也"⑥。侠人因此称赞曹雪芹是和龚定庵并列的吾国近百年来的大思想家。⑦

侠人将《红楼梦》作为反抗封建统治的典范加以分析，先后也有不少与侠人同一时代的人用了这样的思路，进一步演绎《红楼梦》的批判性质和贾宝玉的反叛精神。1914 年，陈蜕发表《列石头记于子部说》，同样视《红楼梦》为一部具有反叛精神的小说，他提出《石头记》虽然只是一本小说，但是其中具有深刻的含义，包含了"大政治家、大哲学家、大理想家"对于世界的各种看法，"合于大同之旨"⑧，其思想之精神处，即便把它称作东方的《民约论》，都算是贬损了它的价值。核心人物贾宝玉俨然成了新人物的化身，处处闪耀新时代的新思想，如书中"论文臣死谏、武将死战一节"，骂的是那些没有爱国之心的"一家奴隶"。论甄宝玉的部分，骂的是世界上那些人心龌龊种种丑恶。写贾雨村的部分，骂的是人际交往的虚伪。和秦钟的对话骂的是社会的不平等现

①《小说丛话》，载一粟编：《红楼梦资料汇编》，北京：中华书局 2004 年版，第 571 页。
②《小说丛话》，载一粟编：《红楼梦资料汇编》，北京：中华书局 2004 年版，第 571 页。
③《小说丛话》，载一粟编：《红楼梦资料汇编》，北京：中华书局 2004 年版，第 571 页。
④《小说丛话》，载一粟编：《红楼梦资料汇编》，北京：中华书局 2004 年版，第 571 页。
⑤《小说丛话》，载一粟编：《红楼梦资料汇编》，北京：中华书局 2004 年版，第 572 页。
⑥《小说丛话》，载一粟编：《红楼梦资料汇编》，北京：中华书局 2004 年版，第 573 页。
⑦《小说丛话》，载一粟编：《红楼梦资料汇编》，北京：中华书局 2004 年版，第 574 页。
⑧陈蜕：《列石头记于子部说》，载一粟编：《红楼梦资料汇编》，北京：中华书局 2004 年版，第 269 页。

象,对贾环说的话骂的是封建家庭中的不平等,对宝琴说的话骂的是男女的不平等,接回迎春的言论骂的是夫妻之间的不平等,和袭人谈论红衣女子的事情骂的是奴才主人之间的不平等,听到潇湘馆鬼哭之时叹息婚姻不自由。在陈蜕的分析下,创作于一个多世纪之前的《红楼梦》简直成了一部指向明确的思想抗争史,而贾宝玉也似乎不再是温柔有情的世家公子,反而成了苦大仇深的怒目金刚。在这篇文章的结尾,陈蜕甚至不忌夸饰地礼赞贾宝玉"综观始终,可以为共和国民,可以为共和国务员,可以为共和议员,可以为共和大总统矣"[①]。

甲午中日海战大败之后,越来越多的人意识到制度的变革才是中国走出衰败的途径,之后维新变法,各地纷纷成立学会、创办报刊,介绍西学,研究时局,探讨"万国强弱之本原",最终推动清政府实行了维新变法运动。然而变法运动只不过持续了短短百天,即在顽固势力的反扑下烟消云散。至此,已经被广泛宣传鼓动起来的朝野内外有识之士,对清政府彻底失去了信心,"反满"运动开始兴盛。20 世纪初,清政府势力依旧强大,"反满"运动与"反满"宣传大都只能处于秘密状态,公开场合往往改为反专制反旧道德之说,行"影射"之法。因为着眼的是整个"专制制度",所以此时的《红楼梦》新式评论,虽则篇幅不长,却是由小见大,格局开阔,语言也是纵横捭阖,大气磅礴。

这种洋溢于笔墨之间的康健自信、正气淋漓,也是受了戊戌之后至民国建立十几年间政论文的影响。维新热潮中,出现了《时务报》梁启超等一代名笔,所写政论文章畅谈古今变法之理,历数世界各国变法之典,开列中国变法之条陈,以经济天下、功业不朽为目标,抱负不凡,气魄宏大。梁启超所作《变法通议》,分"论不变法之害""学校总论""论学会""论师范""论幼学""论译书""论金银涨落"等小标题,涉及教育、民族、经济、政治等各个方面,其视野之宏阔,令人咋舌。1898 年戊戌政变之后,梁启超流亡日本,接受了日本报刊和政论文的影响,不仅大量引进日文新式概念和词语,而且更加注重化解文言使用白话,终于形成了自己畅达有韵、情感淋漓的新体散文。在《清代学术概论》中,梁启超曾介绍自己所作的新体散文,"启超夙不喜桐城派古文,幼年为文,学晚汉魏晋,颇尚矜炼,至是自解放,务为平易畅达,时杂以俚语韵

---

① 陈蜕:《列石头记于子部说》,载一粟编:《红楼梦资料汇编》,北京:中华书局 2004 年版,第 269 页。

语及外国语法,纵笔所至不检束,学者竞效之,号新文体"[①]。虽然自己的新文体常遭老一代人的诋毁,被认为是野狐禅,但是这种文体条理清晰,"笔锋常带情感,对于读者,别有一种魔力焉"[②]。其新体散文名篇《少年中国说》(1900年)、《呵旁观者文》(1900年)、《论小说与群治之关系》(1902年)、《新民说》(1902—1906年)等风行天下,传诵一时。诗人黄遵宪称颂梁氏的评论"惊心动魄,一字千金,人人笔下所无,却为人人意见所有"。梁启超的弟子吴其昌也称赞其师文章感染力远超同侪:"至于雷鸣潮吼,恣睢淋漓,叱咤风云,震骇心魄;时或哀感曼鸣,长歌代哭,湘兰汉月,血沸神销,以饱带情感之笔,写流利畅达之文,洋洋万言,雅俗共赏,读时则摄魂忘疲,读竟或怒发冲冠,或热泪湿纸,此非阿谀,唯有梁启超之文如此耳!"[③]

虽然梁启超后来坚持君主立宪制,与革命党人爆发激烈论战,但梁启超新文体在彼时对中国文化界可谓影响深远,其畅快淋漓、豪情奔放的文风成为一时风尚,被宣扬革命的各派势力竞相模仿。如邹容的《革命军》,即明显可以看到梁启超新文体的痕迹。

侠人发表评《红楼梦》文字的《新小说》杂志,原本就是梁启超1902年在横滨所创办,从第二卷开始,移至上海出版,梁启超化名担任杂志的编辑与主要撰稿人,侠人能够在此发表言论,想来也是梁启超的亲友或追随者,难免在其文字中见到梁启超新文体的影响。而发表《列石头记于子部说》的陈蜕,本名陈范,是晚清民国时期上海著名的报人,维新变法中,与梁启超等维新派一同宣传维新,1900年入主《苏报》,以《苏报》为革命党人抨击时政、宣传革命的阵地,"苏报案"之后遭到清廷通缉,逃亡日本。陈蜕与梁启超具有相似的思想与情感,其文体自然带有那个时代特有的刚健风格,甚至可以说,其文风受到梁启超文风的影响。在时代风气影响之下,侠人与陈蜕评《红楼梦》的文字也显现出思想开阔、刚健有力的特色。在论述《红楼梦》的时候,二人都能由小见大,从一些极为普通的细节入手,层层递进分析出其背后的反抗制度主题和思想进步火花。对于《红楼梦》作者曹雪芹和主人公贾宝玉,二人的评论都不吝美词,"大政治家""大思想家""大哲学家""大理想家"等词语,正是那个时代充满改朝换代激情的豪言壮语。而论证方式动辄古今上下两千年,

---

① 梁启超:《清代学术概论》,北京:东方出版社1996年版,第77页。
② 梁启超:《清代学术概论》,北京:东方出版社1996年版,第77页。
③ 吴其昌:《梁启超传》,天津:百花文艺出版社2009年版,第25页。

东西各国八万里，其大开大阖之气势、俯仰古今之襟怀，具有鲜明的时代特色。从这点而言，倾慕梁启超而投奔《时务报》的王国维，在其1915年所作的《红楼梦评论》中，时时涌现的"绝大著作""宇宙之大著述""我国美术上之唯一大著述""悲剧中之悲剧"等言说，甚至也带有鲜明的时代印迹。

辛亥革命是以几个省份率先起义，然后全国各地通电革命的方式进行的，革命之后由各个派系势力组成了国民政府。这种方式的革命，虽然清帝逊位、王朝时代结束，但是控制各地政权的往往还是原有的官僚势力，许多人只是换了身服装、改了个官称而已，其思想行径依旧停留于封建时代。革命之后的几年，新生的中华民国不仅没能统合全国势力、共同走向自由独立的强国之路，反而内乱不断、战争频仍、工农业各项指数较革命之前都有不同程度的衰颓。分裂混乱的时局，依旧顽固的封建势力，使得早先激情满怀的知识界普遍改变了那种纵论天下、挥斥方遒的乐观情绪，转而寻求从文化层面对中国人的封建思想根源进行彻底的批判与改造。从辛亥革命之后开始酝酿、最终爆发于1915年的新文化运动，正是一场对国民性进行彻底批判与改造的运动。新文化运动中，知识界喊出了"打孔家店""拥护德先生和赛先生""改造国民性""建设平民文学"等口号，引介现代西方各种制度与理论，以期从思想理论层面上彻底清除封建势力。落实到具体的实践改造层面，新文化运动首要破除的就是传统家庭和宗族的压制。在以家庭基本组织单位、以宗族为基本行政势力的中国，只有破除家庭和宗族的压制，个体才有可能实现真正的自由和平等，也才有可能从根本上分割瓦解盘根错节的地方派系，实现政令的统一。所以，对旧家族制度的批判，成为整个新文化运动甚至整个20世纪上半叶知识界的重要主题。

包含较多传统家族生活描写的《红楼梦》，又一次成为知识界关注的对象。相比其他古典小说，《红楼梦》的特色就在于淋漓尽致地描绘出了中国家庭的情状，其内容堪与二十四史并驾齐驱。将《红楼梦》解读为反封建家庭婚姻制度的小说，已经成为许多时人的看法，如1917年署名"境遍佛声"的《读红楼梦札记》，虽然从"浮生若梦"等角度来解读，与前清的评点派众人一般，写得较为艺术化，有"《红楼》之作，乃雪芹巢幕侯门，目睹富贵浮云，邯郸一梦。始则繁华极盛，景艳三春，花鸟皆能解语；继则冷落园亭，魂归月夜，鬼魅亦且弄人。不特云散风流，盛衰兴感，而且世态炎凉，车马门稀，故作书以梦命名，而开卷即以梦幻标旨也"①之类的句子，其中却不由自主地杂入了一段《红楼梦新评》中的文字："《红楼》一书，叙人婚姻之事，不祥者居其多数。盖藉明专制结婚必无良好结果也。全书所列，只薛宝琴、邢岫烟二人为得佳耦，盖专制时代之结婚，虽无得佳耦之理，未必无得佳耦之事，亦犹专制政体中，未必无一二善政可道也。"②这段文字之外，作者还提出"然其描摹家庭社会事情，穷形尽致，丝丝入扣，读之于世故人情，当知不少。故《红楼》一书，言情小说而实兼家庭社会之小说也"③。

20世纪二三十年代，在排演红楼戏曲的时候，除了最为大众熟知的《黛玉葬花》《黛玉焚稿》等经典场景，最常被改编的《红楼梦》小说片段就是秦钟智能的故事、尤氏姐妹的故事、晴雯的故事和鸳鸯拒婚的故事。1917年，欧阳予倩改编秦钟、智能的故事为京剧《馒头庵》，公演时沪上名角周信芳、汪笑侬、王鸿寿等为之配戏，博得满堂喝彩。欧阳予倩将《红楼梦》小说中本来没有太多故事曲折的秦钟和智能的故事改编为一出爱情悲剧。在小说中没有太多描写的馒头庵尼姑智能，被欧阳予倩描绘为一个多愁善感、聪明伶俐的女孩子，因为家贫只能寄身馒头庵，但是由于人的天性，智能却向往自由、渴望爱情。她和秦钟一见钟情，两人深夜幽会，极尽缠绵。不想秦钟因此受了风寒，卧病在床。智能放心不下，多次去秦府探听消息，结果被秦钟之父发现，送入官府问罪。秦钟也因此遭到父亲叱骂，病情加重，父子相继亡故。剧作者欧阳予倩在这一出悲剧中，表达了对于封建婚姻制度以及封建家庭的痛恨。除了《馒头庵》，欧阳予倩将尤氏姐妹的故事单独拿出来改编的《鸳鸯剑》，也是那个时代的红楼戏中较为出彩的。尤三姐刚烈泼辣、爱憎分明的性格极为符合五四时期渴望自由恋爱、追求独立人生的大众思潮，而她最后对爱情失望的时候，没有选择妥协，而是毅然横剑自刎，更是大大加重了时代悲剧的意味，欧阳予倩自己承认说，"我最爱演的一出就是《鸳鸯剑》，我很喜欢尤三姐那样的性格"，"每次我演到和贾琏使酒一场总是淋漓尽致，挥洒自如；演到自刎的一场，总

---

① 境遍佛声：《读红楼梦札记》，载吕启祥、林东海主编：《红楼梦研究稀见资料汇编》，北京：人民文学出版社2001年版，第5页。

② 境遍佛声：《读红楼梦札记》，载吕启祥、林东海主编：《红楼梦研究稀见资料汇编》，北京：人民文学出版社2001年版，第11页。

③ 境遍佛声：《读红楼梦札记》，载吕启祥、林东海主编：《红楼梦研究稀见资料汇编》，北京：人民文学出版社2001年版，第9页。

不由得十分激动"。① 同时期，荀慧生也编演了《红楼二尤》。《红楼梦》中的这些场景，之所以被戏曲改编者所注意，就是因为其人物皆是挣扎在封建家庭制度中的边缘人或下层人，其死亡大多属于（或者被解释为）受到封建家庭制度的迫害，无论是地位的不平等，还是婚姻的不自由，都足以引发受到现代思潮影响的人心中强烈的共鸣。

《红楼梦》的批判意义，在新文化运动中得到了进一步的阐释。佩之的《红楼梦新评》（1920 年）干脆直接将"红楼梦主义"作为章节题目，作者在文中旗帜鲜明地提出：《红楼梦》不仅是言情小说、哲学小说等，而且是社会小说，是中国社会的写照，"一部《红楼梦》，他的主义，只有批评社会四个大字"②。根据佩之的分析，作品写宝黛爱情被宝钗生生拆散，这是作者特意借此来反映社会问题，希望读者"看看吾国婚姻制度的真实情形"；写宝钗的交结上下的心机手段，是为了攻击社会上那些虚伪世故的人；写王熙凤是为了写社会上那种专权弄权的人，凤姐利用权力，做了各种坏事，后来贾府就被抄家，凤姐也惨死，这是作者想要点明社会上有了凤姐这样的人，社会就会败坏；贾母溺爱贾宝玉，不重视对后代的教育，导致了贾府的最终衰败，她代表的是"吾国家庭中，一般腐败的家主"；贾氏家族私塾中学生拉帮结派，无心学业，这是"描写吾国旧时教育的腐败"③；葫芦庙沙弥的护官符，描写这时官场的黑暗；赵姨娘一般人，描写一夫多妻制的害处……《红楼梦》简直就是一部批判中国社会的大百科全书，作者在书中借各种人物故事提出的几个问题，涉及婚姻、纳妾、子女教育、弄权腐败等社会问题的方方面面，所以《红楼梦》的总主题是"批评社会"。

对于认同此主旨的人来说，庞杂而丰富的《红楼梦》甚至不应该有太多现实描摹之外的部分，其中那些神仙鬼怪、宴饮诗词，都只不过是减弱本书现实批判性的东西而已。陈独秀在亚东版《红楼梦》导言中曾经倡议，"我尝以为如有名手将《石头记》琐屑的故事尽量删削，单留下善写人情的部分，可以算

---

① 欧阳予倩：《我自编自演的京戏》，载苏关鑫编：《欧阳予倩研究资料》，北京：中国戏剧出版社 1989 年版，第 79~80 页。

② 佩之：《红楼梦新评》，载吕启祥、林东海主编：《红楼梦研究稀见资料汇编》，北京：人民文学出版社 2001 年版，第 49 页。

③ 佩之：《红楼梦新评》，载吕启祥、林东海主编：《红楼梦研究稀见资料汇编》，北京：人民文学出版社 2001 年版，第 50 页。

中国近代语的文学作品中代表著作"①。而这样的倡议居然也得到了回应，茅盾于 1934 年，出版了《节本红楼梦》，删削全书 2/5，将"太虚幻境"等涉及鬼神的章节以及大观园众人结社吟诗、新年打灯谜等情节完全删去，仅只保留主干部分——这样的处理与茅盾彼时告别"蚀"三部曲、大力迈向现实主义的创作转变正好也形成一组对照。

与理性意味较为浓厚的批判社会或批判家庭的总体性主题解读相比，其实作为文学作品的《红楼梦》，更容易与 20 世纪上半叶充满感性的个人主义思潮结缘。

20 世纪初，个人主义是中国文化界的一大思潮。从晚清开始，众多接受了西方浪漫主义影响的知识人，纷纷拜倒于浪漫主义所强调宣示的个体解放与个人伟力图景。梁启超、苏曼殊等人，都对雨果、拜伦、雪莱等西方浪漫主义文豪表达了极大的崇拜之情。王国维、鲁迅等学人则更进一步关注了 19 世纪末 20 世纪初的西方现代主义思潮，他们对尼采、叔本华的翻译与介绍，使得"个人主义"这一思潮在中国登陆——其中既夹杂着浪漫主义关于个体解放的呼声，也交织着现代主义关于个体生命的颓废感悟。鲁迅在 1907 年所作的《摩罗诗力说》，大力赞扬拜伦、雪莱等"摩罗诗派"，赞扬其"刚健不挠，抱诚守真，不取媚于群"。而同时期所写的《文化偏至论》则提出想要中国富强，能够与列强竞争，"其首在立人，人立而后凡事举；若其道术，乃必尊个性而张精神"，在文中，鲁迅公开发出了"任个人而排众数"的惊世之论。陈独秀所撰写的《新青年》发刊词中倡导"以自身为本位"，呼唤每个个体都树立起自己独立平等的人格。在《东西民族根本思想之差异》一文中，他明确提出，"西洋民族以个人为本位，东洋民族以家族为本位"②，东洋各国社会中各种丑恶落后现象的病因样样都与对个人主义的压迫有关。历数西洋民族，其所标举的国家利益、社会利益，表面上看来是与个人主义互相冲突矛盾的，但是细究其里，是以保障个人利益为根本旨归的。因此，陈独秀开出了拯救中国的良方：必须以个人主义为本位，替换掉家族主义为本位。《新青年》的"易卜生专号"，更可以说近乎成为个人主义专号，所译介的《国民公敌》《玩偶之家》等充满

---

① 陈独秀：《红楼梦新叙》，载吕启祥、林东海主编：《红楼梦研究稀见资料汇编》，北京：人民文学出版社 2001 年版，第 63 页。

② 陈独秀：《独秀文存》，上海：亚东图书馆 1927 年版，第 36 页。

个人主义思想的作品，引发了整个社会的个人主义热潮。一时之间，文坛上出现了众多以"我"为主人公的自叙传小说，个体解放成为时代最强音。"受到个性主义思潮激荡的'五四'作家，一方面把文学创作视为鼓吹个性解放、进行思想启蒙的有力武器，在作品中高歌人格的独立、婚姻的自主，抨击一切非人道的文化制度与社会现象；一方面将文学创作当作作家个人自我解放、自我扩张、自我完善的绝佳途径，在作品中大胆表现自己的个性、袒露自己的心声、剖解自己的灵魂，并从自己的创作中得到自我实现的欢欣与个体生命的满足，这就形成了'五四'文学的独特精神风貌。"① 通过文学，五四一代作家们将艺术与个人主义架构为同一条阵线，共同指向污浊黑暗的时代。

在这种思潮的影响下，《红楼梦》也往往被解读为一部宣扬个人主义、书写个体反抗的具有现代意义的文学作品，书中的贾宝玉以及书外的曹雪芹，都被描述成为抗争时代的英雄和超越时代的天才。佩之《红楼梦新评》道，"细观宝玉生平，与社会无丝毫益处。不独昏迷堕落的时候如此，便是后来醒悟的时候，亦复与世何补？然而他的本质，却是个大有可为的人，从来感情热烈的人，有许多地方，为常人所不能及，机会顺遂，便可以轰轰烈烈的做一番，历史上像这一类的人也很多。但是宝玉却始终没有发展他的可能性（potentiality）。这是受着环境支配的缘故"②。这已经隐隐触及了个人主义的边缘。1922 年，汝衡的《红楼梦新评》提出"宝玉者实千古之艺术家"③。他解释道："宝玉出身贵族，苟欲希图利禄，诚如掌间取物，不难立至，然宝玉独不兢兢以此为念。终日混迹于姊妹行中，一若绿窗儿女之乐，较之名缰利锁之中，其趣味有不可言喻者。是则富贵浮云，宝玉早已窥破。彼宝钗贾政之流，特世间人耳，何足望宝玉之项背哉？"宝玉之所以不问世事，正是由于其艺术家之秉性，具有强烈的个人主义风格。汝衡进一步分析道，"夫美术家不问世事，其故有二：其一，即恐自溺于世事也。人海升沉，一失足为千古恨。与其沉沦世中，孰若消遥世外？其二，即世间不可救药也。风俗堕落，人心险诈，殆有日甚一日之势。此时虽欲救无门，犹不若置之不问之为愈。故秉此二故，艺术家恒不愿与闻世事。然而犹不能忘情于儿女者，此其所以为艺术家也。古今中外，文人词客，其人格之高，骨格之奇，往往

① 王爱松：《个人主义与"五四"文学》，《南京大学学报》2001 年第 4 期。
② 佩之：《红楼梦新评》，载吕启祥、林东海主编：《红楼梦研究稀见资料汇编》，北京：人民文学出版社 2001 年版，第 56~57 页。
③ 汝衡：《红楼梦新评》，载吕启祥、林东海主编：《红楼梦研究稀见资料汇编》，北京：人民文学出版社 2001 年版，第 80 页。

不落凡庸。然稽其平生事迹，则于儿女之间，多有流连顾念。足以为名之累者，宝玉即为其中之一人，过此即仙佛矣"①。贾宝玉的不问世事，与古今中外的"文人词客"一般，都是"不落凡庸"的艺术家对于现存世界的反抗。

太愚（王昆仑）的《红楼梦人物论》②作于1948年，该书提出了一个富有创意的说法："贾宝玉是中国近二百多年颇有魔力的小说人物之一。他是一个真正的艺术典型。这个典型所以能够比别的贵族少年更多地博取人们的挚爱与怜悯，是因为他以直感生活抗拒了他所处的时代。"③太愚认为，贾宝玉是生在封建时代的人，并没有那么明确的斗争意识，也缺乏超越时代的理性思考。虽然他本身具有哲学家的聪敏颖悟，却没有明确的哲学修养；他本身具有文艺的天分，却并不研究也不擅长文艺写作；他研究过老庄和佛理，也能写出不错的诗句，但是却只能说具有某种感悟人生的天分，并没有形成一套完整的关于世界的观念。他只能因为受到爱情和家庭生活的挫折，而产生出反抗封建礼教和制度的直觉。所以，贾宝玉在书中，有时候显得很勇敢，有时候却显得很怯懦，有时候显得很聪明，有时候却显得很笨拙。长期的封建压制和散漫无目的的生活状态，使得他"只有呻吟，没有呐喊"，或者"只有幻念，没有理想"，虽然内心里对于世界有种种傲慢和鄙夷，但是自己却"没有计划性的战斗行为"④。在太愚的分析中，贾宝玉的时代意义在于，他是一个"浪漫派的天才人物"，"一个敏感的先觉者"，"号称诗礼传家规模严整的一个大家族，内部是腐败得不堪闻问。他从这些现象中警悟到一切的国家、社会、家庭，都是空虚的躯壳，所谓伦理、名教和生死大节也是根本可疑的"⑤。这样的直感颖悟是贾宝玉的真实境界，也是他的思想局限：天才地感受到超越时代的空虚，却又无力成为领导时代进步的英雄。

与贾宝玉的不问世事、无力反抗相比，写出了一部皇皇巨著的曹雪芹，得到了研究者更多的钦佩仰慕。李长之写于20世纪30年代的《红楼梦批判》，对曹雪芹不吝美赞："曹雪芹是一个事业上的失败者，却正是诗国里的英雄，

---

① 汝衡：《红楼梦新评》，载吕启祥、林东海主编：《红楼梦研究稀见资料汇编》，北京：人民文学出版社2001年版，第80页。

② 王昆仑，笔名太愚，曾任政务院政务委员、民革中央主席等职务，1948年作《红楼梦人物论》。20世纪60年代初，此书再版时王昆仑又对其进行了大幅度改写，使之更符合当时的革命观。

③ 王昆仑：《红楼梦人物论》，北京：生活·读书·新知三联书店1983年版，第231页。

④ 王昆仑：《红楼梦人物论》，北京：生活·读书·新知三联书店1983年版，第244页。

⑤ 王昆仑：《红楼梦人物论》，北京：生活·读书·新知三联书店1983年版，第246页。

因为他有天才,又有纯挚丰富的情感。"① 在该书中,李长之把曹雪芹作为一个具有现代意识的作家来总结,认为其写作《红楼梦》是在具有明确艺术理念和读者预设的情况下进行的,李长之以代贤者立言的形式,归纳出曹雪芹对于创作小说的六点态度:第一,"忠实"并"合情理";第二,艺术本身应该以艺术为目的;第三,"应当用活语言","主张用白话";第四,认为艺术作品应该提升人的精神境界;第五,书中的主要人物,应该是具有理想主义色彩的;第六,"反对老套的场面"。

而 20 世纪 40 年代刘冰弦所作的《贾宝玉的烦恼》一文,同样是深耕细作,善加演绎,以现代作家批判性写作的思路来摩想曹雪芹的创作过程。在他的想象中,曹雪芹写作《红楼梦》,是为了在封建礼教统治的社会,抒发自己心中的感触,他"以自己最大的痛恨,最深的愤怒,他咆哮了"②。当然,曹雪芹自己只是一个作家,具有从封建时代而来的反抗思想,却不是一个具有主动意识的革命家或思想家,他不清楚社会黑暗的根本原因和改革方法,所以,阅读《红楼梦》的读者会觉得很迷惑,曹雪芹的态度似乎经常模棱两可,一方面时时在否认旧社会旧制度,另一方面却经常对旧社会表示同情和惋惜。曹雪芹把自己的社会理想,寄托在贾宝玉身上,读者在书中看到的贾宝玉,似乎只是一个花花公子,只是天天和大观园中的女子厮混玩乐,但其实他是一个"消极的革命青年",有关于世界的见识,有自己的气节,不与社会妥协,是一个有血性的新青年。

在 20 世纪三四十年代,李长之、刘冰弦等人已经接受了较为规整的文学理论教育,艺术创作要"为人生""改造社会"等观念已经熟极而流,李长之甚至在其分析中已经可以非常娴熟地使用康德美学与弗洛伊德心理分析学理论,二者时正少年方刚③,对于艺术家的创作怀有极大的热情,于是在其评析《红楼梦》的过程中,那些春恨秋悲、宴乐游赏,皆不能成为其注意的目标,反而是那个独立于作品之外、默默而思、孤绝而行的作者曹雪芹,更容易引发他们的兴趣。

---

① 李长之:《红楼梦批判》,载李长之、李辰冬:《李长之、李辰冬点评红楼梦》,北京:团结出版社 2006 年版,第 8 页。

② 刘冰弦:《贾宝玉的烦恼》,载吕启祥、林东海主编:《红楼梦研究稀见资料汇编》,北京:人民文学出版社 2001 年版,第 916 页。

③ 《红楼梦批判》写于 1933 年,时李长之 23 岁;《贾宝玉的烦恼》写于 1944 年,时刘冰弦 27 岁。

第二节　白话范本：红楼新读法之二

中国历史悠久，地域广大，各种时代层积造成了方言众多的局面，历代王朝屡有书同文、音同义的努力，然而收效甚微，文字部分由于政府公文、书籍传播的需要，还可以保持较好的一致性，语音则长期较为混乱、难以统一。官话系统方面，虽然许多朝代都有制定颁行官方韵书，但是由于现代严密准确的音标体系尚未建立，采用切音方法的韵书只能靠自我循环阐证的方式标读，经常因人而异，很难形成统一的语音。至于方言，在交通不便的古代，更是皂丝麻线，乱成一团，经常"十里不同音，百里不同俗"，相互之间差距极大。语音的不同，给人际交流造成了很大的不便。有鉴于此，雍正曾特旨设立"正音书馆"，在全国推行北京官话，并规定，官话考察不合格者科举不得中式。

鸦片战争之后，随着列强的入侵，强大国势、联合上下力量共御外侮成为朝野内外的共识。逐渐有学者看到了统一语言的重要性。1898 年，林辂存《上都察院书》言，如果用卢戆章闽音字学新书的形式，把北京官话也做成字学新书，颁行各地，那么用不了多久，全国各地都可以做到书同文、言同音，各色人等都能较快地实现识字教育，对于实现国家的统一具有积极意义。不过，虽然林辂存此时注意到了统一文字语音可以"合四外为一心，联万方为一气"，当时的人却大概尚未意识到这件事情对于建立民族共同体的重要意义，因而林辂存的此番上奏似乎最终也就如泥牛入海，并未引起太多的反响。

真正将统一文字语音这件事上升到凝聚国族精神、建立民族共同体高度的，是那些接受了西方思潮影响的近代知识者。那个时代的许多人是在接触了世界之后，才恍然发现原有的"中国"观念是错误的，并非"普天之下莫非王土"，中国只是世界各国中的一个。许多人明白过来，国家就如同一个人的扩大了的家庭一样，个体与国家的利益是紧密相连的，"人人有应当尽力于这大家的大义"①。一旦了解到原来所谓的"朝廷"并不是唯一存在的体制，而只是众多体制中的一种，原来所谓的"华夏"也并非广漠无限的文明人统称，而只是生存于世界一隅的某个群体，对于"国家""民族"的强调与维护也就成为自觉的意识。梁启超是对此最为热心的，他在《论民族竞争之大势》中指出，

---

① 陈独秀：《说国家》，载唐宝林编：《陈独秀语萃》，北京：华夏出版社 1993 年版，第 190 页。

"今日欲救中国，无他术焉，亦先建设一民族主义之国家而已"[1]。而要建设民族主义国家，首要的任务即培养具有民族主义思想的国民，数千年来，中国有"国家"这个说法，却没有"国民"这个说法，"国家"这个说法，可以理解为"以国为一家私产"，这是中国之所以没有"国民"这个词的缘故——这个国与"民"无关。梁启超认为，这样的"国家"观念是错误的，应该建设"国民"的国家，"舍民之外，则无有国"，让国成为全体人民之国，让全体国民来一起"治一国之事，定一国之法，谋一国之利，捍一国之患"，这样的国民就不会受到外国欺侮，这样的国家也不会灭亡。

梁启超没有具体提到如何培养"国民"，然而同时代的吴汝纶等人显然认为，统一语言是培养"国民"的重要途径。1902年，吴汝纶东游日本，与日本友人畅谈如何建立国民国体等事，受其启发影响，吴汝纶回国后即向张之洞奏请施行国语教育，认为现今具有现代思想的国外教育家，都提出要建设国家，让国民语言统一，"此为国民团体最要之义"[2]。嗣后，统一语言、推行通行国语，逐渐成为知识界的共识。1926年1月3日，《申报》上打出了醒目的口号："有统一的国语，才有统一的国家。"到了此时，推行国语的重要性，已经被提到了国家民族大业的层面，其重要性无与伦比。

思想上有强烈的要求，但是要在实际工作中统一并推行国语，也非易事。晚清时期的学者已经开始着手国语的统一，1906年，卢戆章上折请颁行切音字书，建议"全国公文、契据、文件、通信，均认京音官话，为通行国语，以统一天下之语言也"[3]。清末学部也酝酿了几次推行国语的举措，最终因为王朝的结束而不了了之。国民政府成立之后不久，迅疾召集了各省代表参与的"读音统一会"，会上审定了法定国音，约定了用来标注字音的拼音字母，试图由统一汉字读音开始，整合各省语言，在全国范围内推行官定国语。会议历时3个多月，制定了国语注音字母，确立"以京音为基础，折衷南北，牵合古今"的国语标准音。但当时民国政府对各省的控制力十分有限，加以战争频仍，这些新出的方案并没有得到严格的执行，几年后基本被淡忘了。

政令不行是造成统一并推行国语十分困难的一个因素，更为困难的是，

---

① 梁启超：《饮冰室文集全编》（一），上海：广益书局1948年版，第255页。

② 吴汝纶：《与张尚书》，载徐寿凯、施培毅校点：《吴汝纶尺牍》，合肥：黄山书社1990年版，第298页。

③ 卢戆章：《颁行切音字书十条办法》，载本社编：《清末文字改革文集》，北京：文字改革出版社1958年版，第73页。

国语运动此时面临着文言与白话交错竞争的局面，许多有关语言的根本理念问题悬而未决，所谓的统一国语尚且无法进行。晚清时期的语言改革运动最早是以创设切音或拼音为主要方向，甲午前后出现了一大批此类语言改良著作，如蔡锡勇的《传音快字》、卢戆章《一目了然初阶》、王炳耀的《拼音字谱》、力捷三的《闽腔快字》等。这批作者致力于创造汉字切音或拼音，在他们看来，汉字的难认难学，是阻碍中国发展的因素，"窃谓国之富强，基于格致；格致之兴，基于男妇老幼皆好学识理。其所以能好学识理者，基于切音为字。则字母与切法习完，凡字无师能自读，基于字话一律，则读于口遂即达于心。又基于字画简易，则易于习认，亦即易于捉笔。省费十余载之光阴。将此光阴专供于算学、格致、化学，以及种种之实学，何患国不富强也哉"[1]。卢戆章穷数十年心力研究切音之法，即为了让学习汉字的人可以迅速掌握汉字，以便将更多的时间用在学习西方的算学、格致、化学等实学上，达成中国的富强。汉字的繁难，也成为新文化运动者所诟病的内容，"文字这样东西，以适于实用为唯一要义，并不是专讲美观的陈设品。我们中国的文字，词尾不能变化，调转又不灵便，要把这种极简单的文字，应付今后的科学世界之种种实用，已觉左支右绌，万分为难，推求其故，总是单音字的制作不好"[2]。所以，为了"应付今后的科学世界之种种实用"，语言变革乃是必然之举。此后数十年间，不少语言改革者甚至提出废除汉字、改用拼音字母、推广世界语等激进方式，并且着力推行之，引发了众多争议与讨论。

更多的人则是注意到了当时语言的一个根本问题——言文不一致。黄遵宪是晚清提倡"言文一致"的第一人，其诗歌《杂感》中提出"我手写我口，古岂能拘牵"，显示了明确的语言追求。黄遵宪在《日本国志》中提出，"语言与文字离，则通文者少；语言与文字合，则通文者多"，因此要创造"明自晓畅，务期达意""适用于今，通行于俗"的新式文体，"令天下之农工商贾妇女幼稚，皆能通文字之用"[3]。言文不一致，不仅造成了中国人识字率低下，教育不能普及，而且造成了思想上的固守成规、不求创新，晚清白话文运动的代表人物裘廷梁即指出："文字之始，白话而已矣……后人不明斯义，必取古人言语与

---

① 卢戆章：《〈中国第一快切音新字〉原序》，载本社编：《清末文字改革文集》，北京：文字改革出版社 1958 年版，第 2 页。

② 刘半农：《刘半农作品精选》，昆明：云南人民出版社 2019 年版，第 232 页。

③ 黄遵宪：《日本国志学术志二文学（选录）》，载黄霖、蒋凡编：《新编中国历代文论选·晚清卷》，上海：上海教育出版社 2008 年版，第 145 页。

今人不相肖者而摹仿之,于是文与言判然为二,一人之身,而手口异国,实为二千年来文字一大厄。"①

不过,对于此时的中国人而言,言文一致与否,下层妇孺农民能否读书,并不足以成为时代的中心问题,更重要的是如何振发国族、宣扬新知。梁启超以其敏锐的目光,看到了小说在这场启蒙救亡运动中的作用。在《变法通议》中,梁启超分析道:"古人文字与语言合,今人文字与语言离,其利病既缕言之矣。今人出话,皆用今语,而下笔必效古言,故妇孺农氓,靡不以读书为难事,而《水浒》《三国》《红楼》之类,读者反多于六经(寓华西人亦读《三国演义》最多,以其易解也)。夫小说一家,《汉志》列于九流,古之士夫,未或轻之。宋贤语录,满纸'恁地'、'这个',匪直不事修饰,抑亦有微意存焉。日本创伊吕波等四十六字母,别以平假名、片假名,操其土语,以辅汉文,故识字、读书、阅报之人日多焉。今即未能如是,但使专用今之俗语,有音有字者以著一书,则解者必多,而读者亦当愈夥。自后世学子,务文采而弃实学,莫肯辱身降志,弄此楮墨,而小有才之人,因而游戏恣肆以出之,诲盗诲淫,不出二者,故天下之风气,鱼烂于此间而莫或知,非细故也。今宜专用俚语,广著群书:上之可以借阐圣教,下之可以杂述史事,近之可以激发国耻,远之可以旁及彝情,乃至宦途丑态,试场恶趣,鸦片顽癖,缠足虐刑,皆可穷极异形,振厉末俗,其为补益岂有量耶!"②在梁启超看来,使用文言的六经,其读者远远不如使用俗语的各种小说。中国古代人实际上也挺重视俗语的使用的,《汉志》将小说家列为九流之一,宋代人语录里也有许多俗语,如果能够远取古代、近学日本,采用今之俗语入文章,那么读者肯定很多。所以,应该用俗语,"广著群书",那么"上之可以借阐圣教,下之可以杂述史事,近之可以激发国耻,远之可以旁及彝情",对于改良社会风气有着极大的功用。

梁启超的《变法通议》连载于《时务报》,获得了极大的反响,同年,署名几道(严复)与别士(夏曾佑)的文章《本馆附印说部缘起》在《国闻报》上发表。在这篇文字中,几道与别士先是提出了一个问题:古代人所写的书到了今天有的依旧流传深远、有的已经湮没无闻,那么,"古之人恃何种书而传

① 裘廷梁:《论白话为维新之本》,载黄霖、蒋凡编:《新编中国历代文论选·晚清卷》,上海:上海教育出版社 2008 年版,第 159 页。

② 梁启超:《变法通议》,载陈平原、夏晓虹:《二十世纪中国小说理论资料》第 1 卷,北京:北京大学出版社 1997 年版,第 28 页。

乎？"几道与别士认为有以下五个原因：第一，写作者采用他所处年代的语言；第二，采用与口说语言相近的文字，"若其书之所陈，与口说之语言相近者，则其书易传；若其书与口说之语言相远者，则其书不传"①；第三，采用"繁法"之语言，细致描写，"繁法之语言易传，简法之语言难传"；第四，写日常习惯的事物，"言日习之事者易传，而言不习之事者不易传"；第五，人都是好善恶不善的，但是现实世界中常常善者受难、恶者享福，只有在虚构中可以善恶有报，所以"书之言实事者不易传，而书之言虚事者易传"②。从这五点来看，《水浒传》、《三国演义》、《西厢记》、《长生殿》、"四梦"之类的稗史小说肯定要比二十四史更易于流传。因此，几道和别士认为"天下之人心风俗，遂不免为说部所持"③。

此时期，各类书馆印行了大量古典白话小说，特别是在裘廷梁《论白话为维新之本》发表前后，更是出现了大量白话报刊，有学者根据《中国近代报刊名录》并综合别的几种材料统计，晚清白话文报刊总数达到了229种④，在这些白话报刊上，基本辟有专门版面刊载白话小说，整个晚清十数年间，刊行了超过1500种白话小说⑤。

令人意外的是，此时的梁启超对于中国古典小说的评价并不高，其所津津乐道的小说，大体仅限于承载了政治理想的西洋小说。"政治小说之体，自泰西人始也。凡人之情，莫不惮庄严而喜谐谑，故听古乐，则惟恐卧，听郑、卫之音，则靡靡而忘倦焉。此实有生之大例，虽圣人无可如何者也。善为教者，则因人之情而利导之，故或出之以滑稽，或托之于寓言。孟子有好货好色之喻，屈平有美人芳草之辞。寓讽谏于诙谐，发忠爱于馨艳，其移人之深，视庄言危论，往往有过，殆未可以劝百讽一而轻薄之也。中土小说，虽列之于九流，然自《虞初》以来，佳制盖鲜，述英雄则规画《水浒》，道男女则步武《红楼》，综其大较，不出诲盗诲淫两端。……在昔欧洲各国变革之始，其魁儒硕学，仁

---

① 几道、别士：《本馆附印说部缘起》，载陈平原、夏晓虹：《二十世纪中国小说理论资料》第1卷，北京：北京大学出版社1997年版，第25页。

② 几道、别士：《本馆附印说部缘起》，载陈平原、夏晓虹：《二十世纪中国小说理论资料》第1卷，北京：北京大学出版社1997年版，第27页。

③ 几道、别士：《本馆附印说部缘起》，载陈平原、夏晓虹：《二十世纪中国小说理论资料》第1卷，北京：北京大学出版社1997年版，第27页。

④ 参见黄振萍：《晚清白话问题研究纲要》，《清华大学学报（哲学社会科学版）》1999年第1期。

⑤ 参见谭彼岸：《晚清的白话文运动》，北京：人民出版社1956年版。

人志士,往往以其身之所经历,及胸中所怀,政治之议论,一寄之于小说。"① 一句 "述英雄则规画《水浒》,道男女则步武《红楼》,综其大较,不出诲盗诲淫两端",几乎可以说是将中国古典小说打倒一片。此时的梁启超正当意气风发、踌躇满志,维新大业蒸蒸日上,其胸中日常萦绕转圜的是经天纬地、致君尧舜的大变革、大政治,在其视野中,中国古典小说中的那些春愁秋恨、暑酷冬寒,皆不值一哂,自也在情理之中。

因为可以把持影响 "天下之人心风俗",维新变法失败之后,痛感维新党势单力薄、国民愚蒙难解的梁启超,开始宣扬利用小说 "不可思议之力",将新思想化入其中,以小说界革命来变移人心、启发国民:"欲新一国之民,不可不先新一国之小说,故欲新道德,必新小说;欲新宗教,必新小说;欲新政治,必新小说;欲新风俗,必新小说;欲新学艺,必新小说;乃至欲新人心、欲新人格,必新小说。何以故? 小说有不可思议之力支配人道故。"② 梁启超以为,小说如此流行,并非只是采用白话、使得行文 "浅而易" 的缘故。寻常 "妇孺之函札,官样之文牍" 经常采用白话,其行文也不艰深,却没有人喜欢阅读;那些 "高才赡学之士",有的古文功底非常好,阅读古文就和阅读白话文一样轻而易举,但是也独独喜欢小说。这足以证明,采用浅易白话并不是人们嗜好小说的根本原因。小说最引人入胜的地方在于两点:第一,"常导人游于他境界,而变换其常触常受之空气者也"③;第二,感人之深,莫此为甚。无论何等文章,只要运用好这两点,就能够无往不利,感动人心。在各种文字类型中,小说是最能 "极其妙而神其技者",所以,"小说为文学之最上乘也"。

在此篇文章接下来的部分,梁启超详细地论说了小说的 "熏、浸、刺、提" 四大功能,并举中国古典小说为例说明之。从中可以看出,相比前一时期,梁启超对于中国古典小说的评价发生了一定的变化。例如讲 "浸",梁启超提出 "人之读一小说也,往往既终卷后数日或数旬而终不能释然。读《红楼》竟者必有余恋有余悲,读《水浒》竟者必有余快有余怒。何也? 浸之力使然也。等是佳作也,而其卷帙愈繁事实愈多者,则其浸人也亦愈甚;如酒焉,作十日饮,则作百日

① 梁启超:《译印政治小说序》,载陈平原、夏晓虹:《二十世纪中国小说理论资料》第 1 卷,北京:北京大学出版社 1997 年版,第 37 页。

② 梁启超:《论小说与群治之关系》,载陈平原、夏晓虹:《二十世纪中国小说理论资料》第 1 卷,北京:北京大学出版社 1997 年版,第 50 页。

③ 梁启超:《论小说与群治之关系》,载陈平原、夏晓虹:《二十世纪中国小说理论资料》第 1 卷,北京:北京大学出版社 1997 年版,第 50 页。

醉"①。讲"刺",则举例说,"刺也者,能使人于一刹那顷,忽起异感而不能自制者也。我本蔼然和也,乃读林冲雪天三限,武松飞云浦厄,何以忽然发指?我本愉然乐也,乃读晴雯出大观园,黛玉死潇湘馆,何以忽然泪流?我本肃然庄也,乃读实甫之《琴心》《酬简》,东塘之《眠香》《访翠》,何以忽然情动?若是者,皆所谓刺激也。大抵脑筋愈敏之人,则其受刺激力也愈速且剧"②。讲"提",同样举例道,"凡读小说者,必常若自化其身焉,入于书中,而为其书之主人翁,读《野叟曝言》者必自拟文素臣,读《石头记》者必自拟贾宝玉,读《花月痕》者必自拟韩荷生若韦痴珠,读《梁山泊》者必自拟黑旋风若花和尚。虽读者自辩其无是心焉,吾不信也"③。在说明小说具有感化人的巨大力量之时,梁启超举了《红楼梦》《水浒传》等书,以"佳作"称之,这似乎隐隐预示了一种观念上的巨大变化。

在后面的部分,梁启超指出小说的这四种力量"用之于善,则可以福亿兆人;有此四力而用之于恶,则可以毒万千载"。对于中国古典小说,他还是基本持否定态度的,他认为小说是"吾中国群治腐败之总根原","吾中国人状元宰相之思想何自来乎?小说也。吾中国人佳人才子之思想何自来乎?小说也。吾中国人江湖盗贼之思想何自来乎?小说也。吾中国人妖巫狐鬼之思想何自来乎?小说也"④,在中国社会,"百数十种小说之力直接间接以毒人"。在梁启超看来,中国的一切丑恶落后皆根源于此:"今我国民惑堪舆,惑相命,惑卜筮,惑祈禳,因风水而阻止铁路、阻止开矿,争坟墓而阖族械斗、杀人如草,因迎神赛会而岁耗百万金钱、废时生事、消耗国力者,曰惟小说之故。今我国民慕科第若膻,趋爵禄若骛,奴颜婢膝,寡廉鲜耻,惟思以十年萤雪、暮夜苞苴,易其归骄妻妾、武断乡曲一日之快,遂至名节大防,扫地以尽者,曰惟小说之故。今我国民轻弃信义,权谋诡诈,云翻雨覆,苛刻凉薄,驯至尽人皆机心,举国皆荆棘者,曰惟小说之故。今我国民轻薄无行,沉溺声色,缱恋床笫,缠绵歌泣于春花秋月,销磨其少壮活泼之气,青年子弟,自十五岁至三十岁,惟以多情多感多愁多病为一大事业,儿女情多,风云气少,甚者为伤风败俗之

---

① 梁启超:《论小说与群治之关系》,载陈平原、夏晓虹:《二十世纪中国小说理论资料》第1卷,北京:北京大学出版社1997年版,第51页。

② 梁启超:《论小说与群治之关系》,载陈平原、夏晓虹:《二十世纪中国小说理论资料》第1卷,北京:北京大学出版社1997年版,第51~52页。

③ 梁启超:《论小说与群治之关系》,载陈平原、夏晓虹:《二十世纪中国小说理论资料》第1卷,北京:北京大学出版社1997年版,第52页。

④ 梁启超:《论小说与群治之关系》,载陈平原、夏晓虹:《二十世纪中国小说理论资料》第1卷,北京:北京大学出版社1997年版,第53页。

行，毒遍社会，曰惟小说之故。今我国民绿林豪杰，遍地皆是，日日有桃园之拜，处处为梁山之盟，所谓'大碗酒，大块肉，分秤称金银，论套穿衣服'等思想，充塞于下等社会之脑中，遂成为哥老、大刀等会，卒至有如义和拳者起，沦陷京国，启召外戎，曰惟小说之故。"① 如此将中国各种不如意事情，都归结于古典小说的败坏，不免带有梁启超彼时的情绪——维新变法失败，曾经风光一时的帝师俊彦，被迫只身流亡异域，举国上下，却一片缄默，黑幕如铁，此情此景，怎能不叫人痛心惨怛，狂呼欲号？梁启超在文末慨叹"大圣鸿哲数万言谆诲之而不足者，华士坊贾一二书败坏之而有余"，简直就是对于维新变法一事的影射，所以其只能扼腕长叹："呜呼！使长此而终古也，则吾国前途，尚可问耶？尚可问耶？"随即便在结尾匆匆总结一句，"故今日欲改良群治，必自小说界革命始；欲新民，必自新小说始"②，并收束全文。

虽然许多嗜好古典小说的人并不能同意梁启超的判断，但是，受其"小说界革命"宣传的影响，也纷纷将《红楼梦》等古典小说作为改良社会与民众的工具。侠人在《新小说》的"小说丛话"中即开门见山，指出"吾国之小说，莫奇于《红楼梦》，可谓之政治小说，可谓之伦理小说，可谓之社会小说，可谓之哲学小说、道德小说"③，并极力称赞《红楼梦》"以哲学排旧道德"，有"摧陷廓清旧道德之功"。1907 年，天僇生的《中国历代小说史论》，也认为"吾尝谓吾国小说，虽至鄙陋不足道，皆有深意存其间，特材力有不齐耳。近世翻译欧美之书甚行，然著书与市稿者，大抵实行拜金主义，苟焉为之，事势既殊，体裁亦异，执他人之药方，以治己之病，其合焉者寡矣。今试问萃新小说数十种，能有一焉如《水浒传》、《三国演义》影响之大者乎？曰：无有也。萃西洋小说数十种，问有一焉能如《金瓶梅》、《红楼梦》册数之众者乎？曰：无有也。且西人小说所言者，举一人一事，而吾国小说所言者，率数人数事，此吾国小说界之足以自豪者也"④。以天僇生的看法，中国古典小说虽然鄙陋，许多却都包含

---

① 梁启超：《论小说与群治之关系》，载陈平原、夏晓虹：《二十世纪中国小说理论资料》第 1 卷，北京：北京大学出版社 1997 年版，第 53 页。

② 梁启超：《论小说与群治之关系》，载陈平原、夏晓虹：《二十世纪中国小说理论资料》第 1 卷，北京：北京大学出版社 1997 年版，第 53~54 页。

③ 《小说丛话》，载一粟编：《红楼梦资料汇编》，北京：中华书局 2004 年版，第 570 页。

④ 天僇生：《中国历代小说史论》，载黄霖、蒋凡编：《新编中国历代文论选·晚清卷》，上海：上海教育出版社 2008 年版，第 287、288 页。

深意，"皆贤人君子，穷而在下，有所不能言、不敢言，而又不忍不言者"[①]，他们或者"愤政治之压制"，或者"痛社会之浑浊"，或者"哀婚姻之不自由"，所以才创作小说"以抒其愤"，所以这些古典小说的影响力和印数，都能远超其他小说——从这个角度来说，古典小说是有着其正面价值的，绝非如梁启超所说，只是"毒遍社会"、一无是处的"中国群治腐败之总根原"。自"小说界革命"开始，围绕改良社会来强调小说的功用与价值，成为整个社会的潮流，有许多此类文章问世，如《改良剧本与改良小说关系于社会之重轻》《普及乡间教化宜倡办演讲小说会》《小说风尚进步之以翻译说部为风气之先》等。

唯其以改良社会为口号，晚清文论家往往也将白话与小说相连，以使其能够更好地承担启发下层民众的任务。管达如认为，"吾国今日小说，当以改良社会为宗旨，而改良社会，则其首要在启迪愚蒙"[②]，为了启迪文化水平不高的下层民众，"则作小说，当多用白话体是也"。此时期的文论家都将自己放置于启发者的地位，对民众采取俯视的态度，故而即便是对古典小说改良社会的能力持肯定态度，常常也是略带鄙夷地，如别士（夏曾佑）的《小说原理》提出，"今值学界展宽（注：西学流入），士夫正日不暇给之时，不必再以小说耗其目力。惟妇女与粗人，无书可读，欲求输入文化，除小说更无他途。其穷乡僻壤之酬神演剧，北方之打鼓书，江南之唱文书，均与小说同科者。先使小说改良，而后此诸物，一例均改。必使深闺之戏谑，劳侣之耶禺，均与作者之心，入而俱化"[③]。在别士看来，士大夫正当忙于学习西方理论与知识，提倡小说，只是为了让那些"妇女与粗人"接受改良社会的观念，逐步"输入文化"。可以见出，别士对于白话和小说，其实还是明显怀着看低的态度。这其实也是晚清知识界对民众的普遍态度，晚清参与制定提倡拼音和简字的人，往往也是持这样的态度。如王照在《官话合声字母》序言中述其心意是，"余今私制此字母，纯为多数愚稚便利之计，非敢用之于读书临文"[④]。这段话中直接划定了王照自己创造字母适用的主体是"愚稚"阶层，只是为其便利之故，甚至不敢"用之于

---

① 天僇生：《中国历代小说史论》，载黄霖、蒋凡编：《新编中国历代文论选·晚清卷》，上海：上海教育出版社 2008 年版，第 286 页。

② 管达如：《说小说》，载陈平原、夏晓虹：《二十世纪中国小说理论资料》第 1 卷，北京：北京大学出版社 1997 年版，第 412 页。

③ 别士：《小说原理》，载陈平原、夏晓虹：《二十世纪中国小说理论资料》第 1 卷，北京：北京大学出版社 1997 年版，第 78 页。

④ 王照：《〈官话合声字母〉原序（一）》，载本社编：《清末文字改革文集》，北京：文字改革出版社 1958 年版，第 21 页。

读书临文"，不敢冒犯士大夫阶层的高雅文化。劳乃宣在进呈《简字谱录》的奏章上声称："简字仅足为粗浅之用，其精深之义，仍非用汉文不可。"①当时甚至有人特别作了一篇《推行简字非废汉文说》，以为推行简字的做法辩护，"吾议推行简字，亦谓识汉文识简字可以各行其是，可以并行不悖，可以使简字与汉文相因相成而不相刺谬，非谓人人学简字直可以废汉文也……汉文犹富贵之人也，疑推行简字之废汉文，犹富贵之人虑贫乏者之废其宫室衣服饮食也，其是非尚待辨哉"②。其文认为士大夫阶层完全不用担心人人识简字会威胁到汉字的生存，富贵之人不必担忧贫困者影响他富足奢华的吃穿住行生活。也许写文章者的出发点是好的，但无疑这个说法反映了其内心对于使用简字的下层百姓实际上是带有俯视怜悯情绪的。

　　无论是过度贬低还是过度高捧，特别是从政治意义方面作各种理解，其实都非小说之福。1907 年，摩西在《〈小说林〉发刊词》中指出，在小说研究界"有一蔽焉，则以昔之视小说也太轻，而今之视小说又太重也。昔之于小说也，博奕视之，俳优视之，甚且酖毒视之，妖孽视之；言不齿于缙绅，名不列于四部（古之所谓小说家者，与今大异）。私衷酷好，而阅必背人；下笔误征，则群加嗤鄙。虽如《水浒传》《石头记》之创社会主义，阐色情哲学，托草泽以下民贼奴隶之砭（龚自珍之《尊隐》，是耐庵注脚），假兰芎以塞黍离荆棘之悲者（《石头记》成于先朝遗老之手，非曹作），亦科以诲淫诲盗之罪，谓作者已伏冥诛，绳诸戒色戒斗之年，谓阅者断非佳士。即或赏其奇瑰，强作斡旋，辨忠义之真伪，区情欲之贞淫，亦不脱俗情，无当本旨（《水浒》本不诲盗，《石头》亦不诲淫。李贽、金喟强作解事，所谓买椟还珠者。《石头》诸评，更等诸郐下矣。）余可知矣。今也反是：出一小说，必自尸国民进化之功；评一小说，必大倡谣俗改良之旨。吠声四应，学步载途"③。觉我（徐念慈）也在《余之小说观》中指出，"小说者，文学中之以娱乐的，促社会之发展，深性情之刺戟者也。昔冬烘头脑，恒以鸩毒霉菌视小说，而不许读书子弟，一尝其鼎，是不免失之过严。近今译籍稗贩，所谓风俗改良，国民进化，咸推小说是赖，又不免誉之失

---

① 劳乃宣：《进呈〈简字谱录〉折》，载本社编：《清末文字改革文集》，北京：文字改革出版社 1958 年版，第 81 页。

② 潘籍郢：《推行简字非废汉文说》，载本社编：《清末文字改革文集》，北京：文字改革出版社 1958 年版，第 76~77 页。

③ 摩西：《〈小说林〉发刊词》，载陈平原、夏晓虹：《二十世纪中国小说理论资料》第 1 卷，北京：北京大学出版社 1997 年版，第 253~254 页。

当。余为平心论之，则小说固不足生社会，而惟有社会始成小说者也"。^① 二者皆认为，无论是将小说贬斥为鸩毒霉菌，或是将其捧为改良社会的无上利器，都不是正常的态度，偏执两端，只会令小说走入歧途。徐念慈更强调，不是小说生成社会，而是社会环境产生了小说。

事实上，在提倡小说倡发民智、改良社会的功用几年之后，《红楼梦》等古典小说的其他品性逐渐得到了注意。1903 年，别士的《小说原理》提出，小说之所以比其他文学作品具有更大的魅力，在于其符合了人类的两种普遍心理：不费心思和时刻变换。因为小说一来比学习知识、经文等更不费心力，符合人喜好安逸简单的心理，二来隐合了人类喜欢变化、时刻追求改换生活环境的心理，却又让人类不必为了这个心理而真的去改变现实、承受生活风险，可以说，就是一种价廉物美、随处可及的娱乐。"人使终日常为一事，则无论如何可乐之事，亦生厌苦，故必求刻刻转换之境以娱之，然人自幼至老，生平所历，亦何非刻刻转换之境哉？徒以其境之转换也，常有切身之大利害，事前事后，常有无限之恐惧忧患以随之，其乐遂为其苦所掩也，故不得不求不切于身之刻刻转换之境以娱之，打牌、观剧、谈天、游山，皆是矣。然此四者必身与境适相凑合，始能有之；若外境不副，则事中止焉。于是乎小说遂为独一无二可娱之具，一榻之上，一灯之下，茶具前陈，杯酒未罄，而天地间之君子、小人、鬼神、花鸟杂沓而过吾之目，真可谓取之不费，用之不匮者矣。故画，有所穷者也；史，平直者也；科学颇新奇，而非尽人所解者也；经文皆忧患之言，谋乐更无取焉者也。而小说之为人所乐，遂可与饮食、男女鼎足而三（解乙款）。"^②

别士的《小说原理》只是从整体层面来谈小说的魅力，瑷斋等人则开始正式从现代文艺学、小说学等角度讨论《红楼梦》的艺术价值。瑷斋在《小说丛话》中提出："英国大文豪佐治宾哈威云：'小说之程度愈高，则写内面之事情愈多，写外面之生活愈少，故观其书中两者分量之比例，而书之价值，可得而定矣。'可谓知言。持此以料拣中国小说，则惟《红楼梦》得其一二耳，余皆不足语于是也。"^③ 瑷斋从描写外部生活和描写内部生活的多少差别上来看《红

① 觉我：《余之小说观》，载陈平原、夏晓虹：《二十世纪中国小说理论资料》第 1 卷，北京：北京大学出版社 1997 年版，第 332 页。

② 别士：《小说原理》，载陈平原、夏晓虹：《二十世纪中国小说理论资料》第 1 卷，北京：北京大学出版社 1997 年版，第 75 页。

③ 《小说丛话》，载陈平原、夏晓虹：《二十世纪中国小说理论资料》第 1 卷，北京：北京大学出版社 1997 年版，第 84 页。

楼梦》的价值，不免有些简单，曼殊从具体的人物描写技巧方面来谈《红楼梦》的价值，则似乎更为细致：“《水浒》、《红楼》两书，其在我国小说界中，位置当在第一级，殆为世人所同认矣。然于二者之中评先后，吾固甲《水浒》而乙《红楼》也。凡小说之最忌者曰重复，而最难者曰不重复，两书皆无此病矣。唯《红楼》所叙之人物甚复杂，有男女老少贵贱媸妍之别，流品既异，则其言语、举动、事业，自有不同，故不重复也尚易。若《水浒》，则一百零八条好汉，有一百零五条乃男子也，其身份同是莽男儿，等也；其事业同是强盗，等也；其年纪同是壮年，等也，故不重复也最难。”① 曼殊高度评价《红楼梦》与《水浒传》在中国古典小说中的地位，认为其属于第一流水准，而且提出这个观点已经是“世人所认同”的。在他看来，《红楼梦》所叙人物繁多，有男女老少贵贱媸妍等各个阶层，却可以不重复，足见作者功力；当然，《水浒传》作者的水平更为不凡，一百零八条好汉，有一百零五个男子，而且都是强盗、都是壮汉，却写得各有特色，毫不重复，其作者的写作功力要胜过《红楼梦》。

1904 年，署名卧虎浪士的作者在为小说《女娲石》作序的时候，也提到《水浒传》与《红楼梦》二书，将其作为中国古典小说的代表，并且着重讲了《红楼梦》的“善道儿女事”，“海天独啸子以学期试验之暇，谓我曰：余将作一小说，名之曰《女娲石》，君以为何如？余曰：请道其故。海天独啸子曰：我国小说，汗牛充栋，而其尤者，莫如《水浒传》、《红楼梦》二书。《红楼》善道儿女事，而婉转悱恻，柔人肝肠。读其书者，非入于厌世，即入于乐天，几将曰英雄气短，儿女情长矣。是书也，余不取之”。②《女娲石》的作者海天独啸子想要写一部不那么“儿女情长”的小说来超越《红楼梦》，但其褒贬之余，对《红楼梦》的某些特性倒是说得甚为清楚。1905 年王国维的《红楼梦评论》着重从悲剧的角度来看《红楼梦》，并将其引申扩张成为写人类生存之大悲剧的层次，与这股从思想性和艺术性角度解读《红楼梦》的潮流之间也许不无关系。

也许同样受了这股潮流的影响，辛亥革命前后，对古典小说的研究不再只是局限于探讨其改良社会的功能，而逐渐重新重视古典小说的“白话”特征。1911 年，狄平子的《小说新语》提出，“吾谓《西厢》者，乃文字小说，《水浒》、《红

---

① 《小说丛话》，载陈平原、夏晓虹：《二十世纪中国小说理论资料》第 1 卷，北京：北京大学出版社 1997 年版，第 85 页。

② 卧虎浪士：《〈女娲石〉叙》，载陈平原、夏晓虹：《二十世纪中国小说理论资料》第 1 卷，北京：北京大学出版社 1997 年版，第 146~147 页。

楼》，乃文字兼语言之小说，至《金瓶》则纯乎语言之小说，文字积习，荡除净尽。读其文者，如见其人，如聆其语，不知此时为看小说，几疑身入其中矣"。①
狄平子所说的"文字小说"，指的是使用文言的小说，以《西厢记》为代表；"语言小说"，指的是使用白话的小说，以《金瓶梅》为代表。而他以为《水浒》《红楼梦》两书是属于综合了文言与白话的作品。从小说的功能来说，"盖小说固以通俗逮下为功，而欲通俗逮下，则非白话不能也。且小说之妙，在于描写入微，形容尽致，而欲描写入微、形容尽致，则有韵之文，恒不如无韵之文为便"②，故白话体"可谓小说之正宗"。在狄平子看来，白话使用得最为彻底的《金瓶梅》才是将"文字积习""荡除净尽"的最好文学。1914 年，梦生继续发扬了狄平子的观点："小说最好用白话体，以用白话方能描写得尽情尽致，'之乎也哉'一些也用不着。或谓小说不必全用白话，白话不足发挥文学特长，为此说者，必是不曾读过小说者，必是不曾领略得小说兴味者。小说难作处，全在白话。白话小说作得佳者，便是小说中圣手。小说之为好小说，全在结构严密，描写逼真。能如此者，虽白话亦是天造地设之佳文。中国小说最佳者，曰《金瓶梅》，曰《水浒传》，曰《红楼梦》三部，皆用白话体，皆不易读。"③ 成之也倡导小说使用俗语："单独小说，宜于文言。复杂小说，宜于俗语。盖文言之性质为简括的，俗语之性质为繁复的也。观复杂小说与单独小说撰述之难易，而文言与俗语，在小说中位置之高下可知矣。"④ 二者都比较重视从小说表情达意的角度来论说使用白话的正当性，与晚清时期大多数的白话小说提倡者都从白话小说的通俗、改良功用来谈，显然这个时期的白话提倡者注意到了白话自身作为一种语言所具有的内在特点和优势，白话不再是作为内容传达的便捷通道，而成了一种带有特定文学风格和美学特点的语言，甚至说，它是比文言更适合于小说的语言——这样的观点正是晚清十数年来白话文运动持续进行的结果，可以看出已经开始有了文学革命的雏形。

---

① 狄平子：《小说新语》，载陈平原、夏晓虹：《二十世纪中国小说理论资料》第 1 卷，北京：北京大学出版社 1997 年版，第 391 页。

② 管达如：《说小说》，载陈平原、夏晓虹：《二十世纪中国小说理论资料》第 1 卷，北京：北京大学出版社 1997 年版，第 399 页。

③ 梦生：《小说丛话》，载陈平原、夏晓虹：《二十世纪中国小说理论资料》第 1 卷，北京：北京大学出版社 1997 年版，第 435 页。

④ 成之：《小说丛话》，载陈平原、夏晓虹：《二十世纪中国小说理论资料》第 1 卷，北京：北京大学出版社 1997 年版，第 442~443 页。

新文化运动最重要的内容之一，就是对于白话文的正名与历史重构。1917 年胡适在《新青年》上发表《文学改良刍议》，提出"不避俗字俗语"，"白话文学为文学之正宗"。陈独秀随之发表《文学革命论》，进一步推进胡适的文学改良观念，宣称要对旧文学进行彻底的革命，推翻旧有文学的一切"贵族之文""古典之文"，创造出通俗、明了的社会文学和写实文学。接着钱玄同与陈独秀在《新青年》的通信栏进一步探讨文学革命等问题，钱玄同对古文大加贬斥，"桐城谬种"和"选学妖孽"的称呼随之流传开来，引发巨大的轰动。1918 年 1 月，《新青年》表态彻底倒向新文学，所发文章一律为白话文。当年 5 月，鲁迅的白话小说《狂人日记》发表于《新青年》，自此，白话文特别是白话小说作为文学革命的核心部分已经炳炳凿凿、势不可挡。

作为白话文运动的主力，胡适在《胡适口述自传》中，回忆了自己早年参与白话运动的经历。胡适自述，自己最初的文字主张还是较为保守的，对在美某些学生寄送"废除汉字，改用字母"之类的改革中国社会风俗和语言文字的宣传单十分反感，回信加以讽刺。此事做过之后，自己又觉得甚为懊悔，也觉得有责任来为文字改革做点切实的工作，于是开始经常和朋友们讨论此事。后来，美东中国学生会举办年会，胡适就把"中国文字的问题"作为当次分股讨论的题目，发表了论题为《如何可使吾国文言易于教授》的文章，在这篇文章中，胡适首次提出文言文是个"半死的语言"。之后，胡适对此问题进一步思考，提出"作诗如作文"，并与朋友们发生争论，"所以我们辩论不休，愈辩则牵涉愈多，内容也愈复杂愈精湛。我的朋友们也愈辩愈保守，我也就愈辩愈激进了"[1]。经过一番辩论与思考，胡适发现自己"对中国文学的问题发生了智慧上的变迁"[2]，"我终于得出一个概括的观念：原来一整部中国文学史，便是一部中国文学工具变迁史———一个文学或语言上的工具去替代另一个工具。中国文学史也就是一个文学上的语言工具变迁史。同时我也得出（另外）一个结论：一部中国文学史也就是一部活文学逐渐代替死文学的历史"[3]。至此，胡适的语言文学观念已经发生了根本性的变化。所谓的言文一致，已经不再仅仅是语言应用层面上的技术性问题，而变成了具有根本性质差异的新旧理

---

[1] 胡适口述，唐德刚译注：《胡适口述自传》，桂林：广西师范大学出版社 2005 年版，第 143 页。

[2] 胡适口述，唐德刚译注：《胡适口述自传》，桂林：广西师范大学出版社 2005 年版，第 144 页。

[3] 胡适口述，唐德刚译注：《胡适口述自传》，桂林：广西师范大学出版社 2005 年版，第 144 页。

念之争，可以说，白话运动终于脱胎幻形、融合于新文化运动之中，成为新文化运动的一个基本命题。

胡适《文学改良刍议》提出，"今人犹有鄙夷白话小说为文学小道者，不知施耐庵、曹雪芹、吴趼人皆文学正宗，而骈文律诗乃真小道耳"[1]。他指出，骈文律诗是属于过去时代的"死文学"，在当代已经成为小道，只有白话小说才是文学正宗，才可以称为"活文学"。"何以《水浒传》、《西游记》、《儒林外史》、《红楼梦》可以称为'活文学'呢？因为他们都是用一种活文字做的。若是施耐庵、吴承恩、吴敬梓、曹雪芹都用了文言做书，他们的小说一定不会有这样生命，一定不会有这样价值。"[2]在胡适看来，想要创造符合时代要求的中国新文学，必须使用白话，"我们以为若要使中国有新文学，若要使中国文学能达今日的意思，能表今人的情感，能代表这个时代的文明程度和社会状态，非用白话不可"[3]。使用白话不仅可以传达今人的意思和情感，同时代表了一种对于世界与文化的态度。作为屡屡能开一代之风气的大师，胡适又一次极具创造性地提出了白话与小说之间的关系：是白话成就了《西游记》《水浒传》《红楼梦》等小说，是否使用白话，是这些小说能不能成为活文学的根本区分标准。白话不仅是一种方法手段，而且是一种带有价值观标准的界定——这种新型关系定义确立了"白话"在整个文学史架构中的核心地位，完全颠覆了晚清以来关于白话的各种工具论与表现论的说辞。

不仅如此，胡适还进一步提出他的文学史想象："这二千年的文人所做的文学都是死的，都是用已经死了的语言文字做的。死文字决不能产出活文学。……简单说来，自从《三百篇》到于今，中国的文学凡是有一些价值有一些儿生命的，都是白话的，或是近于白话的。其余的都是没有生气的古董，都是博物院中的陈列品！"[4]在《建设的文学革命论》中，他已经初步提出重新解释中国文学史的意图，将白话作为整部中国文学史的唯一真本。

1921年，胡适受邀在国语讲习所主讲"国语文学史"，为此"在八星期之内编了十五篇讲义"。次年，他又继续在国语讲习所主讲这个课程，同时继续完善讲稿。黎锦熙于1927年将校订后的讲义油印本交北京文化学社出版。胡适知

---

① 胡适：《胡适文集》第2集，北京：北京大学出版社1998年版，第13页。
② 胡适：《胡适文集》第2集，北京：北京大学出版社1998年版，第46页。
③ 胡适：《胡适文集》第2集，北京：北京大学出版社1998年版，第90页。
④ 胡适：《胡适文集》第2集，北京：北京大学出版社1998年版，第45~46页。

道此事后，感觉"这种见解不成熟、材料不完备、匆匆赶成的草稿出来问世，实在叫我十分难为情"①，于是专门腾出时间，对原有讲义进行了较大的修改，取名《白话文学史》，另行出版。在《白话文学史》的引子中，胡适叙述了自己写作这部《白话文学史》的意图："第一，我要大家知道白话文学不是这三四年来几个人凭空捏造出来的；我要大家知道白话文学是有历史的，是有很长又很光荣的历史的。……我们懂得了这段历史，便可以知道我们现在参加的运动已经有了无数的前辈、无数的先锋了；便可以知道我们现在的责任是要继续做无数开路先锋没有做完的事业，要替他们修残补阙，要替他们发挥光大。第二，我要大家知道白话文学在中国文学史上占一个什么地位。老实说罢，我要大家知道白话文学史就是中国文学史的中心部分……这一千多年中国文学史是古文文学的末路史，是白话文学的发达史。"② 带着这种重构文学史的意图，《白话文学史》大笔一挥，提出"汉武帝时古文已死"，在这之后的各种使用文言的文学都是在迷恋骸骨，无论怎样都难以获得新生。胡适将《诗经》、汉乐府、南北朝民歌、唐代佛教文学、中唐乐府等文学样式综合在一起，抽绎出一条白话文学史的发展脉络，并且提出这条使用白话的文学脉络才是真正有活力的文学史路线。虽然这部《白话文学史》依旧只是带有胡适特色的半部，只写到唐代为止，但读者当不难闻弦歌而知雅意，顺着其脉络往下自动补充想象，将宋词、元曲、明清小说、近代白话文运动等逐次序齿排班。这样一来，整个五四白话文运动，就不是一种近代的"数典忘祖"行为，而是被整合进浩荡奔涌的白话文千年洪流，揖让升堂之间，自有一股名门世胄的矫矫之气。

自然地，使用白话来写作文章也成为统一国语、再造民族传统的内在要求，"国语不是单靠几位言语学的专门家就能造得成的；也不是单靠几本国语教科书和几部国语字典就能造成的。若要造国语，先须造国语的文学。有了国语的文学，自然有国语"，"我这几年来研究欧洲各国国语的历史，没有一种国语不是这样造成的。没有一种国语是教育部的老爷们造成的。没有一种是言语学专门家造成的。没有一种不是文学家造成的"。③ 因为采用的是活的文字，所以"这五百年之中，流行最广，势力最大，影响最深的书，并不是'四书'、'五经'，也不是性理的语录，乃是那几部'言之无文行之最远'的《水浒》、《三

---

① 胡适：《白话文学史》，北京：中国和平出版社 2014 年版，第 4 页。
② 胡适：《白话文学史》，北京：中国和平出版社 2014 年版，第 1~3 页。
③ 胡适：《胡适文集》第 2 集，北京：北京大学出版社 1998 年版，第 47、48 页。

国》、《西游》、《红楼》。这些小说的流行便是白话的传播；多卖得一部小说，便添得一个白话教员"，"中国国语的写定与传播两方面的大功臣，我们不能不公推这几部伟大的白话小说了"。①要学习使用白话写作文章，最为现成的范本就是《红楼梦》等古典小说，"试问我们今日居然能拿起笔来做几篇白话文章，居然能写得出好几百个白话的字，可是从什么白话教科书上学来的吗？可不是从《水浒传》、《西游记》、《红楼梦》、《儒林外史》等书学来的吗？这些白话文学的势力，比什么字典教科书都还大几百倍"，"总而言之……我们今日要想重新规定一种'标准国语'，还须先造无数国语的《水浒传》、《西游记》、《儒林外史》、《红楼梦》"。②

正是在这种氛围中，胡适支持亚东图书馆整理一批使用新式标点的古代白话小说出版。这些小说有《红楼梦》《儒林外史》《西游记》等，共16种，都是经过胡适与汪原放认定的采用白话文写作、具有"范本"意义的小说。胡适对汪原放的这个举动十分赞赏，1920—1933年，胡适为12部小说写了近30万字的考证文章，以"序言""导论"等不同方式附于小说开首，既作为作品导读，也含有推荐助威之意。这批亚东版古代白话小说采用了新式段落标点重新标注全文，而且在版本的采用上十分注意不同版本的对照校勘，博采众家之长，在当时起到了极为明显的示范作用。在这之前，"各书店所出的各种旧小说，大都是布函线装的石印本，里面油光纸印的每回文字都是密密麻麻地直书到底，只有圈点，概不分段；而亚东本系白报纸三十二开本，分精（洋）装、平装两种（亚东本《红楼梦》是精装三册，平装六册），正文每面十二行，每行三十六字，每句加新式标点符号，分段较多，版面显得宽疏，在当时确乎有给人'面目一新'的感觉"③。这批古代白话小说在当时引发了一阵抢购风潮，短短时间内，连续再版。据1922年统计，短短两年多时间内，《水浒传》印了四版1.4万部，《儒林外史》印了四版1.3万部，《红楼梦》印了两版7000部，《西游记》印了两版5000部，《三国演义》一年之内印了两版共5000部。④这批白话小说在当时创造了出版史上的一段奇迹，也造成了较大的影响。

吴组缃曾在文章中回忆自己中学时代读到亚东版《红楼梦》时的震撼，"高

---

① 胡适：《胡适文集》第3集，北京：北京大学出版社1998年版，第251、252页。
② 胡适：《胡适文集》第2集，北京：北京大学出版社1998年版，第47~48页。
③ 魏绍昌：《红楼梦版本小考》，北京：中国社会科学出版社1982年版，第27~28页。
④ 引用的数据参见汪原放：《回忆亚东图书馆》，上海：学林出版社1983年版。

小毕业的时候，看过石印本的《金玉缘》，行款推墙杵壁，密密麻麻的字迹，看得头昏眼花。可是，我一进中学，就买到了胡适主持整理的亚东版新出的《红楼梦》，跟我以往看的那些小说书从里到外都是不同的崭新的样式，白报纸本，每回分出段落，加了标点符号，行款舒朗，字体清楚。拿在手里看看，真是悦目娱心。我得到一个鲜明的印象：这就是不同于封建文化的'新文化'。我开始尝到读小说的乐趣，心里明白了小说这东西以及读小说的人所受的待遇在新旧时期对比下是如此迥然不同"①，在阅读的过程中，吴组缃不仅逐渐体味到了标点本白话小说的魅力，而且以之为学习范本，让自己也成为新文学的拥趸："我们不止为小说内容所吸引，而且从它学做白话文，学它的词句语气，学它如何分段、空行、提格，如何打标点符号。这样，我们就自然而然拜亚东版的白话小说为师，阅读中不知不觉用心钻研，仔细琢磨。新版的《红楼梦》、《儒林外史》、《水浒》等不止教会我们把白话文和口语挂上钩，而且更进一步开导我们慢慢懂得在日常生活中体察人们说话的神态、语气和意味。如此，我们的表达能力就有了明显的进步。"② 可以说，先前在《新青年》上，胡适、陈独秀等人的奋起疾呼，初步奠定了白话文在新文化运动中的地位，而随之出版的一系列亚东版标点本古典小说丛书，为白话文运动树立了第一批学习的范本。

顺着胡适的思路，《红楼梦》的白话在接下来的一段时间里得到了众多的美赞。如吴宓《石头记评赞》说：《石头记》之文字，为中国文（汉文）之最美者。盖为文明国家，中心首都，贵族文雅社会之士女，日常通用之语言，纯粹、灵活、和雅、圆润，切近实事而不粗俗，传达精神而不高古。……皆历史世运所铸造，文明进步所陶成，一往而不可再得者也。而《石头记》书中用之，又能恰合每一人物之身分，而表现其人之性格，纤悉至当，与目前情事适合。《石头记》之文笔更为难及，可云具备中国各体各家文章之美于一人一书者。每一文体，如诗、词、曲、诔、八股等，均为示范，尤其余事。"③

林语堂也自述，早期一直上教会学校，太过专注于英文教学，"中文弄得仅仅半通"，对于中国各种文化典故更是一窍不通，甚至到了30岁出头才知道孟姜女哭长城的故事。在进入清华学校任教之后，痛感自己的中文根底不足，

---

① 吴组缃：《序》，载杨犁编：《胡适文萃》，北京：作家出版社1991年版，第2页。

② 吴组缃：《序》，载杨犁编：《胡适文萃》，北京：作家出版社1991年版，第2页。

③ 吴宓：《石头记评赞》，载吕启祥、林东海主编：《红楼梦研究稀见资料汇编》，北京：人民文学出版社2001年版，第851~852页。

林语堂开始致力于中文学习。在林语堂看来,《红楼梦》的作者曹雪芹"无疑地是中国最伟大的散文作家之一,也可以说是空前绝后的唯一散文大师(就白话文而言)"①。所以他选择的范本就是《红楼梦》,通过研读《红楼梦》来学习北京白话,比起选择尚不完善的白话文著作为范本,要更加精致雅洁。"吾理想中之白话文,乃是多加入最好京语的色彩之普通话也。试以此一观点读《红楼》,便可知白话之字亟应收入文中者甚多。"②从1934年开始,一直到70年代末期,林语堂穷40余年孜孜于《红楼梦》的英译工作,固然有着传播文学、推广中华文化的一片心意,也不能说没有拜服于《红楼梦》之语言、一答昔年教化之恩的那种情怀。

20世纪30年代李长之《红楼梦批判》则大力称赞曹雪芹的天才,"就单只以运用活的语言的技巧,曹雪芹的天才,也已经当得起国民文学的创造者的地位"③。李长之将曹雪芹作为有着明确现代意识的作家,誉为"百八十年前提倡白话文的胡适之":"他认为应该用活语言,他主张用白话。这原因,自然也是为了便利艺术的忠实。所以他反对,'更可厌者,之乎者也,非理即文,大不近情'。所谓近情,便是忠实,他明白主张文言文的不利于忠实的创作,他明白主张他要假语村言。我们知道用白话写小说并不自曹雪芹始,然而以用白话为正当,而且说明了用白话的缘故的,恐怕在他以前不曾有过。曹雪芹实在可以说百八十年前提倡白话文的胡适之。"④

而李辰冬则分析了近代白话小说的发展历史,指出"《红楼梦》的风格没一点润饰,没一点纤巧,并且也不用比拟,也不加辞藻,老老实实,朴朴素素,用最直接的文字,表现事物最主要的性质。现在我们再看看《水浒传》、《儒林外史》、《镜花缘》、《儿女英雄传》、《西游记》、《醒世姻缘传》以及一切用语体文的小说,就知道他们的语体,是作者的语体,而非我们人类的语言"⑤,所以说,《红楼梦》代表了近代白话小说探索发展的最高阶段,一直到曹雪芹的《红楼梦》,中国文字的这条新路才算告成。从这个角度来说,李辰冬指出,

---

① 林语堂:《林语堂文选》(下),北京:中国广播电视出版社1990年版,第126页。

② 林语堂:《林语堂文选》(下),北京:中国广播电视出版社1990年版,第102页。

③ 李长之:《红楼梦批判》,载吕启祥、林东海主编:《红楼梦研究稀见资料汇编》,北京:人民文学出版社2001年版,第412页。

④ 李长之:《红楼梦批判》,载吕启祥、林东海主编:《红楼梦研究稀见资料汇编》,北京:人民文学出版社2001年版,第400页。

⑤ 李辰冬:《红楼梦研究》,载郭豫适编:《红楼梦研究文选》,上海:华东师范大学出版社1988年版,第328页。

"曹雪芹不止是一位伟大小说家,并且是中国唯一无二的语体散文家"①,他进而认为《红楼梦》是中国文字的最高典范,"《红楼梦》在艺术上,是中国一部不朽的珍品;在文字上,是中国将来文字的模范;和但丁的《神曲》,在现代意大利的文学史上,有同样的价值"②。这样的赞誉,可以说已经是至矣尽矣蔑以加矣。

不过,很可惜的是,虽然经由胡适等人的热情宣扬推介,以《红楼梦》为代表的古典白话小说作为白话范本的作用,并没有得到完全的释放抒发。在新文化运动者看来,现代白话文的建立可以有两个借鉴之由:一是古典的白话,二是西方的现代语法。以西方现代语法来作为现代白话文的资源,"就是直用西洋文的款式文法,词法,句法,章法,词枝(Figure of Speech)……一切修词学上的方法,造成一种超于现在的国语,欧化的国语,因而成就一种欧化国语的文学"③。近代以来,对西方现代语法的引进是一个持续的过程,从 18 世纪末传教士的翻译活动开始到近代严复、周氏兄弟都一直在做着同样的工作,那就是在翻译的过程中,不同程度地吸纳西方语法的成分,特别是西方现代语法中明白易懂、表达精确的一面。从某种意义上来说,近代对于日文名词的大量吸收引进,也可以同样列入对西方现代语法学习的序列,它同样丰富了汉语的构成。新文化运动者除了鼓吹白话文,其实更重要的主题是对"德先生"与"赛先生"的提倡、对传统的批判,在这样的主题下,欧化的语法显然比白话文要具有更为强烈的现代香氛。所以,虽然欧化的语法不断引来"马太福音体""文艺腔"等批评声音,却毫无悬念地成为新文学的最大来源,也深刻地影响了中国现代汉语的各种构成。

不仅如此,新文学强烈的反封建指向,决定了其对于与传统道德相关的物事保持着高度的敏感与警戒,而古典白话小说却往往新旧杂陈、态度暧昧,既包含不少反抗思想,又保留了较多封建旧道德,这种缺乏立场的态度自然成为五四新文学所攻击的对象。对于帝王将相故事的批判、对于大团圆结局的批判、对于小说使用文言的批判,曾经都成为新文学树立自身品格的重要事

---

① 李辰冬:《红楼梦研究》,载郭豫适编:《红楼梦研究文选》,上海:华东师范大学出版社 1988 年版,第 331 页。

② 李辰冬:《红楼梦研究》,载郭豫适编:《红楼梦研究文选》,上海:华东师范大学出版社 1988 年版,第 332 页。

③ 傅斯年:《怎样做白话文》,载丁元编:《五四风云人物文萃·傅斯年罗家伦》,北京:人民日报出版社 1999 年版,第 82 页。

件。钱玄同就提出，"我以为不但《金瓶梅》流弊甚大，就是《红楼》、《水浒》，亦非青年所宜读；吾见青年读了《红楼》、《水浒》，不知其一为实写腐败之家庭，一为实写凶暴之政府，而乃自命为宝玉，武松，因此专务狎邪以为情，专务'拆梢'以为勇者甚多"。① 这个观点与梁启超批判古典小说诲淫诲盗如出一辙，可以见出明显的继承关系。傅斯年也认为，"我们固不能说《红楼梦》、《水浒》不是文学，然亦不成其为真有价值的文学，固不能不承认《红楼梦》、《水浒》的艺术，然亦断断乎不能不否认他们的主旨。艺术而外无可取，就是我们应当排斥的文学"。② 对于许多崇仰西化、追求现代的五四人来说，承认《红楼梦》等古典白话小说在运用语言和人物描写上的成就，与对其进行批判是并行不悖的，这些小说"不能摆脱中国旧有的消极思想，故不能同世界第一等作品相提并论"。一个非常典型的反映这种心理的例子是中学国语教材的取材。1920 年，有两部著名的中学国语教材出版：一部是中华书局出版的《国语文类选》，由浙江女子师范学校朱文叔编写；另一部是商务印书馆出版的《白话文范》，由南开大学何仲英、洪北平编写。朱文叔在《我的自学的经过》一文中曾回忆说，"来沪以后，摇笔杆儿的时候，常常觉得国语的词儿不够用。这在我们当编辑的，是很大的困难，我想减少这个困难，曾经发一宏愿，想把所有旧小说里用的词儿摘出来，备大家采用，可是事情太忙，《红楼梦》第一本没有摘完，就停止了……直到最近为止，我总以为国语说得不好，是自己莫大的缺憾。我正想种种补救的办法：第一是就和日常生活上的对话一般，熟读国语教科书、《红楼梦》和《儿女英雄传》"。③ 虽然对《红楼梦》等古典小说推崇备至，引以为自己学习语言的范本，但在朱文叔所编写的《国语文类选》中，却并没有选入《红楼梦》任何篇目。另一部教材编选者何仲英的态度也是如此，在《白话文教授问题》一文中，他承认阅读《红楼梦》等古典小说对学生学习白话文有一定的好处，但同时也认为其思想对学生成长不利。就《红楼梦》而言，其文学成就自然是不错的，但是"于年轻的学生，亦不宜看"④，因为其部分可

① 钱玄同：《答胡适之》，载易竹贤编：《胡适论中国古典小说》，武汉：长江文艺出版社 1987 年版，第 582 页。

② 傅斯年：《白话文学与心理的改革》，载胡适编：《中国新文学大系·建设理论集》，上海：良友图书印刷公司 1935 年版，第 206 页。

③ 朱文叔：《我的自学的经过》，《中学生》1931 年第 11 号。

④ 何仲平：《白话文教授问题》，载顾黄初、李杏保主编：《二十世纪前期中国语文教育论集》，成都：四川教育出版社 1991 年版，第 141 页。

以"启发思想",但也有一些部分是会产生"流弊"。所以,何仲英的《白话文范》同样不选《红楼梦》为篇目。

分析新文化运动者对古典小说特别是《红楼梦》的这种态度,也许另一个不可否认的原因就是,古典白话小说成为晚清民初通俗小说的源头,而《红楼梦》甚至成为《玉梨魂》等鸳鸯蝴蝶派小说的膜拜之祖。学者袁进指出,为了给白话文学正名,胡适曾经花大力气做《国语文学史》《白话文学史》,然而这两本书都没有做完,"他幸好没有做下去,假如他按照这样的线索一直做到五四,那么,鸳鸯蝴蝶派就是当时白话文学的正宗,他们做的白话才是按照中国文学传统一直发展下来的白话"[①]。新文化运动倡导者往往宣称自己所进行的是一项前无古人的革命性运动,在对待传统、对待西学方面都有着与前人截然不同的内容,但其实他们所做的与近代以来的各种运动之间有着一脉相承的联系,完全可以称为晚清白话文运动的延续。虽然新文化运动者在使用欧化语法进行创作等方面有着更为决绝的态度,但近年来的研究成果表明,晚清"众声喧哗"的白话文运动有着不逊色于新文化运动的成就和影响。五四白话文运动的倡导者往往对晚清以来的白话文运动讳莫如深,如陈独秀对自己在晚清时期创办的《安徽白话报》、胡适对自己在《竞业旬报》上发文章都避而不谈,这是有着争夺话语权的因素在内的。尤为特别的是,新文学与清末民初的通俗小说之间还存在着争夺读者的斗争——而在这个斗争中,占据了话语权和道德制高点的新文学却屡战屡败。于是,《红楼梦》等古典小说虽然在新文化运动初期被称赞为白话范本,也曾经有过较为高调的推介,最终却并没有能够透彻淋漓地发挥其范本作用——也许,近代以来轰轰烈烈的语言文学运动就此丧失了一个涅槃重生的机会。

第三节　国学正篇:红楼新读法之三

近世以来,中国的传统文化遭遇了巨大的挑战与危机:军事上西方列强节节进逼,对古老的帝国形成了巨大的威慑力;在处理国际关系时,列强种种含而不发、塑形借势的灵活外交手段,愈发显衬出帝国官员们的陈腐无能;

---

① 袁进:《重新审视欧化白话文的起源——试论近代西方传教士对中国文学的影响》,《文学评论》2007 年第 1 期。

经济上正处工业革命的欧美资本主义，则开始借助通商贸易对中国展开倾销……种种迹象表明，在与西方列强的交锋中，这个古老的帝国已经处于明显的下风。要从华夏正朔、万邦来朝的上国想象中超越出来，真正"开眼看世界"，着实不是易与之事。更为困难的是，在传统的文化视野中，但凡国家层面上物质性的危机与败落，总是归结于当政者德行有亏，"得道者多助，失道者寡助"的观念从春秋时代起就已深入人心，至于具体如何治理国家、牧领万民，历代儒生早已用一套"轻徭省赋""小国寡民"的演说词定好了规则，几千年来治乱更替与王朝兴衰基本不会导向对于制度与文化的反思。要脱离原有的政治文化语境，正视中国与世界之间的关系、政治与文化之间的关系，不仅需要勇气与智慧，更需要足够强的传统反思潮流的推动。

晚清洋务运动开始了中国学习世界的脚步，但是这时候的学习更多的是物质技术层面的，其基本理念还是要"以中国之伦常名教为原本，辅以诸国富强之术"[①]。在当时的人看来，"中国之杂艺不逮泰西，而道德、学问、制度、文章，则复然出于万国之上"[②]，中国在政治和军事上的落后，只是因为"杂艺"方面的各种机巧之物不如西方，而在具有根本意义的"道德、学问、制度、文章"等政治和文化架构上，要远远超过当时世界各国。以这个思路来看，只需要坚持原有的"道德、学问、制度、文章"，再好好研究一下应对现实的各种"杂艺"，中国超过西方，重新获取"中心之国"的荣耀，也只在反掌之间而已。然而一旦开始学习西方，洋务派中思想较为开明、眼光较为锐利的人发现，除了治国之"杂艺"之外，西方也有自己的一套制度与文化，其便利快捷与公正有效性方面，与中国相比不遑多让，甚至尤有胜之。1875年，郭嵩焘在一份奏折中提出："西洋立国有本有末，其本在朝廷政教，其末在商贾、造船、制器，相辅以益其强，又末中之一节也。"[③]1877年，他在致函李鸿章时又指出："盖兵者，末也，各种创制皆立国之本也。"[④]1884年，并非洋务派人物的淮军将领张树声临终前口述遗折，也已经可以提出"夫西人立国，自有本末……育才于学校，论政于议院，君民一体，上下一心，务实而戒虚，谋定而后动，此其体也。

① 冯桂芬：《校邠庐抗议》，上海：上海书店出版社2002年版，第57页。
② 邵作舟：《邵氏危言》，载中国史学会编：《中国近代史资料丛刊：戊戌变法》（一），上海：上海人民出版社1957年版，第183页。
③ 陆玉林选注：《使西纪程——郭嵩焘集》，沈阳：辽宁人民出版社1994年版，第95页。
④ 陆玉林选注：《使西纪程——郭嵩焘集》，沈阳：辽宁人民出版社1994年版，第138页。

轮船、大炮、洋枪、水雷、铁路、电线，此其用也"①。可以见出，在大规模学习西方技术二三十年后，中国人对于西方的了解已经愈来愈全面，也愈来愈深刻，从制度和策略层面彻底学习西方、改革中国之弊，已经成为不少人的共识。

甲午战败，举国大哗，中国以数十年之功，精心营建了一支庞大舰队，在总吨位数和战斗配备上号称远远强于日本，结局却是几乎全军覆没，这促使了许多人开始反思鸦片战争以来的学习策略，一时之间，要求学习日本维新变法、由制度文化等方面学习西方的呼声骤然强盛，维新派已经渐次成为社会思潮的主导力量。他们以日本明治维新为鉴，要求从制度方面彻底对中国旧有体制进行根本性的改革，以此达到强国富民的目的。但是，日本维新派在当时利用了幕府与皇室之间的矛盾，其在制度与文化上要求全面倒向西方，正符合皇室破除处于主流的幕府传统、再造日本政治的内在愿望，所以推行极易；而中国维新派虽然在当时也是有意利用帝后之间的矛盾来推行新政，却不得不依旧紧紧依附于中国数千年来一以贯之的皇权制度，其所能进行的关于制度和文化上的革新都要小心翼翼地避开几个根本禁忌，而最终也因为其维新举措触及一些根本性的因素，随即遭到了保守势力的一致反击，仅仅进行了百来天就宣告失败。可以说，即便经历了洋务运动、维新变法，中国传统制度与文化受到了一定的冲击，在强势逼近的西学面前，也显示出了其内在的落后一面，但并未受到根本性的怀疑与否定。

也因为如此，当1888年以志贺重昂、三宅雪岭为代表的政教社开始倡言"国粹保存"，抵制全盘西化的时候，中国留日学生对此运动是没有太多响应的。目前发现的较早介绍日本国粹主义的文章出现于1902年，留日学生在日本东京创办有政法类期刊《译书汇编》，1902年第五期的"时事漫谈"栏目，有一篇短论介绍了日本的国粹主义。在这篇短论中，作者介绍了日本的国粹运动之后，评价道："要之国粹主义者，即保守之别名。文明之度，未达其极，遽言保守，安望进步？亚洲诸国，欲与欧美竞争，二十世纪之初，决非可以辟欧化主义之日。日本且然，若未及日本如中国、朝鲜，其更当知所从乎。"② 同一年，梁启超打算创办《国学报》，写信邀请黄遵宪参与其事。不料，黄遵宪回信反对："公谓养成国民，当以保国粹为主义，当取旧学磨洗而光大之。至哉

---

① 张树声：《张树声遗折》，载马平安等编：《遗言》，沈阳：春风文艺出版社1993年版，第188页。

② 佚名：《日本国粹主义与欧化主义之消长》，载贺昌盛编：《国学初萌》，杭州：浙江教育出版社2014年版，第13页。

斯言！恃此足以立国矣。虽然，持中国与日本校，规模稍有不同。日本无日本学，中古之慕隋唐，举国趋而东；近世之拜欧美，举国又趋而西。当其东奔西逐，神影并驰，如醉如梦。及立足稍稳，乃自觉己身在亡何有之乡，于是乎国粹之说起。若中国旧习，病在尊大，病在固蔽，非病在不能保守也。今且大开门户，容纳新学。俟新学盛行，以中国固有之学，互相比较，互相竞争，而旧学之真精神乃愈出，真道理乃益明，届时而发挥之，彼新学者或弃或取，或招或距，或调和，或并行，固在我不在人也。国力之弱，至于此极，吾非不虑他人之挽而夺之也。吾有所恃，恃四千年之历史，恃四百兆人之语言风俗，恃一圣人及十数明达之学识也。公之所志，略迟数年再为之，未为不可。此大事，后再往复。粗述所见，乞公教之。"①黄遵宪认为，日本没有自己独立的文化传统，从前学习大唐，现在倒向西方，都是迷失了自我的表现，所以本国有识之士才有戒惧之心，想要保存国粹；中国则文化保守势力强大，根本不必担心面对西学会丧失自我，所以这个时期更应该"大开门户，容纳西学"，等到西学盛行的时候，再"以中国固有之学，互相比较，互相竞争"，让"旧学之真精神乃愈出，真道理乃益明"。

　　黄遵宪对于中学西学的理解是从长远的文化发展的立场出发的，然而在梁启超看来，强调中国文化传统更是一种现实的政治策略。他提出，"今日欲救中国无他术焉，亦先建设一民族主义之国家而已"②，想要抵抗帝国主义的外来侵略，必须先建立一个统一的具有共同思想理念的民族主义国家，才能上下一心，令行禁止。要建设民族主义国家，首要的就在于倡导民族主义，"知他人以帝国主义来侵之可畏，而速养成我所固有之民族主义以抵制之，斯今日我国民所当汲汲者也"③，只有民族主义方能聚合众力，在情感上引领中国各界力量奋发有为，团结一致。而所谓的民族主义该如何倡导呢？梁启超以为，应该到传统文化中去寻求共同的情感结构，"凡一国之能立于世界，必有其国民独具之特质，上自道德法律，下至风俗习惯、文学美术，皆有一种独立之精神，祖父传之，子孙继之，然后群乃结，国乃成，斯实民族主义之根柢源泉也。我同胞能数千年立国于亚洲大陆，必其所具特质有宏大高尚完美厘然异于群

① 黄遵宪：《致梁启超函》，载刘东、文韬编：《审问与明辨：晚清民国的"国学"论争》，北京：北京大学出版社 2012 年版，第 86～87 页。

② 梁启超：《饮冰室文集全编》（二），上海：广益书局 1948 年版，第 255 页。

③ 梁启超：《饮冰室文集全编》（二），上海：广益书局 1948 年版，第 194 页。

族者,吾人所当保存之而勿失坠也"①。数千年的文明古国历史告诉我们,中华文化有着极为"宏大高尚完美"的特质,其上至道德文化,下至风俗习惯、文学美术,都有绵绵不绝的历史传统,所以保存住这样的传统,就能让中华的精神不致衰亡,这是重燃民族主义之火的根柢源泉。既然中国的文化传统是具有正面意义的,那么以"新学""旧学"来称呼中西两种文化,就似乎不合时宜。梁启超在自己的文章中不断试用各种名称来指代中国文化,他曾经先后用过"周秦古学"(语出《论中国人种之将来》,1899 年),"汉学""中国之学"(语出《爱国论》,1899 年),"国粹"(语出《中国史叙论》,1901 年)等②。1902 年起,梁启超最后确定采用"国学"一词。如前所述,梁启超先是筹备《国学报》,并拟了一个纲目,写信向黄遵宪征求意见,黄遵宪以为不适宜,梁启超此议也就作罢。但他在当年作了一篇长文《论中国学术思想变迁之大势》,首次用西学的新观点、新方法、新形式研究整理中国传统学术脉络,给思想界以极大的启发。在该文的第七章"近世之学术"中,梁启超正式使用了"国学"一词。他在评价以惠栋、戴震为代表的乾嘉学派时说:"惠、戴之学,固无益于人国,然为群经忠仆,使后此治国学者,省无量精力,其功固不可诬也。二百年来诸大师,往往注毕生之力于一经,其疏注之宏博精确,诚有足与国学俱不朽者。"③

梁启超对中国近代学术颇多筚路蓝缕之功,他关于国学、国粹、民族主义的论述,也大大地影响了同时代的人。晚清国粹派代表人物黄节在提倡国粹的时候,其首要论据为"夫国粹者,国家特别之精神也"④,明显地就是受到梁启超思想的影响。而章太炎谈论国学的时候有一段经典论述,"故仆以为民族主义,如稼穑然,要以史籍所载人物制度、地理风俗之类,为之灌溉,则蔚然以兴矣。不然,徒知主义之可贵,而不知民族之可爱,吾恐其渐就萎黄也"⑤,这段文字也可以看出非常明显的受梁启超影响。大体上而言,此时的"国学"与

① 梁启超:《饮冰室文集全编》(一),上海:广益书局 1948 年版,第 5 页。

② 另据田正平、李成军考定,1899 年梁启超在《清议报》发表他翻译国粹主义者东海散士的政治小说《佳人奇遇记》,卷九有一段话提出了"国粹"概念,"散士曰:'我国之内忧,小党分裂而相轧,人民无确乎不拔之志操,流于轻佻,徒心醉外物,失保存国粹之特性。'"参见田正平、李成军:《近代"国学"概念出处考》,《华南师范大学学报(社会科学版)》2009 年第 2 期。

③ 梁启超:《论中国学术思想变迁之大势》,载梁启超:《论中国学术思想变迁之大势》,上海:上海古籍出版社 2001 年版,第 123 页。

④ 黄节:《国粹保存主义》,载刘东、文韬编:《审问与明辨:晚清民国的"国学"论争》,北京:北京大学出版社 2012 年版,第 90 页。

⑤ 章太炎:《章太炎文集》,北京:线装书局 2009 年版,第 227 页。

"国粹"两个词语虽然依据词语的表面意思略有侧重,一则强调包含各种"学",一则强调其"精粹",但大多数状况下就是彼此混用,其所指都是中国文化传统。1905 年,邓实、黄节在上海创办《国粹学报》,以"发明国学,保存国粹"为宗旨,一时风云异变,名家影从,章太炎、刘师培、黄侃、罗振玉、马叙伦、马君武等人都曾在此发表文章。《〈国粹学报〉发刊词》以极为严正的态度提出:"虽夏声不振,师法式微,操钟鼓于击壤之乡,习俎豆于被发之俗,易招覆瓿之讥,安望移风之效?然钩元提要,刮垢磨光,以求学术会通之旨,使东土光明,广照大千,神州旧学,不远而复,是则下士区区保种爱国存学之志也。"① 其中清楚地表明了创办者的意图在于"保种爱国存学",这样的宣言虽然与饮冰室主人激发民族情感、对抗帝国主义的豪情壮志相比,不免显得虚弱不少,但也不失为一种较为积极的态度。1905—1911 年,《国粹学报》共出版 82 期,成为晚清国粹派的主要阵地。

晚清国粹派名家荟萃、影响深远,其重要人物常年占据学界较为中心的地位,在整理国学上有不少实打实的成绩,再加以大多执教于大学,桃李繁茂,所以虽说《国粹学报》只是办到 1911 年,但其流风余韵所及,几乎达于整个 20 世纪前半期。虽然新文化运动中的新一代知识者对国粹派进行了激烈的批判,甚至对某些原本较为中正积极的国粹论者(如学衡派、甲寅派等)进行了妖魔化处理,但国粹和国学依旧成为 20 世纪上半期中国文化界最为火热的词语之一,国粹论者的观点主要集中在以下几点:

第一,强调国学在世界文化中的遗产价值。

1927 年杨鸿烈的《国学在世界文化的位置》一文提出,世界文化共分五派:希腊文化、希伯来文化、穆罕默德文明、印度文明、中国文明。其中的希腊文化、希伯来文化,这两种文化互相影响,互相演进,"混成现代的欧洲文明"。"现在世界上,能保存世界文化的,只有中国一国。硕果仅存,弥足可贵。维持最后的文化,不愧世界文化之一。吾们是何等光荣,但同时还须不忘责任的奇重。"② 中国文明是五大文明中硕果仅存的,作为人类的一种宝贵遗产,作者认为,我们既应该感到骄傲,又应该意识到自己的责任重大。此种心态,正如刘东所言,"作为一种迫不得已的防守策略,他们已无法再把自己过去引以为

---

① 《〈国粹学报〉发刊词》,载刘东、文韬编:《审问与明辨:晚清民国的"国学"论争》,北京:北京大学出版社 2012 年版,第 99 页。

② 杨鸿烈:《杨鸿烈文存》,南京:江苏人民出版社 2016 年版,第 392 页。

傲的思想高度，和毕生享受其间的文化素养，看作放诸四海而皆准的价值，而无可奈何地只能将其视为地域性的，或者国别性的——更何况在这里，所谓'国学'的'国'，还不再是传统上那种八方来仪的宏大帝国，而是作为现代世界之基本架构的，充其量只能跟别国并肩而立、一争短长的民族国家"①。

第二，强调国学是与西学不相悖谬的另一个维度。

萧公弼的《科学国学并重论》提出"科学者，唯物界之学也。国学者，唯心派之学也。发扬国性，振奋心志，国学之长也。故览帝王之宏规，诵圣哲之嘉言，睹卿相之谋猷，缅英雄之慷慨，以及流连美人名士，涉猎草木鸟兽，未尝不神飞色舞，目悦心愉，令人向往崇拜，思欲翱翔追逐于其间也。而覈核群伦，推察物理，则科学之长也。故探赜索隐，惊宇宙之奇妙，钩深致远，知物竞之奥秘，又未尝不浮白拍案，距跃曲踊也。斯二者，皆于人生社会有密切关系，所谓不相悖害者也。"② 这样的观点实际上与张之洞所提倡的"中体西用"有点类似，都是承认科学对于物质世界的认识能力，却又认为中国固有的国学有着自身的精彩之处。按照中国传统的语义内涵来讲，"体"为根本，"用"为其余，张之洞的"中体西用"大体上还是有着明确的以中学为尊、以西学为辅的意图。而萧公弼的文章题名《科学国学并重论》，作于 1915 年，可以看出，经历了几十年发展，国人对于西学已经了解更深，逐渐改变了原本在西学面前的傲慢态度，而将西学看作一个自有体系的，至少在"覈核群伦，推察物理"方面超越中国固有学术的一种学问。事实上，到了萧公弼写作此文的时候，所引进的西学著作已经不仅局限于科学，而且包含了许多政治学社会学文学作品，但萧公弼仅仅提取"科学"一词来与"国学"相对，强调国学的文化功能和科学的致知能力，可以明显看出其尽力在为"国学"寻找一个可供伸展的空间和平台。

第三，将国学作为欲传播西学者所必修的功课。

在梁启超去信与黄遵宪讨论倡扬国学的诸种事项的时候，黄遵宪认为中国学习西方尚且不够，陈旧势力比较强大，所以应该先行倡导西学，等过几年再谈倡扬国学。而在晚清时期，更多的人则是担心西学大举入侵会吞没中国传统学术。对此两种观点，梁启超表示毫不担忧，"近顷悲观者流，见新学小

---

① 刘东：《国学：六种视角与六重定义》，载刘东、文韬编：《审问与明辨：晚清民国的"国学"论争》，北京：北京大学出版社 2012 年版，第 13 页。

② 萧公弼：《科学国学并重论》，载刘东、文韬编：《审问与明辨：晚清民国的"国学"论争》，北京：北京大学出版社 2012 年版，第 233 页。

生之吐弃国学，惧国学从此而消灭，吾不此之惧也。但使外学之输入者果昌，则其间接之影响，必使吾国学别添活气，吾敢断言也。但今日欲使外学之真精神，普及于祖国，则当转输之任者，必邃于国学，然后能收其效。以严氏与其他留学欧美之学僮相比较，其明效大验矣。此吾所以汲汲欲以国学为我青年劝也"①。在他看来，西学的大举引入，并不会冲击到中国固有的国学，反而会让中国传统国学"别添活气"，带动中国学术的发展——这才是引进西学的根本目的。而想要达成让西学精神与中国实际相融合，那些西学的传播者也应当有较为深厚的国学知识才能"收其效"。梁启超认为，严复之所以能在当时取得那么大的成就和影响，就在于其本身在精通国学基础上精研西学，达到了中西贯通的程度。在严复翻译《天演论》之前，其实在中国已经有数种介绍或者翻译进化论的作品，但只在严复通顺晓畅的译文出现之后，进化论才风靡一时、尽人皆知。梁启超这般立论，倒也是其来有自。宋恕在《粹化学堂办法》中，也提出"海外望国皆先振古学、后发新知之进化历史"②，提出设立国粹学堂的设想是为了"先振古学、后发新知"，以精研国学来为引进西学做先导，进而达到会通中西、熔于一炉的效果。

可以说，晚清以国粹派为代表的国粹论者，对于国学往往都具有较为积极的态度，西学的强大颠覆能力，只要是稍有时代触感的人都可以清楚地感受得到，因此，在中国面临危机的年代，对于国学的宣扬与倡导，是同文化传统的抢救与维护息息相关的。更为重要的是，对于国学的宣传与倡导，有着激发国人心志、形成民族主义的作用。国粹派代表人黄节在《国粹学报》第1期上痛心疾首地大呼："不自主其国，而奴隶于人之国，谓之国奴；不自主其学，而奴隶于人之学，谓之学奴。奴于外族之专制固奴，奴于东西之学说，亦何得而非奴也！"③其民族主义情感可见一斑。虽然晚清国粹派是受到了日本国粹运动的影响而激发的，然而日本国粹运动是在全面西化潮流中对自身文化失势的一种忧思与反拨，晚清国粹派则是在西方霸权与西学影响的双重压力下，民族主义与救亡运动兴起的结果，换句话说，"晚清国粹派是借用了日本国粹派

---

① 梁启超：《近世之学术》，载刘东、文韬编：《审问与明辨：晚清民国的"国学"论争》，北京：北京大学出版社 2012 年版，第 96 页。

② 胡珠生编：《宋恕集》（上册），中华书局 1993 年版，第 378 页。

③ 黄节：《〈国粹学报〉叙》，载刘东、文韬编：《审问与明辨：晚清民国的"国学"论争》，北京：北京大学出版社 2012 年版，第 106 页。

的语言、口号和组织形式，在自己民族的舞台上，演出了历史的新话剧"[①]。

作为中国古典文学的代表作品，《红楼梦》以其雅韵非常，颇得国学运动家的赞赏，而且这种赞赏又与国族想象接合在一起，带有强烈的民族主义情绪。

黄遵宪出使日本期间，极力向日本友人推荐《红楼梦》，称其为"开天辟地、从古到今第一部好小说，当与日月争光、万古不磨者"，为了强调其精彩绝伦，黄遵宪还特意拿日本人比较赞赏的《史记》《汉书》来作类比，"论其文章，直与《左》、《国》、《史》、《汉》并妙"。[②]虽然黄遵宪并没有拿日本小说或者其他西洋小说来作比较，但其称赞的"开天辟地、从古到今第一部好小说"自然也暗中包含了超越古今中西一切小说的意思，其中，既有几分推荐之忱，更有几分民族主义的意味在内。黄遵宪曾两次出使日本，第一次出使时目睹了日本明治维新时代的繁荣昌盛，第二次出使则已是甲午战败之后的1898年，此时维新派正知耻而后勇，积极效仿日本进行革新，自然地，黄遵宪此时心中也是五味杂陈，亲近、痛恨、羡慕、争胜等各种心态尽皆有之。

1907年，王钟麒所作的《中国历代小说史论》，对中国小说大加称赞："吾尝谓吾国小说，虽至鄙陋不足道，皆有深意存其间，特材力有不齐耳。近世翻译欧美之书甚行，然著书与市稿者，大抵实行拜金主义，苟焉为之，事势既殊，体裁亦异，执他人之药方，以治己之病，其合焉者寡矣。今试问萃新小说数十种，能有一焉如《水浒传》、《三国演义》影响之大者乎？曰：无有也，萃西洋小说数十种，问有一焉能如《金瓶梅》《红楼梦》册数之众者乎？曰：无有也。且西人小说所言者，举一人一事，而吾国小说所言者，率数人数事，此吾国小说界之足以自豪者也。"在他看来，西洋小说大多只是言一人一事，而中国小说则是言数人数事，经常展开一幅人物长卷，这是可以让"吾国小说界"自豪的——言下之意，自然是中国小说超越了西方小说，显得更为立体更具难度。以王钟麒的看法，西洋小说在中国的影响力远远比不上《红楼梦》《水浒传》等中国小说。

1914年，陈蜕的《列石头记于子部说》更是毫不讳言地说："《石头记》一书，

---

① 郑师渠：《晚清国粹派》，北京：北京师范大学出版社1993年版，第44页。

② 郑子瑜、实藤惠秀编校：《黄遵宪与日本友人笔谈遗稿》，载潘重规：《红学六十年》，台北：三民书局1991年版，第1页。

虽为小说，然其涵义，乃具有大政治家、大哲学家、大理想家之学说，而合于大同之旨，谓为东方《民约论》，犹未知卢梭能无愧色否也。"① 陈蜕认为《石头记》所传达的思想达到了"大政治家、大哲学家、大理想家"这三个极大的层次——世界文学史上能够称得起这三个大修饰词的文学家还真是不多。陈蜕甚至提出，如果拿《石头记》与大名鼎鼎的世界名作《民约论》相比，尚且很难说卢梭会不会自惭形秽。前面说过，在王国维所作的《红楼梦评论》中，时时涌现的"绝大著作""宇宙之大著述""我国美术上之唯一大著述""悲剧中之悲剧"等言说，也带有鲜明的时代印迹。这样的言论固然有评论者个人的审美情趣和理解角度方面的差异，但如果放在中国国势日颓、西方文化日渐强势的背景上来理解，就可以比较清晰地看到其中借机张扬国学、与西学争竞的民族主义情感。

国粹派其他大师虽然忙于考证经史，不甚有空来谈论白话小说《红楼梦》，但是从目前所流传的一些晚清民国趣闻轶事中，也不时可以看到一些关于《红楼梦》的段子。如章太炎想要续弦，朋友问其要求是什么，章太炎答曰："什么严格的条件都没有，只要能读读《红楼梦》就够了。"另一次章太炎与朋友孙宝瑄、吴君遂等人在酒家相聚，酒桌之中，章太炎臧否时事，以《红楼梦》里的人物比拟当世名人，以慈禧比贾母，以光绪比宝玉，以康有为比林黛玉，以梁启超比紫鹃，以自己比焦大，所说甚为有趣。② 再如宋恕为学生演示熟背《芙蓉女儿诔》③ 等。这些例子雪泥鸿爪，并不能窥见当时国粹派学人对于《红楼梦》的态度全貌。最为明显的例子还是与国粹派思想一脉相承、颇多印证的吴宓。

吴宓一生痴迷《红楼梦》，还在美国读书的时候，就写了《红楼梦新谈》一文，后来又相继作了《石头记评赞》《红楼梦之文学价值》《论紫鹃》《红楼梦之人物典型》等研究文章。另外，在西南联大期间，吴宓加入"以研究《石头记》为职志"的社团"石社"，举办过多次有关《红楼梦》的演讲，还引来了古文家刘文典与之同讲《红楼梦》打擂台。④ 在《红楼梦新谈》篇首，吴宓同样提出："《石头记》（俗称《红楼梦》）为中国小说一杰作。其入人之深，构思之精，行文之妙，即求之西国小说中，亦罕见其匹。西国小说，佳者固千百，各有

---

① 陈蜕：《列石头记于子部说》，载一粟编：《红楼梦资料汇编》，北京：中华书局2004年版，第269页。

② 参见孙宝瑄《忘山庐日记》（上海人民出版社2015年版）相关记载。

③ 参见赤飞：《红学补白》，北京：新华出版社2011年版。

④ 参见刘宜庆：《绝代风流：西南联大生活录》，北京：北京航空航天大学出版社2009年版。

所长，然如《石头记》之广博精到，诸美兼备者，实属寥寥。英文小说中，惟 W. M. Thackeray 之 The Newcomes 最为近之。自吾读西国小说，而益重《石头记》。若以西国文学之格律衡《石头记》，处处合拍，且尚觉佳胜。盖文章美术之优劣短长，本只一理，中西无异。"① 接下来，吴宓从"宗旨正大""情景逼真""结构谨严""人物生动"等方面详细评价了《红楼梦》，特别注意将其作横向比较，在与艾略特、托尔斯泰等世界名家名作的比较中凸显《红楼梦》的卓越之处。终其一生，吴宓对《红楼梦》倾倒不已、赞赏备至，其认为"《石头记》为中国文明最真最美而最完备之表现，其书乃真正中国之文化、生活、社会，各部各类之整全的缩影，既美且富，既真且详"。②

至于 20 世纪三四十年代国难深重的时候，更有李长之《红楼梦批判》和李辰冬《红楼梦研究》等研究作品，同样将《红楼梦》作为中国文学（也即"国学"中的文学）与世界文学相互颉颃的代表来看待。

李长之写作《红楼梦批判》的时候，正是内有军阀混战、外有列强侵略的时期，民族主义情绪持续高涨，所以他的文章也充满了较为浓厚的民族主义味道。作者在文中为《红楼梦》没有得到国人的重视表示不平，认为这是一种奴性的反映，中国人每每在讲到但丁、歌德等外国文学名家的时候，不吝美词，但是在中国人所著的《中国文学史》中，"对于曹雪芹，却仍然很冷淡"③，中国人谈论起来，总觉得似乎不大敢把《红楼梦》和西方各国的名著相提并论，经常觉得《红楼梦》虽然似乎也不错，却只是"床头上消遣的玩物"，没办法和金发碧眼的白种人的文学作品相比。李长之讽刺道，许多人经常是这种心态，抱着虔诚的心态去阅读西方文学名著，"偶尔他们也提提我们的作品，我们便以为额外的恩典，受宠若惊，不敢当承"④，自己认为中国不应该有大作品，中国作家也不应该有"美妙的情绪和思想"，李长之认为这种心态和中国人近百年来的崇洋媚外心理是别无二致的，令人悲哀。作者在评析《红楼梦》与曹雪芹的时候，带有极为强烈的情感，以至于他在论文中不自觉地倾诉"我们要冲开

① 吴宓：《红楼梦新谈》，载吕启祥、林东海主编：《红楼梦研究稀见资料汇编》，北京：人民文学出版社 2001 年版，第 20 页。

② 吴宓：《石头记评赞》，载吕启祥、林东海主编：《红楼梦研究稀见资料汇编》，北京：人民文学出版社 2001 年版，第 851 页。

③ 李长之：《红楼梦批判·自序》，载吕启祥、林东海主编：《红楼梦研究稀见资料汇编》，北京：人民文学出版社 2001 年版，第 392 页。

④ 李长之：《红楼梦批判·自序》，载吕启祥、林东海主编：《红楼梦研究稀见资料汇编》，北京：人民文学出版社 2001 年版，第 392 页。

一切，我们要和我们的天才握手。不知为什末，我要在这里哭起来，我哽咽得难过，我的泪却痛快的淌下来了。我依然是受着那书中的真切的情感的感动吗，可是由于追怀大天才曹雪芹的性格呢，也许是我爱中国了么？我不明白。我必要停一会笔，才能再写"。① 这种情绪宣泄式的写作，正在于作者将自身的情感体悟托寄《红楼梦》之上，因而其眼中所观与心中所想混成一团，现实感悟与作品原志糅为一体，庄生蝴蝶，里外皆梦。

李辰冬的《红楼梦研究》作于法国巴黎，是作者的博士毕业论文。在这部论文中，李辰冬同样将《红楼梦》置于世界文学的背景中来考察。李辰冬提出，许多国家都有自己具有标志性意义的文学作品，例如意大利有但丁的《神曲》，西班牙有塞万提斯的《堂·吉诃德》，英国有莎士比亚的悲剧，法国有巴尔扎克的《人间喜剧》，德国有歌德的《浮士德》，俄罗斯有托尔斯泰的《战争与和平》，那么，中国有什么作品能够像以上作品那样，具有标志性意义呢？李辰冬认为，中国能与世界文学杰作并驾齐驱的作品，只有《红楼梦》。《红楼梦》全书从头至尾是一个整体，不会因分出章回而产生断裂感，这点优于《战争与和平》，而其在控制众多人物的技巧方面，则胜过巴尔扎克的小说。如果要说，但丁是意大利精神的代表，莎士比亚是英格兰的代表，塞万提斯是西班牙的代表，歌德是德意志的代表，那么，曹雪芹就是中国灵魂的具体化。② 虽然限于学术论文的体例，李辰冬无法在其文章中尽情吐露情感，但我们分明也同样可以在《红楼梦》与世界顶级名著的一次次比较胜利中，体味到评论者内心深处民族主义的潜流暗涌。

也许正是有一份与西学争竞的民族主义豪情，不少晚清民国知识者对于国学与西学之间的关系，保持了极为开放的态度。1911 年，王国维曾提出："余谓中西二学，盛则俱盛，衰则俱衰。风气既开，互相推助。且居今日之世，讲今日之学，未有西学不兴，而中学能兴者；亦未有中学不兴，而西学能兴者。"③ 王国维所谈的中西二学，指的是在中国学习、推行中西学这件事，在他

---

① 李长之：《红楼梦批判·自序》，载吕启祥、林东海主编：《红楼梦研究稀见资料汇编》，北京：人民文学出版社 2001 年版，第 392~393 页。

② 李辰冬：《红楼梦研究》，载吕启祥、林东海主编：《红楼梦研究稀见资料汇编》，北京：人民文学出版社 2001 年版，第 511 页。

③ 王国维：《〈国学丛刊〉序》，载刘东、文韬编：《审问与明辨：晚清民国的"国学"论争》，北京：北京大学出版社 2012 年版，第 211 页。

看来，二学在中国的发展，是一荣俱荣、一损俱损的，想要让二学都达到昌盛，必须二者同时进行，不可偏废一边。学兼中西，可以让二者互相推动，相互发明，对助长学问极为有益。陆达节也曾撰文指出："今际环舆大通之会，世界将合为一家，实开宇宙未有之奇局。欧美文化，复浸浸乎驾吾之上。于此之时，攻治学术，而犹仍持闭关时代之态度，不具有世界眼光，奚可哉？乃今之治国学者，竟罔知潮流，不顾大势，泥古非今，故步自封。于异国学说，深闭固拒，不欲取其所长。于固有学说，一概保存，不欲弃其所短。自为风气，不屑较量，殊可怪也。夫在今日，必先具有世界眼光，然后可以恢宏国学。"[①]与后来新文化运动者所讲述的妖魔化的国学家形象不同，"国学系"毕业而后来也以国学扬名的陆达节，显得胸襟极为开阔，目光也极为长远。可以说，许多晚清民国的国学论者，实际上是以极为开放的心态来面对中学和西学，并且憧憬着通过融会西学来充实并提升国学的质感，让其在新的时代焕发出新的光彩。带有西学背景的国学研究"不仅要代表着本土传统的价值体系，而且要代表着几千年文明史中的综合经验，去朝着舶来的模式做出强力的反弹，并借机攀升入中华文明的现代形态"[②]。

胡适的"整理国故"运动也正是在这种背景里逶迤而来、拾级而上。

和当时的许多年轻人一样，胡适的学术研究直接受到梁启超的影响。胡适回忆说，在中学时代，自己受过梁启超"无穷的恩惠"，梁启超贯通中西的学术研究方法令其印象深刻，梁启超的《论中国学术思想变迁之大势》这篇文章给胡适开辟了一个全新的世界，让他知道原来在四书五经之外，中国还有一以贯之的学术思想。"这是第一次用历史眼光整理中国旧学术思想，第一次给我们一个'学术史'的见解。"但是胡适觉得梁启超这篇文章的某些章节并没有写完整，颇为令其失望，"我在那失望的时期，自己忽发野心，心想：'我将来若能替梁任公先生补作这几章缺了的中国学术思想史，岂不是很光荣的事业？'我越想越高兴，虽然不敢告诉人，却真打定主意做这件事了。这一点野心就是我后来做《中国哲学史》的种子"[③]。

秉承国粹派的观点，胡适也认同中国的大学"在世界学术上，尚无何等位

①　陆达节：《论今日治国学者所应改良之十大方针》，载刘东、文韬编：《审问与明辨：晚清民国的"国学"论争》，北京：北京大学出版社 2012 年版，第 326~327 页。

②　刘东：《国学：六种视角与六重定义》，载刘东、文韬编：《审问与明辨：晚清民国的"国学"论争》，北京：北京大学出版社 2012 年版，第 27 页。

③　胡适：《胡适文集》第 1 集，北京：北京大学出版社 1998 年版，第 73 页。

置。要想能够有一种学术能与世界上学术上比较一下,惟有国学"①。但是,作为新文化运动的领军人物,胡适并不认同"国粹"的说法,他激烈地批评"保存国粹"的说法,因为当时的状况是很多人根本不懂得什么才是"国粹",却在高谈"保存国粹",到底什么东西堪称"国粹",什么东西不配称"国粹",甚至是"国渣","先须要用评判的态度,科学的精神,去做一番整理国故的工夫"②。在胡适看来,中国过去的一切文化历史遗留,都可以称为"国故","国故"里面有好有坏,精粹与糟粕并存,研究这一切的,可以取名叫"国故学",这是一个中立的不含褒贬色彩的词语。晚清国粹主义论者中的许多人都是排满革命与汉族复兴运动的热心人,章太炎、刘师培、黄节等人甚至曾经亲身参与反满革命,他们后来关于国粹的论说往往带有强烈的汉民族主义热情,将中国的种种不如意现象有意无意地归诸清政府,却将具有汉人之学特点的"国学"描绘得十分美妙,对其抱以巨大的期望。胡适并不如晚清国粹论者一样,凭着一腔民族主义热情对中国传统文化不加辨析地表示称赏,在他看来,中国传统文化是渣滓与精华并存的,这个立场必须站稳。胡适曾经列出一份比较年表,将 1609 年至 1675 年中国学术史与欧洲科学文明史详细作了比较,结果得出结论说,中国学术史上,除了宋应星的《天工开物》这部书之外,其余的都只是一些"纸上的学问"。当中国人还在孜孜以求于"纸上的学问"之时,"西洋学术在这几十年中便已走上了自然科学的大路了"③。在胡适看来,在此五六十年间,中国的学术所走的道路是错误的,不管中国学者的考证方法如何精微缜密,其为学始终是以不及物的形式来进行的,始终不曾走到现代科学的大道上,所以三百年来中国学术的最高成就也不过就是整理了几本古书,对人生对国家对世界都是没有什么好处的。虽然说,做学问并不意味着就是要完全用功利主义的实用与否来判断和规划,但是如果所有学问都抛弃了实用的方向,整个学术就会走到一条很荒谬的道路上,成为"枉费精力的废物"。

从以上一段文字可以看出,胡适本身还是较为认可中国传统的考证方法,只是认为其选错了对象,走到了一条不及物的"荒谬"道路上,所以其成就也就十分有限,甚至可以说是"枉费心思"。但是,从另外一个角度来看,胡适

---

① 胡适:《再谈谈整理国故》,载杜春和等编:《胡适演讲集》,石家庄:河北人民出版社 1999 年版,第 94 页。

② 胡适:《胡适文集》第 2 集,北京:北京大学出版社 1998 年版,第 558 页。

③ 胡适:《胡适文集》第 4 集,北京:北京大学出版社 1998 年版,第 106 页。

认为，三百年来的考证学成绩也未尝不能成为中国学术重新腾飞的基础。在1918 年的《中国哲学史大纲》中，胡适提出，"综观清代学术变迁的大势，可称为古学昌明的时代。自从有了那些汉学家考据、校勘、训诂的工夫，那些经书子书，方才勉强可以读得"①。胡适把这个时代比拟为欧洲的文艺复兴时代，欧洲的文艺复兴时代重新接续了古希腊的文学哲学，从而推翻了中世纪的经院哲学，发展出近代的欧洲文化，那么，也可以期待清中期以来的"古学昌明时代"成为中国现代文化重新走向新时代的基础。这个时代的中国，既有"汉学家传给我们的古书"，又有"西洋的新旧学说"，中西两大思想潮流的汇合碰撞，正是中国学术推陈出新、再造未来的好机会。

1919 年 11 月，在《新思潮的意义》这篇长文中，胡适提出，新文化运动的真义就是如尼采所说的，要"重新估定一切价值"。但是所谓的"重新估定一切价值"并不能毫无头绪地乱成一团，对一些问题只是做出主观性的表面判断，而应该深入内里，知其然也知其所以然。在胡适看来，所谓的"新思潮"，从根本上来说，也就是一种对待世界的新态度，或者称作"评判的态度"。"评判的态度"到底指的是什么，胡适举了三个例子来说明："（1）对于习俗相传下来的制度风俗，要问：'这种制度现在还有存在的价值吗？'（2）对于古代遗传下来的圣贤教训，要问：'这句话在今日还是不错吗？'（3）对于社会上糊涂公认的行为与信仰，都要问：'大家公认的，就不会错了吗？人家这样做，我也该这样做吗？难道没有别样做法比这个更好，更有理，更有益的吗？'"②

从胡适所举的例子可以看出，他所认为的"评判的态度"就是对社会上存在的各种现象与观点都追问其来龙去脉，都以当下的知识与价值系统去拷问其合理性，不盲从也不轻信，相当于尼采的"重新估定一切价值"。胡适进而总结道，要在中国当代发展新思潮，也即发展这种"评判的态度"，有两种不同的手段：第一称作"研究问题"，也就是研究"社会上，政治上，宗教上，文学上种种问题"；第二是"输入学理"，积极介绍西方的"新思想，新学术，新文学，新信仰"。③

接着，胡适追问了一个问题，在"新思潮运动"中，人们对于中国原有的学术思想要采取什么态度？胡适认为，也应该是"评判的态度"。具体来说，"评

---

① 胡适：《中国哲学史大纲》，北京：中国和平出版社 2014 年版，第 8 页。
② 胡适：《胡适文集》第 2 集，北京：北京大学出版社 1998 年版，第 552 页。
③ 胡适：《胡适文集》第 2 集，北京：北京大学出版社 1998 年版，第 553 页。

判的态度"包含了三种:"第一,反对盲从;第二,反对调和;第三,主张整理国故。"反对盲从是出于"评判"态度的基本要求。反对调和,是因为胡适认为中国不缺少调和论者,他们惯常以含糊其词的方式来解释历史,新文化运动的"革新家"却不能如此"懒惰",必须非常明确地给出自己的态度。胡适认为,"整理国故"就是对于旧学术的一种积极的态度。把乱成一团的中国古代学术整理出有条理有脉络的前因后果来,"从胡说谬解里面寻出一个真意义来;从武断迷信里面寻出一个真价值来",就是"整理国故"最大的目标。所以,整理国故可以分为四个阶段:首先,对传统学术做一个整理,让其有条理有系统;其次,寻找出各种学术思想的源流,对其前因后果有一个明确的认知,形成稳定而可靠的学术思想史;再次,破除那些以讹传讹的谬说,用现代科学的研究方法,做精确的考证,弄清楚古人的各种理论的真正本源之意;最后,综合之前的三个步骤,正本清源,"各家都还他一个本来真面目,各家都还他一个真价值"。胡适认为中国的传统学术"向来没有条理,没有头绪,没有系统",所以如果想要弄清楚中国的学术思想,必须"整理国故",就是要有"历史进化的眼光",看到各种学术思想背后的渊源,然后在此基础上去探究"每种学术思想怎样发生,发生之后有什么影响效果",在学术史的脉络中去理解其地位。为了更好地达到这个目的,必须以科学的方法,"作精确的考证",真正弄清楚古人的思想。最后,综合前面的三个方面,"各家都还他一个本来真面目,各家都还他一个真价值"。①

在胡适的构想中,新思潮对中国历史与当代做出"评判"的"唯一目的",或者说,"整理国故"与"输入学理"的最终目的是再造文明。从这个意义上来说,前三百年的考证学初步整理了中国古书,使得我们的一些经典著作"勉强可以读得",在现今西学潮流大量涌入的时候,新旧交汇,正好是一个文艺复兴的契机。当然,面对这样的契机,必须先"整理国故",先以批判的态度认真研究自己的文明,并将其与正当兴盛的西学互相砥砺、互相发现,最终实现"中国的文艺复兴"。胡适提出"中国的文艺复兴",其背后显然同样也是有着殷殷切切的民族主义情绪。1919 年,新潮社出版的杂志《新潮》,英文刊名叫 *Renaissance*(文艺复兴),就是受了胡适的影响。

在《新思潮的意义》这一篇文章中,胡适并没有就"再造文明"谈得太多,在他看来,虽然从乐观方面来看,只要认真细致地分析现实中的问题,用西方

---

① 胡适:《胡适文集》第 2 集,北京:北京大学出版社 1998 年版,第 557 页。

现代的"新学理、新观念、新思想"来把握和解析这些问题，并且用贯注了现代精神的批判态度来了解和重建中国的传统文明，"就会产生一个新的文明来"。但是这样的过程是较为漫长的，不可能一蹴而就，因为文明的形成与进化的发生都是一个缓慢的过程，需要一点一滴慢慢积累。对此，胡适只能提出先从研究一个个的具体问题出发，"再造文明的下手工夫，是这个那个问题的研究。再造文明的进行，是这个那个问题的解决"①。说这番话，自然是因为此时胡适正处于和李大钊的"问题与主义"之争中，难免就在其他文章中也要泄露一二，其实与他前面的论说没有太大关联。或者可能说，以胡适看来，中国国学的整理工作完全尚未展开，此时谈太多的再造文明与中国文艺复兴，只是空中楼阁而已，不如提倡从基础的工作一点一滴地做起。

不过，胡适的这一通过"整理国故"和"输入学理"实现中国文艺复兴的主张，并没能够得到太多的反响，这种既反顾过去又立足当前并面向未来的思想，在今天看来是理智而清醒的，其内在逻辑较为明晰，也具有较大的生发能力，但在新旧势力激烈交锋的新文化运动中，却是左右都不讨喜，正像欧阳哲生所说的，胡适以"中国的文艺复兴"这个思想为框架，对清代汉学、宋明理学都有不同程度的肯定，这样的做法经常会让人认为是一种复古，这样的一种思想"它既不被新文化阵营所认同，又极有可能被旧派势力所利用"②。甚至到了今天，都还有学者完全不能理解胡适的良苦用心。如清华国学院副院长刘东就认为"胡适根本就不认同中国文化的价值"③。刘东得出此结论所依据的是胡适在北京大学研究所国学门第四次恳亲会上的一段发言。在这个发言中，胡适提出，"整理国故"的重点在"整理"，"国故"包括国粹和国渣，没有价值倾向，只要是过去的东西都可以称为"国故"，而"整理"，"是用无成见的态度，精密的科学方法，去寻求那已往的文化变迁沿革的条理线索，去组成局部的或全部的中国文化史"，"整理国故"并不是要毫无原则地维护"国故"，"也不想从国故里求得什么天经地义来供我们安身立命"。

的确，这番话极容易被理解为胡适对于"国学"的态度就是否定的，说治"国学"是死路，并且"不想从国故里求得什么天经地义来供我们安身立命"，

①　胡适：《胡适文集》第 2 集，北京：北京大学出版社 1998 年版，第 558 页。

②　欧阳哲生：《中国的文艺复兴——胡适以中国文化为题材的英文作品解析》，《近代史研究》2009 年第 4 期。

③　刘东：《国学：六种视角与六重定义》，载刘东、文韬编：《审问与明辨：晚清民国的"国学"论争》，北京：北京大学出版社 2012 年版，第 34 页。

这样的言语看来的确是非常严厉的。但是，综合胡适前后各种关于"整理国故"的观点，此番言论的意图显然更是要强调"整理国故"并非其一系列举动的根本目的，"国学"在过去的历史中已经被证明是不适合这个时代的东西，如果"整理国故"最终只是单纯地导向复古，那就完全偏移了胡适实现"中国文艺复兴"的初衷了。

那么，接下来的问题是，如何"整理国故"？对此，胡适也有着明晰的思路。在《〈国学季刊〉发刊宣言》中，胡适提出，相比前代学人的研究，有三个可以改进工作的方向：（1）扩大研究的范围；（2）注意系统的整理；（3）博采参考比较的资料。扩大研究的范围，就是改变以往刻板的经学观念，认识到国故学包括"一切过去的文化历史"[①]。胡适提出，要勇敢突破经史子集的传统思路，"历史是多方面的：单记朝代兴亡，固不是历史；单有一宗一派，也不成历史。过去种种，上自思想学术之大，下至一个字，一只山歌之细，都是历史，都属于国学研究的范围"[②]，换句话说，就是"用历史的眼光来扩大国学研究的范围"。系统的整理方面，胡适提出了三个维度：第一，索引式的整理，"把一切大部的书或不容易检查的书，一概编成索引，使人人能用古书"[③]，这样可以大大减少学者们的工作量，而且可以做到信息查找的全面化。第二，结账式的整理，对国学的版本、解释做出总结性的整理工作。第三，专史式的整理，以历史的眼光统合材料、抽绎思想，形成民族史、语言文字史、经济史、政治史、文艺史等专门性的学问，最终统合为庞大而规整的中国文化史。至于博采参考比较的资料方面，指的是参考东西方各国的各种材料，以相互发明的方式来研究国学。经过胡适的一番理论耕耘与宣传鼓动，虽然"中国文艺复兴"并没有为太多的人所认同，但"整理国故"运动的理论与方法已经广为人知，成为20世纪20年代中国文化界许多人的共识。

当然，"整理国故"之所以会演变成为整个民国学术界的重要思潮，其背后还联系着几件著名的民国故事。[④]1922年，因办公经费短缺，历史博物馆将馆藏的明清两代大内档案8000多袋，总计15万多斤，以极低廉的价格出售给工厂，用作纸浆回收材料。消息传开，国内学界一片哗然，罗振玉闻讯赶

---

① 胡适：《胡适文集》第 3 集，北京：北京大学出版社 1998 年版，第 10 页。

② 胡适：《胡适文集》第 3 集，北京：北京大学出版社 1998 年版，第 11 页。

③ 胡适：《胡适文集》第 3 集，北京：北京大学出版社 1998 年版，第 13 页。

④ 以下关于民国文物保护的史实主要参见卢毅《"整理国故"运动兴盛原因探究》（《东南文化》2006 年第 4 期）、《试论民国时期"整理国故运动"的衰歇》（《学海》2005 年第 1 期）等相关论述。

到，以 1.2 万元从同懋增纸店购回这批珍贵的档案。随后几年之内，罗振玉从这批大内档案中整理出版了《史料丛刊初编》10 册。旋即，1924 年，罗振玉将这批档案再次转手，以 1.6 万元转卖给学者李盛铎。此后，又有传言，李盛铎有意将这批档案再次转卖给日本人。马衡找到李盛铎劝阻此事，并致函傅斯年，请求傅斯年所在的中山大学文学院出面购买。然而中大亦无法筹集足够款项。为此，傅斯年专程致函蔡元培，请求由其出面，以大学院官方名义出资购买。1928 年 12 月，大学院接受了傅斯年的游说，以 1.8 万元购买了这批明清大内档案，转交中央研究院史语所整理收藏。接到档案后，史语所专门成立档案整理小组。经过 20 年整理，中央研究院史语所整理出版了《明清史料》四编四十册，成为此后明清史研究的基本史料文献库。另外一件大事，是中央研究院史语所成立后，组织专家学者对殷墟进行了抢救性挖掘，1928—1937 年，在殷墟先后进行了 15 次挖掘，共计得到甲骨 25000 余片，器物 169 万多件，这几次抢救性挖掘不仅彻底证实了甲骨文的存在，"而且还为古史学和古器物学建立了一个坚强的据点，并由此把丰富的但是散漫的史前遗存排出了一个有时间先后的秩序与行列"[①]。

从这两件文物大事中，民国学术界众人突然发现，如果不加紧整理和保护的话，有可能导致民族文化与民族历史的断层。更为紧迫的是，随着大量文物流失到国外，如果不加紧整理与研究，中国本土的文化研究和材料保存都会落后于外国，甚至所谓的"国学"将会成为外国人的"中国学"。例如敦煌学的研究方面，最为精粹的材料大都保存在欧美各国的博物馆里，而研究成果方面，"现在中外学者谈汉学，不是说巴黎如何，就是说日本如何，没有提中国的"[②]。虽说西学方法的入侵已经无法抗拒，中国传统治学方法已经不可避免走向没落，强要在治学方法上区隔中西已经没有意义，但是国学研究不能落后于外国，这已经成为民国学术界必须严阵以待的关乎民族尊严的一件大事。陈垣将中国在国学研究方面的落后视为奇耻大辱，"每当我接到日本寄来的研究中国历史的论文时，我就感到象一颗炸弹扔到我的书桌上，激励着我一定要在历史研究上赶过他们"[③]。在成为中央研究院史语所首任所长之后，傅斯年

---

① 卢毅：《"整理国故"运动兴盛原因探究》，《东南文化》2006 年第 4 期。

② 郑天挺：《郑天挺自传》，载孙卫国编：《郑天挺文集》，天津：南开大学出版社 2019 年版，第 560 页。

③ 刘乃和：《学习陈援庵老师的刻苦治学精神》，《北京师范大学学报》1980 年第 6 期。

写信请陈垣就任史语所敦煌组主任，其信中说，自己留学欧洲之时，对于中国学术的没落感到十分揪心，"而汉学正统有在巴黎之势"，令人不能坐视。在傅斯年亲自拟定的《历史语言研究所工作之旨趣》中，他说明了自己倡导创立史语所的原因是，"在中国境内语言学和历史学的材料是最多的，欧洲人求之尚难得，我们却坐看他毁坏亡失。我们着实不满这个状态，着实不服气就是物质的原料以外，即便学问的原料，也被欧洲人搬了去乃至偷了去。我们很想借几个不陈的工具，处治些新获见的材料，所以才有这历史语言研究所之设置"，他呼吁史语所的同仁努力奋进，共同改变当前的尴尬局面，"我们要科学的东方学之正统在中国！"①

胡适的《红楼梦》研究正是在这样的背景与情感中进行的。

对于中国文学名著，胡适同样提出，不能仅仅停留于称赞，必须做切实的考证研究和整理工作，在"中国文艺复兴运动"的初期，自己在各种场合不厌其烦地推崇中国古代小说，指出它们的价值，称赞它们的优点，虽然对于这些小说的流行也起到了一定的作用，但是，这并不是一个最有效率的方式。胡适认为，最好的最有实效的方式，应该是对这些名著"做一种合乎科学方法的批判与研究"，这包括对这些古代文学名著作严格的版本校勘，互相印证修改，校订出最好的版本，也包括对这些古代文学名著进行初步的研究，考证出其作者的历史背景和传记资料等相关内容。"这种工作是给予这些小说名著现代学术荣誉的方式；认定它们也是一项学术研究的主题，与传统的经学、史学平起平坐。"②

在版本校勘方面，亚东版古典文学名著丛书的出版，无疑是与胡适的主张极为合拍的。作为出版者的汪原放对此亲力亲为，几乎从头到尾参加了各个名著的版本校勘工作。在底本的选择上，亚东版也咨询各路专家学者，尽量选择最为完善的版本为底本，在此基础上参对其他版本，做了许多增加脱漏、改正讹误的工作。1921年亚东《红楼梦》初排本，底本用的是属于程甲本系统的道光壬辰年（1832年）的双清仙馆刻本，到1927年复排本，底本改而选用更为完善的胡适所藏萃文书屋的程乙本。两次排印时，第一次可供选择的本子还有有正书局的八十回石印本《石头记》等多个版本，第二次更有胡适1927

---

① 岳玉玺等编：《傅斯年选集》，天津：天津人民出版社1996年版，第179~183页。

② 胡适口述，唐德刚译注：《胡适口述自传》，桂林：广西师范大学出版社2005年版，第226页。

年购得的号称"海内最古的《石头记》抄本"的《脂砚斋重评石头记》甲戌本，但是都没有采用。

几十年以后，周汝昌论及此事，对胡适的做法表示愤愤不平："他收得了价值极高的、可以代表雪芹真面貌精神的《甲戌本》，然而他对这一珍贵文本却不见得发生多大的'整理'流布与深入研究的兴致与愿望……相反，他一直对那部程、高二次篡改歪曲原文最厉害的《程乙本》大加欣赏，为之作序宣扬。"[①]但如果了解胡适整理中国古典小说的目的不仅要"校订出最好的本子"，而且要"给予这些小说名著现代学术荣誉"，就会明白，他和汪原放在选择底本的时候，必然是选择程甲本和程乙本。因为，有正本《红楼梦》只有八十回，甲戌本《红楼梦》更是残缺得厉害，仅有十六回，众多版本中，唯一百二十回本的《红楼梦》才是有开头有结尾的完整小说，而只有完整的名著才能承担起让中国小说拥有"现代学术荣誉"的任务。

胡适为这批亚东版古典小说所作的考证文章，也是"给予这些小说名著现代学术荣誉的方式"之一。前面说过，胡适认为中国古代的学术向来"没有条理，没有头绪，没有系统"，而且多附会，所以，胡适在《红楼梦考证》中，首先分析批判了之前各种关于《红楼梦》作者与文本思想的附会式说法，指出这些说法都是错误的，接着提出，做《红楼梦》考证，不能用传统那些附会猜测的办法，而是要依据"可靠的版本与可靠的材料"[②]，去考证作者是谁、作者的生平、成书年代、版本源流等问题，这些才是《红楼梦》考证的正当范围。然后，胡适从各种史书和笔记中，寻丝抽绎，通过各种比较互证，最终考证出了《红楼梦》的作者是曹雪芹等六条结论，然后又通过几则材料，初步考证《红楼梦》后四十回是高鹗续写的。胡适总结自己所做的工作说自己其实就是做了两件事：第一，尽力搜集材料；第二，把这些材料互相对照比较，得出一些比较合乎情理的结论。胡适说，自己在进行《红楼梦》考证的时候遵循了一个原则就是尽力撇开前人的成见，"处处尊重证据"，让史料让证据来说话，以证据为向导，最终"引我到相当的结论上去"[③]。这样做的结果是，也许自己的一些研究结论随着时间的推进史料的新发现会被证实是错误的，但是这种研究方法是

---

① 周汝昌：《还"红学"以学——近百年红学史之回顾》，《北京大学学报（哲学社会科学版）》1995年第4期。

② 胡适：《胡适文集》第2集，北京：北京大学出版社1998年版，第440页。

③ 胡适：《胡适文集》第2集，北京：北京大学出版社1998年版，第465页。

没有问题的，是之前那些研究《红楼梦》的学者不曾使用过的，也是自己在红学研究这条道路上的最重要贡献。胡适希望自己的这个"小贡献"能把《红楼梦》研究引到正当的科学的轨道上去，打破从前那些依靠穿凿附会而形成的红学，创造出真正的科学的《红楼梦》研究方法。可以说，他的这个总结是恰如其分的，胡适关于《红楼梦》作者及其家世的考证，成为此后近百年间红学研究界的基本定论，几乎所有红学研究都在此基础上展开延伸，在胡适之后，"新红学"的大厦赫然矗立，成为20世纪中国学术界的重要领域。

　　胡适在前面一段总结中依旧念念不忘对"穿凿附会"的红学——索隐派红学——进行批判，在他的影响之下，后继的"新红学"研究家也对索隐派进行了持续的批判。首先是其弟子顾颉刚，在为俞平伯《红楼梦辨》作序的时候，顾颉刚说，自己一直在思考一个问题，任何一种风气都有其来源，那么，红学研究中这么多的"模仿、批评和考证"，为什么多是"浮浅的模仿，尖刻的批评和附会的考证"？顾颉刚认为，经过自己的一番考察，发现"浮浅的模仿出于《尚书》之学，尖刻的批评出于《春秋》之学，附会的考证出于《诗经》之学"[1]，这三种传统经学带来的坏习惯已经存在了两千年，到现在还在发挥其流毒，国人每每在做各种研究的时候，不自觉地就陷入这三种思想误区之中。顾颉刚的一番言论所批判的，其实就是胡适在整理国故运动中所批判的充满胡说谬解和武断迷信的中国传统学术。而顾颉刚随后在《古史辨》自序中说，"我们要有真实的哲学，只有先从科学做起，大家择取了一小部分的学问而努力；等到各科平均发展之后，自然会有人出来从事于会通的工作而建设新的哲学的。所以我们在现在时候，再不当宣传玄想的哲学，以致阻碍了纯正科学的发展"[2]。这样的言语同样颇有取材于胡适的意思，强调以考证入手，经过"条理系统的整理"，使国学材料版本恒定、意义明确、理路清晰，成为可以用现代学术思想来整理研究的中国国学，正是胡适一以贯之的思想。顾颉刚在这段序言中还首次公开提出了"旧红学的打倒，新红学的成立"这个口号，正式将胡适及其后继者的整理国学工作，与前代索隐派、评点派缺乏系统、缺乏"科学"精神的工作区分为新旧两个阵营。俞平伯《红楼梦辨》也同样态度鲜明地对索隐派表示反对："这派'红学家'有许多有学问名望的人，以现在我们底眼光看去，他们很不该发这些可笑的议论。但事实上偏闹了笑话。"即便是后来逐

---

① 顾颉刚：《顾序》，载俞平伯：《红楼梦辨》，北京：商务印书馆2010年版，第1页。
② 顾颉刚：《我与〈古史辨〉》，上海：上海文艺出版社2001年版，第38页。

渐走向索隐陷阱的周汝昌，在其早年成名作《红楼梦新证》中，也是将索隐派视为"荒唐怪诞"的附会。

胡适、顾颉刚、俞平伯等人之所以众口一词地对索隐派等"旧红学"展开批判，并且将自己的工作视为"新红学"。其根源就在于胡适所发起的"整理国故"运动与"中国文艺复兴"运动，要求建立一个精确化、体系化的现代学术体制，而索隐派等"旧红学"却一般采用附会、感悟之类的手段，以模糊的或者是缺乏体系的方式来解说《红楼梦》，胡适们要实践自己"整理国故"并与西学相交会，最终走向"中国的文艺复兴"，就必须彻底批判旧式的"国学"方式，而采用新的"国学"研究方法。

事实上，追求精确化与体系化，正是现代性的重要特征。吉登斯曾经高度评价机械钟的发明："机械钟（最早出现在十八世纪后半期的计时方式）的发明和在所有社会成员中的实际运用推广，对时间从空间中分离出来具有决定性的意义"，"时钟体现了一种'虚化'时间（empty time）的统一尺度，以这种方式计算，便可精确地设计每日的'分区'，比如，对'工作时间'的确定"。[1] 精确时间分区的发明和使用，使得劳动时间的精确统计成为可能，更重要的是，它符合现代工业化生产的精确化、体系化要求，通过时间的精确厘定，给整个蓬勃发展的现代性体制树立了一个精确化、体系化的标杆，从这个意义上，吉登斯甚至认为，"现代性的动力机制派生于时间和空间的分离和它们在形式上的重新组合"[2]。时空的精确化、体系化之后，各种现代性机制如鱼得水、大行其道，这种精确化、体系化的要求也逐渐覆盖延伸至学术界，胡适及其弟子对旧红学的批评，正是因为其模糊性与碎片化的解读方式，与现代的要求是根本相悖的。胡适的《中国哲学史大纲》撇开三皇五帝的传说，径直从孔子、老子讲起，顾颉刚的《古史辨》对中国历史上的各种盘古开天、三皇五帝的神话传说进行了解构式的辨析，与其在红学中的反索隐精神一脉相通，其实也都是当时国学连接现代性的内在要求。

---

① 安东尼·吉登斯：《现代性的后果》，田禾译，南京：译林出版社 2000 年版，第 15 页。

② 安东尼·吉登斯：《现代性的后果》，田禾译，南京：译林出版社 2000 年版，第 14 页。

第三章　革命语境中的红楼想象

　　作为 20 世纪中国最为重要的几个关键词之一，"革命"一词以其具有的沦肌浃髓的独特感染力横扫各界。从晚清开始，随着国势日颓，传统儒家经典中的"革命"一词重获新生，成为 20 世纪中国几乎人人必知、人人必谈的基本现代词语。当然，随着政治活动者对于"革命"一词的频繁使用，"革命"逐渐剥去了广义的改良、革新之意，而衍化成为"暴力""推翻现有秩序"的同义词。不唯如此，在 20 世纪后半期，几乎任何指向美好未来和光明前景的活动，都可以冠之以"革命"的称谓。"革命"已经与异时空的"先锋"一样，不仅是一种修饰，更是一种话语，代表着新的态度、新的许诺与新的价值视野。

　　正如福柯所说的那样，每个时代都有属于自己时代的特殊知识构型，一种话语的出现，必然以对于旧有话语形式的颠覆和重新解说为基础，它必须穿越那些旧有话语的层层累积，语言必须逐个地把思想安排进线性的秩序。当然，在福柯看来这是不可能的，在无先验主体的、分散的、散乱的、非中心的、充满着偶然性的多样化空间里，所有话语都是层积而含混不清的。"物除了成为自己所是的一切以外，不再成为其他任何东西；词独自漫游，却没有内容，没有相似性可以填满它们的空白。"[①] 但是，不管人类如何笨拙而无能为力，对于"词与物"的编码确认构型却一直在重复进行，"革命"的时代，意味着必须对旧有的话语进行重新编码解读、确认构型，使之产生"革命的话语"，虽然这种"革命的话语"永远也无法达到令人满意的地步。

　　《红楼梦》的文化核心地位决定了它必然要在革命语境下被重新解说、重新定位和评价。20 世纪 50—70 年代，《红楼梦》的被阅读与被研究成为此时期一个令人瞩目的文化事件。毛泽东不仅积极向身边的亲友下属推荐阅读

---

　　① 米歇尔·福柯：《词与物——人文科学考古学》，莫伟民译，上海：上海三联书店 2001 年版，第 63 页。

《红楼梦》，而且亲自发动了一场《红楼梦》研究领域的思想批判运动。经过这场运动，阅读和研究《红楼梦》都被规范到革命事业的阶级斗争主题旗帜下，种种阅读和研究活动都必须围绕这一主题来进行。于是，《红楼梦》成为一本认识中国古代社会的教科书，也成为一本充满了当代价值关注的时代之书——可以说，《红楼梦》成为一个从古代开始创作、最终完成于当代的超级文学作品。

这个超级文学作品的影响力是惊人的。据国家出版局版本图书馆所编的古籍目录，1949年10月至1976年12月，全国公私出版机构所出的《石头记》和《红楼梦》各种版本，除其中2种印数不详，累计印数共为1371507部；那2种印数不详的，我们可以参照类似情况，估计为60多万部，与上数相加共为200万部。[①] 不仅如此，《红楼梦》还被改编为各类戏曲，出现了京剧、越剧、黄梅戏、粤剧等多个版本的红楼戏曲，这些红楼戏曲进一步扩张了小说的影响力。以1958年徐玉兰、王文娟主演的越剧《红楼梦》为例，仅1958—1962年，即演出335场，观众616000多人次，以该剧灌制的唱片发行总数300多万[②]，剧中的著名唱段"天上掉下个林妹妹"家传户唱，不胫而走。

这个时期的《红楼梦》评论也出现了前所未有的繁盛状态，先是在俞平伯批判运动中，从1954年9月到1955年2月间，郭沫若、茅盾、周扬、老舍、王昆仑等一大批文学名家纷纷出手，写作了数百篇批判研究文章，仅其中重要的篇章，即编成整整四大册《红楼梦问题讨论集》。随着《红楼梦》阅读活动的不断升温，《人民日报》《文艺报》《光明日报》等中央党报上时常出现《红楼梦》评论文章，各类学术、非学术刊物上关于《红楼梦》的文章也层出不穷，何其芳、李希凡、蒋和森等都纷纷出版了红学研究专著，据红学家胡文彬统计，从1949年10月到1979年10月的30年间，全国报刊发表的关于《红楼梦》研究的文章1500多篇，出版研究专著50多种，公开或内部出版的各种论文集、研究资料200多种。[③] 胡文彬所说的数据只是一个不完全的统计数字，20世纪六七十年代，从中央单位到地方院校、企业机关，相继成立了各种名目的《红楼梦》研究小组或批判小组，刊刻了大量非正式出版物，"如果把各地工农兵大批判组用其他形式（如大字报、批判专栏等）所写的（抄的）'评红'文章加

---

① 参见舒芜：《红楼说梦》，北京：人民文学出版社2006年版，序言。
② 参见朱小珍：《"红楼"戏曲演出史稿》，上海戏剧学院博士学位论文，2010年。
③ 胡文彬：《〈红楼梦〉研究三十年》，《学习与探索》1980年第2期。

在一起,将是一个难于统计的天文数字"①。结果是,《红楼梦》声名大涨,真正达到了妇孺皆知,红学的"马克思主义评论派"正式定鼎,红学研究也从此成为一门"显学"——后来许多曾经亲历其盛的红学家对 50—70 年代的红学大批判颇多羞赧,也有诸多非议,在提及此段红学的时候往往或含糊其词或嗤之以鼻,但不可否认的是,的的确确是 50—70 年代的大批判扩张了《红楼梦》的影响,成就了当今红学界津津乐道的"显学"地位。

第一节　斗争的传统与平民的小说

在《红楼梦》的众多拥趸中,毛泽东可能不算是最为痴迷的一个,但他堪称对《红楼梦》的传播影响最大的一个,正是在他的推动下,阅读和评说《红楼梦》成为一场波及全国的文化运动,"红学"也真正成就了时代显学的赫赫威名。

毛泽东对于《红楼梦》的热爱和高度评价是广为人知的。自十来岁起,毛泽东开始接触《红楼梦》《三国演义》等古典小说,据学者董志新考证,最晚到 1913 年,毛泽东已经有过《红楼梦》的阅读记录。②在以后几十年的革命生涯中,虽然戎马倥偬,东奔西走,毛泽东依旧对《红楼梦》保持了极大的兴趣,一有闲暇,就取出阅读。中华人民共和国成立后其个人藏书中已经有了多达 20 种不同版本的《红楼梦》,只要一有时间,就会取来重读,从 20 世纪 50 年代到 70 年代前期十数年间,毛泽东几乎每年都有重读《红楼梦》的记录。③这种阅读频率足以令众多红学爱好者汗颜。因为痴迷酷爱,眼模口诵,毛泽东对《红楼梦》的内容可谓熟极而流、如数家珍。在长征途中担任中央队秘书长的刘英曾经回忆说:"毛主席生活随便,爱说笑……他对中国的历史、小说熟极了,

---

① 胡邦炜:《红楼祭——20 世纪中国一个奇特文化现象之破译》,成都:四川人民出版社 1998 年版,第 34 页。

② 据董志新考证,1913 年 10—12 月,毛泽东听国文课和修身课,记下了万余言的《讲堂录》,其中,11 月 3 日的国文课,听老师讲清人方苞的《与翁止园书》,笔记中有"意淫之为害"这样的词句。"意淫"一词,见《红楼梦》第五回。12 月 13 日听修身课,笔记中则留下"练达世情皆学问"的话。这句话也出自《红楼梦》第五回。参见董志新:《毛泽东读〈红楼梦〉》,沈阳:万卷出版公司 2009 年版,第 2 页。

③ 参见董志新:《毛泽东读〈红楼梦〉》,沈阳:万卷出版公司 2009 年版。

闲扯起来滔滔不绝，津津有味。《红楼梦》尤其读得熟。"① 也有多人的回忆录记载，1945 年到重庆谈判时，毛泽东在与重庆众多名流的谈话中，时不时引证《红楼梦》的情节、故事和人物，其谈吐幽默诙谐又聪敏机智，显示了极高的文学素养和政治素养。在各类正式非正式的口头谈话中，毛泽东也不断以《红楼梦》中的典故、语言加以发挥，嬉笑怒骂，皆成文章。

不仅如此，作为《红楼梦》爱好者的毛泽东，还多次向亲朋晚辈推荐，叮嘱他们阅读此书，"《红楼梦》可以读，是一本好书。读《红楼梦》不是坏事，而是读历史，这是一部历史小说"②。据史料记载，毛泽东先后给身边工作人员李银桥、伍银岭、葛来亮、张玉生等人都推荐过《红楼梦》，建议他们阅读。③ 毛泽东还积极向中共高级将领们推荐《红楼梦》，1938 年，中共六届六中全会召开，会议中间休息的时候，毛泽东与贺龙、徐海东等人闲谈，毛泽东提出"中国有三部小说，《三国演义》《水浒传》《红楼梦》，谁不看完这三部小说，谁就不算中国人"④，并积极鼓动徐海东等人去阅读。直至 1973 年，他还在向许世友等人推荐《红楼梦》，要求不仅要看，而且"要看五遍才有发言权"⑤。

1956 年，在中共中央政治局扩大会议上，毛泽东做了《论十大关系》的报告。在分析国内与国际关系时，他讲道："我国……工农业不发达，科学技术水平低，除了地大物博，人口众多，历史悠久，以及在文学上有部《红楼梦》等等以外，很多地方不如人家，骄傲不起来。"⑥ 在政治局会议报告这种严肃的文本中，将《红楼梦》与地大物博、人口众多、历史悠久三个要素并列为中国的特殊优势，无疑透露出其对于《红楼梦》的激赏之情。

在毛泽东看来，《红楼梦》"写的是很细致的、很精细的社会历史"⑦。首先是书中的各种描写非常精彩，细节丰富，具有现实主义的精神，"有极丰富的社会史料"。例如写柳湘莲打了薛蟠之后，"牵马认镫去了"。就《红楼梦》中的这个描写，毛泽东认为，没有生活经验的基础是写不出"认镫"两个字的。

① 刘英：《在历史的激流中——刘英回忆录》，北京：中共党史出版社 1992 年版，第 68 页。
② 胡小云、于云才：《毛泽东的学习思想与实践》，济南：山东人民出版社 2003 年版，第 384 页。
③ 参见董志新：《毛泽东读〈红楼梦〉》，沈阳：万卷出版公司 2009 年版。
④ 董学文：《毛泽东和中国文学》，沈阳：春风文艺出版社 1994 年版，第 273 页。
⑤ 参见董志新：《毛泽东读〈红楼梦〉》，沈阳：万卷出版公司 2009 年版。亦见于《毛泽东文艺论集》等。
⑥ 毛泽东：《毛泽东文集》第 7 卷，北京：人民出版社 1999 年版，第 74 页。
⑦ 毛泽东：《谈〈红楼梦〉》，载中共中央文献研究室编：《毛泽东文艺论集》，北京：中央文献出版社 2002 年版，第 206 页。

联想到鲁迅在《毁灭》的后记中说，法捷耶夫是身经游击战争的，调马之术写得很内行，例如像上马鞍子这类细微的动作，都写得很详细，"这告诉我们，大作家不是坐在屋子里凭想象写作的，那样写出来的东西是不行的"①。而曹雪芹之所以伟大，就在于他"用现实的场面、具体的情节、生活中非说不可的语言，把一个封建叛逆者的形象和性格，生动地渲染出来，自然地流露出来，这是作者现实主义最成功的范例"②。

其次，《红楼梦》"不仅要当作小说看，而且要当作历史看"。阅读它，是要"通过看《红楼梦》了解历史和社会的复杂性，看了《红楼梦》才能知道什么是封建社会、封建大家族"③。《红楼梦》写的是封建大家庭的没落，"《红楼梦》第二回中，冷子兴说，荣宁两府'主仆上下都是安富尊荣，运筹谋划的尽无一个'，贾家不就是这样垮下来的么"④。毛泽东同时也认为，《红楼梦》体现了封建家长制度的动摇，贾琏不听自己父亲贾赦的话，凤姐想尽办法损公肥私，虽然荣国府名义上有一个最高家长贾母，但是底下的人各有自己的打算，整个家族一盘散沙，家长制度摇摇欲坠⑤。

当然，毛泽东关于《红楼梦》最为重要的看法是，这是一部包含非常丰富的阶级斗争内容的小说，"不读《红楼梦》，就不知道什么是封建社会"。与大众所见的花红柳绿、贵族风流的《红楼梦》不同，在其眼中，《红楼梦》是一本彻头彻尾的血泪斑斑的阶级压迫史册，里面写了四个大家族，二十几个统治者统治着三百多个奴隶，双方有激烈的阶级斗争故事，有几十条人命。⑥《红楼梦》虽然只是一部小说，却"麻雀虽小五脏俱全"，里面林林总总写到了封建社会的各种阶层，有皇帝王爷、贪官污吏、大小地主、平民奴隶，"看了这本书就懂了什么是地主阶级，什么是封建社会。就会明白为什么要推翻它"⑦。对于《红楼梦》，毛泽东以一种非常明确的实用主义态度，将其作为史书来阅读，整

---

① 毛泽东：《在鲁迅艺术学院的讲话》，载中共中央文献研究室编：《毛泽东文艺论集》，北京：中央文献出版社 2002 年版，第 18 页。

② 季学原：《毛批〈红楼梦〉点滴》，载薛泽石：《跟毛泽东学史》，北京：红旗出版社 2010 年版，第 616 页。

③ 孔淑静：《唯实——我的哥哥孔令华》，海口：海南出版社 2003 年版，第 72~74 页。

④ 陶鲁笳：《一个省委书记回忆毛主席》，太原：山西人民出版社 1993 年版，第 53 页。

⑤ 参见陈晋：《毛泽东与文艺传统》，北京：中央文献出版社 1992 年版，第 130 页。

⑥ 参见毛泽东：《谈〈红楼梦〉》，载中共中央文献研究室编：《毛泽东文艺论集》，北京：中央文献出版社 2002 年版，第 208 页。

⑦ 徐中远：《毛泽东读评五部古典小说》，北京：华文出版社 1997 年版，第 30~31 页。

部《红楼梦》就是一部中国古代社会的阶级压迫历史，其中充满了古代人民历尽苦难的控诉，描绘的是激烈对峙、你死我活的阶级斗争，今天的人阅读《红楼梦》，最为重要的在于感受这些苦难，明白其中斗争，坚定自身从事革命事业的信念。

那么，为什么在毛泽东的眼中，《红楼梦》会是这副面孔呢？或者换句话说，毛泽东如此解说《红楼梦》，到底意欲何为？

这个问题要从近代史学界重述中国历史的思潮说起。

1901 年，《清议报》发表梁启超《中国史叙论》。第二年，他又在《新民丛报》上发表《新史学》一文，正式提出"史学革命"的口号。在梁启超看来，中国旧有的史书"不过记述人间一二有权力者兴亡隆替之事，名虽为史，实不过一人一家之谱牒；近世史家，必探察人间全体之运动进步，即国民全部之经历，及其相互之关系。以此论之，虽谓中国前者未尝有史，殆非为过"①。他提出应该破除旧史学的一切观念，重新讲述中国，让历史"叙述人群进化之现象而求得其公理公例"②。

在梁启超提出"新史学"前后，中国史学界兴起了一股重写中国历史的风潮。1900 年，章太炎在《中国通史略例》中，已经先于梁启超提出要编撰一部不同于旧史的中国通史。梁启超所作的《中国史叙论》本身就是他拟编撰的新体中国通史的总论。在梁启超《新史学》发表之后，邓实在《政艺通报》上发表《史学通论》，马叙伦在《新世界学报》上发表《史学总论》。1903 年，上海镜今书局出版了一部史学论著译文集，取名《中国新史学》。1903 年，陈庆年著《中国历史教科书》一书，将中国历史分为上古、中古、近古、近世四个时期来讲述。1905 年，夏曾佑的《最新中学中国历史教科书》出版，书中提出要改变过去只是简单记录"一家兴替"的历史，建立属于"民族全体"的历史。同年，刘师培在《天义报》上连载《中国历史教科书》，以进化论为基本思想来讲述中国历史。1907 年，吕瑞廷、赵澂璧编写的《新体中国历史》出版，此书一出，畅销数十年，至 1921 年统计，已经再版 20 多次。

这股重写中国历史的风潮，与 20 世纪初的国粹派风潮相呼应，其参加者梁启超、章太炎、邓实、马叙伦、刘师培等人固然在保皇、排满与革命等政治理想方面有所区别，但其根本出发点皆是痛感中国落后于西方，因而呼吁新思想

① 梁启超：《读史的方法》，南昌：江西教育出版社 2012 年版，第 129 页。

② 梁启超：《读史的方法》，南昌：江西教育出版社 2012 年版，第 147 页。

的引介、以图"保种救国"重振中华，而"今日欲救中国，无他术焉，亦先建设一民族主义之国家而已"①，所以，这样一批人十分默契地将批判目标指向旧史学，要求破除一家一姓的旧历史，而重写具有新时代新内涵的中国史。较于倾向改良派的梁启超，写作了《黄帝以后第一伟人赵武灵王传》《王荆公传》等，以历史比喻现实，呼吁实行勇敢的思想与体制改革，以振兴中华。身属革命派的刘师培则写作《中国革命家陈涉传》《中国排外大英雄郑成功传》等作品，宣传揭竿而起、反抗暴政、抵御外侮等观点，实际暗含了反清复汉的各种情绪。这两种颇为不同的思想风潮，却都高牙大纛、昂昂自若地集合于新史学旗下，令近代中国史学带上了浓浓的实用主义色彩。

新文化运动中，陈独秀、鲁迅、吴虞、钱玄同、刘半农等一代风潮人物，虽然并非史学大家，但是其对中国传统展开了措辞激烈的批判，无论是"吃人的礼教""救救孩子"，还是"打倒孔家店"，同样都有一个隐含的意图，就是重说历史，对依旧顽固的历史残留思想进行深刻的批判，然后借此鼓吹全面西化，以西方的科学、民主思想再造中华。当然，随着运动的发展，简单地抹杀中国传统的一切被逐渐证明是太过狂暴粗野的，陈独秀、胡适、鲁迅、钱玄同等新文化运动领导者也都不同程度地回归传统学术研究领域，并且取得了较为醒目的成果。可以说，新文化运动并没有完成太多的重说历史的任务。重说历史并进而以之来影响现实生活的任务，最终落到了马克思主义史学身上。

1930 年，郭沫若出版了《中国古代社会研究》。为了写作这部著作，郭沫若做了很多理论和史料准备，他先后研读了《资本论》《德意志意识形态》等马克思主义经典论著，掌握了相关理论和方法，经过一番理论思考，他坚信历史就是人类社会的运动发展史，"唯物史观的见解，我相信是解决世局的唯一的道路"②。以坚定的唯物主义史观为出发点，郭沫若分析了中国古代不同时期的经济结构、社会政治和意识形态，提出了中国历史的原始社会—奴隶社会—封建社会等不同的发展阶段，书中详细地划分了各个社会形态的发展阶段及其特点。虽然全书只是以四篇独立论文的形式为结构，选取了《诗经》、《尚书》、甲骨文和彝铭四个个案为视点，但在马克思主义唯物史观的指引下，郭沫若举重若轻地处理了头绪纷乱、复杂多变的中国古代史，让曾经混乱破碎

---

① 梁启超：《饮冰室文集全编》（二），上海：广益书局 1948 年版，第 255 页。
② 郭沫若：《泰戈尔来华的我见》，载姜景奎主编：《中国学者论泰戈尔》，银川：阳光出版社2011 年版，第 81 页。

的古代历史史料各得其所，依照唯物史观的思想架构，排列成为非常清晰而有条理的发展队列。该书成为运用辩证唯物主义思想研究中国古代社会的第一部史学著作，也成为首部令人信服的具有思想脉络的中国古代史。《中国古代社会研究》一书的出现，对 20 世纪 30 年代的知识界震动极大。时人评价道："对于中国社会之科学的研究，是三年以来中国思想界的一个主潮。其在历史方面，郭沫若先生的《中国古代社会研究》，要算是震动一世的名著。就大体看，他那独创的精神，崭新的见解，扫除旧史学界的乌烟瘴气，而为新史学开其先路的功绩，自值得我们的敬仰。"[1] 即使是分属不同阵营的顾颉刚，在其 1946 年撰写的《当代中国史学》一书中，也盛赞郭沫若的《中国古代社会研究》"是一部极有价值的伟著"，虽然书中有一些政治宣传的意味，但是其"富有精深独到的见解"[2]，自从有了这本书之后，我们对于中国古代社会的真实面目，才有了一些比较可信的了解。

《中国古代社会研究》一书出版之后，中国史学界出现一个社会发展史研究的热潮，并引发了横贯 30 年代的中国社会史三大论战[3]。郭沫若的《中国古代社会研究》只是关于春秋战国时期的论著，其结构方式并不是典型的通史体例，于是在郭沫若的影响之下，相继出现了一大批采用马克思主义唯物史观来解读整个中国历史的通史著作，如 1937 年吕振羽出版的《中国政治思想史》，1941—1942 年范文澜出版的《中国通史简编》、吕振羽出版的《简明中国通史》，1943 年翦伯赞出版的《中国史纲》，1946 年范文澜出版的《中国近代史》、侯外庐出版的《中国古代思想学说史》等，马克思主义史学终于云蒸霞蔚，成为中国现代史学界的重要流派，最终执掌中国史学之牛耳。

这股蔓延于 20 世纪上半期的重述历史思潮，也影响了毛泽东。毛泽东最早开始尝试用马克思主义解释中国历史上的农民起义现象，是在 1926 年。在政治讲习班上，毛泽东发表了纪念巴黎公社 55 周年的演讲，用马克思"人类的历史，就是一部阶级斗争史"的论断来观察中国历史，明确提出，四千多年

---

① 李霖：《郭沫若评传》，上海：现代书局 1932 年版，第 219 页。

② 顾颉刚：《当代中国史学》，上海：上海古籍出版社 2000 年版，第 91 页。

③ 第一场论战发生于 1929—1934 年，是关于中国社会性质的论战，参加者有刘梦云（张闻天）、陶希圣、杜畏人（何干之）、周佛海、任曙、严灵峰等，分别在《新思潮》《动力》《新生命》三个刊物上讨论中国当前到底是封建社会、资本主义社会还是半殖民地半封建社会，郭沫若的著作对后期的论战有影响。第二场论战发生于 1932—1933 年，讨论中国有无奴隶社会，封建社会的特点及其过程等问题。第三场论战发生于 1934—1935 年，讨论中国农村经济性质问题。

的中国史，也是一部阶级斗争史。他分析了陈胜吴广、汉高祖、太平天国这三次农民起义，认为这些都是无产阶级推翻贵族阶级的革命。特别是对太平天国的分析，毛泽东敏锐地指出这并不是满汉战争，而是农民和地主的阶级斗争，这样的论断初步显示了其活用理论与处理中国复杂历史的能力。但是毛泽东并没有余裕来从事更多的理论建设与思想整合工作，国共分裂、秋收起义、反"围剿"、长征大转移……之后十年间，毛泽东转战南北，没有太多精力来阅读与思考。

1937 年，毛泽东连续发表了《实践论》和《矛盾论》两篇重要文章，显示了自己在马克思主义理论方面的创造性发展。在 1938 年召开的中共六届六中全会上，王明别有深意地提出要特别重视马克思主义的"国际经验的研究和运用"，不能拘泥于本民族的一些传统经验和旧思想。毛泽东随之提出马克思主义必须与中国革命实际相结合，反对空谈主义。1938 年 11 月，中共六届六中全会上，"马克思主义必须通过一定的民族形式才能实现"这个提法被正式写入政治决议案，进而提出在党内开展学习运动的号召："我们这个民族有数千年的历史，有它的特点，有它的许多珍贵品。对于这些，我们还是小学生。今天的中国是历史的中国的一个发展；我们是马克思主义的历史主义者，我们不应当割断历史。从孔夫子到孙中山，我们应当给以总结，承继这一份珍贵的遗产。"[1] 站在民族形式与历史主义的立场上，毛泽东取得了理论方面的一次具有决定性的胜利。

在这之后，毛泽东连续发表了《〈共产党人〉发刊词》《新民主主义论》等一系列文章，将马克思主义基本原理与自身的革命经验相结合，对中国的革命斗争做出了全局性的指导。正如学者陈晋所分析的那样："到陕北以来的阅读和研究，使毛泽东逐渐成为掌握运用历史唯物主义和辩证唯物主义来分析问题的大师，进而使他在陕北黄土高原的窑洞里，走完了成为中国革命领袖的最后一段路程。这里说的'领袖'概念，不仅是政治的和军事的，还是思想的和理论的。正是因为毛泽东有一系列理论创造，全党上下都佩服，使他从长征到达陕北时的军事领袖，到中共六届六中全会成为政治领袖，再到延安整风开始后成为了思想领袖。"[2]

因为毛泽东的一系列理论是在民族主义与历史经验的基础上发展而来

---

① 毛泽东:《毛泽东选集》第 2 卷，北京：人民出版社 1991 年版，第 533~534 页。

② 陈晋:《毛泽东阅读史略（二）》,《中共党史研究》2013 年第 7 期。

的，所以他也就特别强调在党内开展历史教育活动。1939 年，在延安在职干部教育动员大会上，毛泽东提出所有人特别是所有共产党员都要"通古今"，了解自己民族的历史与文化，要通过不断学习，让自己摆脱愚昧无知的状态。

1939 年，他知晓史学家何干之正在准备写作一部中国民族史，即来信称赞一番并提出要求，希望何干之能在书中把中国历代以来的民族投降主义者痛斥一番，把历代以来的民族地方主义者赞扬一番，通过史书证明面对外患的时候唯有积极抵抗才是正确的路线，以此激发当前民众参与抗战的热情。1941 年 5 月，中共中央宣传部发布《关于展开对国民党宣传战的指示》，提出全党要"争取社会的广大同情者和同盟军，来共同反对国民党的反共、投降，反对其反动的复古主义和一党专制主义"，在对文化工作者的具体要求上，就提出要"以科学立场，解释共产主义和中共适合中国国情之需要"。

1942 年，范文澜主编的《中国通史简编》出版，在接见范文澜的时候，毛泽东高兴地说，这套书的出版是延安共产党人做的又一件大事。这套书的出版，表明中国共产党对于中国几千年的历史有了自己的完整的系统的科学的评价，对自己的历史有了发言权。在毛泽东看来，必须研究中国历史，才能认清中国社会的性质；只有认清了中国社会的性质，才能对中国革命的对象、任务、动力、性质、前途和转变等一系列重大问题有一个明晰的决定。换句话说，研究中国历史，认清中国社会的性质，是"认清一切革命问题的基本的根据"[①]。

1944 年 3 月下旬，《新华日报》连载郭沫若的《甲申三百年祭》，该作以悲悯的态度记述了明末李自成农民起义的历程及失败，带有历史经验总结的意图。4 月 18 日和 19 日，《解放日报》全文转载刊发了《甲申三百年祭》，在编者按中，称赞这部作品"科学地解说了历史"，认为国民党御用文人对这部专著的"围剿"，只不过是"蚍蜉撼大树"，最终只会"增加了郭先生文章的历史价值而已"。1944 年 5 月，延安新华书店隆重推出了《甲申三百年祭》单行本。5 月 20 日，在中央党校一部的演讲中，毛泽东提出应当把《甲申三百年祭》列为整风学习材料。他指出，中国共产党在历史上曾经吃的几次亏，有不少都和骄傲自大有关，郭沫若的书中写了李自成的骄傲自大导致失败，这是应该让全党同志认真学习、引以为鉴的。6 月 7 日，中共中央宣传部与中央军委总政治部发起号召，要求党员干部认真学习《甲申三百年祭》，永远保持清醒与学习的

---

① 毛泽东：《毛泽东选集》第 2 卷，北京：人民出版社 1991 年版，第 633 页。

态度，不要重蹈李自成的覆辙。毛泽东还特意致信郭沫若，表扬他的写作意义重大："你的《甲申三百年祭》，我们把它当作整风文件看待。小胜即骄傲，大胜更骄傲，一次又一次吃亏，如何避免此种毛病，实在值得注意。"[①] 在阅读郭沫若《甲申三百年祭》的时候，毛泽东还借来李健侯的《永昌演义》进行比较阅读，随后于 1944 年 4 月 29 日致信李鼎铭，提出本书赞美李自成个人品德，却贬抑整个农民起义运动，不太妥当，李自成领导的是伟大的农民战争，希望李鼎铭能够和李健侯一起修改原作，"按上述新历史观点加以改造"[②]。

毛泽东进而把这种实用主义办法从史学领域推广到文学领域，1942 年 5 月，毛泽东在延安文艺座谈会上发表了重要讲话。《在延安文艺座谈会上的讲话》中，毛泽东提出作为宣传工具的无产阶级文艺创作，必须紧紧围绕宣传革命、推动革命这个现实中心来进行，其政治指向是非常明确的，作为与创作相搭配的文艺批评，也应该明确无疑地站在推动无产阶级革命事业这个立场上，"革命文艺是整个革命事业的一部分，是齿轮和螺丝钉"，"文艺服从于政治"，"对于一切包含反民族、反科学、反大众和反共的观点的文艺作品必须给以严格的批判和驳斥"[③]。虽然在无产阶级文艺批评中，也要注意艺术标准，但是在毛泽东看来，所谓的"艺术标准"其实还是与政治标准紧密相连的，并不存在一个超阶级、超时代的"艺术标准"，"任何阶级社会中的任何阶级，总是以政治标准放在第一位，以艺术标准放在第二位的"[④]。无产阶级的文艺批评，必须在政治上有明确的判断，明白所批评的作品的政治立场，对于过去的那些文学艺术作品，也必须先有一个明确的政治判断，再采取不同的态度。

从政治标准出发，毛泽东做《在延安文艺座谈会上的讲话》末尾，列举了几种文艺创作和文艺批评的错误观点，并一一加以驳斥。文艺界的一些轻率冲动、不顾大局的做法，以及一些犹疑感性的思想，在马克思主义的滔滔雄辩和理性光辉下水融冰释、几乎无所遁形：文艺既然归根结底只是阶级意识的产物，而马克思主义关于阶级的论述又早已分门别类、历历在案，那么，文艺

---

① 毛泽东：《读甲申三百年祭致郭沫若》，载刘汉民编著：《毛泽东诗话词话书话集观》，武汉：长江文艺出版社 2002 年版，第 419 页。

② 毛泽东：《毛泽东文集》第 3 卷，北京：人民出版社 1996 年版，第 128 页。

③ 毛泽东：《在延安文艺座谈会上的讲话》，载中共中央文献研究室编：《毛泽东文艺论集》，北京：中央文献出版社 2002 年版，第 70~73 页。

④ 毛泽东：《在延安文艺座谈会上的讲话》，载中共中央文献研究室编：《毛泽东文艺论集》，北京：中央文献出版社 2002 年版，第 70~73 页。

家们所重视的那些氛围、手法、情绪，在无产阶级艺术的范围内，就应该都是确定无疑的，光明、积极、向上地歌颂无产阶级的伟大革命才是其唯一的格调。马克思主义是要破坏从前的那些创作情绪的，"它决定地要破坏那些封建的、资产阶级的、小资产阶级的、自由主义的、个人主义的、虚无主义的、为艺术而艺术的、贵族式的、颓废的、悲观的以及其他种种非人民大众非无产阶级的创作情绪"，在把这些情绪清除出革命文艺阵营的时候，"就可以建设起新东西来"。①

这样的文艺理想要得以实现，必须发动思想改造运动，从事文艺工作的很多都是从国统区过来的，可以说，是"从亭子间到革命根据地"，这种变化不是简单的工作场所的变化，而是时代的变化、思想的变化，从半殖民地半封建社会到了新民主主义社会。在这些文艺工作者中，还充斥着各种源自资产阶级的不良思想，而且他们还懵然不觉，在延安继续宣扬自己的不良思想，妄图用"小资产阶级知识分子的面貌来改造党，改造世界"，这是要"亡党亡国"的。因此，毛泽东提出，要在延安文艺界展开一场声势浩大的"无产阶级对非无产阶级的斗争"，从思想和组织上整顿一番，以便让这些小资产阶级知识分子消除自身的不良思想，真正转变成为无产阶级革命需要的有用人才，让整个革命队伍"在思想上和组织上都真正统一起来，巩固起来"。延安文艺界的整风运动从此开始。

《在延安文艺座谈会上的讲话》发表之后，1943年，延安平剧院上演了新编历史剧《逼上梁山》，该剧以《水浒传》中林冲的故事为线索，塑造了一批反封建的平民英雄群像，展示了无产阶级与封建统治阶级之间的激烈冲突，是一部按照《在延安文艺座谈会上的讲话》精神而创作的作品。毛泽东观看之后，写信赞扬《逼上梁山》是"旧剧革命的划时期的开端"②。毛泽东说，历史本来是由人民创造的，但是长期以来，在各类旧戏舞台上，做主角的却都是老爷太太少爷小姐们，人民被忽视了，这是"历史的颠倒"，现在《逼上梁山》出现了，由人民来做主角，这是"恢复了历史的面目"，把颠倒过去的东西颠倒了过来。1947年，毛泽东在陕北米脂县杨家沟对晋绥平剧院演出队的讲话中，同样强

---

① 毛泽东：《在延安文艺座谈会上的讲话》，载中共中央文献研究室编：《毛泽东文艺论集》，北京：中央文献出版社2002年版，第79页。

② 毛泽东：《致杨绍萱、齐燕铭》，载中共中央文献研究室编：《毛泽东文艺论集》，北京：中央文献出版社2002年版，第278页。

调应该大胆改革旧戏,将戏曲的主角改换为劳动人民,赋予劳动人民以优秀的正面的形象,并且让戏曲表现针锋相对的阶级斗争。不仅如此,他还要求演出队要抛开旧戏所遗留下来的故事和人物形象,进行更加大胆的艺术创造,"希望你们大胆地进行艺术创造,将来夺取大城市后还要改造更多的旧戏。《恶虎村》这出戏应该把黄天霸改写成特务"①。

可以看出,对于历史以及文学,毛泽东秉承了晚清以来的实用主义史学思潮和马克思主义鲜明的斗争指向,积极支持对其开展革命话语改造,力图将其纳入马克思主义中国化的基本结构系统中,并使其成为新政权合法性的重要佐证。而李希凡、蓝翎的《关于〈红楼梦简论〉及其他》这篇文章恰巧就高度符合了毛泽东的基本要求。

李希凡、蓝翎的文章先是批评了俞平伯《红楼梦简论》中关于《红楼梦》全书的两个总体评价——"怨而不怒"和"色空",认为俞平伯这种评价背离了现实主义的原则,从没有阶级观念的抽象的艺术观念出发来评价《红楼梦》,这种做法是不可能得到正确的结论的。因此,俞平伯就会认为《水浒传》是一部"怒书",艺术水准不高,在评价《红楼梦》的时候,也会把关注点放于"怨而不怒"等风格,而不是其反封建的现实意义。这两种做法其实是贬低了《水浒传》与《红楼梦》的价值和意义的。接着,文章提出,俞平伯还有另外一个错误,就是直接否认《红楼梦》是一部现实主义的作品。在《红楼梦简论》中,俞平伯把《红楼梦》的内容分为三个部分,分别冠以"现实的""理想的""批判的"三种名称,接着说,这三个部分"每互相纠缠着,却在基本的观念下统一起来"②,这种说法就是典型的别有用心。因为俞平伯所谓的"基本的观念",其实就是他一直在强调的"色""空"。一旦读者接受了"色""空"这个基本观念,那么《红楼梦》中的人物就不是充满现实主义色彩的"典型环境中的典型人物",而只是依照事先定好的观念演化出来的影子人物。

在李希凡、蓝翎看来,认为《红楼梦》的主要风格是"怨而不怒",就是否认书中存在着激烈的阶级冲突,而对这种风格大加赞赏,视为《红楼梦》的优胜之处,"实质上是企图减低《红楼梦》反封建的现实意义"③。这个观点与毛

---

① 毛泽东:《毛泽东文集》第4卷,北京:人民出版社1996年版,第326页。

② 李希凡、蓝翎:《关于〈红楼梦简论〉及其他》,载作家出版社编辑部编:《红楼梦问题讨论集》第1集,北京:作家出版社1955年版,第52页。

③ 李希凡、蓝翎:《关于〈红楼梦简论〉及其他》,载作家出版社编辑部编:《红楼梦问题讨论集》第1集,北京:作家出版社1955年版,第51页。

泽东不谋而合。据浙江省委原书记谭启龙回忆，1954年3月中旬毛泽东视察浙江绍兴，游览东湖，在休息间隙，与秘书们从科学种田闲聊到《红楼梦》，毛泽东说："红楼梦不仅是一部文学名著，而且是一部阶级斗争史。里面有六条人命呢！冯渊、贾瑞、鲍二家、尤三姐、司棋、晴雯……都白白地断送了性命。'红学'派、'新红学'派，他们借研究《红楼梦》，推销他们的主观唯心论，毒害着青年人。"[①] 毛泽东先后还在其他不同场合数次讲到《红楼梦》的"几十条人命"，强调其中激烈的阶级斗争。可以说，在这一条上，毛泽东与李希凡、蓝翎是颇有一些"英雄所见略同"。

而俞平伯称赞《红楼梦》的另一个关键词"色空"，《关于〈红楼梦简论〉及其他》一文指出，《红楼梦》里面是"活生生的现实人生的悲剧"，根本不是俞平伯所说的带有抽象宿命论观点的"色空"，阅读本书的人所获得的，不应该是宿命论的悲哀，而应该激发起他们对于旧的社会制度和统治阶级的深刻的憎恨，对于被压迫的青年男女们和奴隶们的热烈的同情。在毛泽东的一些言论中，也可以见到同样的观点，据季学原《毛批〈红楼梦〉点滴》记载，毛泽东在1954年人民文学出版社出版的《红楼梦》第一回上有一段批语"此一大段是作者自道其现实主义创作方法"。第十九回"情切切良宵花解语　意绵绵静日玉生香"尾部也有毛泽东一段近400字的批语："此回是一篇伟大的现实主义的作品……用现实的场面，具体的情节，生活中非说不可的语言，把一个封建叛逆者的形象和性格生动的渲染出来，自然的流露出来，这是作者现实主义最成功的范例。"[②] 毛泽东的这番点评大约作于1954年9月，未知是读李希凡、蓝翎文章之前或之后，但无论如何，这起码表明毛泽东是赞同李希凡、蓝翎对于《红楼梦》的"现实主义"界定的。

关于《红楼梦》中的人物评价问题，李希凡、蓝翎的文章批判了俞平伯的"两峰对峙，双水分流"论。文章指出，俞平伯以钗黛合一图咏和《枉凝眉》为证据，是想用这些"形式主义的论据"否定以往红学家们关于钗黛的争论，但是从书中看来，贾宝玉爱林黛玉，不爱薛宝钗，这是非常明显的事实。从根源上来说，俞平伯的论点之所以站不住脚，主要是因为他对现实主义内在精神的不理解。李希凡、蓝翎认为，贾宝玉、林黛玉是《红楼梦》作者所创造的具有肯定性评价的人物形象，他们是整个封建家庭的叛逆者，反对礼教的压迫，蔑视

---

① 董志新：《毛泽东读〈红楼梦〉》，沈阳：万卷出版公司2009年版，第27页。

② 董志新：《毛泽东读〈红楼梦〉》，沈阳：万卷出版公司2009年版，第221页。

封建秩序，是他们相爱最重要的思想基础，不管最后成功与否，他们的相爱和抗争都是对封建礼教的冲击与反叛。至于薛宝钗，与宝玉和黛玉相反，她是一个封建制度的维护者，她竭力肯定和拥护的，正是宝玉黛玉所反对的，三个人走的是两条截然不同的道路。可是俞平伯却看不到书中双方显而易见的一些重大思想分歧，而尽力考证薛宝钗与宝黛之间是同性质的，这种考证毫无疑问是要调和二者的尖锐矛盾，要把二者身上体现的社会内容和本质差异否定掉，这会让《红楼梦》中作者好不容易塑造出来的正面典型与反面典型合二为一，严重削弱作品中人物的现实主义精神指向。

李希凡、蓝翎对于贾宝玉和林黛玉的叛逆性的描述，与毛泽东对二者的评论也是有相似性的。据冯雪峰回忆，毛泽东在瑞金时就跟他讲过，"贾宝玉是我国文学中的一个革命家"。1937 年 5 月，毛泽东在延安抗日军政大学演讲时说："《红楼梦》的贾宝玉，要是生在今天，就不是去当和尚，而是参加革命了。"[1] 目前有记载的毛泽东在公开场合讲到《红楼梦》记录有数十条[2]，但是，在这些记录中，却没有任何关于薛宝钗的评价，或许，不予评判某种程度上也表达出毛泽东对她的态度。

李希凡、蓝翎对于俞平伯文章的另一个不满是其关于传统性的论述。俞平伯在论述《红楼梦》的文学传统的时候，认为其综合发展了中国古代文学传统特别是唐传奇与宋话本这两个中国古代小说传统，例如《红楼梦》的"色空"观念来源于《金瓶梅》，情节上有读《西厢记》和化用《庄子》等书上的典故句子等。李希凡、蓝翎认为，俞平伯这样的分析都是表面的，只能证明《红楼梦》的作者是一个"七拼八凑"的抄袭家，想要正确分析《红楼梦》的传统性，必须先明确什么才是"文学的传统性"。当然，在李蓝二人看来，文学的传统性只能是"人民性的继承与发挥"，其中包括现实主义的创作方法、民族风格的传承与改革等，而最根本的是"美学态度问题"，也就是文学与现实的关系问题。从这个观点出发来看《红楼梦》，才能正确理解《红楼梦》的传统性。《关于〈红楼梦简论〉及其他》进而分析道，《红楼梦》所继承并发展的人民性传统，是由《诗经》以及屈原、杜甫、关汉卿、施耐庵等伟大作家所代表的古典文学形成的人民性传统。《红楼梦》的优胜之处在于，它在暴露封建社会的罪恶方面，从深度和广度两个维度上都超越了之前的众多小说。在《红楼梦》中，曹雪芹的

---

① 何启君：《情系延安》，北京：新华出版社 1998 年版，第 97 页。

② 董志新的《毛泽东读〈红楼梦〉》一书对这些记录搜罗甚详，本书得益颇多，谨致谢意！

笔几乎触及封建制度的各个层面各种问题，把封建统治阶级的无情、虚伪、荒淫、无耻都表现得淋漓尽致。读者阅读《红楼梦》的时候，是可以非常明晰地感受到这部分内容的。但是，俞平伯对《红楼梦》的解读依旧只是从自己落后的世界观出发，"而不从完整的艺术形象去分析"，自然要出现偏差。文章提出，人类历史上的那些伟大的不朽的艺术，最根本的特征在于其"通过真实的生活形象的塑造，帮助人民在社会上和精神上争取解放"[①]，整个中国古代文学史传统，也就是中国人民反抗封建统治阶级、追寻美好生活的传统，《红楼梦》很好地继承并发展了这个传统。

李希凡、蓝翎文章中关于传统性的这些观点，也正是毛泽东《在延安文艺座谈会上的讲话》中谆谆切切教导知识分子的。在 1942 年的这篇讲话中，毛泽东就曾经指出，一切文学艺术，"都是一定的社会生活在人类头脑中的反映的产物"，现实生活就是一切文学艺术的源泉，而且是唯一源泉。人们常常以为那些古代的或者外国的文艺作品也可以称为当下文学艺术的源泉，这是一种误解，因为已有的作品不是源而是流，也是彼时彼地的人们依据他们当时的现实生活而创造出来的，同样脱离不了现实生活。所以说，"文学艺术中对于古人和外国人的毫无批判的硬搬和模仿，乃是最没有出息的最害人的文学教条主义和艺术教条主义"[②]。

这篇文章几乎完全就是按照毛泽东自身的文艺观点来写作的。彼时彼地，当毛泽东从众多浅尝辄止、缺少启发性和战斗性的文章中，看到李希凡、蓝翎的这篇作品，大加推崇，并进而借此展开一场从话语到思想的知识分子改造运动。

正因为在李希凡、蓝翎所阐述的毛泽东革命话语之中，《红楼梦》不仅是一部普通的小说，而且是充满了阶级斗争内容的史书，阅读和解说《红楼梦》等古典文学作品，重要的是将其化为符合现实主义的史料，融会进马克思主义阶级斗争的相关理论中，成为新政权合法性的有力佐证。所以，在随之而来的俞平伯红学批判运动中，众多批判文章除了表明自身与俞平伯新红学的界限之外，其基本着力点即放置于沿着李希凡、蓝翎的批判文章思维理路，继续探

---

① 李希凡、蓝翎：《关于〈红楼梦简论〉及其他》，载作家出版社编辑部编：《红楼梦问题讨论集》第 1 集，北京：作家出版社 1955 年版，第 63 页。

② 毛泽东：《在延安文艺座谈会上的讲话》，载中共中央文献研究室编：《毛泽东文艺论集》，北京：中央文献出版社 2002 年版，第 63 页。

第三章　革命语境中的红楼想象 / 143

寻《红楼梦》在革命话语框架中可能的地位与作用。

第二节　革命时代的浪漫抒情

"钟山风雨起苍黄，百万雄师过大江"，1949 年，知识分子手足无措者有之，惴惴不安者有之，冷眼旁观者有之，毫无疑问，更多的人对蒸蒸日上的新政权充满了期待，对焕然一新的和平局面表达了自己热切的赞美。"啊！解放了，动荡的年月可能结束了，真希望能有一个自由、民主、繁荣昌盛的新时代啊！"[①] 这样激情澎湃的描述几乎可以作为一个时代进步知识分子的共同心声。而解放军兵锋所到之处，表现出来的锐不可当的正气昂扬，与国民党军队四散溃逃时的那种栖遑混乱相比较，更是让人们产生了巨大的心理冲击。作家丰子恺看到解放军进城部队之后，忍不住称赞道："解放军为正义而战，当兵的个个是好男！以前被称为'东亚病夫'的中国人从此振作起来了！我们的国家前途无限光明！"[②]

共产党各级管理干部普遍表现出来的廉洁奉公、艰苦朴素、谦虚好学，让知识分子大为叹服，对新政权的未来充满了希望，例如朱光潜就在文章中坦诚，从前受国民党的宣传蒙蔽，一直对共产党抱有偏见，北平解放之后，自己生活中开始接触共产党，自己真的感受到了"共产党干部的刻苦耐劳，认真做事的作风，谦虚谨慎的态度，真正为人民服务的热忱，以及迎头克服困难的那种大无畏的精神"[③]。这个时候自己才恍然大悟，原来自己从前关于共产党的种种偏见都是错误的，在共产党执政的世界里，充满了光明，充满了欣欣向荣的新兴气象，"这里不再有因循敷衍，贪污腐败，骄奢淫逸，以及种种假公济私卖国便己的罪行"，朱光潜慨叹：近代以来，中国经历了各种革命，换了许多的方法，绕了许多的弯路，结果都是失望，只有在共产党这里，"现在我们才算是走上大路，得到生机"。

当战争结束，新政权定鼎中华，以高效有力的措施稳定了国内局面，开始

---

① 徐之河：《1949，一个百岁老人的回忆》，载陈立群编：《上海 1949》，上海：同济大学出版社 2019 年版，第 94 页。

② 丰一吟：《1949，迎接新中国》，载陈立群编：《上海 1949》，上海：同济大学出版社 2019 年版，第 189 页。

③ 于风政：《改造》，郑州：河南人民出版社 2001 年版，第 18 页。

延引各级知识分子加入新政权,共同进行国家建设的时候,让众多的知识分子产生了前所未有的归属感。1949 年 9 月初,费孝通参加了北平各界代表会议之后,在《人民日报》上撰文盛赞这次会议。他认为持续六天的北平各界代表会议,对从旧社会中过来的自己来说,几乎每天都如同在上课学习,这六天里学到的东西超过了自己过去六年乃至三十多年的经验,当他生平第一次看到"穿制服的,穿工装的,穿短衫的,穿旗袍的,穿西服的,穿长袍的,还有一位戴瓜皮帽的——这许多一望而知不同的人物",在同一个会场中彼此平等地讨论社会问题的时候,他相信中国从此已经走上了真正的民主道路,"三十多年来我所追求的梦想,在这六天里得到了"①。庆祝北平解放游行、第一次文代会、北平各界代表会议、第一届中国人民政治协商会议、开国大典……从首都到地方,从南到北,从城市到农村,各地纷纷召开不同级别的代表会议和庆祝游行,不同类别的知识分子被迅速地卷进新时代的狂欢与畅想之中。"我一下子像是变了一个人。觉得一切的一切都是美好的,都是善良的。我觉得天特别蓝,草特别绿,花特别红,山特别青。全中国仿佛开遍了美丽的玫瑰花,中华民族前途光芒万丈,我自己仿佛又年轻了 10 岁,简直变成了一个大孩子。开会时,游行时,喊口号,呼'万岁',我的声音不低于任何人,我的激情不下于任何人,现在回想起来,那是我一生最愉快的时期。"②喜气洋洋、激情满满、亢奋难当,几乎就是中华人民共和国成立初期一大批知识分子的基本情绪状态,当"东方红,太阳升"的歌声在中华崛起的宏大背景中缓缓舒展开来,那是一种前所未有的时代狂欢。

这种狂欢情绪,使得直抒胸臆的诗歌成为中华人民共和国成立之初最为流行的文学样式。1949 年 6 月 15 日,郭沫若在新政治协商会议筹备会上直接就是念了一首诗来作为自己的发言:"我感觉着,今天的新政协筹备会的开幕,正好像在黑暗中苦斗着的太阳,经过了漫漫长夜的绞心沥血的努力,终于吐着万丈光芒,以雷霆的步伐,冒出地平线上来了。我不能不以满怀的热诚,庆贺这新生的太阳出土。我更不能不以满怀的热诚,庆贺这新生的太阳永远上升,永远不会下降。"③多年不曾写作新诗的俞平伯,在冒雨参加完中国共产

---

① 费孝通:《我参加了北平各界代表会议》,《人民日报》1949 年 9 月 2 日。

② 季羡林:《我的小清欢》,北京:中国纺织出版社 2020 年版,第 101 页。

③ 杨建新、石光树、袁廷华编著:《五星红旗从这里升起》,北京:文史资料出版社 1984 年版,第 256 页。

党成立 28 周年庆祝集会之后，也连夜写了一首新诗《七月一日红旗的雨》，并在第一次文代会上朗诵这首诗作为自己的发言。《人民日报》等各种报刊专门辟出版面来，发表了大批政治抒情诗，如郭沫若《新华颂》（1949 年）、胡风《时间开始了》（1949 年）、艾青《国旗》（1949 年）、石方禹《和平的最强音》（1950 年）、邵燕祥《我们爱我们的土地》（1954 年）等。

1958 年的新民歌运动则把政治抒情诗推向了前所未有的高潮。从《人民日报》的社论开始，各级党委宣传部纷纷将创作新民歌作为一项政治任务，组织各种形式的搜集会、创作会、朗诵会，"村村要有李有才，社社要有王老九，县县要有郭沫若"成为许多地区的宣传口号。在各种形式的集会上，经常都会有发言代表拿出诗歌，现场朗诵，"在挑战书、意见书、决心书上以及辩论会上，诗歌都是比较普遍使用的形式"①。这一年成了"划时代的一年。到处成了诗海。中国成了诗的国家。工农兵自己写的诗大放光芒。出现了无数诗歌的厂矿车间；到处皆是万诗乡和百万首诗的地区；许多兵营成为万首诗的兵营"②。这场由上级亲自发动的全民抒情诗写作运动，把 20 世纪 50 年代中国特有的那种激情四溢的时代情绪透过诗歌迸发了出来。整个国家，从上到下，浪漫满怀、豪情涌动，觉得世间无事不可为，"可上九天揽月，可下五洋捉鳖"，工农业方面的生产"大跃进"，也只有在全民皆诗、纷纷欲狂的特殊年代，才会以那种奇诡的方式遽然而生，哗然而散。

处于这种时代的狂欢情绪之中，何其芳也不断升腾起自己的"诗心"，在不同场合诉说自己重新进行诗歌创作的愿望。1952 年，在为《西苑集》写的序言中，何其芳表示，自己现在把前些年的议论性文章编在一起，是想暂时不再写议论性文章了，挤出点时间搞搞创作，"我现在是多么渴望能够写出一些热情的作品，有思想的作品，可以让我不是带着惭愧的心情来献给读者的作品呵"③。1953 年 11 月，在北京图书馆的一场讲演中，何其芳表示"要我说真心话，我还是很想写诗的"④。1957 年，在中国作家协会文学讲习所的演讲中，何其芳再次提出自己不喜欢搞理论，延安之前自己是从来没有写过理论性文章的，但

---

① 天鹰：《一九五八年中国民歌运动》，上海：上海文艺出版社 1959 年版，第 13 页。
② 徐迟：《序言》，《诗刊》编辑部编选：《1958 诗选》，北京：作家出版社 1959 年版，第 1 页。
③ 何其芳：《何其芳文集》第 4 卷，北京：人民文学出版社 1983 年版，第 381 页。
④ 何其芳：《关于写诗和读诗》，载万县师范专科学校何其芳研究组编：《何其芳诗文选读》，成都：四川教育出版社 1986 年版，第 195 页。

是目前自己的工作岗位性质却要求必须经常写理论性的文章，自己最喜欢写的还是诗歌或者小说。事实上，中华人民共和国成立之后，他也再度拿起了在延安整风运动之后长期搁置的诗笔，先后写作了《我们最伟大的节日》（1949）和《回答》（1954年）。特别是《回答》一诗，意象新奇，情感真挚，几乎重现了早期何其芳那种精致细腻的语言和忧郁多情的意境。

正是带着这种抒情香氛，何其芳写出了《论红楼梦》[①]。

文章的开头，何其芳不像一般的学术研究论著那样板着面孔，而是娓娓而谈，回忆起自己青年时代的阅读经历，在年少的时候，就经常听到大人们在讨论《红楼梦》，甚至为了其中的某些问题爆发激烈的争辩，后来到了青年时代，亲自阅读了这本书，"尽管我们还不能理解它所蕴含的丰富的深刻的意义，这个悲剧仍然十分吸引我们，里面那些不幸的人物仍然激起了我们的深深的同情"[②]，读者幼小的心灵似乎受过一次洗礼一般。那个时候，"我们开始知道在异性之间可以有一种纯洁的痴心的感情，而这种感情比起在我们周围所常见的那些男女之间的粗鄙的关系显得格外可贵，格外动人。时间过去了二十年或者三十年，我们经历了复杂的多变化的人生。我们不但经历了爱情的痛苦和欢乐，而且受到了革命烈火的锻炼。我们重又来读这部巨著。它仍然是这样吸引我们——或许应该说更加吸引我们。我们好像回复到少年时候。我们好像从里面呼吸到青春的气息。那些我们过去还不能理解的人物和生活，已不再是一片茫然无途可寻的树林了"[③]。《红楼梦》的世界是如此的美妙，似乎在我们的眼前展开了一幅幅色彩炫目的封建社会图画，里面一个个鲜活的人物，一幕幕旧时生活的场景，都栩栩如生，"我们读了一遍又一遍。我们每次都感到它像生活本身一样新鲜和丰富，每次都可以发现一些以前没有察觉到的有意义的内容"[④]。

对于从小即阅读过《红楼梦》等古典小说的何其芳来说，《红楼梦》不仅带着一份年代的温馨记忆，更与他所喜爱的那些精致流丽的晚唐诗词有着许多相通之处：对幽微情爱的吟咏低唱，对绮靡生活的孤芳自赏，对生命无常的忧

---

① 1954年红学批判运动之后，中国科学院文学所成立《红楼梦》研究小组，组员包括曹道衡、胡念贻、邓绍基、刘世德和副所长何其芳。1956年，《文学研究集刊》第5期刊出了何其芳的长篇文章《论红楼梦》。这部著作"从阅读材料到写成全文，约有一年之久"，全文共分十三个部分，约7万字。

② 何其芳：《论红楼梦》，北京：人民文学出版社1963年版，第62页。

③ 何其芳：《论红楼梦》，北京：人民文学出版社1963年版，第62页。

④ 何其芳：《论红楼梦》，北京：人民文学出版社1963年版，第62页。

郁怅惘……在写作《论红楼梦》的时候，何其芳"充满着兴味"，有意地采用了极富情感的笔调。出于这种喜爱，他完全不能同意胡适、俞平伯对于《红楼梦》文学价值的贬低①，在他看来，《红楼梦》毫无意外就属于世界文学史上最伟大的作品之列，"它能获得不同年龄和经历了不同生活的广大的读者群的衷心爱好；它能够丰富和提高我们的精神生活；它能够吸引我们反复去阅读"②，它就像永不凋谢的花朵一样具有永恒的艺术魅力，而且蕴含着丰富而深刻的意义，等待着人们去一次次地探讨。

接着，何其芳简单介绍了一下《红楼梦》创作的社会背景，指出《红楼梦》以文学的形式为这个社会作了一次最深刻的描写，当然这个背景说明也不是简单地人云亦云，何其芳采用了拟人的方式来入文，拟想《红楼梦》好像在对读者说："这些古老的制度和风习是如此根深蒂固而又如此不合理，让它们快些灭亡吧！虽然在这沉沉地睡着的黑夜里，我无法知道将要到来的是怎样一个黎明，我也无法知道人的幸福的自由的生活怎样才可以获得，但我已经诅咒了那些黑暗的事物，歌颂了我的梦想。"③

《论红楼梦》第二章介绍了作者曹雪芹的生平和研究历史。论及曹雪芹的写作主旨的时候，何其芳不同意王国维对《红楼梦》的悲剧解说，认为王国维没有看到小说里"对人生的执着和热爱"。他也不同意胡适对《红楼梦》"平淡无奇"的评价，认为它不只是写封建大家族坐吃山空、树倒猢狲散的"自然趋势"，也不仅是暴露了封建制度的某些片面，而且是"批判了整个封建社会的上层建筑和整个封建统治阶级"，并且重要的是，"提出一些关于人的合理的幸福的生活的梦想"④。身处社会主义新中国的巨大欢乐洪流中，对于未来充满了各种浪漫想象，此时的何其芳眼中，《红楼梦》自然不是"悲凉之雾，遍被华林"，更不可能是"彻头彻尾之悲剧"，而是一部积极向上的、充满了对幸福生活的梦想的热情小说。

在第三章里，何其芳提出了一个同样充满热情和梦想的说法："贾宝玉和林黛玉的爱情悲剧是《红楼梦》里面的中心故事，是贯穿全书的主要线索。"虽然生长于黑暗的充满压抑的封建社会，但是就在这样的环境中，宝玉和黛玉的

---

① 参见何其芳的《没有批评就不能前进》等文章。
② 何其芳：《论红楼梦》，北京：人民文学出版社 1963 年版，第 62 页。
③ 何其芳：《论红楼梦》，北京：人民文学出版社 1963 年版，第 63 页。
④ 何其芳：《论红楼梦》，北京：人民文学出版社 1963 年版，第 67~68 页。

爱情依旧萌芽了，"这正像一棵植根在石头底下的富有生命力的小树一样，不管怎样受到压抑，还是顽强地生长起来了。生长起来了，然而不能不是弯曲的、畸形的。因此，他们的爱情不能不是痛苦多于甜蜜，或者说痛苦和甜蜜是那样紧紧地交织在一起，以至分不清到底什么更多"。[①]《红楼梦》就是有这种魅力，能够把"儿女之真情"写得细腻而深情，才能感动着一代又一代的人。

与何其芳《论红楼梦》同期的红学论著中，还有一部更为抒情写意的作品——《红楼梦论稿》。《红楼梦论稿》的作者蒋和森 1952 年从复旦大学新闻系毕业，之后任职文艺报，正是青春萌动、谈情说爱的最佳年龄。1955 年 6 月起，蒋和森相继发表了《薛宝钗论》《略论曹雪芹的表现艺术》《贾宝玉论》等文章。蒋和森的系列文章以其强烈的抒情色彩，迅疾引起国内红学界的瞩目，也得到何其芳的赏识。1956 年年底，蒋和森调入科学院文学所，专门从事《红楼梦》研究。在文学所，蒋和森又写了《林黛玉论》《曹雪芹和他的〈红楼梦〉》等文章，1959 年，论文汇集成《红楼梦论稿》一书出版。《红楼梦论稿》的文章大多以强烈的富有主观色彩的个体抒情为特色，夹叙夹议，就其述学风格来说，与其说是红学研究论文，莫如说是以《红楼梦》为主题的抒情散文。

《红楼梦论稿》提出，《红楼梦》里面虽然写了爱情，但是从其题材和表现形式、内容、悲剧性等各个方面，都深刻地反映了整个封建时代，贾宝玉与林黛玉二人爱情的发展和最终失败，深刻地反映了黑暗的封建社会对人的压制与迫害，作者曹雪芹对封建统治阶级发出了控诉与声讨，并且预言了其必然灭亡的命运。虽然《红楼梦》并没有以非常激烈的阶级斗争来作为小说的主线，反而是以爱情作为主线来结构全书，但是，它依旧属于反封建的经典作品，因为"爱情并不是一个小问题，而是一个整体性的社会问题"[②]。因为曹雪芹所着重表现的一个主要题材是反封建的人和反封建的爱情的美，并且经常通过对丑恶失误的揭露来歌颂这种美，"所以我们在读《红楼梦》时，不是只见晦暗，而是经常感到洋溢着一种青春的、爱情的明丽色彩"[③]。

不仅如此，《红楼梦论稿》提出，《红楼梦》之所以能够传诵不绝，引发无数读者的热爱与赞美，还在于它除了控诉和暴露之外，更是"一首反封建的爱

---

① 何其芳：《论红楼梦》，北京：人民文学出版社 1963 年版，第 75 页。

② 蒋和森：《红楼梦论稿》，北京：人民文学出版社 1981 年版，第 308 页。

③ 蒋和森：《红楼梦论稿》，北京：人民文学出版社 1981 年版，第 184 页。

情的颂歌,美的人、美的灵魂的颂歌"①。《红楼梦》的作者曹雪芹揭露了封建社会的种种黑暗,"同时,他更把我们的目光引向生活中进步的、美好的一面,非常感人地指出那一时代的灵智与感情正在不熄地燃烧,正在咬破四周的黑暗而吐射光明"②。所以,我们在《红楼梦》中看到了爱得深沉、爱得美丽,同时也爱得多疑和痛苦的林黛玉,"她为爱情而生,又为爱情而死。她似乎除了爱情之外,就不知道世间还有其他任何的哀乐。是的,这未免显得有点恋爱至上主义。可是,在那个墨黑如漆的历史长夜里,像她这样一个幽禁在封建铁槛内的少女,除了从自身引出爱情的火光来照亮她的人生之外,又能更多地想到和做到甚么呢? 爱情,是她在生活激流里所碰到的一根浮木,她不能不用全生命的力量抓住它,并且一旦抓住之后就怎么也不肯松开手来了"③。而贾宝玉,这个"处于将生未死之间的知识分子的形象",通过与林黛玉之间的爱情,他"在荣国府的围墙里面找到了生活的重心,找到了心灵的最大慰藉,找到了他所理想的美"。每次当他走向潇湘馆的时候,"生活的朝霞",就会在他的头上升起,他"曾经有过多少醉心的、霓虹色的憧憬啊"。④他与林黛玉互相用爱情填补着生命的空白,互相以爱情激发着思想的光芒,因此,对于林黛玉和与林黛玉之间的爱情,他常常怀着别样的敬重之情,不敢稍有狎亵,"贾宝玉在爱情的面前膜拜顶礼,实际上是在灵智和诗情的面前、在反封建主义的生活方向面前膜拜顶礼"⑤。

由此,我们可以见到《红楼梦论稿》的风格与神韵,其抒情之笔调在一众阶级斗争话语中,令人眼前一亮。正如多年之后,红学家冯其庸赞叹的那样,"在200年来汗牛充栋的红学著作中,《红楼梦论稿》像高悬在艺术天空里的一轮明月,它将伴随着每一个热爱《红楼梦》的读者和研究者走过他们的一生。《红楼梦论稿》是和森同志人生体验的结晶,凝聚着他全部的爱。人们将永远在《红楼梦论稿》的清辉里低徊沉思,升腾起情感的旋律"⑥。

《论红楼梦》和《红楼梦论稿》冲破了1954年以来的"四大家族""封建罪恶"的基本叙述套路,用赞美的语调来谈论爱情,并且将其作为《红楼梦》的

① 蒋和森:《红楼梦论稿》,北京:人民文学出版社1981年版,第184页。
② 蒋和森:《红楼梦论稿》,北京:人民文学出版社1981年版,第2页。
③ 蒋和森:《红楼梦论稿》,北京:人民文学出版社1981年版,第86页。
④ 蒋和森:《红楼梦论稿》,北京:人民文学出版社1981年版,第34页。
⑤ 蒋和森:《红楼梦论稿》,北京:人民文学出版社1981年版,第33页。
⑥ 冯其庸:《哭蒋和森》,《红楼梦学刊》1996年第11辑。

核心主线，这正是 1956 年"文学艺术的春天"里特殊的时代风景。1956 年，"百花齐放"的大格局中，相继出现了一批大胆突破阶级斗争写作模式的小说，例如王蒙《组织部新来的青年人》、陆文夫《小巷深处》、宗璞《红豆》等，这些小说力图走出 1949 年以来小说创作中的"暴风骤雨"刻板模式，坦诚面对现实生活中普通人的幸福与烦恼。在这些小说中，有相当一大批作品涉及了爱情题材。路翎《洼地上的"战役"》以中国战士和朝鲜姑娘之间朦胧潜隐的爱情来探讨个体情感与集体纪律之间的冲突；邓友梅《在悬崖上》描写已婚的"我"爱上年轻、漂亮、浪漫的混血儿姑娘加丽亚；陆文夫的《小巷深处》写妓女徐文霞的新生和爱情波折；宗璞《红豆》以抒情的笔调将爱情道路的选择同个体的人生抉择结合在一起；至于杨沫的《青春之歌》，则干脆将女主人公林道静的爱情经历和追寻革命历程镶嵌在一起，形成了独特的民族国家寓言。可以说，在这个时代里，用充满激情的笔法探讨爱情、歌颂爱情，已经成为知识群体一种独特的精神解放与表达方式。

　　事实上，对于爱情的歌颂与描写，一直都是和革命文学如影随形的。1926 年，蒋光慈在《十月革命与俄罗斯文学》一文中提出，"革命就是艺术，真正的诗人不能不感觉到自己与革命具有共同点"，革命是艺术，诗人的创作也是艺术，要感受甚至表现"过渡时代社会的一切感觉和情绪的色彩"，必须是具有浪漫主义精神的艺术家才能办得到，"惟真正的罗曼谛克才能捉得住革命的心灵，才能在革命中寻出美妙的诗意，才能在革命中看出有希望的将来"。[1] 因此，蒋光慈宣称："我自己便是浪漫派，凡是革命家也都是浪漫派，不浪漫谁个来革命呢？"[2]

　　19 世纪浪漫主义文学中强烈的个体解放和人文关怀，决定了其精神核心就是把个体的解放与人类的自由发展紧紧相连：要恋爱必须革命，因为个体的自由需要以整体的解放来保证；要革命也必然会恋爱，因为整体的解放其目的在于个体的自由。革命与恋爱是一而二、二而一的统一整体。因此，我们在 19 世纪浪漫主义文学中，经常看到的是一个对世界充满了理想的浪漫主义者的恋爱故事——他们既以具有革命色彩的人生追求，也以具有个体解放色彩的爱情来对抗陈腐的世界。从这个脉络而来的作家们也就把革命文学与爱

　　① 蒋光慈：《蒋光慈文集》第 4 卷，上海：上海文艺出版社 1988 年版，第 71 页。
　　② 郭沫若：《创造十年续编七》，载方铭编：《蒋光慈研究资料》，银川：宁夏人民出版社 1983 年版，第 200 页。

情书写熔为一炉，创造出独特的革命加恋爱小说。与蒋光慈宣称自己是浪漫派一样，洪灵菲在其作品中也说："革命和恋爱都是生命之火的燃烧材料，把生命为革命、为恋爱而牺牲，真是多么有意义的啊！"[①]这种把个体恋爱与革命等量齐观的思想，自然引来了不少的批评，例如沈端先就批评叶永蓁的《小小十年》，"革命的描写，完全淹没在恋爱的大海里面。使我们读完这一部书的，只是对于男女主人公恋爱的关心，而绝对不是主人公对于革命的关系"[②]，整部小说包括作者，完全"沉湎于接吻和拥抱的世界里面"。然而在批评之外，革命加恋爱的左翼模式小说，在 20 世纪 20—30 年代取得了巨大的成功，成为当时的文化时尚，带来了大批的读者，影响了一大批人加入革命，却也是不争的事实。革命时代的恋爱话语，成为中国近代文化史上的一道特殊风景线。

延安时期，在"革命需要"的标准下，集体主义话语成为最重要的、凌驾于个体解放之上的话语。在集体主义甚嚣尘上的年代，"恋爱"话语背后所暗示的个人选择自由和身体意味，使得公开谈论爱情或追求爱情，成为一种略带离经叛道色彩的个人主义行为。唯有类似《钢铁是怎样炼成的》那种将"恋爱"与"革命"两种话语高度结合的特殊案例，才能得以披红挂彩地公开诉说，普通人的"恋爱"，在文学作品中往往被置换为更具社会特征的"结婚""在一起"等词语，成为不同性别革命同志之间理想相互契合的另外一种结构方式，男女之间的结合往往也带有不少的"组织"力量介入，"政治需要"成为非常重要的婚姻因素。

作为 20 世纪五六十年代"显学"的文学创作，其地位超然特卓，在表现"恋爱"话语时要保持相当程度的含蓄，也要与政治主题之间保持密切的联系，因此，对于个体爱欲的表达相当克制。十分有趣的是，情爱与个体爱欲的表达，在当时的畅销书市场反而表现出了蓬勃的力量。据易图强《新中国畅销书历史嬗变及其与时代变迁关系研究》的统计，1949 年后到 70 年代末，我国出版了大量的中外文学经典作品，这里面有大量作品是以爱情故事为主线的，例如《家》《安娜·卡列尼娜》等。仅以《西厢记》为例，此时期出版的关于《西厢记》的图书就达到 22 种，包括原著校注本、改编的剧本、介绍与研究著作等，其中出版于 20 世纪 50 年代的就有 16 种。据统计，从 1949 年 10 月至 1966 年 4 月，

---

① 洪灵菲：《洪灵菲小说精品》，北京：中国文联出版社 1997 年版，第 163 页。

② 沈端先：《小小十年》，载延边大学中文系、通辽师院中文系编：《鲁迅〈二心集〉资料选编》，延边：延边出版社 1979 年版，第 86 页。

中国出版的书名中题有"爱情""恋爱""性"以及相关字眼的爱情、性知识图书共有72种。而在全民情绪最为高涨的1955—1958年，出版的种数多达51种，约占总数的72.9%。1955—1957年这三年间，有8种题名性或爱情的图书发行量在10万册以上，销量冠军是1956年7月人民卫生出版社出版的《性的知识》，首印80万册，多次再版，累计印数达到915万册。[①] 畅销书未必能完全反映当时的创作趋势，但其无疑非常明确地表明了当时人群的基本情感诉求。

时至今日，当代人回头书写革命时代性爱故事的小说和回忆录已有不少，如果说王小波的《黄金时代》、阎连科的《坚硬如水》等小说还属于文学虚构，作为政治动荡亲历者的张贤亮，在其《亲历历史》一书中，则向我们讲述了一个充满性爱狂欢的民间。

在张贤亮看来，彼时的性爱狂欢，主要是因为谈论政治与人生的实际问题带有非常大的危险，"只有谈论性交最安全"，这是性爱成为学习会后大家谈论主题的重要原因。但张贤亮的说法也许并不能算是唯一解释。毕竟，谈论性爱，不可避免地要谈及人与人之间的隐私关系，而在那个年代里，男女之间的一点点隐私关系，都可能导致双方成为下一次学习会、批斗会的对象，传播信息的人也要承担指证或者同谋的罪责。谈论性爱并不意味着就具有政治免疫功能。要战胜陷入政治风险的恐惧公开谈论性爱，除了免除更大风险的理性考虑外，还有源自内心的感性需求。革命年代里，个体的激情被各种运动充分撩拨了起来，各种鼓动性的奋斗目标、上百人的劳动竞赛、动辄数千人上万人的群众大会等，都使人心神震荡、两眼放光、精神亢奋、荷尔蒙分泌加快。陷入亢奋的人群，对于性爱的需求和想象也就被充分调动了起来。除了大饥荒年间，1949—1979年，中国的人口出生率基本保持了高速增长模式，这自然有"人多力量大"的政治鼓动因素，但其与中国革命话语下特殊的群体情绪息息相关，应当是一个能够成立的社会学关联。

也许正是领悟呼吸到这种社会情绪，何其芳的《论红楼梦》与蒋和森的《红楼梦论稿》皆用了极具抒情意味的笔调来歌颂贾宝玉和林黛玉的爱情，将其作为表征个体生命解放和自由追求的重要形式。虽然两本论红专著中也有种种阶级斗争的铿锵之论，但在其内里，可以看到隐隐涌动着20世纪二三十年

---

① 易图强：《新中国畅销书历史嬗变及其与时代变迁关系研究》，湖南师范大学博士学位论文，2011年。

代革命文学的革命加恋爱之泡沫。

第三节　特殊年代的苦情与慰藉

1949 年前后的几场政治运动，使得知识分子噤若寒蝉，不少通灵敏感之人都嗅到了政治动荡之间的危险苗头。沈从文主动请求不再写作，调入历史博物馆，担任文物整理和文物研究工作。1953 年，何其芳发表了新诗《回答》，遭受批评之后，终于偃旗息鼓，转而从事文学评论和古体诗写作。对于当时的知识分子来说，最为稳妥的方式当然是埋首古籍、避世自处。20 世纪 50 年代创刊的《文史哲》《文学遗产》《光明日报·文学遗产》等一系列古典文学研究刊物，聚集了一大批学者，呈现出某种不同寻常的繁荣。当然，埋首古籍也并不是没有策略的，1954 年的红学批判运动清算了那些不顾时政、以"烦琐考证"为中心的古典文学研究趣味；1965 年《海瑞罢官》遭受点名批判，则把另外一条改编古典戏文的道路也给堵上了。在动辄得咎的年代，似乎只有静静地阅读，才是相比之下最为安全稳妥的方式。

然而，在特殊的年代，即便阅读这个简单的愿望，也并不容易达到。

1966 年 6 月 1 日，《人民日报》发表社论《横扫一切牛鬼蛇神》，提出要"破除几千年来一切剥削阶级所造成的毒害人民的旧思想、旧文化、旧风俗、旧习惯"。紧接着，全国掀起"破四旧"运动，红卫兵成群结队进入各类知识分子家庭抄家，将各种字画古玩、古今书籍一一抄没，或以组织的名义没收，或当众砸烂、焚烧。在这场运动中，难以计数的珍贵文物遭到了无法恢复的严重破坏，中国历代典藏的珍贵图书被大量焚毁。

在"文化大革命"中，《红楼梦》等古典小说成为可以得到保存，并允许被阅读的为数不多的书。特别是《红楼梦》，更是一跃成为混乱年代里最被广泛阅读的古典小说。一方面，毛泽东个人对于《红楼梦》《水浒传》等古典小说的高度评价，让这些书籍成为受保护的古典文学"精华"，避免了被当作糟粕去除的命运。另一方面，批红运动中，全国上下各路人等对于《红楼梦》的大批判，使得《红楼梦》声名大噪，上到党报党刊，下到田间地头，人人皆在阅读，个个都能争论。

对于知识分子来说，《红楼梦》尤其难得。相比《水浒传》的狠厉乖张，《三国演义》的权谋老到，《红楼梦》文采华丽，词句俊雅，情真意切。写繁华鼎盛之处，富丽堂皇，锦衣玉食，令人神往；书落魄萧瑟之时，晦暗无光，郁郁难展，令人情伤。书中贾宝玉与林黛玉的种种叛逆之举，抗俗之言，双方在礼教森严之中迂回曲折的情感故事，令人叹惋。至于书中种种今昔之叹、命运之悲，在身世浮沉、朝不保夕的年代，读来更直如钟鸣在耳，惊心动魄。

胡风的《红楼梦》阅读经验，是那个时代读红者中特殊的一种。

关于与《红楼梦》的因缘，胡风曾在《〈石头记〉交响曲〉序》一文中说及："《石头记》一书，我最早是在一九二一年上中学时寒假中匆匆地读过一遍，那是一个有批语的旧版本。主要人物和情节所给予我的印象却一直留着。'五四'后关于它的考证和评论也看过一些，但除了很少几点对我有影响外，其余的就全忘了。"① 对于年轻的胡风来说，阅读《石头记》并没有给他太多的感触，彼时正是新文学革命如火如荼的时代，中学低首，西学为盛，《石头记》这种旧式小说对于向往新学的年青一代来说，估计只是增长见闻而已。之后，胡风追随鲁迅的脚步，孜孜以新文学为己任，上下求索，自然更是无心驻足。恰如在1950年的一个演讲中所讲的那样，胡风对于中国古典文学的评价不高："我们的文学是封建社会的产物，我们没有过像欧洲文艺复兴时代那样伟大的东西；'五四'以前的旧文学就不曾有过在'改造世界'这一伟大气魄上自觉地产生的作品。"

中华人民共和国成立之后不久，残酷的政治斗争一下子将胡风打倒在地，"反革命集团"的帽子一罩下来，直如黑云遮地，无边无际。据胡风自述，1957年秋，对他的相关审问告一段落，在看守所"听候处理"期间，无以排遣，胡风向管制方要求给他一部《石头记》。"我的要求满足了，我就在约半年的时间内读了它五六遍"。后来胡风被转出看守所，中间辗转几次，最后投入秦城监狱，这本《石头记》估计也就留在看守所了。在监狱期间，胡风几乎天天受到严厉审讯，却坚守底线，倔强异常，承认自己的文艺思想问题，坚决不承认有任何反叛行为。在牢房之中，面壁独居，无所事事，虽然依照监狱的基本配置，可以阅读《人民日报》，但是一份报纸，几个小时就能从头到尾读完，剩余的时间只能在狱中踱步。无聊之时，只好写诗以代思考。然而狱中没有纸笔，写新诗记不住，胡风只好写作旧体诗，并且创造出一种独特的更便于记忆的连环旧体诗。这些诗歌咏人咏事，也包括咏《石头记》的《〈石头记〉交响曲》。

---

① 胡风：《〈石头记〉交响曲〉序》，《红楼梦学刊》1982年第4辑。

在《〈石头记〉交响曲》以及出狱后的几篇文章中，胡风把自己的身世投射于作品之中，将《石头记》读得感天动地、涕泪横流。首先是对作者曹雪芹，胡风将其比拟为遭受不幸的屈原之流，"世末奸攻善，时乖劣伐良。圣贤阴魑魅，富贵暗豺狼……武力诛冤死，文才判屈亡"（《〈石头记〉交响曲》）。在胡风的论述中，曹雪芹和鲁迅具有同样的精神特质，"他要'开辟鸿蒙'，他和他的人物们一起，他自己也就是'情种'。他要否定这个'末世'，寻求重新创造历史的道路，寻求根据，重新建立人与人新的感情联系，思想联系和社会地位的联系。他为这个目标战斗过了"①。在曹雪芹的人生经历中，其实看不到多少"为人类历史的命运"耗尽才力的事迹，作家的创作更多的是由于个体抒情的需要，而非对于世界有多少责任或改造意图。至于奸人、豺狼的迫害，更属于子虚乌有了。在曹雪芹的生平事迹中，找不到太多遭受他人陷害的例子，即便曹家的抄家败落，有卷入政治党争，有亏空遭清算，但与文人志士遭受小人嫉妒中伤也相距甚远。换句话说，胡风在写曹雪芹的时候，对古伤情，将曹雪芹的经历按照自身的经历改造了一遍，重新加以构想。

写到贾宝玉的时候，胡风同样移情于贾宝玉，将其写成了另外一个具有"主观战斗精神"的"胡宝玉"。《石头记》是我们唯一的一部对几千年统治阶级的统治秩序、意识形态（精神状态）和生活道德（生活风尚），在血肉的风貌上做了你死我活的痛烈的大斗争的作品。而宝玉就是进行这个斗争的代表者。"②胡风的论述，完全接受了李希凡一脉对于《红楼梦》的基本观点，将其视为反封建的政治教科书。考虑到胡风及七月派一贯的政治倾向性，这样的接受倒也在情在理。但接下来，胡风就又开始将贾宝玉理想化了。他提出，贾宝玉的抗争有四个特点。第一个特点，他的言行直接瞄准了敌人的要害之处；第二个特点，支持他与世界与敌人抗争的精神品质或者说生活要求，是超越了他所处的时代的，虽然非常的微弱而且被重重假象所遮蔽所隐匿；第三个特点，贾宝玉为了自己理想中的真善美，会豁出了性命去斗争的；第四个特点，在这个斗争中，"他不是完全孤立的"，支持他的人数目很少、力量也很弱小，有时候甚至没有力量，但是他们的经历"凄切撼人"，能够在读者心中引起纯真的强烈的激动，"强化他们向非人社会斗争的意志"。贾宝玉的反抗意识不

① 胡风：《〈〈石头记〉交响曲〉序》，《红楼梦学刊》1982 年第 4 辑。
② 胡风：《〈〈石头记〉交响曲〉序》，《红楼梦学刊》1982 年第 4 辑。

够明确，反抗行动更多的只是停留于语言快意，在金钏儿事件和晴雯事件中，甚至暴露出缺乏担当的特点，这是显而易见的。但是，在胡风的论述中，贾宝玉是讲究斗争策略的，其反抗能够"对准敌方要害"，他会在"微末不足道的琐碎表现"里面，豁出自己的性命，为了自己的信念"死而无悔"。这与胡风在其文艺论中念兹在兹地要求作家"深入到生活现实里"、与时代"肉搏"的"主观战斗精神"如出一辙。而且，胡风还强调了贾宝玉斗争的孤独特质及光明价值：他的斗争并不是完全孤立的，虽然在他的时代反响微乎其微，有时候甚至几近于无，但是他的举动能够在未来，于读者心中引起纯真的强烈的激动。

在这里可以看出，胡风的论述甚至有点混乱，将小说世界与现实影响糅在一起来讨论小说中人物的精神状态孤不孤独，这种以身后影响来讨论对错是非的做法，更适合在讨论作者曹雪芹孤不孤独的时候来用，而非讨论小说中虚拟人物的精神状态，因为小说世界与外在世界并不相通——这个谬误足以看出，胡风在论述贾宝玉的时候，同样是移情换境，把自己的精神状态和生平经历附着于贾宝玉身上，生生创造出了另外一个充满胡风气质的"胡宝玉"。

在《〈石头记〉交响曲》的其余几首诗歌中，胡风也延续了这种以己入石、以石证己的做法。虽然由于经历、性格的独特，并非每个人都能如曹雪芹、贾宝玉这样被解读成为与胡风极度相似的具有"主观战斗精神"的人物，但是，胡风以自己遭人诬陷、亲友背离、身陷囹圄等经历来观望，泪眼所至，不少地方都颇能"怅望千秋一洒泪，萧条异代不同时"。例如咏元春"害鼠黄昏影，丧鸦白日声。囚身悲寂寞，禁足哭凄清"，极似对自己囚禁生涯的慨叹。咏尤二姐"狡官能换地，贪吏敢遮天。地黑真权贵，天昏假圣贤；叫天怜警幻，呼地叹曹霑"，对官场人物充满愤懑，颇似诉说自己在冤案中经历的政治倾轧。咏林黛玉"世末无天亮，时乖地不平；匡时求大德，革世待高行"，则把遗世独立的林黛玉写成了充满改造世界梦想，却郁郁不得志的人，又是将胡风自己那种怀才不遇、不合于世的经历掩映其中。至于那些有过稍微反抗言行的人，更是被胡风大加赞赏，不吝伟词，如赞龄官"含悲抒大憾，志壮叹龄官。秉貌情难合，怀才艺肯专；酬情羞取悦，惜艺耻承欢；落府心都冷，亡家眼不酸！……怒声嗔主上，傲气别人间"，叹芳官"裹足离愁地，垂眉别恨天；地深沉足下，天重压眉端！举足投荒地，扬眉间黑天；天高嘲眼近,地大笑身单！放眼群同放,翻身众共翻"①,都把二者写得一身硬骨,傲气冲天,悲情而凄怆,虽不如胡风自己那样具有明确的思想脉络,其激情荡漾处,却也颇相仿佛。

与胡风相比,吴宓的《石头记》阅读经验,则是特殊年代中的另外一种阅读样式。

吴宓一生痴恋《石头记》,自幼时起,即熟读该书,做讲演时能大段大段背诵书中的内容。1919 年,哈佛留学期间,吴宓在中国同学会举行了第一次红学讲座"石头记新谈",后来,其将讲座的内容略作修改,发表于国内《民心周刊》。在哈佛留学期间,吴宓还曾把"宝玉探晴雯"片段翻译为英文舞台剧,为中国筹措赈灾款②。回国后,吴宓继续深研《红楼梦》,有《〈石头记〉评赞》《〈红楼梦〉之文学价值》《论紫鹃》《〈红楼梦〉之人物典型》等多篇红学文章发表。特别是在 20 世纪三四十年代间,吴宓将主要研究方向聚焦于红学,在西南联大组织石社,在联大开设"红楼梦讲谈"课程,在燕京大学开"红楼梦人物分析"等系列讲座,还被各地机构邀请,四处讲解《红楼梦》,在红学界,风头一时无两。有学者统计,其生平先后开了 70 多场红学讲座。③吴宓日记中记述和 200 多人谈话,其中就有大量谈话是关于《红楼梦》的。④在各类诗文中,吴宓常以《石头记》中人物品评现实中的人物,如以贾政比嗣母胡淑人的父亲胡三太爷,以王熙凤比胡家六舅父的原配王氏,以十二钗比胡家表姐妹们等。至于吴宓自己,则或自比为贾宝玉,或自比为林黛玉,或自比为卫护林黛玉的紫鹃。

吴宓论《红楼梦》的基本诉求有二:一是借《红楼梦》为材料来阐明自己的人生哲学,二是以《红楼梦》来弘扬中华文化。关于第一个诉求,吴宓曾在答记者问时说:"予有一贯综合之人生观及道德观。予之讲《红楼梦》,只是借取此书中之人物事实为例证,以阐明予之人生哲学而已。"⑤在其专著《文学与人生》等书中,吴宓也不断实践这个理念,将各种文学作品都视为人生的表现和凝练,而自己的解读则是用研究文学来阐发思想、研究人生。关于

---

① 胡风:《〈石头记〉交响曲》,《红楼梦学刊》1983 年第 1 辑。
② 参见马红军:《吴宓留美期间译介〈红楼梦〉考述》,《红楼梦学刊》2017 年第 1 辑。
③ 参见沈治钧:《吴宓红学讲座述略》,《红楼梦学刊》2008 年第 5 辑。
④ 参见沈治钧:《平生爱读〈石头记〉——吴宓恋石情结摭谭》,《红楼梦学刊》2010 年第 2 辑。
⑤ 宋广波:《吴宓与〈石头记〉》,《红楼梦学刊》2003 年第 3 辑。

第二个诉求，以《红楼梦》来弘扬中华文化，则是吴宓在与师友的私下谈话中，言自己研究红学的根本宗旨"乃在于，以《红楼梦》为代表，倡明我中华文学成就远超英美德法诸国，并以此进而弘扬中华文化，提高中华文化之国际地位"①。

这两个诉求乍一看似乎互相矛盾，第一个诉求中，《红楼梦》只是作为证实阐明自己思想之材料例证，其说红谈红，但是并不认为《红楼梦》具有独立的思想讨论和艺术审美空间。吴宓在做红学研究时，经常将《石头记》与《红楼梦》混用混谈，对于版本缺乏更多观照，也因此被一些专业红学家诟病。这种解读法，与"学衡派"所倡导的"保存宗教精神与道德意志"的人文主义文化观一脉相承。但在另外一个场合中，吴宓又高谈《红楼梦》的独特文学价值，并提出其为代表的"中华文学"成就远超西方各国。这种观点似乎又承认了《红楼梦》具有独特的审美价值和文化内涵。两个观点合起来，恰好就是吴宓在《学衡》杂志简章上所说的"昌明国粹，融化新知"。事实上，"国粹"与"新知"之间能否相融，一直都是吴宓等学衡派学人乃至新文化运动者探讨争论的重点，古与今、中与外、物质与精神，孰先孰后，孰优孰劣，这些探讨直接贯穿了整个中国现代。

由于出身与留学经历，再加上"学衡派"与新文化运动者之间的交锋历史，吴宓在1949年后即不断被命令参加各种思想改造运动。写检讨，交代问题，接受师生炮火……吴宓对此时势看得比较清楚，逆来顺受，不敢反抗，倒也一次次安然过关，在1956年的职称评定中，还被定为二级教授②。虽然自身经历还算稳当，目睹荒谬的时事，但吴宓的内心充满了痛苦。1954年全国发起红学批判运动，吴宓在日记里写道："此运动（据重庆市宣传部长任白戈报告）乃毛主席所指示发起，令全国风行，特选取《红楼梦》为题目，以俞平伯为典型，盖文学界、教育界中又一整风运动，又一次思想改造，自我检讨而已。宓自恨生不逢辰，未能如黄师、碧柳及迪生诸友，早于1949年以前逝世，免受此精神之苦。"③

处于心灵的痛苦之中，阅读成为吴宓最重要的纾解方式，"每晚必读心

---

① 张紫葛：《心香泪酒祭吴宓》，广州：广州出版社1997年版，第176页。

② 据研究者的回忆，最初定为一级教授，吴宓力辞，最后改为二级教授。参见胡国强的《忆吴宓先生晚年在西南师范大学》等论著。

③ 吴宓：《吴宓日记续编（1954—1956）》，北京：生活·读书·新知三联书店2006年版，第65页。

爱之旧书以此自慰藉，以增加力量，支持生活"。而《红楼梦》尤为其阅读的重点。在吴宓日记中，多次记录其阅读《红楼梦》，并为之潸然泪下的经历，如："偶翻《石头记》，重读抄家一段，流泪不止"，"续读《石头记》尤二姐一段，流泪不止"，"卧读《石头记》散段，直至涕泪横流，觉心情悲苦，清明安定始已"，"晚，久读《石头记》抄家前后若干回，与解放、土改等比较，伤心落泪不止"，"又读《石头记》八十三至八十七回，深为妙玉及黛玉悲痛"。①

20世纪60年代中后期，吴宓结束了自己相对平静安逸的生活，开始遭受各种批斗。年近七十的老翁，在批斗中被摔断腿，冬天被洗冷水澡，绝食自尽被鼻饲泔水……这期间，吴宓"受了一生未经历之苦"。更为痛苦的是，除了前期他"闻弦歌而知雅意"，及时转移了一小部分重要文稿，分散于朋友及学生处②，他的所有藏书、日记、手稿，在1969年之后曾经尽数被抄没。早期参加完批斗会之后，还能以阅读自我疗伤，现在则家徒四壁，四顾彷徨。一直到1972年后，政治环境变化，在吴宓的一再要求下，才开始逐步发还一部分被抄没的书籍。

在最艰苦的批斗岁月中，吴宓采取了默诵的方式来自我慰藉。其较常默诵的篇目有《石头记》的回目、王国维的《颐和园词》和陈寅恪的《王观堂先生挽词》等。其日记中记有背诵《石头记》回目的经过，读来令人气结："10：30出，在劳改队外遇唐季华，多所规慰。知新入市，乃至大礼堂独坐，背诵《石头记》回目完，乃赴食堂，立候正午午餐"，"午餐后卧息，背诵《石头记》回目（不缺）"，"默诵《石头记》120回目数过"，"近晓4：30醒，思《石头记》全书之结构"，"下午1–3撰《石头记》书中八年情事分年表"。③

尚未被集中改造的时候，阅读这些篇目，吴宓经常"涕泪横流"，情难自已；到了此时，人前噤声，不敢流露丝毫情绪，人后却亦无泪，颇有枯眼肠断之势。七十老翁，遭此大难，只能在心中默筑精神堡垒，得以残生苟且，令人喟叹！早年撰写《红楼梦新谈》的时候，吴宓曾言"盖古今东西之人，无有能全脱

---

① 以上记述均见沈治钧：《平生爱读〈石头记〉——吴宓恋石情结摭谭》，《红楼梦学刊》2010年第2辑。

② 吴宓日记曾记录其将各种藏书赠与朋友，如将一生挚爱《增评补图石头记》赠与江家骏等，可参见日记及沈治钧：《平生爱读〈石头记〉——吴宓恋石情结摭谭》等记述文章。

③ 以上记述均见沈治钧：《平生爱读〈石头记〉——吴宓恋石情结摭谭》，《红楼梦学刊》2010年第2辑。

忧患者。眼前实在之境界，终无满意之时，故常神游象外，造成种种幻境，浮泳其中以自适。抑郁侘傺之人，以及劳人思妇，借此舒愁解愤，享受虚空之快乐"①，此时读来，几如谶语。

与吴宓借《红楼梦》以慰藉自我一样，作家李国文在《红楼非梦》里也记述了自己在特殊年代阅读《红楼梦》的经历。1957 年，李国文由于发表的小说《改选》，被划为右派。在批斗检讨、隔离审查一段时间之后，缺乏继续"深挖"价值的他，不再被批斗，只是被勒令停职反省、劳动改造，"挂起来"了。在这个阶段，尚未如后来那样禁绝一切"封资修"的东西，李国文得以借阅《红楼梦》排遣心中的痛苦，于是他迷恋上了《红楼梦》。"在二十多年含垢忍辱的日子里，给我留下最多的阅读愉悦，当数曹雪芹的《红楼梦》了。每本书，都是一个独特的天地，但《红楼梦》以一个用文字建造起来的五彩缤纷的万花筒式的美学世界，无论你从哪个角度去看，无论你以什么心情去看，都会给你以惊奇，以赞叹，以感慨，以陶醉，以温馨，以诗意，以及心灵的震颤，幻想的神驰。"②《红楼梦》一书气象万千，包容万有，既有欢乐也有苦痛，既有高雅也不乏庸俗，既有温情也充满钩心斗角，但在李国文这里，似乎只剩下了充满温馨的诗情画意、美不胜收。

对于李国文来说，阅读《红楼梦》不仅是得到审美感受，更重要的是借书遁世。《红楼梦》一书并不重，但是内中却包含一整个大世界，只要拿起书读上几行，自己就仿佛走进了另外一个纯美的世界中，把现实中的一切痛苦折磨都忘却，"这时候，你在现实生活中所遭遇到的，被打板子也罢，被踢屁股也罢，钉子碰得七荤八素也罢，跟头跌得头昏眼花也罢，乃至于像家常便饭似的，低人一等的歧视也罢，画地为牢的禁闭也罢，人皆白眼的排斥也罢，摘了帽也还是右派的不屑也罢，都会在这部不朽的史诗中忘怀，久而久之，捧起这部《红楼梦》，就是对于身外一切纷扰的遁逃"③。在痛苦的现实中，《红楼梦》成为一个遁逃之所，但是即使只有一分钟的时间，这一分钟里，自己便是这一片遁世天地中的主宰。

---

① 吴宓：《红楼梦新谈》，载吕启祥、林东海主编：《红楼梦研究稀见资料汇编》，北京：人民文学出版社 2001 年版，第 22 页。

② 李国文：《红楼非梦》，载古耜编：《百年一觉红楼梦》，郑州：河南人民出版社 2006 年版，第 241 页。

③ 李国文：《红楼非梦》，载古耜编：《百年一觉红楼梦》，郑州：河南人民出版社 2006 年版，第 241 页。

吴宓、李国文的这种借红遁世的例子并非鲜见。作家刘绍棠言："在我的漫长的 22 年坎坷岁月中，我一直把《红楼梦》带在身边，又不知读过多少遍。然而，只为消愁解闷，也就不计其数。"[①] 下乡改造的日子里，借阅、讨论《鲁迅全集》与《红楼梦》这两部得到官方肯定的作品，一度搭起了刘绍棠与同村文学青年们简陋而珍贵的文学空间。胡邦炜《红楼祭——20 世纪中国一个奇特文化现象之破译》曾经讲过，当他在四川绵阳出席一个关于孙桐生与红学史的全国性学术研讨会，无意中举到了胡风在狱中读《红楼梦》的例子，并说了句"《红楼梦》是中国知识分子的心灵避难所"时，一位满头白发、瘦削伛偻的老人热泪竟夺眶而出，他说："您说得太好了！这部书真是中国知识分子的心灵避难所啊！"[②] 这位老人名叫萧赛，20 世纪六七十年代被打成右派，妻离子散并在监狱中度过了 20 余年。萧赛在研讨会上说，自己之所以在监狱中偷写长篇小说《红楼外传》，完全是将其当作"精神支柱""心灵避难所""躲进红楼成一统"，以排遣内心深深的苦闷与忧伤，以克服自己内心深深的绝望感与孤独感。这类借《红楼梦》遁世的例子还有许多。

卡尔·曼海姆在《意识形态和乌托邦》一书中谈到，有一类知识分子"以诉诸过去为权宜之计，试图在那里寻找到一个时代或者社会——在这样的时代或者社会中，曾经有已经过时的超越现实的形式支配世界，而这些知识分子则试图通过这种具有浪漫色彩的重建使现在精神化"[③]。换句话说，那些诉诸过去、在过去寻找理想之境的知识分子，本质上不仅是在寻找乌托邦，他们甚至就是在建设一个乌托邦，借此超越现实，或者使现在精神化。20 世纪 50—70 年代的那些借《红楼梦》得以遁世的中国知识分子，他们阅读《红楼梦》并在其中沉湎自我的行为，不仅只是用阅读行为躲避外界政治运动的磨难，更深的一层意思在于，他们借此"使现在精神化"，在政治动荡与个体苦难之上，重建一个超越现实的理想之境。因此，不管是胡风们读出了与自身经历相似的抗争型的《红楼梦》人物，还是吴宓们读出了与自身经历相似的痛苦型的《红楼梦》章节故事，其背后都包

---

① 刘绍棠：《十读红楼》，《红楼梦学刊》1992 年第 2 辑。

② 胡邦炜：《红楼祭——20 世纪中国一个奇特文化现象之破译》，成都：四川人民出版社 1998 年版，第 11 页。

③ 卡尔·曼海姆：《意识形态和乌托邦：知识社会学引论》，艾彦译，北京：华夏出版社 2001 年版，第 299 页。

含了阅读者对于现实的逃避、对于乌托邦的构建。当然，这种乌托邦的构建，还是只能附着于阅读者自身实际的文化经验和文化视野，因为"逃避意识形态式的歪曲和乌托邦式的歪曲的尝试，归根结底是一种对实在的寻找"①。

---

① 卡尔·曼海姆:《意识形态和乌托邦：知识社会学引论》，艾彦译，北京：华夏出版社 2001 年版，第 108 页。

第四章　有情的中国：华人文化圈的共同体想象

"四十年来家国，三千里地山河"，苍黄翻覆的时代大变中，战火无情，死者在时代的铁轮之下被碾过，痛苦而清脆地告别了世界；幸存者，也并没有就此摆脱生活的噩梦，他们"一生动荡，万里飘零"，饱尝异乡艰辛的同时，深味漂泊无根的痛苦。

事实上，"离散"已经成为世界华人文化圈的一个重要特征，"自 19 世纪西方殖民帝国主义以降，移民、流亡、散居、留学等等原因造成了大量的人口移动。无论是被迫放逐还是自我放逐，这种放逐的经历以及由此引发的漂泊乡愁和故国回望，成了现代性想象里一个重要的历史与文化命题"①。

处于"离散"（diaspora）状态的华人，既包含 20 世纪四五十年代的这批移居者，也包含历代以来从内地移居世界各地的人，甚至包括近二三十年间的新移民。毫无疑问，20 世纪 50 年代这一批离开故土的人，一定是将华人的"离散"情绪表述得最为透彻也得到最多关注的一批人。这一批人大都接受了现代的民族意识教育，也经历了民族主义情绪最为激昂的三四十年代，其对于"中国"身份的认可度达到了前所未有的程度。此外，以往的移民群体里，大部分都是"不能说话的"社会底层，无法对"离散"进行有效的表达，而这一批人中却有相当数量的知识分子，经过了较为系统的文化教育，其思想能力和表达能力都较强。这一批人的孤独书写已经成为 20 世纪世界文学中的一个重要组成部分，以至于有不少研究者将其与犹太人的"离散"书写放在一起进行比较研究。

对于这批离散者来说，阅读和讲述中华文化成为一种慰藉乡情的重要形式，在阅读和讲述中，离散者不仅完成对母国文化的记忆和指认，还在其中隐

---

① 刘桂茹：《华文文学："离散"与文化认同》，北京：北京邮电大学出版社 2013 年版，第 11 页。

秘地进行了母国文化同异族文化的联系与建构,借此,离散者成功地进行了自我的身份重构,既消除漂泊之痛,也发出新生之啼。

《红楼梦》以其在中华文化中的特殊地位,又一次地得到了离散知识界的眷顾。通过阅读和讲述《红楼梦》,离散知识者实现了与母体文化之间的连接和重聚,不管是深情款款,还是苦大仇深,阅读和讲述《红楼梦》,都成为其寄托故国之思的重要方式。而更深层次者,则试图通过《红楼梦》的研究和批评,为中华文化现代化找寻到一条有效路径。其所思所想,是否成功自是两说,然而在这些漂泊者的字里行间,那种种层峦叠嶂、回环往复的文字景观,令人惊叹不已,既悯其情,更怜其痴。

第一节　家国的背影:从潘重规到威斯康星

1948 年 12 月 26 日,胡适匆匆离开北平,匆忙之间,除却随身衣物外,只来得及带走两本书,甲戌本《红楼梦》和其先父遗稿的清抄本,这两本书从此伴随着漂泊者浪迹天涯。这并非《红楼梦》第一次走出内地,早在晚清时期,就有张新之等人携之渡海,读之潮上,但胡适的举动,今时看来,却别有一番文化漂流的意味。稍稍有点遗憾的是,虽然带着海内孤本出走美国,忙碌的胡适却没有太多心思来盘桓于《红楼梦》,大陆之外的第一拨《红楼梦》热潮,起于台湾地区。

1949 年 3 月,潘重规从安徽大学中文系任上出走,携带家眷迁居香港,任职新亚书院中文系。不久,转道台北,任台湾师范学院国文系主任。1951 年,潘重规在台湾大学开了一场讲座,题为《民族血泪铸成的红楼梦》,嗣后该演讲词修改后发表于《反攻》杂志上。

在讲座开始,潘重规用鲁迅《中国小说史略》简单回溯了一下《红楼梦》的研究历史,接着总结了蔡元培、胡适等人的观点,提出两人为代表的索隐和考证两派,虽然有关于《红楼梦》到底是"述他人之事"还是"作者自写生平"的区别,不过,"蕴藏在这文学巨著里面的一段民族沉痛,若隐若现,如泣如诉,这亦是没法抹杀的"[①]。潘重规言自己虽然不同意蔡元培关于小说某位人物对应康熙朝某位文人的索隐,但是细细阅读全书,"觉得此书确是一位民族

---

① 潘重规:《红楼梦血泪史》,台北:东大图书股份有限公司 1996 年版,第 3 页。

主义者的血泪结晶"。

潘重规重点抄录了《红楼梦》第一回的作者自述，认为经过反复玩味，"十遍，百遍，千遍之后，自然感触到作者凄婉沉郁的心怀，和民族兴亡的血泪，流露在字里行间，哪里是谈情说爱，风花雪月的滥调！"①小说并非只是谈风花雪月，而是抒发民族兴亡的心怀，相应地，作者也就是"一位经过亡国惨痛的文人"，他怀着亡国之痛与恨，在异族的残暴统治之下，冲破文字狱的重重禁网，用"无限苦心，无穷热泪"，写成了这一本奇书。作者的这种经历，和宋末元初谢翱写《登台恸哭记》的心情是一样的。第一回的诗句"满纸荒唐言，一把辛酸泪"，并非无病呻吟，而是真有实痛。"作者经家国沧桑，偷生在暴力之下，屈服不甘，回天无力。……在万分无奈之余，只有保存这段信史，才足以上酬民族，中对烈士，下赎罪愆。"②潘重规提出，全书的主题思想一是"反清"，二是"复明"。《红楼梦》的别名《风月宝鉴》，隐含了"清风明月"的词头，风月就是明清的代语，与吕留良的诗句"清风虽细难吹我，明月何尝不照人"寓意一样。

关于小说的内容，潘重规认为，作者在书中借通灵宝玉来传达《石头记》一书的真意，石头、宝玉影射的都是传国玉玺，书中宝玉的心智迷失，就代表着传国玉玺的得失，或者说政权的得失。林黛玉影射明朝，薛宝钗影射清朝，双方在争夺贾宝玉，影射的是明清在争夺天下，薛林一存一亡，恰好对应清兴明亡。潘重规紧扣书中的内容，加入各种史料佐证，细细分析，阐明自己的阅读心得。例如说明石头、宝玉影射"传国玺"的一节，潘重规即列举宝玉爱吃胭脂是隐喻玉玺配印泥、"袭人"拆开是"龙衣人"、袭人配蒋玉菡隐喻玉玺放到玉函里等数则，颇有意趣。

因为小说内容在于"除清复明"，因此，潘重规认为《红楼梦》的作者不大可能是曹雪芹。他提出三个理由：第一，曹雪芹的生平见出他的才能无法写出这样的奇书，一个仅有四五十岁的满人，学识都达不到写出如此大作的程度，顾亭林、全祖望、黄梨洲等当时大儒，或许可能具有这等大才。第二，曹雪芹的身世背景与贾宝玉并不相似，曹雪芹到40多岁才过世，而作为书中对应的贾宝玉十几岁就出家了，"生平第一桩大事就不符合"，而且，曹家与贾家地位悬殊，曹雪芹只是江宁织造之子，家声最为煊赫的祖父曹寅最多也就做到江

① 潘重规：《红楼梦血泪史》，台北：东大图书股份有限公司1996年版，第6页。

② 潘重规：《红楼梦血泪史》，台北：东大图书股份有限公司1996年版，第6页。

宁织造兼任两淮巡盐御史，只是一个低等级的内务府差遣官，然而《石头记》中的贾府，祖上是宁荣二公，子孙世袭，爵高位显，明显超过曹雪芹家世不知凡几。贾府的排场更夸张，"一派是帝王气象"。第三，曹雪芹本身是满族人，《石头记》书中却出现自拟汉族、讽刺异族人的文字，《石头记》中曹雪芹自比贾宝玉，以贾府比本家，却让书中人物咒骂贾府，这更加不合理。

　　按照潘重规的分析，《红楼梦》的作者如果是曹雪芹，小说就有许多不合情理之处，"这一切可疑之处，都是因为认错了《石头记》的主人翁"[①]，而如果将该书视为"一部民族搏斗下的产物"，一切不合理之处就消除了。所以，潘重规大胆论断，《红楼梦》的作者不是曹雪芹，"此书的作者，必是明代遗民。它用大手笔蘸着民族血泪写成这部奇书"，此书有可能并非一人创作，"甚至是多少同志绵延年岁的集体创作"[②]。潘重规猜想，"作者成书之后，蹈着犯禁的危机，负着特殊的使命。他深深的知道，如果风吹草动，引起人一星星的猜疑，就有被销毁的起码危险"，于是，作者物色了曹雪芹作为《红楼梦》的发行人，"将这部表面文采风流的巨著嫁名于他"[③]，"至于脂砚斋这类的评语，我疑心是作者和其同志们故意卖弄玄虚，眯人眼目，这正是作者传递他的机密文件时的掩护工作"。

　　潘重规慨叹道，"以上管窥蠡测，我不敢认为必然有当作者之心，但是，我读过此书后，我耳边仿佛听见民族志士的呼号，我眼中仿佛看见当时民族志士的血泪"[④]。《红楼梦》已经被证明是一部毫无疑问的杰作，它已经在与世界文学的"竞走场中夺得了锦标"，但是，如果我们最后发现这个夺得了锦标的选手，不是空着手，竟然还"提挈着一个极沉重的包袱"[⑤]，那真的是要使人瞠目结舌了。

　　《反攻》主编臧启芳首先将潘重规文章寄给避居美国的胡适，胡适读罢，迅疾写了一篇回复文章：《对潘重规先生论〈红楼梦〉的一封信》。这篇回应文章发表在《反攻》1951 年 10 月号上，胡适在此信中指出潘重规用的还是他 30 年前所反对的"猜笨谜"方法，慨叹新红学还须继续努力反对索隐。在胡适之后，汪剑隐、邵祖恭、徐芸书、吴伟士、李辰冬、杜呈祥、齐如山、徐訏等纷纷在

---

① 潘重规：《红楼梦血泪史》，台北：东大图书股份有限公司 1996 年版，第 29 页。
② 潘重规：《红楼梦血泪史》，台北：东大图书股份有限公司 1996 年版，第 29 页。
③ 潘重规：《红楼梦血泪史》，台北：东大图书股份有限公司 1996 年版，第 33 页。
④ 潘重规：《红楼梦血泪史》，台北：东大图书股份有限公司 1996 年版，第 37 页。
⑤ 潘重规：《红楼梦血泪史》，台北：东大图书股份有限公司 1996 年版，第 37 页。

台湾地区各大报刊发表文章与潘重规商榷，或支持，或反对，聚讼纷纭，引发了台湾第一波《红楼梦》热潮。

面对各种质疑，潘重规毫不退让，继续坚持自己的见解。在胡适提出反对意见之后，潘重规连续发表了《再话〈红楼梦〉》《三话〈红楼梦〉——答胡适之先生》《闲话〈红楼梦〉——说"红"并就教胡适之先生》等三篇文章，正面回应胡适的诘难，提出胡适的考证其实也是猜谜，与自己的索隐之间，并没有根本性的区别，因此，自己以解读晚明遗民文献的方法来读《红楼梦》，与胡适的读法相比，并无优劣之分，都属于一家之言。这三篇文章，几乎也可以作为潘重规对所有关于自己文章诘难的回应，因此，潘重规对于其他人并没作更多回应。1957年，潘重规到新加坡任南洋大学教授。1959年，《红楼梦新解》由新加坡青年书局出版。1962年，潘重规回到香港，在香港中文大学新亚书院担任中文系教授。在新亚书院，熟悉了相关课程之后，潘重规专门开设了"红楼梦研究"选修课，继续宣讲自己关于《红楼梦》的研究心得。

1971年，《红楼梦研究专刊》第九辑刊载潘重规《红楼梦的发端》一文，再次补充阐述了其关于《红楼梦》内隐反清复明思想的观点。结果，1971年11月，徐复观化名王世禄，在《明报月刊》发表文章《由潘重规先生〈红楼梦的发端〉略论学问的研究态度》，质疑潘重规对于《红楼梦》的解读，并且贬斥其治学态度与研究方法。文中提出，做学问最重要的品质是态度诚实，而潘重规的文章却不太诚实，经常在文章中对材料断章取义，只选取对自己的立论有利的文字，却有意对明显的反面材料略过不提。文末，徐复观语带讥刺道："潘先生在香港中文大学的中文系中，应当算是一位佼佼者。但居然以《红楼梦》研究小组领导者的地位，写出这样的文章，难怪有人发出'丧乱流离之中，人怀苟且之志，在大学里千万不可轻言学术'的叹息。"①

对徐复观的文章，潘重规并没有亲自出面回复，其学生汪立颖写了篇文章作为反击。于是，徐复观在《明报月刊》第76期上再次发表《敬答中文大学红楼梦研究小组汪立颖女士》，与汪立颖展开辩驳。接着，红楼梦研究小组另一位成员蒋凤又挺身而出，写《吾师与真理》一文，进行辩驳。论辩双方情绪逐渐激动起来，据说"还牵及文字以外的活动，包括约潘重规饮咖啡，请《红楼

---

① 王世禄：《由潘重规先生〈红楼梦的发端〉略论学问的研究态度》，载潘重规：《红学六十年》，台北：三民书局1991年版，第211~212页。

梦》研究小组成员汪立颖和蒋凤吃水饺等,论争已超出学术之外"①。最终,其他红学中人也参与进来,周策纵发表《论红楼梦研究的基本态度》、赵冈发表《红学讨论的几点我见》等文章,这些文章从论辩双方的态度与做法出发,扩展到对于整个红学研究领域的反思,反而着实推进了港台红学的发展。

在几十年的红学论辩中,潘重规不断强调其索隐的来源,并非信口开河,而是源远流长、其来有自。在其自叙里讲到,自己中学时候,即喜读张苍水、顾亭林的诗文,"课余时,总是手把一篇,自吟自赏",到了大学,"更喜涉猎顾黄王三先生的著作。又纵观南明野史,以及清代文字狱的档案"②,于是,自己将他们的生平和思想与其文字互相印证,终于了解了他们使用文字的技巧方法,而用了这个技巧和方法来读书,才发现"《红楼梦》确是一部运用隐语抒写亡国隐痛的隐书。作者的意志是反清复明"③。自己的索隐式解读并非信口开河或者一时冲动,而是继承了中国传统学术的衣钵,或者说领会了中国传统文人的苦心孤诣与独特表达,才形成的灵犀之悟。在1992年的《红学论集》等书中,潘重规将自己的《红楼梦》研究与红学几十年来的发展相比较之后,依旧志坚意定,"总结来说,一切新版本、新材料的发现,不但不曾动摇我基本的看法,反更增强我确认的信念"④。

潘重规对于《红楼梦》的解读,自然有其本身的学术思考逻辑,但要全面理解其中因由,自也离不开对其人其事的总本溯源。

潘重规(1908—2003),江西婺源人,早年负笈南京大学,师从王瀣、黄侃诸先生。潘重规英才卓荦,本名崇奎,因章太炎以唐人李百药(字重规,史学家)期许,遂改名重规。黄侃爱重其才,以女妻之。毕业之后,潘重规先后任教于中央大学、四川大学、安徽大学等。1949年3月,潘重规举家移居香港。

潘重规最为重要的学术成就当属敦煌学。1941年,潘重规的第一篇敦煌学研究文章《敦煌写本尚书释文残卷跋》发表,但是限制于自身条件,缺乏后续资料,也就没有在此方面进一步研究。1957年起,潘重规任教于新加坡南洋大学。在南洋大学期间,潘重规受邀参加德国举行的国际汉学会议,由此机

① 刘梦溪:《红楼梦与百年中国》,北京:中央编译出版社2005年版,第368页。
② 潘重规:《红学六十年》,台北:三民书局1991年版,第3页。
③ 潘重规:《红学六十年》,台北:三民书局1991年版,第6页。
④ 潘重规:《红学六十年》,台北:三民书局1991年版,第9页。

缘得以再次接触散藏于欧洲各国的敦煌写本,于是立下决心,以敦煌学为毕生研究志愿。从此数十年间,每逢寒暑假,潘重规即奔赴欧洲,游弋于欧洲各国的图书馆和博物馆,遍阅其内所藏敦煌写本,先后撰成《唐写文心雕龙残本合校》《瀛涯敦煌韵辑新编》《敦煌变文集新书》等上百种论著。特别是《敦煌变文集新书》上下册,皇皇 1300 多页,代表了台湾地区敦煌学界的最高成就。潘重规在台湾还创办《敦煌学》专刊,开设敦煌学课程,培养了几十位敦煌学硕博士人才,并推动在台湾地区举办敦煌学国际学术研讨会,将台湾地区敦煌学界的研究成果推向世界。几乎可以说,潘重规凭借一己之力,披荆斩棘,开拓出了台湾地区敦煌学的一片繁盛园地。

对于敦煌学,潘重规倾注了无限的热爱,其自诩为"敦煌石窟写经生",几十年间埋首经卷,手抄笔录,勤勤恳恳,从无间断,即便晚年到了 90 多岁的时候,依旧还在做《敦煌变文集新书》的订补工作,"其努力不懈之研究精神实为后学之最佳典范"①。而寻找敦煌写本的过程,更是多历艰难曲折。1973 年,潘重规在巴黎东方学会议上结识了苏联汉学家孟西科夫,于是凭着孟西科夫的一纸信函,不顾"铁幕",只身前往苏联亚洲人民研究院列宁格勒分院,以求查阅该院所藏各类中国文献。为此,潘重规以 66 岁高龄,突破行程中的重重困难,终于达成所愿,查阅了庋藏于此的敦煌经卷、黑水城文书和《石头记》。其事传出,引发港台学界一片惊叹。

除却敦煌学,潘重规的第二个学术重心,即在《红楼梦》研究。1966 年,潘重规在新亚书院开设《红楼梦》研究课程,发动选课学生组织"《红楼梦》研究小组",并自筹经费创办了《红楼梦研究专刊》。从 1967 年创刊到 1976 年停刊,《红楼梦研究专刊》共出版十三辑,发表、转载了一批红学研究的新成果,例如俞平伯的《读红楼梦随笔》、周汝昌的《红楼梦版本的新发现》、方豪的《从红楼梦所记西洋物品考故事的背景》、赵冈的《红楼梦稿诸问题》、余英时的《关于红楼梦的作者和思想问题的商榷》等,成为港台地区重要的红学交流中心。

与他的敦煌学研究一样,潘重规所带领的"《红楼梦》研究小组"特别重视资料的考订与整理。目前所见的以"《红楼梦》研究小组"名义整理的资料有《红楼梦俗话初探》《红楼梦诗话》《红楼梦诗辑校》《红楼梦谜语辑校》《红楼梦联语、词、曲、杂文辑校》《红楼梦书目补遗》《香港红楼梦研究资料索引》等数种。1973 年,潘重规从香港中文大学退休,入台湾中国文化大学中文研

---

① 郑阿财:《潘重规先生敦煌学研究成果与贡献》,《敦煌研究》2000 年第 2 期。

究所。在台湾,潘重规再次带领研究生成立了"《红楼梦》研究小组",同样搜集整理了一大批红学资料,其成果有《红楼梦丛刊第一种》《台湾地区刊行红楼梦研究资料目录稿》等多种。

1963 年,内地印行的《红楼梦稿》流传到港台,引发港台红学界的关注和讨论。于是,自 1966 年起,潘重规先后带领香港中文大学和台湾中国文化大学的学生,费时十年,前后多达几百人参与,整理成一部比较完整的《红楼梦稿》全抄校订本。1983 年,该本由中国文化大学中国文学研究所印行。对于这项工作,潘重规也颇为自得,宣称这是比程刻本更符合原稿的一个本子,也可能是迄今为止最完善最正确的一个本子。

除了积极整理已经行世的《红楼梦》相关资料,付梓以供同好,潘重规还把自己得到的独家研究资料,也无偿公布出来,方便红学界其他同仁使用。例如其阅览了列宁格勒分院所藏的《红楼梦》后,即撰写了《读列宁格勒〈红楼梦〉抄本记》《列宁格勒藏抄本〈红楼梦〉中的双行批》《论列宁格勒藏抄本〈红楼梦〉的批语》《〈红楼梦〉的纂成目录分出章回》等数篇文章,详细介绍列藏本的纸张、署名、字体及其批语情况。此后十数年间,红学家对列宁格勒藏抄本的了解都来自潘重规的介绍。

除了整理出版现有红学研究资料,介绍自己新找到的红学抄本,潘重规还积极推动《红楼梦》研究的普及介绍工作,在香港中文大学期间,潘重规先后组织了三次《红楼梦》研究展览,邀请方豪、周策纵、唐君毅、徐复观等人过来举办讲座。徐复观与潘重规论战事件中,周策纵在香港《明报月刊》上发表《论〈红楼梦〉研究的基本态度》一文指出,红学家往往隐藏或垄断自己手上的珍贵资料,不愿意拿出来与学界分享,例如胡适得了《四松堂集》和《乾隆甲戌脂砚斋重评石头记》后,都是秘而不宣,自己收藏使用了几十年,甲戌本是经过许多人批评之后,才于 1961 年在台湾影印了 1500 部。至于俞平伯、周汝昌、徐伯郊、伊藤漱平等人见过或收藏的己卯本、甲辰本、靖藏本、蒙古王府本、戚序本等各种《红楼梦》版本和其他稀有资料,也一直没有出版,这种状况极大地影响了《红楼梦》研究的发展。因此,潘重规将自己得到的资料无私拿出分享和全面整理《红楼梦》研究资料的做法实为难能可贵。

潘重规还特别重视红学家之间的相互联系与学术往来。在香港中文大学期间,潘重规组织举办了三次"香港《红楼梦》研究展览",加强了自己与港台及海外红学家之间的联系,方豪、周策纵等名家曾为展览做配套讲座,世界各地的红学家如赵冈、柳无忌、桥川时雄、神田喜一郎、伊藤漱平、柳存仁、李克曼、蒋彝、宋淇等红学家都亲临展览或给予展览赞助和鼓励。[①] 至于不同红学家之间的联系，自也包含了不同观点的论争，潘重规对此表示欢迎："本来研究学术，反复讨论，乃是人生一种最高的享受，古人'奇文共欣赏，疑义相与析'的乐趣，原是寄托在'乐与数晨夕'的'素心人'。在'赏奇析疑'的过程中，自然免不了有不同的看法，相异的见解，有如齐如山先生所说的：'抬学问杠，不但于学问有益，且极有趣味。'大凡世间一切学说真理，全靠不同的见解眼光，相摩相荡，相激相溶，而后能获得真知，产生至乐。"[②] 最为典型的，就是与胡适之间的"抬学问杠"。针对胡适的问难，潘重规侃侃而谈，逐点批驳，毫不退让，但是论争双方都是谦谦君子，所以其论争范围也就控制在学术讨论之内。1971年徐复观化名的文章，为辞颇为尖刻，潘重规就没有正面应答，据其后来的说法，是因为觉得"如反唇相讥，虽可快意一时，但会造成学术界恶劣的风气，因此我搁笔不答一言"[③]。固然，这场论辩中其学生与徐复观之间的矛盾激化，潘重规到底参与多少，不好测量，但是，自始至终，潘重规并未援笔为文加入争辩，毕竟是事实，而且事后在其《红学六十年》等作品中，全文收录论辩双方的重要文章，并未偏执一方，足见襟怀。

潘重规与胡适、徐复观之间的论争，不论其结果如何，一方面加强了港台地区红学研究者之间的横向联系，另一方面也提升了红学在公众中的影响力。总体来说，对于红学的发展还是起到了推动作用。胡适晚年回归台湾，开始将眼光回转红学，影印出版甲戌本，举办红学讲座，与友人在各种场合谈论红学，几乎重新成为台湾红学的中心，其根源即在与潘重规的论争。因此，胡文彬提出，不管是赞成还是反对，"我们都应该承认在那个特殊的年代和环境里是潘文点燃了台湾红学的新火种，这场辩论打破了一种沉寂，照亮了一片土地，这是一种'贡献'，为后来的台湾红学的'复兴'毕竟在客观上起了推动的作用，应予肯定"[④]。

可以看出，潘重规在敦煌学和红学上的所作所为，大体皆围绕着整理校

---

① 潘重规：《红学六十年》，台北：三民书局1991年版，第8页。
② 潘重规：《红楼梦新解》，台北：文史哲出版社1973年版，第76页。
③ 潘重规：《红学六十年》，台北：三民书局1991年版，第96页。
④ 胡文彬：《横看成岭侧成峰——近五十年来台湾"红学"印象》，《辽东学院学报（社会科学版）》2007年第1期。

勘出版研究资料以推动中华学术进展、增强学者交流往来以巩固中华学术界之联系来进行。章太炎作为晚清国粹派的代表人物，与友好同侪开设国学讲习所，发行《国粹学报》，刊刻《国粹丛书》等，倡导国学以对抗西学，孜孜于为中华文化存亡续绝。潘重规从学于章太炎、黄侃一脉，堪称其嫡系传人，自然也深受章太炎、黄侃一脉学术志趣的影响。在内地任教期间，潘重规研究的主要方向即经学和小学。到台湾地区任教期间，潘重规在台湾师范学院开设"四书"讲座，宣扬孔孟学说，同时，还编注《民族文选》，参编中学国文课本，积极传播民族传统文化。潘重规在文章中曾说："文字是民族的灵魂，中国文字更是我们民族精神所寄托，所凭依。……我们拥有六千年悠久、纯洁、优美、功能卓著的文字，我们的民族精神，也深深的植根在外面的文字之中。"[①] 有鉴于此，1974 年在台湾创刊的《敦煌学》杂志规定，凡向该刊投稿者，不论国籍，必须采用中文写稿。在香港中文大学与台湾中国文化大学任教期间，潘重规以《红楼梦》为引子，带领一班学生重读经典、再入汉文，也明显带有在青年一代中传播民族文化的意味。香港中文大学"《红楼梦》研究小组"成员郭勋亮在一篇文章中讲述自己参与研究小组的心理感触："在香港今日青年人中，有的完全没有国家观念，他们出生在香港，成长在香港，俨然香港成为他们的第二故乡，他们的心中，只有香港而没有中国，他们忘记了自己是中华民族的一分子，他们只懂得追求现时香港的繁荣富贵，而忘却了中国，忘记了亿亿万万的同胞，他们的意识之中完全没有为中国人着想，他们不知如何地创造出一个完全崭新的中国，只看到目前，实在是令人痛心疾首的一回事。我读了《红楼梦》之后，醒觉到我们是应该热爱自己的国家民族。"[②] 由阅读《红楼梦》进而领悟到对国家民族的热爱，这就是潘重规所倡导的复兴民族文化精神的基本目的。明白了这点，我们也就能够理解当潘重规翻山越岭、远涉重洋，在列宁格勒见到列藏本《红楼梦》时的那种激动与忧伤："作为一个中国人，我觉得是不虚此行的。这个抄本，沦落在异域一百六十年，初次见到探访它的本国读者，真忍不住要相对呜咽了。"[③] 正是因为其内心中着实翻涌着深浓的民族情绪，才会如此多愁善感。

---

① 潘重规：《中国文字与民族精神为根柢辨》，《孔孟月刊》1979 年第 11 期。参见李虹：《潘重规红学研究述评》，《红楼梦学刊》2009 年第 6 辑。

② 《红楼梦》研究小组：《红学半年》，《红楼梦研究专刊》第 1 辑，香港：广华书局 1967 年版，第 85 页。

③ 潘重规：《红学六十年》，台北：三民书局 1991 年版，第 9 页。

　　1949 年，潘重规由内地迁居香港，之后至台湾担任教职。其在台湾的一个重要活动，就是编定《民族文选》（初编）、《民族文选》（续编）等国文普及教育书。《民族文选》所选内容包括管子的《四维》、《国语》中的《勾践复仇》、诸葛亮《出师表》、李纲《请立志以成中兴疏》、岳飞《满江红》、顾炎武《廉耻》等篇目。正如其序言中所说，文选的编排，其缘由在于"一篇激昂慷慨的民族文学作品，往往可以鼓舞读者牺牲奋斗的热情，坚定舍身报国的意志"，所以，以"伟大的民族文学"，来培育学生的"器识和文艺的修养"，尤为重要。

　　基于同样的认知，潘重规在《民族血泪铸成的红楼梦》一文中，融今于古，把《红楼梦》也视为"民族文学"的重要代表，声称要挖掘"蕴藏在这文学巨著里的一段民族沉痛"，观其讲稿，作者经常超脱出文本分析的范畴，转而将各种感时忧国的私人情绪掺杂其中。在文章的最末，潘重规甚至抛去学术冠带，直接发了一段激昂慷慨的抒情，将《红楼梦》的意义直接连接向中华民族数千年来的历劫与存在："最后，我相信，有《红楼梦》，我们的作者将永存在中华民族儿女的心中，有《红楼梦》的民族精神，我们中华民族亦将永生在世界上！作者是谁？它不是张三，亦非李四，它确确实实是我们炎黄虞夏以来经过千灾万难，永不低头的中华民族的灵魂！"①

　　对于潘重规这种以今入古的索隐，不少人都表示了异议：一是其立论方式颇有不够严谨之处，受到了徐复观等人的批判。二是其结论带有太多时代痕迹。例如陈炳良在《近年的红学述评》中就评价道："潘重规先生的说法出现在'反共'抗俄的时代，所以李辰冬先生说：'此时此地，潘先生能以"无比的民族仇恨，无比的民族沉痛"来发扬《红楼梦》的深意，用意至为正大。'……我总觉得他们的说法有点因时附会，当时代过去了，他们的说法能不能继续被大部分读者所接受，实在是未知之数。"②

　　然而，潘重规坚持己见，老而弥坚，不断强调自己的索隐并非不经之谈，而是有着明确的内在逻辑理路，言行之中，颇有为中华文化继绝学、存火种的大义凛然与悲壮情怀。

　　1951 年，潘重规在台湾大学演讲《民族血泪铸成的红楼梦》。彼时彼地，这样的演讲不啻于一篇充满借古讽今意味的檄文，更妙的是，他在这个演讲中，俨然挖掘出了一个中国最大名著的最大秘密，如果他的索隐真的能够成立

---

①　潘重规：《红楼梦血泪史》，台北：东大图书股份有限公司 1996 年版，第 37~38 页。

②　陈炳良：《近年的红学述评》，载潘重规：《红学六十年》，台北：三民书局 1991 年版，第 148 页。

的话，几乎等同于找到了一本有血有肉、充满神性光辉的"圣经"。潘重规的演讲在参与讲座的师生中引起了巨大的反响，使得不少有心的岛内文化界人士心有戚戚、感同身受。此情此景，身为其主的潘重规自然越发地陷于"反清复明"的"痴心真爱"之中不能自拔，遗民、复国、民族血泪、离散之苦，一个个关键词在心中笔下翻腾打滚，如嗜痂之癖，如造梦之剧，令其不时体会到"心神和畅，骨肉都融的快感"①。李银河在讨论受虐倾向的时候，曾经说："从现代的有受虐倾向的人背后，我们可以看到通过接受折磨而经历狂喜的自鞭派传统。性受虐倾向和宗教受虐倾向都是一种隐喻，通过这种隐喻，人的心理表达出它的痛苦和热情。受虐倾向是深层心理活动的一种方式。它的根源是想象，它的表达是隐喻，是灵魂的爱与痛苦的表达方式。"②

对于跨越了大江大海、最终出走的人来说，故土已经远离，并且成为回不去的故乡，而新的居所"就像是一叶孤帆，它装载着劫后余生的寂寞"。既有"旧时王谢堂前燕，飞入寻常百姓家"③的贵族落拓，也有"念天地之悠悠，独怆然而涕下"④的无根之叹，更有"高度战争的威胁"，整个岛上弥漫着慌乱与彷徨，充斥着思念与怀旧，出现了杨念慈《废园旧事》、张漱菡《意难忘》、鹿桥《未央歌》等大量表达思乡情绪的文学作品。

除了自身漂泊无依的痛苦之外，两岸政局的动荡也加剧了知识人的文化痛感。1950年，台岛当局颁布了"戒严期间新闻报纸杂志图书管理办法"，全面禁绝五四以来的中国新文学，所有左翼作家作品和留在大陆的新文学作家作品全部被查禁。1949年，占大多数的新文学作家都选择留驻大陆，所以这场查禁几乎等同于拦腰截断了新文学的历史，更使得众多知识者在讨论思想、文化与文学诸问题的时候，只能尽量避开新文学以来的探索与发展，重新思考转向传统或者走向西方。1956年开始的现代诗社与蓝星诗社、创世纪诗社之间的大论战，现代诗社提出要"横的移植，而非纵的继承"，蓝星诗社覃子豪等人则认为，新诗要有中国文化独特的气质、性格、精神等，不能盲目照搬西方的东西，双方论战内容其实早已是老生常谈，从五四新诗诞生的那一刻起，西

---

① 潘重规:《红楼梦新解》,台北:文史哲出版社1973年版,第222页。
② 李银河:《虐恋亚文化》,北京:今日中国出版社1998年版,第268页。
③ 白先勇《台北人》小说集以刘禹锡《乌衣巷》为扉页题词。
④ 白先勇《纽约客》小说集以陈子昂《登幽州台歌》为扉页题词。

方与中国、现代与传统、自由与格律,这些命题早已经在新月派、现代派、七月派、九叶派等几代新诗流派与诗人那里得到充分的讨论与实践。现代诗社与蓝星诗社、创世纪诗社之间的论战,此时看来,不唯浅显,更可深深感到三者的空廓寂寥、无所附着——恍若近代"文化中国"的一切思想,都已支离破碎,面目难辨,全部要重新建构一般。

当人们无法将现在与不远的过去建立某种实在联系的时候,往往会上溯更远时代的古老传统,尝试建立一种与过去时代的连续感,以期获得对于当下存在的坚定认可。在思想附丽无着的状况下,对于传统的召唤,也就显得特别焦灼。现代诗社与蓝星诗社、创世纪诗社之间的论战,其最为根本的分歧就在于,要不要实行"纵的移植",中国文化传统的继承与向西方学习二者之间孰先孰后。20世纪50年代的台湾文坛,古体诗词的写作其实还是占上风的,大部分的人都在写作古体诗词,写作现代诗的还只是少数。现代诗社的一番向西方现代诗学习的举动,带有突破枷锁、追求文学独立思想与价值的愿望,照理说应该得到现代诗界同人的认同与支持才是,没想到最为激烈的反对声音却来自于现代诗界。所以,当蓝星诗社批评现代诗社的时候,纪弦曾经表示非常的不解与愤怒:"未闻对于旧诗有所冷嘲热讽,唯独找到新诗的头上来大放厥词。难道写旧诗的官大,不敢骂,写新诗的多半是些兵士、学生,好欺负些不成?"[1] 其实,有多少激烈的反对,背后就有多少激烈的焦灼。蓝星诗社与创世纪诗社众人对于西化的拒斥,其内心深处实在是有召唤传统的强烈诉求。从两大诗社中坚力量覃子豪、余光中、洛夫、郑愁予等人后来的作品中,也可以看出非常明显的向传统文化汲取养料的印记。同样的状况其实也见于五六十年代之交的中西文化论战。

事实上,即便是号称最为积极向西方学习的台湾现代派,也用了不亚于向西方学习的力量来向传统寻求精神依靠。1956年《文学杂志》创刊,主编夏济安在发刊词《致读者》中提出,《文学杂志》创办的一个重要意图是继承中国文学的伟大传统,从而将之发扬光大。现代派活跃初期,其作品技法语言多学习西方现代文学,具有比较多的西化特征;到了70年代初期,则变为融合较多传统文学因素的形式,出现了白先勇的《台北人》《纽约客》、於梨华的《又见棕榈,又见棕榈》、聂华苓的《桑青与桃红》等一大批名作。

---

① 纪弦:《捧与骂·做诗与做人(社论二)》,《现代诗》1957年第18期。转引自柴高洁:《20世纪50—70年代台湾现代诗潮转向研究》,南开大学博士学位论文,2013年。

1999 年，白先勇在出席"台湾文学经典研讨会"时说，《台北人》虽然写的是发生在台北的故事，大而化之，却也可以说是包含了作者白先勇对于整个中国历史和文化的哀悼与反思。《游园惊梦》《梁父吟》《思旧赋》等小说，以中国古典诗文融入其中，哀感顽艳、声声啼血，其深处的无根痛楚非只是漂泊，更是包含了整个文化传统灭绝的黍离之悲，也才会在一时之间，让整个华人世界触目心伤。

20 世纪 70 年代，美国以执行"美日安保条约"为名，企图把钓鱼岛"施政权""归还"日本，引起世界各地华人的热切关注，旅居各国的留学生纷纷成立保钓协会，举行声势浩大的集会进行抗议。香港、台湾地区也都相继成立了保钓协会，发动数万人举行了几十次抗议示威。在保钓运动中，港台和海外华人的爱国热情高涨，民族意识更是得到了前所未有的强化。

随着各类运动的强化，在港台的通俗文艺界形成了一波波的传统文化热潮。1954 年，内地越剧艺术片《梁山伯与祝英台》在香港公映，引起巨大轰动，映期长达 107 天，票房总收入达到 110 万港币。随后，粤剧电影《搜书院》、黄梅戏电影《天仙配》、京剧电影《杨门女将》等也先后在香港地区及东南亚上映，取得了相当不错的票房成绩。整个 20 世纪 50 年代，香港一共生产了 515 部粤剧电影，占同期粤语片产量的 1/3，其中仅 1957—1959 年，即出产粤剧片 229 部。而受内地黄梅戏电影的启发，香港几家电影公司相继推出了《貂蝉》《江山美人》《杨贵妃》《梁山伯与祝英台》《宝莲灯》等黄梅调电影。同时，各种古装艺术片也大行其道，出现了《倩女幽魂》《武则天》等一批精品。70 年代开始，则是各类功夫片兴盛的时代，出现了《独臂刀》《大醉侠》《唐山大兄》等名作。在交通不畅的时代，香港邵氏兄弟拍摄的这些中国古代题材的影片，在银幕上生生再造出了另外一个影像中国，满足了众多海外华人的思乡之情。①

1956 年，歌仔戏电影《薛平贵与王宝钏》，巡回台湾全岛演出，取得了不俗的票房，引发一阵闽南语电影热潮。1963 年，香港邵氏公司李翰祥导演的黄梅戏影片《梁山伯与祝英台》，在台湾连续上映 162 天 930 场，观众达到 721929 人次，其史无前例的 840 万元新台币影片票房纪录整整保持了 21 年，直到 1984 年，才被成龙的电影《A 计划》改写。台湾观众看得如痴如醉，"有

---

① 参见赵卫防：《香港电影史》，北京：中国广播电视出版社 2007 年版。

的连看数次，甚至多达上百次，产生了浓厚的思乡怀亲感情"①。《梁山伯与祝英台》影片包揽了第二届金马奖最佳影片、最佳导演、最佳男女主角等6项大奖②，主演梁山伯的凌波到台北领金马奖之时，台北20万影迷狂热夹道欢迎，前后一个月时间，台湾各路媒体刊出凌波照片7000多张。在与大陆文化母体隔绝的日子里，那些亭台楼阁、故国衣冠，为漂泊四海的游子们构建了一个精神庇护之所。

这股向传统文化寻求精神庇护的风潮，在港台知识界，一个重要的表现就是红学成为一种风尚。1951年起，因为潘重规的文章，港台文化界胡适、李辰冬、杜呈祥、齐如山、徐訏等人纷纷发文，争谈《红楼梦》。1954年1月1日到4月23日，《大公报》连载俞平伯的新作《读〈红楼梦〉随笔》，文化界反响热烈。嗣后数月，形势急转直下，内地开展声势浩大的俞平伯红学批判运动，其风头直指海外华人知识界领军人物胡适。香港学者也颇多关注内地的批俞事件，并有赵聪的《俞平伯与〈红楼梦〉事件》等论著发表。20世纪60年代初期，内地政治形势好转，吴世昌、周汝昌等人纷纷在香港发表文章，介绍内地新发现的红学材料。受其影响，港台学术界林语堂、曹聚仁、苏雪林、高阳、宋淇等纷纷发表了一批谈红说梦的论著。70年代，因为徐复观与潘重规的论战，周策纵、余英时、赵冈等人也纷纷加入红学研究阵营。一时之间，红学世界你来我往，熙熙攘攘，好不热闹。但是，大体而言，港台知识界与中国文化传统的联系还比较紧密，儒学、敦煌学、考古学、诗词学等各种通道还算畅通，红学虽然提供了一个重要的与传统对接的通道，但并非其唯一的托付。

对于那些移居海外或者由港台转道海外的人来说，与中国文化传统的联系有更多阻隔，文化的无根之感要表现得更为透彻。於梨华认为自己这一批飘荡在国外的人比台湾本地人要痛苦得多，台湾本地土著或者出生在台湾的人，留学之后可以回台湾的家，"而我们，我不知道别人怎么想，我总觉得自己不属于这里，只是在这里寄居，有一天总会重回家乡，虽然我们那么小就来了，但我在这里没有根"③。对于这一批人来说，大陆已经失去，港台也非家园，异国虽好，亦不是安乐之地，世界之大，竟无容身之处，"去国日久，对自己国

---

① 陈飞宝：《台湾电影史话》，北京：中国电影出版社1988年版，第131页。

② 因为男主角梁山伯的扮演者凌波为女性，不好界定男主角女主角奖，本届金马奖为其专设最佳演员特别奖。

③ 於梨华：《又见棕榈 又见棕榈》，北京：华夏出版社1996年版，第108页。

家的文化乡愁日深"①，吴汉魂（无汉魂）与吴柱国（无祖国）的痛苦时时缠绕。这批人既背负着母国的历史，又存在与港台之间的联系，身体上却归属于异国他乡，他们的灵魂只能孤独地飘荡在记忆与现实之间，找不到落脚之处。他们"既带着对中国文化的体认，又不甘于身处北美社会的边缘，既依恋故国文化之根，又愿意带着第一世界的姿势思考中国文化，既抗争自身的边缘存在，又试图建构边缘者的独特性，既排斥北美主流社会规则，又在潜移默化中认同所在地的文化"②。

白先勇在文章里曾经这么讲述自己客居美国的心情："初来美国，完全不能写作，因为环境遽变，方寸大乱，无从下笔，年底圣诞节，学校宿舍关门，我到芝加哥去过圣诞，一个人住在密西根湖边的一家小旅馆里。有一天黄昏，我走到湖边，天上飘着雪花，上下苍茫，湖上一片浩瀚，沿岸摩天大楼万家灯火，四周响着耶诞福音，到处都是残年急景。我立在堤岸上，心里突然起了一阵奇异的感动，那种感觉，似悲似喜，是一种天地悠悠之念，顷刻间，混沌的心景，竟澄明清澈起来，蓦然回首，二十五岁的那个自己，变成了一团模糊，逐渐消隐。我感到脱胎换骨，骤然间，心里增添了许多岁月。黄庭坚的词：'去国十年，老尽少年心。'不必十年，一年已足，尤其是在芝加哥那种地方。回到爱荷华，我又开始写作了，第一篇就是《芝加哥之死》。"③ 来到美国之前，白先勇母亲刚刚逝世不久，这仿佛成为一个关于故国文化的谶语，他在美国体验到了母体文化失落的那种空荡无依的绝望感。在到处都是圣诞节歌声的异国他乡，25 岁的少年沉入历史和文化之痛中，去国一年，老尽少年心，心中那些痛苦与绝望最终酝酿成为笔下一篇篇苦涩的诉说。深谙其实的王德威评价海外华文文学道："原乡的失落、人际的隔膜、时空的暌违等主题，每在异国文化背景的衬托下，成为这些作家的拿手好戏。久而久之，海外华人文学形成一套独有的语言叙述模式，一方面提供读者各色转手风土资料，一方面也预设不少'其当若是'的情绪反应——海外文学不谈孤独、疏离、流浪者几希！"④

对于这批移居海外的人来说，《红楼梦》成为其为数不多的可以与故国文化保持联系的通道之一。例如白先勇，1965 年硕士毕业之后，任职于加州大

① 白先勇：《蓦然回首》，载隐地编：《白先勇书话》，北京：文化艺术出版社 2009 年版，第 131 页。

② 刘桂茹：《华文文学："离散"与文化认同》，北京：北京邮电大学出版社 2013 年版，第 78 页。

③ 白先勇：《蓦然回首》，载隐地编：《白先勇书话》，北京：文化艺术出版社 2009 年版，第 129、130 页。

④ 王德威：《评蓬草〈顶楼上的黑猫〉》，台湾《文讯》1988 年第 8 期。

学圣塔芭芭拉分校东亚系。在校任教时期,白先勇开设了《红楼梦》导读课程,分中英文两种,持续了20多年。在同一时期,白先勇连续创作了《游园惊梦》《玉卿嫂》等小说,这些小说甫一问世,就被众多批评家指认为《红楼梦》的隔代传人,1980年威斯康星首届国际《红楼梦》研讨会特别邀请白先勇做了专题演讲《〈红楼梦〉对〈游园惊梦〉的影响》,与会的学者惊叹其将《红楼梦》的卓越艺术传统与现代派手法熔于一炉。其实,放眼海外,同一时期,不只是白先勇,王际真、周策纵、余国藩、李欧梵等纷纷在所任教的美国大学开设《红楼梦》课程,读红谈红,几乎成为海外华人知识界的一种风尚。这股风潮中,张爱玲与《红楼梦》的故事尤为令人叹息。

作为20世纪40年代中国最负盛名的女作家之一,张爱玲的作品与《红楼梦》之间的承继关系早已经被世人深所知悉。

张爱玲曾经多次在不同场合讲述《红楼梦》对自己创作的影响。自己自幼即熟读《红楼梦》,"不同的本子不用留神看,稍微眼生点儿的字自会蹦出来"①,正是因为熟极而流,所以在她的创作源泉上,《红楼梦》占据了核心的地位,"这两部书(引者注:指《红楼梦》与《金瓶梅》)在我是一切的泉源,尤其是《红楼梦》"②。胡兰成《今生今世》中讲过一件事,与张爱玲在谈文论艺的时候,有一次自己说《红楼梦》《西游记》要胜过托尔斯泰的《战争与和平》、歌德的《浮士德》等世界名著,自己说完觉得有点夸张了,张爱玲却非常自然地说,当然是这样子的。③从这个细节回忆中可以看出张爱玲对于以《红楼梦》为代表的中国古典小说的热爱。难怪之后在《红楼梦未完》这篇文章中,张爱玲会把《红楼梦》未完与鲥鱼多刺、海棠无香同列为人生三大恨事。④

至于张爱玲的作品,论者也毫不意外地发现了许多与《红楼梦》等中国古典小说相通之处。

针对张爱玲小说中对于市井人情风俗的描写,夏志清在《中国现代小说史》中指出,张爱玲受到弗洛伊德心理学和西方小说的影响,但是,从她小说中的那些细腻的心理描写、俯拾皆是的暗喻和对于中国人情风俗的了解可以看出来,还是中国传统小说对她的创作影响最大。⑤当然,张爱玲小说里的风

---

① 张爱玲:《文学评论:红楼梦魇》,哈尔滨:哈尔滨出版社2003年版,第1页。
② 张爱玲:《文学评论:红楼梦魇》,哈尔滨:哈尔滨出版社2003年版,第4页。
③ 参见胡兰成:《今生今世》,北京:中国社会科学出版社2003年版。
④ 参见张爱玲:《文学评论:红楼梦魇》,哈尔滨:哈尔滨出版社2003年版。
⑤ 参见夏志清:《中国现代小说史》,刘绍铭等译,上海:复旦大学出版社2005年版。

俗人情，与其他作家作品中的风俗人情还是有所区别的，受到《红楼梦》的影响，其内中充斥着繁复华美的细节，例如《沉香屑·第一炉香》中的一小截景物描写，"这园子仿佛是乱山中凭空擎出的一只金漆托盘。园子里也有一排修剪得齐齐整整的长青树，疏疏落落两个花床，种着艳丽的英国玫瑰，都是布置谨严，一丝不乱，就像漆盘上淡淡的工笔彩绘。草坪的一角，栽了一棵小小的杜鹃花，正在开着，花朵儿粉红里略带些黄，是鲜亮的虾子红。墙里的春天，不过是虚应个景儿，谁知星星之火，可以燎原，墙里的春延烧到墙外去，满山轰轰烈烈开着野杜鹃，那灼灼的红色，一路摧枯拉朽烧下山坡子去了"[①]，这样的段落，在张爱玲的小说中可谓俯拾皆是。对于为何要在作品中呈现这类艳丽繁复的细节描写，张爱玲并没有明确说明其原因，但是在一篇讨论中国人宗教信仰问题的文章里，张爱玲曾如此说："就因为对一切都怀疑，中国文学里弥漫着大的悲哀。只有在物质的细节上，它得到欢悦——因此，《金瓶梅》《红楼梦》仔仔细细开出整桌的菜单，毫无倦意，不为什么，就因为喜欢——细节往往是和美畅快，引人入胜的，而主题永远悲观。一切对于人生的笼统观察都指向虚无。"[②] 张爱玲的看法是，中国人认为生命是悲观的，所以，《金瓶梅》《红楼梦》为代表的中国古典小说，用和美畅快、引人入胜的细节描写，来对虚无的人生提起拯救。于是，"她的作品同样是繁复、华美的细节与悲哀的人生主题相缠绕的结晶。反复地描摹，细细地刻画，不厌其烦地描述，使流动的成为永恒，永远就固定在那儿了，成为一幅永久的图画，没有什么会使它消逝，这使她心安"。

有不少研究者认为，张爱玲的作品之所以超凡卓拔，具有超出同时代其他作家的精神力量，正在于她从《红楼梦》等中国古典小说中汲取了思想与笔法，"张爱玲的特点是《红楼梦》的特点，即超越政治，超越国民，超越历史的哲学、宇宙、文学特点。张爱玲承继《红楼梦》，不仅是承继《红楼梦》的笔触，更重要的是承继其在描写家庭、恋爱、婚姻背后的生存困境与人性困境，表达出连她自己也未必意识到的对人类命运的终极关怀"[③]。

这样一个浸润在以《红楼梦》为代表的中国古典文化中的人，自然对中国

① 张爱玲：《传奇》，北京：中国青年出版社 2000 年版，第 108 页。
② 张爱玲：《张爱玲散文全集》，郑州：中原农民出版社 1996 年版，第 353 页。
③ 刘再复：《张爱玲的小说与夏志清的〈中国现代小说史〉》，载刘绍铭、梁秉钧、许子东编：《再读张爱玲》，济南：山东画报出版社 2004 年版，第 36 页。

充满了无限的感情："所以活在中国就有这样可爱：脏与乱与忧伤之中，到处会发现珍贵的东西，使人高兴一上午，一天，一生一世……要是我就舍不得中国——还没离开家已经想家了。"① 然而，张爱玲却在时代变局中，感知到了自己不妙的未来，被迫彻底离开了"家"——出走美国。

1955 年 11 月，张爱玲乘船到达美国，入住纽约一个难民救济所。独自在异国他乡，张爱玲的生活很快陷入窘迫，经过申请得以进入提供免费食宿的麦克道威尔文艺营。幸运的是，在文艺营里张爱玲结识了赖雅，两人相处甚欢。1956 年 8 月，36 岁的张爱玲与 65 岁的赖雅结婚。关于这场婚姻，有旁观者从移民女性寻找情感依托的角度分析道："从张爱玲一方而言，作为一个陌生人，处在一个陌生的国土，她有一种失落感，需要一支锚来固定她在异国他乡的漂泊。她所寻求的爱心和关怀，从她那无爱的父亲和不忠的丈夫那里都未曾得到。如今她终于如愿以偿，赖雅便是她在异国非常需要的那支锚。如若她对赖雅的感情不像她初恋时那样浪漫，至少她真正地爱他并感激他。"②

可惜，张爱玲所需要的安定并没有得到满足。1956 年 10 月起，赖雅多次住院，此后十余年间，基本无法写作，不仅不能挣钱帮助维持家用，反而需要张爱玲不断支付高额的医疗费。特别是 1964 年之后，赖雅彻底瘫痪，两年多内，大小便失禁，完全依靠张爱玲进行生活护理。

个人生活方面，张爱玲过得并不如意；在文学创作方面，她也迟迟未能取得成功。1957 年，经朋友搭线，小说《秧歌》版权成功卖出，张爱玲收入 1350 美元。张爱玲随后拟订了一系列创作计划，想要一举超越韩素音，成为又一个在美国取得成功的东方作家。但是，在这之后创作的书稿一次次被出版商拒绝，张爱玲在美国取得成功的梦想破灭了。生活拮据时期，幸亏香港友人宋淇帮助牵线，为电懋公司写作剧本。1965 年，电懋公司老总飞机失事，宋淇离职，张爱玲就此失去一大经济来源。赖雅每月 52 美元的社会福利金，成为他们主要的经济收入。为了维持生计，张爱玲四处奔走，为美国新闻处翻译广播剧，申请成为迈阿密大学驻校作家，入职加州大学研究 20 世纪六七十年代中国政治文化新名词，但是收入都不高，仅能糊口。

张爱玲的生存状况得到改善是在 20 世纪 70 年代。1967 年 10 月，赖雅

---

① 张爱玲：《张爱玲散文全集》，郑州：中原农民出版社 1996 年版，第 258 页。
② 司马新：《张爱玲在美国——婚姻与晚年》，徐斯、司马新译，上海：上海文艺出版社 1996 年版，第 83 页。

过世,张爱玲免除了艰辛的护理生活。同一时期,张爱玲与台北皇冠出版社商定了出版合同,从此逐渐摆脱经济窘迫的状况。但是,即便是到了经济状况已经比较乐观的 1974 年,张爱玲依旧有着浓厚的生存恐惧。当年 6 月 9 日,在给夏志清的信中,张爱玲请求他帮忙搜集一些丁玲的相关作品,"我做这一类研究当然是为了钱"[①]。以张爱玲在文学方面的自傲,伏低做小去研究另一个政治背景下的女作家,内心很难说是愉悦的。对张爱玲的这种伏低做小,夏志清评论道,到了此时,张爱玲虽然因为作品的再版而声誉日隆,但是她已经有三年时间没有一份工作能给她提供固定收入,心里面难免有一些恐慌。所以,张爱玲才会说自己的写作就是为了钱,"上一封信上她提到香港中文大学有可能找她'写篇丁玲小说的研究',就不免兴奋起来,要我为她在哥大图书馆找书,此信也如此。'为了钱',做任何哪一类的研究都没有什么难为情,研究丁玲无论如何要比研究术语有趣得多"[②]。

事实上,除了生存窘迫带来的痛苦,与赖雅的婚姻也给张爱玲带来不小的心灵创伤。与赖雅认识不久,张爱玲就怀孕了,然而由于多种原因,两人在结婚后并没有让孩子生下来,而是选择了堕胎。堕胎的经历对张爱玲触动很大。多年以后,《小团圆》中仍然有一段令人悚然的堕胎描写,"夜间她在浴室灯下看见抽水马桶里的男胎。在她惊恐的眼睛里足有十吋长,毕直的欹立在白磁壁上与水中,肌肉上抹上一层淡淡的血水,成为新刨的木头的淡橙色。凹处凝聚的鲜血勾划出它的轮廓来,线条分明,一双环眼大得不合比例,双睛突出,抿着翅膀,是从前站在门头上的木雕的鸟。恐怖到极点的一刹那间,她扳动机钮。以为冲不下去,竟在波涛汹涌中消失了"[③]。小说中,九莉堕胎时,身边就是一位在好莱坞混过好些年、自称"向来是 hit and run(闯了车祸就跑了)"[④]的美国老头汝狄,其中明显有着赖雅的影子。

与赖雅的婚姻,甚至改变了张爱玲的生活习惯。早年的张爱玲,虽然性格内向,但是并不拒斥与外界往来,经常流连于电影院、咖啡馆,排演自己作品的时候也经常到剧场互动。和赖雅婚后一小段时间里,他们常去影院,同时也与朋友颇有往来,但在赖雅瘫痪之后,这些活动均终止了。张爱玲晚年离群

① 子通、亦清主编:《张爱玲评说六十年》,北京:中国华侨出版社 2001 年版,第 170 页。
② 子通、亦清主编:《张爱玲评说六十年》,北京:中国华侨出版社 2001 年版,第 172 页。
③ 张爱玲:《小团圆》,北京:十月文艺出版社 2009 年版,第 157 页。
④ 张爱玲:《小团圆》,北京:十月文艺出版社 2009 年版,第 157 页。

索居,日常生活基本只剩下去超市购买必需品、去邮局取信、去银行取款和去医院看医生,除此以外,几乎不与外界往来,有时连最亲近的朋友也会联系不上她。固然这种生活习惯也有张爱玲自身习性的因素,但这场辛苦的婚姻无疑大大加重了其孤绝弃世的程度,因为"任何深的关系都使人 vulnerable(容易受伤),在命运之前感到自己完全渺小无助"①。

可以看出,张爱玲在美国,陷于困苦求生之境,生活坎坷、造化弄人,放在小说创作中似乎轻描淡写的八个字,却降临在一个漂泊的苦行人身上。"一提到有些话——关于前途——便觉声音嘶哑,眼中含泪,明知徒然 embarrass(为难)人,但无法自制。其实心中并不大感觉 pain(痛苦),似乎身体会悲伤,而心已不会了。浴时(或作任何杂事时)一念及此,也觉喉头转硬,如扣一铁环,紧而痛,如大哭后的感觉。"② 张爱玲曾经尝试先后用英文写作了四个版本的《金锁记》故事,王德威对此分析道:"她仿佛不能再相信她的母语,切切的要找出一个替代的声音——在她而言,英语——好一吐块垒。她与她的生存环境的隔膜既已如此,在传达、翻译人我关系的(不)可能性时,异国语言因此未必亚于母语。"③ 其实,如果把张爱玲彼时苦苦挣扎、多次改编小说寻求出版以赚取生活费的现实,就会明白,王德威的这种阐述虽然浪漫抒情,却离真相甚远。

苦难创伤之下,来自故国的《红楼梦》,成为张爱玲重要的生命寄托。1968年,当生活境遇稍微好转,张爱玲即着手写作有关《红楼梦》的论文,开始托朋友搜罗《红楼梦》的不同版本,并且利用加州大学任职的机会寻找资料。之后,《红楼梦未完》(1969年)、《初详红楼梦》(1973年)、《二详红楼梦》(1975年)等红学考证文章相继在台湾发表,1977年,几篇文章结集为《红楼梦魇》,由台北皇冠出版社出版。对于张爱玲来说,《红楼梦》是自己创作上"一切的泉源",阅读这部小说,真如晤对良友,重寻往日美好时光。更为重要的是,《红楼梦》"像迷宫,像拼图游戏,又像推理侦探小说",其沉溺空间足够大。在艰难的生活中,《红楼梦》成为自己心灵的慰藉与避难所,"偶遇拂逆,事无大小,只要详一会《红楼梦》就好了"。张爱玲将自己研究《红楼梦》的集子命名为《红楼梦魇》,表面上,似乎只是友人戏谑得名的缘故,但其实是连她自己也发现,

---

① 张爱玲、宋淇、宋邝文美:《张爱玲私语录》,北京:十月文艺出版社 2011 年版,第 164 页。

② 张爱玲、宋淇、宋邝文美:《张爱玲私语录》,北京:十月文艺出版社 2011 年版,第 99 页。

③ 王德威:《如何现代,怎样文学》,台北:麦田出版社 2008 年版,第 366~367 页。

在考证《红楼梦》这件事情上，自己真的有"一种疯狂"，在依旧需要通过写作以换取生活费的情况下，"在已经'去日苦多'的时候，十年的工夫就这样掷了下去，不能不说是豪举"①。

"曹雪芹在这苦闷的环境里就靠自己家里的二三知己给他打气"②，反观张爱玲，身处异国他乡又深受生活苦难，对于《红楼梦》显示出了略带偏执的沉迷与执着，又何尝不是在苦闷的环境里用来自故国的知己《红楼梦》为自己打气？凭借着来自故国的文化支撑，走出重压的张爱玲得以说服自己幽居异乡、继续跋涉，"张早年重写《霸王别姬》，晚年翻译国语本《海上花》，重读《红楼梦》等等，不啻是召回驱之不去的个人或文明记忆，一再与她的梦与梦魇对话的试验。张一生受教《红楼梦》，她将红学心得名之为《红楼梦魇》，岂仅偶然？"③

1995年中秋节，张爱玲悄然离世，各种缅怀与送行的文字中，《台港文学选刊》使用的标题特别醒目：《现代曹雪芹，隐身红楼梦》。这个标题似乎把张爱玲的生活描摹得壮丽孤绝，豪气而感伤，岂不知，怅望"卅秋"一洒泪，张爱玲选择《红楼梦》栖身，并非功成名就、埋剑归隐，其实是天涯落魄、敝衣取暖。

当然，在远离内地的红学界中，如张爱玲这般遗世独立、自沉红海的人只是特例，更多的人则是借《红楼梦》以联系群好，形成一处躲避孤独的文化小港湾。其中最为典型的，莫如张爱玲的一生挚友宋淇。

宋淇出身于书香门第，父亲宋春舫曾先后在上海圣约翰大学、清华大学、北京大学任教，家境殷实。宋淇早年就学于燕京大学，之后留校任教，1949年移居香港后，先后在美国新闻处、国际电影懋业有限公司、邵氏公司、香港中文大学任职，其为人豪爽，交游广阔，与文化界众多名流多有往来。

1954年，宋淇以林以亮为笔名，在《今日世界》上连载《红楼梦新论》六篇，其篇目包括《林黛玉的眼泪》《尤三姐为什么自杀》《〈红楼梦〉识小》等文章，从此踏入《红楼梦》研究领域。其先后有《论"冷月葬花魂"》《新红学的发展方向》《论大观园》等名篇传世，其为文考证翔实、功底深厚、眼光开阔，被蔡

---

① 张爱玲：《红楼梦魇》，北京：十月文艺出版社2007年版，第4~5页。

② 张爱玲：《红楼梦魇》，北京：十月文艺出版社2007年版，第2页。

③ 王德威：《张爱玲再生缘——重复、回旋与衍生的叙事学》，载刘绍铭、梁秉钧、许子东编：《再读张爱玲》，济南：山东画报出版社2004年版，第11页。

义江誉为"香港俞平伯"。宋淇的《红楼梦》情缘贯穿了其后半生，至其1979年退休之后，更是发愿投身《红楼梦》研究，"决定将余生来完成三册论文"[①]，惜乎病魔缠身，天不假年，前两本《红楼一梦》《红楼梦中的情榜》初步完成之后，即撒手人寰，未能如愿。

除了自身的红学研究，宋淇在红学界的另外一个作用是成为港台及海外红学界的一个重要的中转枢纽。张爱玲写作《红楼梦魇》，宋淇多方帮助其查找材料，并对其书稿提出意见。宋淇《论大观园》一文，直接启发了余英时《红楼梦的两个世界》的写作，开红学研究新时代。除此之外，宋淇又与潘重规、周策纵、赵冈、黄葆芳、龚鹏程等许多红学界人多有往来，互相谈红论艺，其乐融融，"《红楼梦》是一部无古无今的奇书，一旦入了迷，进了红学的门庭，大家就具有了共同的语言，通信时往往一个拈花，一个微笑，彼此莫逆于心"[②]。一部《红楼梦》，成为这些离散四方的知识人之间的联系密码，人生的种种无根之痛、孤独之苦，都在大观园的花草人情之中消融。

1980年6月，首届国际《红楼梦》研讨会在美国威斯康星大学召开，这是第一次国际红学盛会。参会的华人有来自大陆、香港和台湾的著名红学家，还有流散欧美各地的红学爱好者，来自中华文化圈的有情之人济济一堂，共语红楼。会议组织者周策纵在会上填了一支曲子《红楼梦外一枝：血泪书》，其中有句子言："想一想悲欢离合，炎凉世态，便古往今来也只共一朝……没奈何，且拍案狂歌当哭，呼朋引类尽牢骚。"[③] 彼时乱局甫定、风雨初歇，这些历尽沧桑的华人知识者以中华为酒，以红楼为梦，劫波渡尽，白首相逢，实在令人唏嘘！福柯曾在其《知识考古学》中说过，文献是具有灵魂的，"对历史来说，文献不再是这样一种无生气的材料，即：历史试图通过它重建前人的所作所言，重建过去所发生而如今仅留下印迹的事情；历史力图在文献自身的构成中确定某些单位、某些整体、某些体系和某些关联"[④]。或许我们可以说，在20世纪下半期，《红楼梦》这个文献也在某种程度上重建了离散于各地的华人知识者与中华文化历史之间的某种关联，使得中华知识界藕断丝连、不绝如缕，并未随着地域的隔离而分崩离析。

---

① 宋淇：《红楼梦识要：宋淇红学论集》，北京：中国书店2000年版，第404页。

② 林以亮：《文思录》，沈阳：辽宁教育出版社2001年版，第22页。

③ 周策纵：《红楼梦案——周策纵论红楼梦》，北京：文化艺术出版社2005年版，第4~5页。

④ 米歇尔·福柯：《知识考古学》，谢强、马月译，北京：生活·读书·新知三联书店1999年版，第6~7页。

第二节 "悟"的修辞秀

从 2006 年起,刘再复接连出版了《红楼梦悟》《红楼哲学笔记》《共悟红楼》《红楼人三十种解读》《贾宝玉论》等多部红学专著,同时在不同刊物上发表了多篇有关《红楼梦》的文章,着力于创造自己的"第二人生"。自《红楼梦》问世以来,研究者众多,但能以五部专著几十篇文章、洋洋近百万字的规模来说红论红者,可谓凤毛麟角,刘再复无疑已经在《红楼梦》研究史上写下了自己的篇章。

与其他人的红学研究相比,刘再复的"悟"体《红楼梦》研究,呈现出非常鲜明的个人特色。刘再复认为《红楼梦》"本来就是生命大书、心灵大书,本就是一个无比广阔瑰丽的大梦"[①],其中含有许多不可实证却可让人通过想象和审美再创造的东西,这也是其文学魅力之一。因此,他要以文学的方式接近《红楼梦》,评述《红楼梦》,就采用了"悟证"法,所谓的"悟证","既不同于知识考证与家世考证,也不同于逻辑论证,虽近乎禅的通过直觉把握本体的方式,但我却在'悟'中加上证,即不是凭虚而悟,而是阅读而悟,参悟时有对小说文本阅读的基础,悟证过程虽与'学'不同,却又有'学'的底蕴与根据"[②]。采用这样的方法来阅读《红楼梦》,也是因为自己有一个学术需求,想把《红楼梦》的讲述"从意识形态学的意境拉回到心灵学的意境,尤其是从历史学、考古学的意境拉回到文学的意境,做一点'红楼归位'的正事"[③]。

总体而言,刘再复的《红楼梦》研究有以下两个重要内容:

第一,高度评价《红楼梦》,将其放置于中国文学与世界文学的大背景中观察。

刘再复高度评价了《红楼梦》,认为其是"一部千古不朽的大言,如山岳星

---

① 刘再复:《不为点缀而为自救的讲述——"红楼四书"总序》,载刘再复、刘剑梅:《共悟红楼》,北京:生活·读书·新知三联书店 2009 年版,第 2 页。

② 刘再复:《不为点缀而为自救的讲述——"红楼四书"总序》,载刘再复、刘剑梅:《共悟红楼》,北京:生活·读书·新知三联书店 2009 年版,第 3 页。

③ 刘再复:《不为点缀而为自救的讲述——"红楼四书"总序》,载刘再复、刘剑梅:《共悟红楼》,北京:生活·读书·新知三联书店 2009 年版,第 2 页。

辰永恒地立于天地浩瀚之中"①，是"中国文学第一正典"②，"无论是用大观眼睛还是用小观眼睛，无论从史诗的宏观结构上看，还是从微观的诗意细节上看，都是前无古人。我们都确信，这部如同沧海似的作品，一千年、一万年以后还说不尽"③。刘再复衷心赞叹《红楼梦》的作者曹雪芹实在是大才如海，在他笔下，"《红楼梦》没有被限定在各种确定的概念里，也没有被限定在'有始有终'的世界里去寻求情感逻辑。反抗有限时间逻辑，反抗有限价值逻辑，反抗世俗因缘法，《红楼梦》才成为无真无假、无善无恶、无因无果同时也是无边无涯的艺术大自在，其绵绵情思才超越时空的堤岸，让人们永远说不尽、道不完"。刘再复认为，在人类写作史上，作家写作有的用头脑，有的用心灵，有的用生命，各自产生了许多优秀的作品，但是，曹雪芹的写作却骎骎然超越其上，他是属于"用全灵魂全生命写作的作家"，"他用生命面对生命，用生命感悟生命，用生命抒写生命。大制不割，生命与宇宙同一，生命是世俗的价值尺度难以界定、难以切割的泱泱大制"。④

刘再复认为，中国的经典名著中，《三国演义》是一部权术和心术的大全，虽然小说中有智慧、义气等正面的价值，但是因为有了权术，这些正面的价值也变质了。《水浒传》中，"造反有理"的思想形成了暴力崇拜，"情欲有罪"的思想形成了道德专制法庭。所以，尽管这两部小说从文学角度来说，堪称精彩之作，但是从文化批评角度，或者从价值观的角度来说，是中国文化的两道"地狱之门"，是造成中华民族心理黑暗的作品。而《红楼梦》与这两部作品不一样，它"恰恰代表着中国和人类未来的全部健康信息和美好信息。这是关于人的生命如何保持它的本真、人的尊严如何实现、人类如何'诗意栖居于地球之上'（荷尔德林语）的普世信息。这些远离暴力、远离机谋的信息永远不会过时"。⑤《红楼梦》《三国演义》《水浒传》等古典小说，都包含了丰富的民族集体无意识，但是，《红楼梦》包含的是民族集体无意识中的那些健康的方面，《三国演义》《水浒传》包含的是那些病态的受伤的一面。

① 刘再复：《〈红楼梦〉哲学论纲》，《陕西师范大学学报（哲学社会科学版）》2008 年第 4 期。

② 刘再复：《天上的星辰，地上的女儿》，载刘再复、刘剑梅：《共悟红楼》，北京：生活·读书·新知三联书店 2009 年版，第 2 页。

③ 刘再复：《天上的星辰，地上的女儿》，载刘再复、刘剑梅：《共悟红楼》，北京：生活·读书·新知三联书店 2009 年版，第 2~3 页。

④ 刘再复：《红楼梦悟》，香港：三联书店 2008 年版，第 12 页。

⑤ 刘再复：《红楼梦悟》，香港：三联书店 2008 年版，第 152 页。

而与中国现代小说名作相比,《红楼梦》也具有压倒性的思想高度。例如,刘再复认为《金锁记》是一个无真假、无善恶、无因果的世界,它具有多重的意蕴,它表现的是世界与人类的本质,表现了世界与人类的荒诞,表现命运与情爱的不可确定与变幻莫测。这是《金锁记》超越时人的地方。这点与《红楼梦》一样。"《红楼梦》的卓越之处就在于它是一个无真无假、无善无恶、无因无果、无边无际的文学大自在"①,曹雪芹看透了人生的痛苦与虚无,在看透看破生命之后,他"产生了伟大的创作力量,建构了中国文学和人类文学的不朽经典,书中蕴含的天地元气,乾坤大气,空前启后,其雷霆万钧之力将会磅礴于千秋万代"。② 然而,与曹雪芹的有意经营相比,《金锁记》只是一个无意中收获的果实而已。刘再复发现,在张爱玲的各种创作论中,她可能并未意识到自己的卓越之处,张爱玲一直以为自己作品的成功之处是表现了凡人琐事,是表现那些和谐或痛苦,她以为写凡人的故事比写英雄的故事更加贴近人类的真实。王国维将文学分为《桃花扇》和《红楼梦》两个类别,认为前者是政治的、国民的、历史的,后者是哲学的、宇宙的、文学的。张爱玲不知道,她的成功并不在于书写凡人故事,而在于她的作品超越了王国维所说的属于《桃花扇》的国家、政治与历史的层面,而进入了其说的《红楼梦》所在的哲学的、宇宙的、文学的永恒之境。所以,刘再复认为,张爱玲后来写出《秧歌》与《赤地之恋》这类充满政治色彩的作品,是创作上的大失败,是"天才的夭折"③。

刘再复提出,即便把《红楼梦》放置于世界经典名著行列,也是毫不逊色的。在人类文明史上,"有一些经典名著标志着人类的精神高度"。例如,在文学上,荷马史诗、《俄狄浦斯王》、《哈姆雷特》、《堂吉诃德》、《浮士德》、《卡拉马佐夫兄弟》等,就是属于这类作品。曹雪芹的《红楼梦》,是可以与这些并肩而立的,同样标志了人类精神所能达到的高度。这部诞生于 18 世纪的文学名著,"站立在人类审美创造乃至整个精神价值创造的最高水平线上,它既反映中华民族的灵魂高度,又反映人类灵魂的高度"④。

为了更好地说明《红楼梦》的经典性,刘再复还多次将其与各种世界经典

① 刘再复:《张爱玲的小说与夏志清的〈中国现代小说史〉》,载刘绍铭、梁秉钧、许子东编:《再读张爱玲》,济南:山东画报出版社 2004 年版,第 38 页。

② 刘再复:《红楼哲学笔记》,上海:上海三联书店 2021 年版,第 229 页。

③ 刘再复:《张爱玲的小说与夏志清的〈中国现代小说史〉》,载刘绍铭、梁秉钧、许子东编:《再读张爱玲》,济南:山东画报出版社 2004 年版,第 43 页。

④ 刘再复:《红楼梦悟》,香港:三联书店 2008 年版,第 150 页。

名著比对。例如在《红楼人三十种解读》里，把《红楼梦》的"异乡人"概念与加缪《鼠疫》的"异乡人"概念互相比较。刘再复指出，加缪在书里提醒那些丧魂失魄的人，告诉他们不要把闹着鼠疫的地方当作故乡，只有意识到自己"异乡人"的身份、走出鼠疫之城，才能得救。与此类似，《红楼梦》的第一回提醒读者不要"反认他乡是故乡"，也是在反复告诫读者，故乡并不是显而易见的，需要去感受。但是，刘再复认为，就"异乡人"概念来说，曹雪芹的比加缪的"更为广阔，也有更深邃的哲学意蕴"。曹雪芹的故乡是"无"，是庄子《列御寇》里的让精神回归本源得到休憩的"无何有之乡"，是无法命名无法考证的精神之乡，在书中曹雪芹名之为灵河岸边的三生石畔，但这个精神之乡其实不是一个实体，而是天人合一的、表征人与世界和谐统一的"澄明之境"。从对世界的领悟来说，曹雪芹的思考要比加缪的思考更为深刻。

在《共悟红楼》里，刘再复也把曹雪芹与陀思妥耶夫斯基相比，认为二者都有"人世间最柔和、最善良、最仁慈的伟大心灵"[①]。这两颗心灵都是极为敏感的，特别是对于人间的苦难，都极为敏感，他们都被苦难深深地折磨着。只是陀思妥耶夫斯基倾向于拥抱苦难，曹雪芹倾向于超越苦难。对苦难的思考，使得这两位天才的眼里充满了眼泪，充满了悲悯人世的爱的眼泪。他们各自创造了一座世界文学的高峰。另外，刘再复还将贾宝玉和梅什金、阿廖沙等世界文学著名人物相比，指出在心灵的开掘、思想的深度等方面，贾宝玉并不逊色于这些人物。

刘再复提出，在人类历史上，一流的经典名著具有"永久性魅力"，它们就像人类的一些伟大建筑一样，是超越了时代的、具有永恒审美意义的东西，作为立身世界经典名著之林的《红楼梦》，也可以称作"无边无际的艺术大自在"[②]，它属于自己所在的时代，也属于我们所处的这个时代，更属于未来的时代。经常有人慨叹中国文学没有"史诗"，尤其是没有能与荷马史诗比肩的史诗。刘再复认为，《红楼梦》就是一部中华民族的伟大文学史诗，从《红楼梦》开始，中国开启了伟大的史诗传统。

第二，高度评价《红楼梦》中的几个主要人物。

对于《红楼梦》中的贾宝玉，刘再复给予了非常高的礼赞。在《贾宝玉论》中，刘再复提出，贾宝玉是人类文学史上最纯粹的心灵，至柔至纯至真至善

---

① 刘再复、刘剑梅：《共悟红楼》，北京：生活·读书·新知三联书店 2009 年版，第 231 页。

② 刘再复：《红楼梦悟》，香港：三联书店 2008 年版，第 313 页。

至美。

就真而言，刘再复认为贾宝玉的一切举动，"呆中的迷惘，痴中的执着，傻中的慈悲，憨中的悟性，沉默中的逃离家园和告别黑暗"[1]，洋溢着真挚的性灵与灵魂。更为难得的是，贾宝玉的真性情与真灵魂，是"不虑而知，不学而能，无求而自得，无师而自通"[2]的，而且它不表现于某个具体的时间或者某个具体的事件，而是贯穿了他的整个人生。

就善而言，刘再复提出，贾宝玉是具有佛性和神性的，他的心灵不仅没有敌人，也没有坏人，甚至没有"假人"，在他身上，我们看不到俗世凡人有的那些嫉妒、算计、贪婪、仇恨、猜忌等负面的因素。对伤害自己的人，贾宝玉的态度是原谅，书中的赵姨娘母子经常仇视他、伤害他，但是贾宝玉对二人没有一句不好的话；对与自己并非同类的人，贾宝玉的态度是友善，他和薛蟠称兄道弟、平等往来。佛教的慈、悲、喜、舍这四无量心，贾宝玉全都不需要指点也无须修炼，自然就有，刘再复将贾宝玉称为"一部佛性的活字典"，《红楼梦》这部书，也有着深邃的佛性。"情的核心是'爱'，灵的核心是'慈悲'。慈悲的境界比爱的境界高。爱的对立项是恨，爱恨总是一体，有爱就有恨，即所谓爱恨交融。而慈悲绝对没有恨，它超越爱恨而宽恕一切人，悲悯一切人，甚至悲悯一切生物"[3]。刘再复提出，贾宝玉对于人世是充满了"情"的，他爱世间一切，有爱情、亲情、友情和对世人之情，他是真挚地爱着的，更为难的是，贾宝玉对人世的"爱"充满了"灵"，对于世间种种，他没有怨恨、猜忌、嫉妒等负面的情绪，他"把真情感推向一切生命、推向全宇宙"，他对于身边的万事万物，"都投下自己的真情感"。刘再复把贾宝玉称为"未成道的基督与释迦"。他指出，贾宝玉具有"兼爱一切人，宽恕一切人"的特点，上到王侯，下到戏子奴婢，他都能够用平等的姿态来对待交往。贾宝玉心中五毒不伤，"对别人的攻击和世俗的是是非非浮浮沉沉花花绿绿全然没有感觉"。他对世间人的痛苦、长处和真情感特别敏感，对世间人的弱点和世界的荣华富贵，感受力却很迟钝。因此，刘再复说："如果说基督是穷人的救星，释迦牟尼是富人的救星，那么，贾宝玉也许正是知识者的救星，至少是我的救星。"[4]

---

① 刘再复：《红楼梦悟》，香港：三联书店2008年版，第19页。

② 刘再复：《贾宝玉论（上）》，《读书》2013年第3期。

③ 刘再复、刘剑梅：《"红楼"真俗二谛的互补结构——关于〈红楼梦〉的最新对话》，《华文文学》2010年第5期。

④ 刘再复：《红楼梦悟》，香港：三联书店2008年版，第18页。

就美而言，刘再复认为，宝玉具有本能的对美的向往与倾慕，这个在书中被曹雪芹称为"意淫"，说宝玉是"天下第一淫人"。其实，贾宝玉与肉欲之"淫"完全不一样，他只是对天下美好女子持有一种审美态度，并无占有之念。例如，宝玉对府里戏班的几个女孩颇有倾慕，听到芳官唱"任是无情也动人"时，不觉发了一会儿呆；看到龄官一遍又一遍地写"蔷"字，也痴看了一阵。曹雪芹当时未能采用现代美学概念来命名这种生命现象，只能用"意淫"来描述，"但可知道，他所说的意淫乃是纯粹精神性、审美性的心理活动与想像活动，全是非肉欲、非功利、非算计的真性情"[①]。因此，也可以说，所谓"天下第一淫人"，正是对才貌双全少女的天下第一审美者。刘再复赞叹道，贾宝玉从仙境入世走这一遭，是不虚此行的，他真的能在人世间看到美不胜收的让人痴迷的生命景观，这个景观就是天地钟灵之气所造的。

当然，除了对于少女之美的欣赏与追求，贾宝玉对于人世之间的各种美也是同样衷心赞叹、衷心膜拜的。贾宝玉追求诗意的人生与心灵，所以他才热衷于办诗社，追诗情，享受独一无二的审美人生。这种追求看破人生又眷恋人生，"不离生存本义，又追求存在意义"。

对于林黛玉，刘再复同样不吝给予了最为热烈的礼赞，他称林黛玉为"大观园里的首席诗人"，认为她的《葬花词》，"不仅写出大悲伤，而且写出了大苍凉"[②]，在诗中林黛玉所问的问题，都是直指人心的终极"天问"。在《葬花词》中，问出了天地、生命、时间、空间等各种人类难以回答、难以解决的问题。刘再复称赞道，林黛玉的《葬花词》不仅有唐代陈子昂《登幽州台歌》的苍凉与恢宏，还有陈诗中所没有的空灵与飘逸，一介弱女子，诗中能够把人世的苍凉写得如此淋漓尽致，殊为难得。与这个境界相比，历史变得很轻，家国也变得很小，"能在生命宇宙境界中飞驰的诗魂，才是大诗魂"。

林黛玉的"多愁善感"，是愁到骨子里的幽怨，是深到骨子里的伤感。她曾经和神瑛侍者共享甘露灌溉的干净岁月，共度生命与天地万物相融相契的澄明时光。现在到了人间，到处都是冷漠与猜忌的目光，人世生活与她太不适合了。"愈是感到不相宜，乡愁就愈深，一直深到无穷无尽处。"[③]因此，林黛玉在《葬花词》中把自己比作最美最脆弱的鲜花，"明媚鲜妍能几时，一朝漂泊难

① 刘再复：《红楼梦悟》，香港：三联书店 2008 年版，第 68 页。
② 刘再复：《红楼梦悟》，香港：三联书店 2008 年版，第 24 页。
③ 刘再复：《红楼梦悟》，香港：三联书店 2008 年版，第 25 页。

寻觅"。少女之美，是人间的至真至美，最脆弱也最难持久。林黛玉正是感悟到至美的短暂、易脆与难以再生，因此充满了深深的伤感。"林黛玉是中国最美的生命景观。她太稀有，太珍贵，根本无法在尔虞我诈的世上存活"，就像苏格拉底和基督一样，只能要么被杀害要么被钉在十字架上受难，根本无法生活在他们的时代。曹雪芹写《葬花词》，是为了在其中寄托自己的一个梦："让稀有花朵、少女能够长久存活，能够免受摧残。"①

贾宝玉与林黛玉的思想与灵魂，与他们的时代格格不入，所以，当这两个灵魂相遇的时候，他们之间也就迸发出"充满着真善美的灵魂之爱"。他们的恋情，表面上看来，只是凡间两个男女之间的倾慕与爱恋，"深一些看，却是天上两颗星星的诗意情谊与生死情谊"。对于充满着至柔至纯至真至善至美的贾宝玉来说，在这个人间是没有归宿的，"林黛玉是唯一可以让他寄托全部情思的孤岛"。她知他、懂他、爱护他，然而，这一个孤岛在茫茫大洋中是不能长存的，世俗的风浪使得林黛玉含恨归天。这一孤岛消失之后，贾宝玉的心灵就再也没有地方可以存放。"于是，他生命中便只剩下大孤独与大彷徨，最后连彷徨也没有，只能告别人间。"②

刘再复对于《红楼梦》的"悟"式解读，有其积极因素，凭借着作者的学识修养与强烈的个人情感投射，可以说，将《红楼梦》的思想评论与艺术评论大大推进了一个层次，极大地开掘了《红楼梦》的文学研究境界。其评论文章恢宏大气、触笔生情，具有极为强烈的艺术感染力。但是，由于个人情感的过分发挥，刘再复的"悟"式解读，也存在不少过度解读与偏移。例如以下几点：

其一，将《红楼梦》指认为史诗。

epic 是一个来自西方文学的概念，它指的是记载古代重大事件或英雄传说的长篇叙事诗，经常具有较为浓厚的神话色彩，其关键词一般包括"原始""创世""民间""神话""英雄"等，一般分为书面经典和口头吟唱两种形式。虽然有个别现代学者试图将其延伸到泛指具有上述内容的、结构宏大的作品，例如长篇小说等，但是大体上，这种界定更像是一种对作品的表扬，并不太被主流学术界所接受。

刘再复在其《红楼梦悟》中提出，《红楼梦》"是一部伟大史诗"。他提出

① 刘再复：《红楼梦悟》，香港：三联书店 2008 年版，第 26 页。
② 刘再复：《红楼梦悟》，香港：三联书店 2008 年版，第 41 页。

了三个理由：（1）《红楼梦》具有荷马史诗式的宏伟叙事构架和深广视野；（2）《红楼梦》和中国原始神话《山海经》直接相连，塑造了具有神话色彩和别样英雄色彩的系列；（3）它寄托着人类"诗意栖居""诗意存在"的形上梦想，从而使浓厚的诗意覆盖整个作品。[①]

刘再复分析道，《红楼梦》与《伊利亚特》都同样写了天上与人间的故事，但《红楼梦》视野与《伊利亚特》的视野之间存在着明显的不同，《红楼梦》的视野是一种更为深邃的内在视野，它直指人类的心灵深处，意图探寻人类更为丰富的内在生命。刘再复举林黛玉初见贾宝玉的事情为例，林黛玉一见贾宝玉就觉得"眼熟"，这一个细节描写，小说的内在视野一下子就延伸到了灵河岸边，二者相知相守的世界。而林黛玉《葬花词》中的那句"天尽头，何处有香丘"，"在大苍凉的叩问中呈现的又是无边无垠的大视野"[②]。关于《红楼梦》的人物，刘再复认为里面有很多英雄，他们是具有特殊类型意义的英雄。他认为，贾宝玉具有独特的英雄情怀，其悲悯世人的情怀与基督式的情怀相当；尤三姐、鸳鸯自尽，"把泥浊世界断然从自己的生命中抛却出去"，算是英雄；林黛玉临终把自己的文稿取出焚毁，也是英雄式的抗议。《红楼梦》的这些英雄是柔性的，不同于《伊利亚特》的那些刚性的英雄。另外，《红楼梦》具有审美意识，是"史的诗化与审美化"。总之，"《红楼梦》有神话，有英雄，有历史，有超越历史的大诗意和宏伟的文学架构，不愧是一部伟大史诗"[③]。

刘再复的这个说法虽然奇巧有趣，但是仔细一揣摩，是站不住脚的。说《红楼梦》有神怪内容是没问题的，但是总体而言，在小说的主体部分，是比较明显的描写人类世界的，并不像一般史诗那样人神杂处，充满了各种人类的原始崇拜或者意识原型。其论述小说视野宽阔时所引的林黛玉两件事情，也颇为牵强，如果只是普通的遐想也能称为视野宽阔的话，那几乎任何小说都有类似的情节，也都能说是视野宽阔了。把《红楼梦》中的贾宝玉、林黛玉、尤三姐、鸳鸯都称为英雄，也是颇值得商榷的，如果把所有表达出自己思想的人都称为英雄的话，那也是几乎要"遍地英雄"了。以这样的思路，我们可以说，鲁迅笔下的阿Q就是英雄，因为其敢于争取自己的美好未来，祥林嫂也是英雄，因为其以执着的念叨与死亡对这个世界进行了英雄式的抗议——这样的"柔

---

① 刘再复：《红楼梦悟》，香港：三联书店2008年版，第177页。

② 刘再复：《红楼梦悟》，香港：三联书店2008年版，第177页。

③ 刘再复：《红楼梦悟》，香港：三联书店2008年版，第178页。

性"英雄,显然不太能让人接受。至于刘再复提出史诗的核心特征在于"诗",这句话倒是不错的。只是,刘再复对史诗的"诗"的理解似乎也有所偏差。一般而言,学术界在认定史诗的时候,对其"诗"字的理解就是一种体裁特征:采用诗歌体。

伏尔泰在《论史诗》中提出,史诗就是"一种用诗体写成的关于英雄冒险事迹的叙述"[①],其强调了史诗的两大核心特征:内容"英雄冒险事迹"和体裁"诗体"。伏尔泰的这个定义已经被学术界广泛接受,并据此将《伊利亚特》《奥德赛》《罗摩衍那》《失乐园》等提举出来作为一个特殊的艺术种类加以研究,而且,中国学者也据此找到了《格萨尔王传》《玛纳斯》《江格尔》等少数民族史诗,进行了卓有成就的研究。作为一个特定的艺术概念,史诗的界定和指认,并不能任意为之,而只能在其学术共同体内部约定俗成的范围内加以使用。刘再复并不需要用是否史诗来作为评价《红楼梦》的标准,只要说好《红楼梦》的思想或艺术特征,不管是不是史诗,它都能"永远保持着太阳般的魅力并永远放射着超越时空的光辉"[②]。

其二,过分拔高《红楼梦》,贬低《水浒传》与《三国演义》。

刘再复对于《红楼梦》极尽赞美,认为其中充满了人类的真善美,这是没有太多问题的,但是他不仅言尽于此,还对于《红楼梦》的某些方面进行了发挥。例如,他提出,"在一切现实的功利的世界里,生命总是要分裂为碎片,就像《桃花扇》里的桃花扇,这一情感的象征,最后一定要被撕成碎片,只有在《红楼梦》的世界里,生命才可能是完整的,而且是本真本然的完整"[③]。这句话明显是有问题的,《桃花扇》在现实中要被"撕成碎片",难道在《红楼梦》中,就不被"撕成碎片"了吗?《红楼梦》一书,就书中的内在逻辑,不管贾宝玉如何留恋不舍,众多女子终究是会嫁人的,大观园终究是要风流云散,他必然要接受一次次的失望痛苦,这与世界如何现实功利无关,这是人类生存的基本过程。而且,余英时《红楼梦的两个世界》等文章早就论述过,号称理想世界的大观园和园外的世界,也不是完全分离的,例如大观园是在宁府的会芳园和荣府贾赦住所基础上改建的,大观园里的水是从会芳园流出来又流到外面去

---

① 伏尔泰:《论史诗》,载马奇编选:《西方美学史资料选编》(上),上海:上海人民出版社1987年版,第575页。

② 刘再复:《红楼梦悟》,香港:三联书店2008年版,第178页。

③ 刘再复、刘剑梅:《共悟人间:父女两地书》,上海:上海文艺出版社2001年版,第8页。

的，"可见作者处处要告诉我们，《红楼梦》中干净的理想世界是建筑在最肮脏的现实世界的基础之上。他让我们不要忘记，最干净的其实也是在肮脏的里面出来的"①，《红楼梦》的两个世界不仅不是分离的，而且是紧密联系的，二者之间具有动态关系。所以，余英时指出，"任何企图把这两个世界截然分开并对它们作个别的、孤立的了解，都无法把握到《红楼梦》的内在完整性"②。

其实，即便能够与外面世界分离，大观园也根本不是人间净土。在大观园里，围绕着贾宝玉，林黛玉与薛宝钗之间有各种明争暗斗，其唇枪舌剑之处，丝毫不弱于外面世界。而怡红院里的各类丫鬟之间，如袭人与晴雯、晴雯与小红之间，都曾经有各种龃龉争锋，到底是袭人还是其他丫鬟去王夫人处告密，一直聚讼纷纷，难有定论。可以说，谈诗论文、游园吃酒，并不是大观园里众人生活的全部，在《红楼梦》里，我们还可以看到种种吃喝拉撒、疾病伤痛、耍性使气、钩心斗角，这样的状态反倒更像人类生命的"本真本然的完整"——毕竟不食人间烟火的，只能是神而不是活生生的人。

为了抬升《红楼梦》，刘再复使用了斯宾格勒在《西方的没落》一书中提出的"伪型文化"概念。刘再复认为，《山海经》保存着中国文化未曾变质的原型，而《红楼梦》的开篇以《山海经》的故事来作为小说的开头，所以，它和《山海经》一样存留着中国文化的原生态。刘再复提出，《红楼梦》是原型文化，反映着中国文化中健康的集体无意识，而《三国演义》则是伪型文化，"代表着受伤的、病态的集体无意识"③。秉持这种观点，刘再复又专门写了《双典批判——对〈水浒传〉和〈三国演义〉的文化批判》一书，对《水浒传》和《三国演义》进行深入的批判。其主要观点是，《水浒传》充满杀戮和对女性的歧视，《三国演义》充满阴谋权术。《红楼梦》是否真的继承了《山海经》的原型文化，暂且不论，对于刘再复批评《水浒传》和《三国演义》的观点，已经有不少研究者提出了反批评。研究者们指出，《水浒传》的暴力和《三国演义》的权术，都只是一种特定的文学美学而已，不能与现实相混淆，在审美的时候要用美学的眼光而不是政治的、社会的、道德的眼光来看待。同理，对于《三国演义》中脸谱化的人物形象，也不能用"伪型""变态"等词语一言以蔽之，要本着对作者"同情之理解"，从写作技巧与文学美学等角度来认识。不能"前后矛盾，毫无统一

① 余英时：《文史传统与文化重建》，北京：生活·读书·新知三联书店 2004 年版，第 325 页。

② 余英时：《文史传统与文化重建》，北京：生活·读书·新知三联书店 2004 年版，第 322 页。

③ 刘再复：《红楼梦悟》，香港：三联书店 2008 年版，第 14 页。

的批评'标准'或'原则'"①,"一边誓言要搁置文学批评的'审美形式'进行'文化批判'",而另一边却要反过来对作者的文学性写作和金圣叹等人的"文学评点"进行大加否定。

其三,过分拔高《红楼梦》的人物形象。

刘再复对于《红楼梦》中的一些重要人物,例如贾宝玉、林黛玉等,都以充满热情的语句极尽赞美。但是,在对于这些重要人物的赞美上,刘再复的某些措辞和引申不少就有溢美之嫌,例如称贾宝玉是"未成道的基督与释迦"②等。

对贾宝玉这个主要人物,刘再复提出,"他是为诗而诗,那么也可以说,他是为爱而爱。欢乐全在写诗与恋爱的过程中,并无'得奖'与'结婚'等世俗目的"③。刘再复分析道,贾宝玉除了与林黛玉热恋之外,对袭人、宝钗、麝月、鸳鸯、香菱等不同的女性,也有恋情,属于"泛爱者"。但是,贾宝玉对所有的对象都止于欣赏和倾慕,都没有以"占有"为目的。这个说法乍一看很有道理,仔细分析却是有问题的。对于袭人,贾宝玉还是有比较强的占有欲望的,第十九回贾宝玉白天去袭人家里探望,晚间袭人从家里回来,诳说家里要替她赎身,贾宝玉十分不舍,闷闷生气,后来袭人说依她三件事就不走了,贾宝玉忙说道:"你说,那几件?我都依你。好姐姐,好亲姐姐,别说两三件,就是两三百件,我也依。只求你们同看着我,守着我,等我有一日化成了飞灰,——飞灰还不好,灰还有形有迹,还有知识。——等我化成一股轻烟,风一吹便散了的时候,你们也管不得我,我也顾不得你们了。那时凭我去,我也凭你们爱那里去就去了。"这一段明明白白,贾宝玉对于袭人甚至是身边的众多女性,是希望她们看着他、守着他的,这是很明显的占有目的。如果说贾宝玉对身边的众多女性都"发乎情止乎礼",那更多的也只是因为他心中知道,少数几位女性如林黛玉、袭人等可能成为他的伴侣,一些女性如香菱、平儿等不可能和他发展出更为亲密的关系,而其他的人则处于中间地带。贾宝玉对身边女子的欣赏和钦慕之外,同时带有比较浓烈的情感依恋成分,这个也未必就是什么高尚的情怀。现代社会中的粉丝对于明星偶像的感情,也是欣赏和钦慕之外带有比较浓烈的情感依恋,很多粉丝追星也不是以占有为目的——当然这也

---

① 李圣传:《如何"诗意",怎样"裁判"——刘再复〈双典批判〉再批判》,《中国图书评论》2014年第9期。

② 刘再复:《红楼梦悟》,香港:三联书店2008年版,第17页。

③ 刘再复:《浑沌儿的赞歌——〈贾宝玉论〉续篇》,《读书》2013年第7期。

是因为大部分人都知道无法达到占有的目的——但是并不能因为退而求其次就说这些粉丝的情感如何高尚。从心理学来看，贾宝玉的这种对女性的占有欲甚至与儿童对于物质的占有欲颇有些类似。所以有的红学家认为贾宝玉是一个拒绝成长、希望活在儿童时代的人物典型，而《红楼梦》写了人不得不面对成长的故事。有的研究者甚至提出，从金钏儿和晴雯等事件中，可以看出"宝玉缺乏自我作用于社会的实践能力，人格上的不完整形成了宝玉自身的悲剧，只是等待、只能等待，而等待来的是无情的命运"①。

对于贾宝玉的出家，刘再复认为，曹雪芹在写作这个情节的时候，其哲学思路与海德格尔相通，"便是拒绝把自己只有一回的生命交付共在的群体，拒绝让自己的身体、灵魂、语言、行为进入群体秩序的编排，包括家与国的编排"。所以，曹雪芹写贾宝玉把生的意义"交给自己来评判和女儿国的恋人们来评判"②，而不是交给其他神祇或"孔夫子的道德法庭"去评判。这句话表面一看也是没问题的，但是细究下去，贾宝玉最后选择出家，光头赤脚，应该是入了佛门，根本谈不上把生的意义交给自己来评判，而是交给了释迦牟尼来评判了。

对于林黛玉，刘再复也是极尽美词："黛玉在《葬花词》中说：'明媚鲜妍能几时，一朝漂泊难寻觅。'最美的东西，却最脆弱，最难持久，这是最令人惋惜的。少女之美，是一次性的美，一刹那的美，它是人间的至真至美，但又最脆弱，最难持久。感悟到至美的短暂、易脆与难以再生，便是最深刻的伤感"③，"林黛玉是中国最美的生命景观。她太稀有，太珍贵，根本无法在尔虞我诈的世上存活。这不是个例。苏格拉底和基督也无法活在他们的时代。一个最善良、最珍贵的稀有生命被钉在十字架上饱受苦难"④。如果说，少女的生命如同鲜花一般美丽而脆弱，大概是没有疑义的，但要说是最美丽、最脆弱，可能还缺少一些比较。把林黛玉称为"中国最美的生命景观"，不知道该如何措置贾宝玉、曹雪芹和《红楼梦》之外中国历史上的各种英才奇士？而林黛玉之死，固然其背后显示了人情冷暖，但最为直接的原因是她的沉疴难返，大观园中有贾母、贾宝玉保护，园中薛宝钗等姐妹也对其不错，外界的尔虞我诈于

---

① 孙伟科：《红学与红楼美学——评刘再复"红楼四书"中的美学思想》，《红楼梦学刊》2010年第5辑。

② 刘再复：《红楼梦悟》，香港：三联书店2008年版，第224页。

③ 刘再复：《独语天涯：一千零一夜不连贯的思索》，上海：上海文艺出版社2001年版，第69页。

④ 刘再复：《红楼梦悟》，香港：三联书店2008年版，第21页。

她何加焉？

联系到刘再复对于林黛玉性格的另一段评价："林黛玉身上有一种绝对性
与彻底性，也可以说是一种纯粹性。这种纯粹性呈现于人间社会，便是无任何
世俗之求、世故之态；呈现于情爱，便是无任何功利之想，无分裂之心；呈现
于书写中，则是无任何迎合之影，虚妄之声。生命中除了诗与爱，不知世间还
有何物。除了真性真情，一无所有，除了所依恋的那个情人，一切都不存在。"
这一段话更是漏洞多多。林黛玉进贾府，"步步留心，时时在意，不肯轻易多
说一句话，多行一步路，生恐被人耻笑了去"；元春归省时，林黛玉写出了"香
融金谷酒，花媚玉堂人。何幸邀恩宠，宫车过往频"的应制诗，并且还存在"要
今夜大展奇才，将众人压倒"的争胜之心；第六十二回与贾宝玉谈到贾府的管
理，林黛玉说："我虽不管事，心里每常闲了，替你们一算计，出的多进的少，
如今若不省俭，必致后手不接。"桩桩件件都显示，林黛玉并非那种除了诗与
爱，"不知世间还有何物"的纯粹之人，其性格形象在历代女性中非但不能说
绝无仅有，可能还颇为普遍。

对于《红楼梦》中的女性，刘再复极尽赞美，有许多精彩的发挥之处，但
是，有些时候这些发挥也出现不少纰漏。例如这一段："贾宝玉、林黛玉和大
观园女儿国里的少女，好像是来自天外的智能生物，美丽的星外人。他们尝试
着到人间来看看玩玩，但是，他们最后全都绝望而返。这个人间太肮脏了！
所有的生物都在追逐金钱、追逐权势，这一群吃掉那一群，竟满不在乎，甚至
还在庆功、加冕、高歌。于是，美丽的星外人终于感到自己在人间世界生活极
不相宜。他们在天外所做的梦在地球上破碎了。于是，她们纷纷逃离人间，年
纪轻轻就死了。贾宝玉虽然活着，可是眼睛常发呆常迷惘，发呆的内涵大约也
是：这个地球怎么像是地狱？ 到地球走一回怎么像是到地狱走一回？"[①] 这一
段把大观园里的女性都讲得天花乱坠、恍若神仙中人。仔细阅读小说，却发现
并非如此。大观园中，真正死去的女性无非就是林黛玉、迎春、晴雯、司棋、鸳
鸯等数人，大观园众人虽然风流云散，薛宝钗、史湘云、探春、袭人、麝月、小
红、薛宝琴、邢岫烟等人出嫁，惜春、紫鹃、芳官出家，大多数人都不能说年纪
轻轻就死了。即便是这些女性在大观园中的时候，她们的生活固然相比普通
人的生活多了些诗情画意，但是也有许多互相猜忌和钩心斗角，比如林黛玉与
薛宝钗之争，薛宝钗、史湘云的"经济学"，小红的上下钻营，秋纹和晴雯的恃

---

① 刘再复：《红楼梦悟》，香港：三联书店 2008 年版，第 40 页。

强凌弱，袭人的私下告密等，这些女性之间的争斗虽然由于社会环境，相比男性之间的关系少了一些权钱之争，但其激烈程度一点儿也不逊色于男性。

刘再复对于《红楼梦》中贾宝玉和几个女性主角的无节制赞赏，甚至导致了一些常识性错误，例如《红楼梦》第十八回元春省亲，书中写道："元春入室，更衣毕复出，上舆进园。只见园中香烟缭绕，花彩缤纷，处处灯光相映，时时细乐声喧，说不尽这太平气象，富贵风流。——此时自己回想当初在大荒山中，青埂峰下，那等凄凉寂寞；若不亏癞僧、跛道二人携来到此，又安能得见这般世面。本欲作一篇《灯月赋》《省亲颂》，以志今日之事，但又恐入了别书的俗套。按此时之景，即作一赋一赞，也不能形容得尽其妙，即不作赋赞，其豪华富丽，观者诸公亦可想而知矣。所以倒是省了这工夫纸墨，且说正经的为是。"此处只要稍微用心揣摩一下，即可以清楚"说不尽这太平气象，富贵风流"后面一大段是作者借用石兄自叙的话。刘再复此处却不加分辨，将这段话全部作为元春的心理来分析，"元春省亲的瞬间，遥远的记忆突然闪现，那是大荒山寂寞的记忆，相比之下，她对于能够享受人间这一番富贵风流，竟产生对癞僧、跛道的感激之情。可见，此时此刻，作为女神的元春也滑到俗人心态之中。相形之下，贾宝玉从未产生过对荣华景象的陶醉。可见，贾宝玉对本真自我的守卫力量比姐姐强得多。有贾元春这一节非本真状态的暴露，更显示出贾宝玉灵魂的力度"①。如果在阅读的时候能够多一些平和的心态，对于《红楼梦》中的人物性格有一个更为客观的理解，也许这样的错误就是可以避免的。

其四，价值观前后矛盾。

刘再复在20世纪80年代的理论著作《性格组合论》曾经风靡一时，成为那个时期重要的兼具艺术突破与思想突破意义的作品。在《性格组合论》的自序中，刘再复讲述本书写作的动因是，"一段历史时期中，我们的土地上发生了种种奇异的精神现象，其中有一种就是竟然把天底下最复杂、最瑰丽的现象——人，看得那么简单，英雄像天界中的神明那么高大完美，'坏蛋'像地狱中的幽灵那样阴森可怖。这种人为地把人自身贫乏化，导致了文学的贫困化，也导致了民族精神世界的僵化。想到这里，我感到心里难以安宁。这段心灵的历程，正是我最初写作《性格组合论》的动因"②。这段话针对的对象是20世纪五六十年代阶级斗争中简单的敌我二分法和同时期革命文学中的"高大全"

---

① 刘再复：《红楼梦悟》，香港：三联书店2008年版，第64页。

② 刘再复：《性格组合论》，上海：上海文艺出版社1986年版，自序第8页。

创作手法，刘再复认为那种把英雄看成神明那样高大完美、把敌人看作幽灵那样阴森可怖的认识论是错误的，人是"天底下最复杂、最瑰丽的现象"，不能简单粗暴地"一言以蔽之"。就像鲁迅所说的一个美学观念，文学写作不应该写那种片面的人，把好人写得完全好，坏人写得完全坏，是错误的。刘再复也特意在该书的扉页上，引用了狄德罗的名言："说人是一种力量与软弱、光明与盲目、渺小与伟大的复合物，这并不是责难人，而是为人下定义。"由此，刘再复提出，文学创作中，作家和作品中的人物，"总是分化为一种互相对立的力量，而性格运动又恰恰是克服这种对立、不断取得胜利的过程"[①]，每个人的这种矛盾又不是只有一组，而是有很多组，在人体内不断冲突激荡，人就是这样复杂的矛盾体。也正是在这个意义上，在人物形象塑造方面，《红楼梦》比《三国演义》"具有更高的审美价值"。

在《红楼梦悟》的部分章节中，刘再复也把早年的"性格二重组合"理论带了进来，例如，他说："贾宝玉最初由一僧一道携来，最后又由一僧一道带走。在《红楼梦》里，佛、道融合为一。'禅'是佛教最精致、最精彩的部分。《红楼梦》浸透了禅性。禅不立文字，这对曹雪芹的启迪不是不写文章，而是超越一切狭隘的命名和意识形态，放逐概念，直面生命。而每一个体生命都是多重体、复合体，其命运都具多重暗示，它不是'好人'、'坏人'、'善人'、'恶人'等本质化概念可以描述和定义的。鲁迅称赞《红楼梦》打破'写好人绝对好，写坏人绝对坏'的传统格局，其所以能打破，就因为放逐了政治权力和道德权力操纵下的机械分类概念。"[②] 在这段话里，刘再复提出，每一个体生命都是多重复合的，《红楼梦》并没有用"好人""坏人""善人""恶人"等本质化概念来简单地描述书中的人物，还引用了鲁迅称赞《红楼梦》的话，认为能达到鲁迅说的这个样子，是因为《红楼梦》没有被"政治权力和道德权力操纵下的机械分类概念"所束缚。

但是在《红楼梦悟》的另外一些篇章中，刘再复却似乎对这个立场摇摆不定，如这一段："《红楼梦》没有谴责。包括对那个被红学家们称为'封建主义代表'的贾政也没有谴责。对贾母、王熙凤、王夫人等也没有谴责。作者以大爱降临于自己的作品，即使对薛蟠、贾环这种社会的劣等品，也报以大悲悯，讽刺与鞭挞中也有眼泪。大作家对人只有理解与关怀，没有控诉、仇恨与煽

---

① 刘再复：《性格组合论》，上海：上海文艺出版社1999年版，第69页。

② 刘再复：《红楼梦悟》，香港：三联书店2008年版，第29~30页。

动。然而，曹雪芹并不回避黑暗，他揭露、书写种种人性的黑暗状态。贾府里的一群老妈子，叽叽喳喳，窥伺大观园里的动静，渴望抓住一个'奸夫淫妇'以立功受赏。只要她们掌握一串钥匙或一扇门户，就会利用手中这点最卑微的权力颐指气使，吆喝摆布他人。他们也讲道德，可惜这是奴才道德。这些人虽处于社会底层，也是社会黑暗的一角。贾府的专制大厦，也靠她们支撑。"① 前面讲《红楼梦》没有谴责，作者以大爱降临于自己的作品，后面却又说薛蟠、贾环是"社会的劣等品"——这个明显就是一种谴责的态度，而且是坏人全坏的态度。而后面说了一句"大作家对人只有理解与关怀，没有控诉、仇恨与煽动"，又接着批判贾府的老妈子们是"奴才道德"，"贾府的专制大厦，也靠她们支撑"。刘再复在这里俨然分裂为两个审美价值观完全相反的个体，对于同一部作品，用两套标准来解释。

除了部分章节立场游移不定，刘再复的总体思想还是比较统一的——虽然这种统一也往往问题不少。例如《红楼三十种人解读》的第一种人"梦中人"里，刘再复举了龄官和尤三姐，认为"青春少男少女的梦中人，就是他（她）们美的理想、爱的归宿"；而像《红楼梦》中的那些男性，如贾赦、贾琏、薛蟠等人，却是整天沉迷于色情，做着虚妄的白日梦，虽然对色欲对象如鸳鸯、王熙凤等人，也是浮想联翩的，但是他们对于这些色欲对象，"只有卑劣的功利的占有欲，并无超功利的审美理想"。因此，如上两拨人，"这是两种不同质的梦，也是两种质的梦中人"。

刘再复高度赞扬龄官、尤三姐等人对梦中对象的追求与想象，而贬斥贾赦、贾琏、薛蟠等人对梦中对象的追求与想象。但这种区分更多的只是以本质化的道德口吻来指斥不符合自己趣味的人，其基础不堪推敲。从字面意思来看，刘再复认为二者的区分在于贾赦等人对梦中情人只有"功利性的占有欲"，而龄官、尤三姐等人对梦中情人有"超功利的审美理想"。这个论断明显是有问题的。龄官和尤三姐对其梦中人也都是有强烈的占有欲，其苦恼的问题无非就是不能占有情人而已，尤三姐甚至为了不能占有而自杀。甚至是号称"意淫"的贾宝玉，对于身边女性也是充满占有欲望，希望这些女性永远守护着他，虽然对这些女性的肉体欲望有不同程度的差异，比如想娶林黛玉、想摸薛宝钗、想吃其他丫鬟嘴上胭脂（亲吻）、关怀香菱和平儿等，只是随这些女性的地位身份等各种因素有不同程度的肉体和精神欲望，但要说是无功利、没有占有

① 刘再复：《红楼梦悟》，香港：三联书店 2008 年版，第 52 页。

202

欲望的,恐怕也不太确切。换个角度想,意淫难道不就可以解释为一种意念中的欲望与占有吗?

如果两类人一样都具有功利性的占有欲,那就谈不上孰高孰低了。二者区分高低的标准,从刘再复几本书的字里行间,大体上可以归纳出两种:(1)从现代视角来看,第一类人品德较为完善,第二类人私德有瑕;(2)第一类人是女性,第二类人是男性。

贾赦等人之所以受到刘再复的贬低,一个原因是他们"沉迷于色":贾赦年纪一大把,却想娶年轻美貌的鸳鸯;贾瑞喜欢王熙凤的美貌,试图勾引有夫之妇;贾琏家有娇妻美妾,却经常在外鬼混……这些人都沉迷于肉体之欲,并非正儿八经地与女性恋爱。与此相反,龄官与尤三姐,却是真正地在谈恋爱,其爱纯,其情痴,所以值得欣赏。刘再复所做的这个区分应该非常明显是用道德标准来判断的。

但是,刘再复自己却在《思想者十八题》中谈道,"我正是把《红楼梦》作为审美对象,对整部作品尤其是其中的主要人物,只作审美判断,不作政治判断和道德判断","在我看来,审美判断,便是情感判断。把《红楼梦》作为生命体认对象,便是投入心灵去作情感判断"。刘再复认为,像秦可卿,如果只是用道德来判断,可能会认为她是"淫妇",但是这种道德判断的水平,是焦大的水平。假如从情感方面来对秦可卿进行审美判断,就会觉得她是美的,"不仅有心有情,而且有胆有识,也是贾府专制门庭里的一个'槛外人'"。秦可卿是《红楼梦》里面一个比较复杂的人物,与公公贾珍私通,人特别美,又与贾宝玉关系不错,虽然早逝,却能排入金陵十二钗之列,所以有周汝昌、刘心武等一批红学家发现这个不协调之处,进行了各种探赜索隐。但是,秦可卿与公公贾珍私通,被人撞见后羞愤自杀,"淫丧天香楼"这个典是明明白白记载在脂砚斋评语里的,而且几乎已经成为红学的一个常识。贾珍在《红楼梦》里经常与贾琏四处寻花问柳,在刘再复的道德判断中,无疑是属于"滥情人"的一类,秦可卿与其乱伦,不知道所谓的"有心有情""有胆有识"在哪里。而且,从其言行中也可以看出,这个人物的基本思想也无甚高妙,临终前与王熙凤的一番梦中对话,一般被认为是代表其"有识"的地方,但其交代的正是贾宝玉所厌恶的经济之学、刘再复所批判的维护贾府"专制大厦"之法。刘再复在论及她的时候,抛弃了之前评价男性角色时执行的道德判断,转而用"审美判断""情感判断"——其实基本就是女性青春漂亮做啥都是好的;男性除了贾宝玉和偶尔个别长得也青春俊雅的之外,大部分都是不好的。

把性别作为判断人好坏的标准,这个与贾宝玉所宣扬的"女儿是水做的骨肉,男人是泥作的骨肉。我见了女儿,我便清爽;见了男子,便觉浊臭逼人"观点有继承之处。这样的话如果是用在小说人物一时的言论中,还算新奇有趣,如果作为具有一定理论修养的文学评论家也如此以性别为判断标准,可就谬误重重了。事实上,即便是贾宝玉,也是说一套做一套,并不完全言行一致。他在地位尊贵的北静王面前受宠若惊,与人才俊雅的秦钟、柳湘莲交情莫逆,和粗鄙暴戾的"呆霸王"薛蟠也称兄道弟。贾宝玉对于年轻女性的赞美,既有对年轻异性的"意淫",也有对于文采风流的欣赏,更有亘古至今都有的青年期个性叛逆等多种因素混杂一起,无须过多訾议,也不应该无原则拔高赞美。

早在 1920 年,吴宓在总结《红楼梦》的艺术成就时,就曾经在《红楼梦新谈》中说过,《红楼梦》塑造人物的一个突出特点:"至善之人,不免有短处;至恶之人,亦尚有长处。各种才具性质,有可兼备一身矣。"[①] 刘再复几次引用了鲁迅的话,称赞《红楼梦》打破"写好人绝对好,写坏人绝对坏"的传统小说写法。而且同样是在《红楼梦悟》里,也有类似的提法:"中国文学史上一些精彩的生命,诸如嵇康、陶渊明、李白、苏东坡、李商隐等,并不是儒家文化塑造的。儒家讲究'秩序优先',并非'个性优先'。秩序优先自有它的道理,但往往给个体生命带来屈辱。《红楼梦》中的林黛玉尚'个性优先',薛宝钗则崇'秩序优先'。人类永恒的困境,也可以说是思虑中最大的一对悖论,是'重天演'还是'重人为'的悖论。前者重自然,重自由,重个体生命;后者重教化,重秩序,重伦理。中国的庄禅属前者,儒家属后者。"[②] 换句话说,个性优先还是秩序优先是内在于中国文化传统中的一对悖论,并没有高下之分。因此,"《红楼梦》中的林黛玉与薛宝钗是曹雪芹灵魂的悖论,也是人类思想永恒的悖论。林薛之争,不是善恶之争,也不是是非之争,而是曹雪芹灵魂的二律背反"[③]。林薛之争,往大里说,其实也就是贾宝玉和世俗世界、大观园和园外世界的冲突。刘再复在这些地方似乎宽厚悲悯、念头通达,早已看透人世风云、众生百态,但

---

① 吴宓:《红楼梦新谈》,载吕启祥、林东海主编:《红楼梦研究稀见资料汇编》,北京:人民文学出版社 2001 年版,第 31~32 页。

② 刘再复:《红楼梦悟》,香港:三联书店 2008 年版,第 27 页。

③ 刘再复:《红楼梦悟》,香港:三联书店 2008 年版,第 27 页。

是却为何在其红楼之悟中又不断有种种愤世嫉俗、浮泛谫陋、自相矛盾、含糊杂沓之言呢？

虽然走遍欧美，刘再复却依旧心系祖国，"我们在海外，仍然关怀中国。我觉得重要的不是身在哪里，而是心在哪里，我们的心都在故国"①。这种关怀既有个体对于国家的依恋，也有非常浓厚的对于故乡人事的依恋。在与女儿刘剑梅的通信中，刘再复说："以往我把自己看作是故国故乡的一部分，现在则把故国故乡视为自己的身体的一部分。到了大洋的这一岸，才具体地感到自己的根确实在另一片大陆。每一位朋友，每一位亲人都是根，往日感到平平常常的每一条街道，每一个书店，每一个朋友，此时都是身体中的一支脉搏，更不用说你、妹妹和奶奶是怎样让我牵挂了。"②在外流浪的日子里，刘再复先后写了《漂流手记》《西寻故乡》《远游岁月》《独语天涯》等一系列随笔。虽然在这些随笔中，刘再复往往宣称自己离开一定距离能够更好地看中国，自己的"故乡"已经不仅是限于地图上的一个点，而且是容纳自由情思的伟大家园，他在欧洲等地寻觅自己的"思想国度"，从古希腊遗迹到乞力马扎罗山，许多地方都成为他沉思缅怀的处所。然而，"事实上，在他的散文集中，再复对地理意义上的故乡充满着深情的回忆。古人曾说：'情由忆生，不忆故无情。'再复是天生情种，所以他才有那么多的怀旧之作。他丝毫不怀恋埃及的鲜鱼、瓜果、菜蔬，但是对于故国的人物、山川、草木，他终是'未免有情，谁能遣此'"③。也是因为这样的情怀，在经历了一番寻找"精神故乡""思想国度"的西行旅程之后，刘再复终究还是未能摆脱对于故国的思念，甚至对于故国之情愈来愈烈，"二十年前我离开祖国的时候，在北美寂寞的岁月中，曾经在阅读《红楼梦》时受到极大的启迪"④。

2001 年，刘再复应中山大学哲学系邀请，首次回国演讲。2004 年，刘再复受邀参加"世界杰出华人"颁奖典礼，在典礼上发表演讲，这是一次具有官方正式邀约意义的活动。颁奖典礼返回香港后，刘再复接受了凤凰卫视"名人面对面"的采访。采访中，刘再复激动地说："我感到这是祖国山川对我的一

① 李泽厚、刘再复：《告别革命》，香港：天地图书有限公司 2004 年版，第 3 页。
② 刘再复、刘剑梅：《共悟人间：父女两地书》，上海：上海文艺出版社 2001 年版，第 15 页。
③ 余英时：《〈西寻故乡〉序》，《当代作家评论》2010 年第 2 期。
④ 刘再复：《贾宝玉论（上）》，《读书》2013 年第 3 期。

种呼唤，祖国还在爱着我……其实人最重要的不是身在哪里，而是心在哪里。我虽然旅居海外，但是心系祖国，这种情怀是跑不掉的……我确信，现在中国是鸦片战争以后一百五十年来最好的时期。"之后，刘再复频频回国，先后在四川大学、铜陵三中、厦门大学等地参加各种活动，其多种著作也先后在内地各级出版社公开出版，可以说，经历了多年漂泊之后，刘再复重新走回了当代中国。

这样一个特别恋家爱家的人，在多年漂泊之中，其心灵之痛苦，自然倍于常人，只能依靠自我想象差堪告慰，而各种文化的象征物自然成为自我想象的最佳承载，"在海外十几年，一直觉得自己的灵魂布满故国的沙土草叶和纸香墨香。这才明白，祖国就是那永远伴随着我的情感的幽灵。无论走到哪里，《山海经》、《道德经》、《南华经》、《六祖坛经》、《红楼梦》就跟到哪里。原来祖国就是图画般的方块字，就是女娲补天的手，精卫填海的青枝，老子飘忽的胡子，慧能挑水的扁担，林黛玉的诗句和眼泪，贾宝玉的痴情与呆气，还有长江黄河的长流水和老母亲那像蚕丝的白头发"①。虽然对于故国的文化充满眷恋，但是，以自身的理智和经历，刘再复又知道现实的故乡未必就是乐土，而只有那个想象中的文化中国才是更为恒常不变的理想国度，"在中国作家笔下，故乡常常被理想化和浪漫化。其实，故乡不是一块永远不变的土地，故乡有时很明亮，有时又很黑暗。即使把故乡视为美丽而遥远的梦幻，也应把这种梦幻视为流动状态才好。故乡跟着人流动，这故乡才是活的，而且才有更丰富的内涵"。刘再复试图在自己心中建构一个能够随着人流动的文化的祖国，"我所热爱的那个世界是什么？它在哪里？它是一个国度还是一个部落？它是黄花地还是百草园？它在此岸还是在彼岸？我既说不清也无法命名。也许老子的'名可名，非常名'，在此倒可为我辩解。你发现我在打破地理意义上的'乡愁'模式之后仿佛又产生另一种乡愁，另一种眷恋，这是真的。我的眷恋就是对于'我所热爱的那个世界'的眷恋。我的乡愁也正是对于'我所热爱的那个世界'的沉思、钟情与向往。这一令我时时萦绕心头的世界，就是我的良知故乡和情感故乡。因此，我的依稀可觉的乡愁，可说是一种良知的乡愁和情感的乡愁"②。

这个拥有"良知"与"情感"的世界到底是什么世界？

---

① 刘再复：《红楼梦悟》，香港：三联书店 2008 年版，第 11~12 页。

② 刘再复、刘剑梅：《共悟人间：父女两地书》，上海：上海文艺出版社 2001 年版，第 4 页。

在与女儿刘剑梅的通信中，刘再复曾经借用了王国维两个世界的说法来阐述自己的个人处境：王国维说有两个世界，"即《桃花扇》的世界与《红楼梦》的世界。王国维把这两个世界加以比较，说前者有'故国之戚'，而后者则有人生之思。他说：'故《桃花扇》，政治的也，国民的也，历史的也；《红楼梦》，哲学的也，宇宙的也，文学的也，此《红楼梦》之所以大背于吾国人之精神，而其价值亦即存乎此。'……你正是一个生活在《桃花扇》之外的人，而且是一个生活在《红楼梦》世界中的人。我虽然常有故国之戚，但其实是一个分裂人，一个总是在《桃花扇》与《红楼梦》之间徘徊与彷徨的人。我的本性属于《红楼梦》，而在现实社会中，却不得不置身于《桃花扇》之中。换句话说，是身在《桃花扇》，心在《红楼梦》。"[1] 顺承王国维对于《桃花扇》与政治的、国民的、历史的相联系，而《红楼梦》与哲学的、宇宙的、文学的相联系的观点，刘再复的这番言论，就是慨叹自己心中向往超越现世生活、纯文学的世界，而现实中自己却不得不置身于具有各种世俗功利、非文学的世界。这可以作为理解"良知"与"情感"的一把钥匙。

《论文学的主体性》是刘再复早期的成名作，在这篇长文中，刘再复提出了文学的"主体性原则"，认为在文学活动里不能只是把人（包括作家、描写对象和读者）看作单向度的没有生命的客体，而是要"尊重人的主体价值，发挥人的主体力量，在文学活动的各个环节中，恢复人的主体地位"[2]，不仅要以人为中心也要以人为目的。其内容包含两个方面：一是把人放置到整个世界的历史运动的实践主体这个地位上，把人看作历史的核心，改变原有的把人看作物、看作齿轮和螺丝钉的做法；二是要重视人类的精神主体性，重视人的精神在与外界接触时的"能动性、自主性和创造性"，不能限制人的精神能力，把人变成任人操纵的机器或者任人摆布的木偶。《论文学的主体性》所针对的，自然是起于 20 世纪 20 年代革命文学盛于五六十年代文学的文学服务于政治的创作理论，其核心观点在于呼吁摆脱政治对文学的统治，建立一种不受政治影响与钳制的"自由自觉"的文学，文章甫一发表，即得到了文学界的强烈响应，成为 80 年代重要的具有纲领意义的文学理论。从《论文学的主体性》中，可以看出刘再复对于政治的心理拒斥，其强调人的价值和尊严，强调文学即人学，文学要表现出鲜明的人道主义关怀，

---

① 刘再复、刘剑梅：《共悟人间：父女两地书》，上海：上海文艺出版社 2001 年版，第 8 页。

② 刘再复：《论文学的主体性》，《文学评论》1985 年第 12 期。

主张以"爱"的力量,而非暴力、反抗的方式,来彻底解决人类诸多问题、实现世界大同。

在刘再复的评说中,《红楼梦》就是具有强烈人道主义色彩的"有爱"的文学。"带着《红楼梦》浪迹天涯。《红楼梦》在身边,故乡、故国就在身边,林黛玉、贾宝玉这些最纯最美的兄弟姐妹就在身边,家园的欢笑与眼泪就在身边。远游中常有人问:'你的祖国和故乡在哪里?'我从背包里掏出《红楼梦》说:'故乡和祖国就在我的书袋里。'"①刘再复赞美贾宝玉的心境,出生于钟鸣鼎食的富贵之家,却没有把财富、爵位、权势放在心里,天生就蔑视这些俗世中最为耀眼的东西。虽然也追求富贵,但他追求的富贵是"心灵的富足和精神的高贵"。当然,贾宝玉的优良品质不限于只是个人追求"心灵的富足和精神的高贵",他最大的特点在于对众生充满了慈悲之爱,"兼爱一切人,宽恕一切人……上至王侯,下至戏子奴婢,他都以同怀视之。他五毒不伤,对别人的攻击和世俗的是是非非浮浮沉沉花花绿绿全然没有感觉。……他敏感的是别人的痛苦、别人的长处和人间的真情感"②。基于这一点,刘再复将贾宝玉称为"未成道的基督"。而林黛玉则被他称为"中国最美的生命景观"。刘再复提出,她秉性高洁,对俗世的肮脏持有激烈的反对态度,她的生命完全充满了诗意,诗和爱情就是生存的一切,"她太稀有,太珍贵,根本无法在尔虞我诈的世上存活。这不是个例。苏格拉底和基督也无法活在他们的时代。一个最善良、最珍贵的稀有生命被钉在十字架上饱受苦难"③。林黛玉令人怜惜的地方还在于,她并不要求他人像她那样生活,也不要求别人具有她那样的诗情诗心,但是别人却看不惯她,要求她也和众人过一样的生活。曹雪芹借《葬花吟》"风刀霜剑严相逼"来为林黛玉鸣不平,其背后是有着深切的人道主义关怀的。

可以看出,刘再复的思想里,保持有对于人道主义的虔诚信仰,这种信仰在其学术生涯中,是一个一以贯之的精神内核。在读《红楼梦》的时候,刘再复也是以人道主义思想为根基,将其作为人道主义的重要宣示与承载。所以,他在读红论著里,也就滤去了贾宝玉、林黛玉的其余特性,几乎以人道主义、以对世界的"爱"来解读这两个主要人物,并将其无限褒扬,提升到了无与伦

① 刘再复:《独语天涯:一千零一夜不连贯的思索》,上海:上海文艺出版社2001年版,第56页。
② 刘再复:《红楼梦悟》,香港:三联书店2008年版,第17页。
③ 刘再复:《红楼梦悟》,香港:三联书店2008年版,第25~26页。

比的思想者地位。这种略带偏执的过度解读，与其说是一种文学评论，莫如说是一种情感宣泄、一种文学创造，带有强烈的审美特征。

刘再复在《论文学的主体性》中曾经提出，审美是人作为主体以审美心理结构对于世界的理解和把握方式，审美是人类超越现实世界的方法和手段，作家和读者都通过审美来实现现实中无法达到的东西，"在审美世界中，人甚至把自己假设为能够征服一切、主宰一切的上帝，以彻底地超越自己的有限性，肯定自身的无限可为性，这个时候，人的主体就变得更加丰富有力，对客体的改造就显得更加积极"①。刘再复认为，以文学（审美）来构建一个新的丰富的主体，这也是文学（审美）的根本目标和归宿。在其创作活动中，也充分地体现了这种文学思想。

在早期的《读沧海》系列散文中，刘再复通过观沧海的波澜，"体验着自由，体验着无边无际的壮阔，体验着无穷无际的渊深"，通过《读沧海》这本"古老的书籍"，他感受到了汹涌澎湃的历史，触摸到了自己读不懂的大深奥，懂得了海的强大、健康与倔强之流。通过审美，通过阅读沧海，刘再复实现了主体的延展与升华。

而在背井离乡、远渡重洋之后，刘再复寻找到了新的审美心理结构，"在我的远游岁月与独语天涯中，一直跳动着乔伊斯的这句话：漂流就是我的美学"②。在不同的作品中，他不断地强调自己漂泊者的身份，以一种充满悲剧英雄意味的思考和写作行为来构建自己的审美心理结构，其散文集取名如《漂流手记》《独语天涯》《西寻故乡》等，都有非常浓重的悲剧英雄情结。带着这种浓重的悲剧英雄情绪，在读《红楼梦》的各种文字中，自然也就特别强调书中人物的悲剧英雄特征，例如把贾宝玉称为"未成道的基督"、强调林黛玉的高标独立等。

不仅如此，刘再复还把这种漂流者的悲剧英雄情结与世界文学伟人们相互联系、相互印证，在不断的比较和印证中冶炼、升华，情动氤氲。在《独语天涯》中，刘再复描绘了自己在外写作的情景："窗外是穆穆的秋山，山中是娓娓的秋湖，窗内是雪白的书桌，桌上是素洁的稿子。没有人干预我、骚扰我。太阳只给我温暖与光明，没有叫嚷；思想大师与文学大师们只给我智慧、思想和美，没有喧器。伟大的存在，无须自售。活着真有意思，活着可以和太阳、山

---

① 刘再复：《论文学的主体性（续）》，《文学评论》1986年第1期。

② 刘再复：《独语天涯：一千零一夜不连贯的思索》，上海：上海文艺出版社2001年版，第2页。

川及人类的大师们交谈。紧紧抓住活着的一刹那，一片刻，一瞬间。死了之后，太阳对于我没有意义，大师的精深与精彩也不再属于我。"①他将自己的世界与崇敬的思想大师和文学大师们联系在了一起，以期获得自我存在的意义。在写给刘剑梅的信中，刘再复建议她去寻找自己"真挚热爱的世界"，认为如果寻找到这样的一个世界，或者构筑成功一个自己真正热爱的世界，将会找到"永恒的幸福与灵感的源头"，"例如我现在就非常清楚地知道今生今世自己最爱的世界是莎士比亚、曹雪芹、歌德、托尔斯泰创造的世界。他们的世界也属于我——属于我用整个心灵去体验和领悟的美丽星空"②。纵观刘再复的各类文字，一个鲜明特点是，古今中外，纵横捭阖，经常引用各种文化名人的名言或者事迹，从荷马史诗到基督教圣经，从文艺复兴先贤到陀思妥耶夫斯基，刘再复自身徜徉于伟人之间，也无形中将自己提升到与伟人相同的世界中，获得了与伟人同样的品格和精神境界。同时，伟人们的文化受难经历，也在刘再复各种样式的述说中，不断与自身的出走漂流状态相互印证，不断强化其内心的悲剧英雄情结。

在为梁归智《周汝昌传》写的序言里，刘再复曾经如此表达对周汝昌的赞美与羡慕："周先生，您是幸福的，因为您的整个人生，都紧紧地连着中华民族最伟大的生命与天才。"阅读与解说"中华民族最伟大的生命与天才"的作品，将自己的生命与"中华民族最伟大的生命与天才"紧密相连，这样的措辞几乎也就是刘再复的"夫子自道"。自我处于漂泊状态，凄凄惶惶，去国离乡，远渡重洋，在一个完全不熟悉的环境中求生存，的确需要构筑一个足够宏大的精神空间，来支撑自己的行动。这样崇高宏伟的阅读场景构建，无疑使得同为《红楼梦》拥趸，而且也同样用了大量精力来阅读《红楼梦》的刘再复内心无比餍足，获得了一个宏大的精神空间。

因此，在具体的阅读方法上，刘再复说："我不是把《红楼梦》作为学问对象，而是作为审美对象，特别是作为生命感悟和精神开掘的对象。"③换句话说，就是其解读并不关注其他人的《红楼梦》研究和阅读成果，不以作品为中心，而更注重个人的体悟，以我为主，注重带有主观色彩的延伸解读。这个也是其在《我的写作史》里面所说的，要从我注六经到六经注我，从"我注鲁迅"

---

① 刘再复：《独语天涯：一千零一夜不连贯的思索》，上海：上海文艺出版社 2001 年版，第 6~7 页。

② 刘再复、刘剑梅：《共悟人间：父女两地书》，上海：上海文艺出版社 2001 年版，第 5 页。

③ 刘再复：《红楼梦悟·自序二》，香港：三联书店 2008 年版，第 4 页。

到"鲁迅注我"，把作家作品作为自我精神活动的起点而不是终点。刘再复为红楼四书写的总序《不为点缀而为自救的讲述》，提到了有人将其散文写作比作是《一千零一夜》里谢赫拉查德不断讲述故事以求生存，刘再复说："其实，我的《红楼梦》写作，也是同样的理由、同样的原因。动力也是生命活下去、燃烧下去、思索下去的渴求。不讲述《红楼梦》，生命就没劲，生活就没趣，呼吸就不顺畅，心思就不安宁，讲述完全是为了确认自己，救援自己。"[①] 在这种阅读心理和阅读方法下，也就不难理解刘再复读《红楼梦》为何会有那么多的纵情发挥。把《红楼梦》褒扬指认为史诗，把贾宝玉的宽恕仁爱特征扩大成为其个人的全部特征，把以林黛玉为代表的红楼女子赞美为"中国最美的生命景观"——几乎可以说，他只是借用《红楼梦》这个小说里面的人物和情节，来诉说自己对于世界上某种理想人物、某个理想境界的欢欣鼓舞、倾倒膜拜而已。有学者在评价刘再复《双典批判》对于《三国演义》和《水浒传》的訾议时说，"我不相信学贯中西的刘再复先生不懂得怎样客观地评价《三国演义》。我想他不是出于书生气，用所谓'三代王'来评判现代社会政治，而是项庄舞剑，意在沛公，不过是借《双典批判》，浇自己心中块垒罢了"[②]。此言可谓深得要窍。

---

① 刘再复：《共悟红楼》，北京：生活·读书·新知三联书店 2009 年版，第 2 页。

② 鲁德才：《立足文本，历史、客观、严谨地研究古代小说——对刘再复〈双典批判〉的几点质疑》，《文学与文化》2015 年第 1 期。

第五章 现代焦虑与文化场域

风雨暂定，骤雨初歇，20 世纪 80 年代的中国，知识界终于从政治磨难中解脱出来，开始了"反思""寻根""文化重建"等一系列思想与艺术探索。这个时期的知识界，有三四十年代就已经蜚声学界的前辈名家，有五六十年代借势而起的实力新贵，也有七八十年代方才崭露头角的青年才俊，几代知识人在同一个时代里突然爆发出了强大的个人能量。80 年代的文化界，各种中外理论热潮此起彼伏，各种流派宣言横冲直撞，各种奇谈怪论层出不穷，放浪不羁，生机勃勃，你方唱罢我登场，着实令人目不暇接。查建英在《八十年代：访谈录》的序言中说："我一直认为二十世纪八十年代是当代中国历史上一个短暂、脆弱却颇具特质、令人心动的浪漫年代。"[①]

令人惊讶的是，虽然几代知识人杂错横陈、争渡喧豗、各执一词，却都有一个共同的精神指向——回归启蒙，走向现代。不管各种口号宣言流派表面上如何参差龃龉，细究其根柢，都毫无例外地导向重回启蒙、呼唤五四，或者换个表达方式来说，其基本诉求都是现代文化史上的"感时忧国"（Obsession with China），具有强烈的中国情怀和政治抱负。所谓的"儒家文化本位""寻根""现代派"，在其言论边角，都能感受到论者恫瘝在抱，充满了对于中国文化现实的焦虑与期待。查建英印象中 20 世纪 80 年代的"令人心动的浪漫"气质，既源于时人率性狂野的言行、粗服乱头却生机勃勃的创新，更源于那种执迷于家国之恋的充满改造世界的英雄气概和开阔襟怀。

这种充满现实情怀的浪漫气质，在 20 世纪 80 年代末达到了高潮，之后开始退潮，许多人重新转向纯学术领域，思想撤退、学术升温，成为 90 年代知识界的基本特征。当然，与之相伴而生的，还有外界经济大潮所带来的压迫感。

---

① 查建英：《八十年代：访谈录》，北京：生活·读书·新知三联书店 2006 年版，第 3 页。

这种压迫感下，产生了 90 年代的"人文精神危机"讨论。然而，除开政治热情之外，90 年代真的与 80 年代有着那么大的差异么？几乎同样的一批人，在面对同样的现实的时候，真的能够呈现出两种截然不同的精神风貌？

要回答这样的问题，红学不失为一个理解的侧面。

第一节　革命、现代性与"突破范式"红学

"暴力的，还是温和的"，这个命题始于 17 世纪。1688 年英国的"光荣革命"和 1789 年法国的"革命"，使"革命"这个词语成为社会政治领域中最重要的几个概念之一，并且各自发展出温和渐进和激烈颠覆两种不同风格的政治革命模式。众所周知的，英国通过较为温和的高层政权更迭，以逼迫詹姆斯二世逊位、新皇玛丽与威廉共同执政的方式，强行通过颁行《权利法案》，成功地实现了从君主专制向现代民主制度转变的现代性进程。而法国，则通过保皇党与民主派之间激烈反复的军事斗争，最终由民主派暴力推翻君主专制统治，处死法皇路易十六，建立了较为彻底的现代民主制度。

受两种不同模式"革命"的启发，在《革命的年代：1789—1848》一书中，霍布斯鲍姆提出了英法"双轮革命"说，他认为，19 世纪欧洲的革命是一种"双轮革命"（dual revolution），即法国政治革命与英国工业革命相结合的形式，"革命"（revolution）在英文的本义就是"旋转"的意思，而"双轮革命"则可以形象地理解为一种双轮驱动的旋转，用不同的发力方式共同带动历史的发展。霍布斯鲍姆的"双轮革命"概念与前述英法革命还是不太一样的。前述英法温和渐进和激烈颠覆两种风格的革命模式，侧重指的是政治革命；而霍布斯鲍姆的"双轮革命"之英国革命，指的显然并非政治革命，而是经济与科技方面的发展所引动的生产力大发展，套用马克思主义的社会分析理论来说，是由英国工业革命所带来的整个世界的生产力大发展，进而由生产力大发展所带来的整个社会生产关系的大变动。与法国大革命所显示出来的颠覆古典政治制度的激烈斗争相比，英国工业革命对于政治制度的影响是潜移默化的——但是其蕴藏的能量和所带来的变化，并不逊色于法国大革命。

当然，无论是"单轮革命"还是"双轮革命"，都是在现代性的范畴内讨论近代世界的变化，认同人类社会是在持续不断的"进步"中，相信人类社

会是越变越好，并且永无止境。亚兰特（Hannah Arendt）在《论革命》（*On Revolution*）一书中认为，自 18 世纪末以来，"革命"的意蕴不断发生变化，其中一个最重要的变化就是改变了过去"周而复始"的含义，而衍化出一种"奇特的唯新是求的情结"。在这个情结的言辞中，"革命"被喻为"洪流""巨浪"等具有伟力的自然现象，被标记为不可抗拒的历史前进方向。这个现代性情结在黑格尔和马克思这里达到了顶点。在二者的表述中，"革命"的必然性和不可抗拒性，被作为一种无可置疑的真理加以表述和构型，二者关于社会发展潮流、方向都有着斩钉截铁的自信表述，二者也堪称将现代性表达得最为彻底、最为明晰的哲学理论。

近代中国在引进现代的过程中，也把"革命"的一些基本表述和理念引了进来。1895 年甲午中日战争之后，"革命"一词开始"在改良派的著作中出现，并与西方的 revolution 意义有所接触"[①]。但是此时对"革命"一词的使用，主要还是在王朝鼎革这个狭义意义上。在《进呈法国革命记序》中，康有为曾经这样描绘法国"革命"的惨状："流血遍全国，巴黎百日，而伏尸百二十九万……暴骨如莽，奔走流离，散逃异国，城市为墟，而革变频仍，迄无安息，漩入洄渊，不知所极。"[②] 在康有为的描述中，"大波翻澜，回易大地"的法国革命是可畏的，要引起光绪帝的警惕，此时的"革命"虽然尚不像后来那样具有绝对的进步意义，但是已经与时势、变革等联系在一起。后来孙中山等人以"革命党"自居，其传说也是得名于当时官方报纸带有恐惧情绪的描述。当然，随着孙中山等人领导政治斗争的胜利，狭义的"革命"也登堂入室，成为具有现代、进步意义的词语。

广义的"革命"概念则来源日本。戊戌变法失败后，梁启超流亡日本。在日本，梁启超发现日人将英语 revolution 翻译为"革命"，但其意义并非只指政权的激烈交替，也指人类各种社会领域中的"淘汰"或"变革"，尤其是在政治领域里，日本人亦以"革命"来指认明治维新之后奉天皇之令实行改革的政治家。受此启发，梁启超提出了"诗界革命"的主张，在这个口号中，"革命"甚至被限定在诗歌领域，指代一种思想、体裁、句法上的根本性变化，虽然这种变化是渐进的、与政治无关的，但是其同样标示了不可阻挡的历史潮流特征，

---

① "革命"的相关论述，本书参考了陈建华《"革命"的现代性：中国革命话语考论》（上海古籍出版社 2000 年版）。

② 谢遐龄编选：《变法以致升平——康有为文选》，上海：上海远东出版社 1997 年版，第 389 页。

这就完全摆脱了狭义的王朝鼎革等政治范畴，在更广泛的意义上来使用"革命"这个概念。

但是，梁启超对于"革命"的广义使用，并没有成为潮流。在各种媒体上，此时"革命"一词的两种意义经常被混用，而且由于法国革命的巨大影响力，公众在使用"革命"一词的时候，往往不自觉地就将其与法国革命联系一起，不仅视其为一种历史的必然性，更强调其对于原有制度的激烈颠覆。后来梁启超也意识到这种差异，特别是公众在理解"诗界革命""文界革命""小说界革命"等口号的时候，往往并非仅从"变化""发展"的角度来理解这些口号，而是因为狭义"革命"的介入而有了一定偏差。于是，他专门写了《释革》一文来表明自己的态度："故妄以革命译此义，而使天下读者，认仁为暴，认群为独，认公为私，则其言非徒误中国，而污辱此名词亦甚矣。"[1]

梁启超的申辩并没有产生太大的作用，在时代大变迁中，带有进化论背景的"革命"一词与暴力、改天换地等词语发生关联，已经是无可挽回的事实。在追寻现代的过程中，特别是五四以来的现代性构想中，批判现有旧秩序，呼唤翻天覆地的变化与进步已经成为时代的一种常态。

近代以来的内忧外患，使得整个社会各个阶层都有着非常强烈的危机意识。落后就要挨打，不能迅速发展，"那就要从地球上开除你的球籍"[2]，这样的思想不仅是毛泽东的独特表达，实际上也是20世纪中国的整体焦虑所在。现代性所包含的持续进步、以新革旧内容，在20世纪中国这里得到了空前的强调，而且因为国族灭亡的焦虑，变为一种更为激烈的危机表述与颠覆/变革想象。而"小米加步枪"、艰苦奋斗等战争方式的胜利，使得整个国家充满了人定胜天、无事不可为的乐观情绪。可以说，现代性的两大重要特征对世界的乐观、对持续进步的期待，在五六十年代中国得到了充分的表达。所以，社会主义虽然是对西方现代性的一种反抗，但是其本身其实就是"现代性的一种表达方式"[3]，甚至可以说，社会主义中国实际上就是把人类的现代性社会架构设想推向极致的实践。从土地革命到三大改革，从思想改造到文化革命，以马克思主义为指导思想的新中国不断地颠覆旧秩序、营造新秩序，将狭义的"革

---

① 梁启超：《释革》，载方志钦、刘斯奋编选：《梁启超诗文选》，广州：广东人民出版社1983年版，第115页。

② 毛泽东：《毛泽东文集》第7卷，北京：人民出版社1999年版，第89页。

③ 李杨：《"救亡压倒启蒙"？——对八十年代一种历史"元叙事"的解构分析》，《书屋》2002年第5期。

命"进一步缩小到阶级斗争与社会主义改造方面，并在被限定的"革命"话语中无限颠覆、无限升级。这样无限颠覆、无限升级的"革命"追求最终被证明是不合适的，整个社会被迫转身，重新寻觅一条切实可行的"革命"道路。80年代经济上的改革开放与文化上的重回启蒙，都是此类。

虽然走出了20世纪50—70年代不断"革命"的极致现代性实践，关于"进步""发展"的现代性焦虑并没有消逝，80年代人的精神特征依旧与50—70年代的中国一脉相承。而且其中一个特别容易被忽视的思维定式——对狭义"革命"的执着，并没有得到足够的反思。80年代的中国人，依旧深信，彻底推翻某个旧的构型、迅速建立一个全新的构型，就能够解决社会发展的多个问题。

20世纪80年代也继承了50—70年代的那种带有非理性气质的乐观情绪。50—70年代的乐观情绪遍及全国上下，彼时的人相信，只要发挥主观能动性，一定可以改天换地，"人有多大胆，地有多大产""赶英超美""跑步进入共产主义"等言论甚嚣尘上。而80年代同样不乏类似的非理性乐观主义言行，报告文学《哥德巴赫猜想》使得陈景润成为民族英雄，"一支笔，几麻袋草稿纸"的传奇带动了一波科学热潮；电影《少林寺》的播出，使得全民掀起了武术热潮，内功、轻功、人体潜能等字眼刺激得全民头脑发烫……几乎大部分的热潮事物都被冠以"突破""奇迹""轰动""颠覆"等限定词，并被置于"改变世界""中国的骄傲"等民族主义背景中加以宣传。虽然经常号称已经走出了曾经令人胆战心惊的"革命"，80年代中国人其实还相当程度地生活在"革命"的影子里。

进入90年代，政治激情消退，表面上看80年代的那种"浪漫"气质已经不复存在，"革命"话语似乎已经退去。但是，从90年代持续升温的种种文化热、气功热、武术热、下海热，似乎又可以隐约看到自20世纪初延及80年代的那种"革命"思维。

对于20世纪80年代的知识界来说，虽然狭义的"革命"话语表面上已经远离，政治不再作为知识界的标杆和目的，但其实"革命"的幽灵并未消失。以文学为例，80年代的几个重要的口号，如"新的美学原则在崛起""论文学的主体性"等，其实都带有非常明显的"革命"话语特征，而且这个"革命"话语并不是广义的改良主义话语，而是狭义上的带有激烈颠覆旧秩序意图的现代性话语。有学者评价80年代的文学批评，"充满着神谕般的规划、含混的宣告、迷醉的抒情、流放者归来的控诉、悲剧英雄的自我期许、过于发烫的理想以及激动不安的叛逆"①,其实就是80年代"革命"话语的典型特征。

前些年间,文学界发起了"重返80年代"的讨论,其主要发起者程光炜,在考察了80年代的种种文学现象之后,发现"在那个时代,几乎所有的作家、批评家和读者,都成为文学的批判者、掘墓人、立法者,几乎所有稍有价值的文学现象,所有刚刚形成的经典,都会在顷刻间被瓦解。而反对者所确立的文学经典,也难脱这种厄运。'文学经典'在这里经历的,也许是史无前例的震荡、动摇和危机"②。而这种急如星火的改天换地思维,正是因为"80年代毕竟与它所批判、反思的历史距离过近,那个年代根深蒂固且积淀颇厚的意识观念、思维方式和行为特点,不仅未在批判的浪潮中销声匿迹、除根务尽,相反,它还会以各方式散落到80年代文学的各个角落,以一种更隐蔽的形态牢固地控制文学家的大脑,决定他们的选择"③。可以说,"革命"幽魂其实一直都未散去,而是潜伏暗藏、默默发挥。

在20世纪初期,红学曾经拥有一种几乎包容一切理论、一切学派的强大可塑性,无论是索隐还是考证、新学还是旧学、保守派还是革命派,都能在其中找到言说空间,这成为红学之所以能够吸引几乎大部分知识界精英进入的重要原因。这种包容性在新中国成立前30年内,遭到了较大的破坏,红学被拉扯进政治旋涡的中心,成为一个时代著名的政治生产物。在进入80年代后,红学终于摆脱了与政治孪生的状态,重新恢复了其吸纳各种理论和流派的能力。在理论热的年代里,各种女权主义理论、精神分析学说、结构主义理论……都纷纷被使用到红学领域,给红学带来了新的突破与发展。作为一门已经发展了将近一个世纪的特殊学问,其成熟度已经比较高,对各种理论的吸纳虽说也能带来一定的新意,其大部分成果却很难说具有"革命"的效果——然而,潜伏待时的"革命"思维只要有一丝缝隙,就会喷薄而出,带来令人惊讶的红楼景观。

1992年3月13日,《书刊导报》在头版头条位置刊发了署名特约撰稿人段献民的文章,标题为《震惊人类的发现:〈红楼梦〉应有两部——王国华替曹

---

① 黄平:《"文本"与"人"的歧途——"新批评"与80年代"文学本体论"》,《当代文坛》2007年第5期。

② 程光炜:《经典的颠覆与再建——重返八十年代文学史之二》,《当代作家评论》2005年第3期。

③ 程光炜:《经典的颠覆与再建——重返八十年代文学史之二》,《当代作家评论》2005年第3期。

雪芹完成〈太极红楼梦〉》。在这篇文章前的编者按介绍说,《太极红楼梦》是一位青年红学家的专著,红学权威周汝昌的"慧眼识才",发现了这部作品的价值,向外界推荐。《太极红楼梦》的作者王国华经过多年研究发现,《红楼梦》有两部:一部是结构的,另一部是故事的。《太极红楼梦》的出版,使得王国华一跃而成为"中国第一个探索小说结构学的人。为世人前所未闻,为学者前所未想"。

《书刊导报》介绍的这位青年红学家王国华,据研究者透露,1952年生于湖北荆门,家庭贫困,仅读完高小就辍学务工,在湖北国营农场做拖拉机手。20世纪六七十年代他借到一本《红楼梦》,"遂一遍遍啃着这生字怪字颇多,言语也别扭的书,还读有关红学研究资料"[1],对于《红楼梦》痴迷不已,"除《红楼梦》外,再无别项可生贪求之心,赤条条来去无牵挂",至今未曾成家,专注于红学,颇有梅妻鹤子之古风。

据《书刊导报》报道,1988年7月间,著名红学家周汝昌给中央领导写信反映,湖北青年红学研究者王国华对《红楼梦》的结构进行了研究,发现《红楼梦》内部"有一种严密而完整的结构规律",周汝昌认为,王国华的这个发现正好与西方结构主义理论有相合之处,王国华也因此成为中国以结构主义方法来研究小说的第一人。周先生在信中写道:"我认为王国华的工作是有重要价值和深远影响的。这门专学建立以后,红学的所有重大问题(争议)都可以顺利解决。这不仅是'红学'的事,它实是我国文化史上的一个重大课题,巨大贡献,所关至为重要。"[2]

1995年,《太极红楼梦》出版,署名"王国华、曹雪芹":王国华将自己的名字置于曹雪芹之前,宣称自己的重新编排是具有创造性的工作。在前言中,王国华提出,曹雪芹在《红楼梦》中写了两个梦:一在明处,一在暗处;一为故事,一为结构;一为以女娲补天为开端的故事,一为以伏羲画卦为隐线的结构,而且,这个结构的《红楼梦》才是整个《红楼梦》的最重要的部分,古往今来无数人都读了一个本末倒置的小说《红楼梦》。而他的工作就是要揭示《红楼梦》的结构,《太极红楼梦》是"中国文学史上的'哥德巴赫猜想'"。

对于以往的红学研究,王国华评价为"空中建阁,沙上立塔"。他认为,真正的《红楼梦》"从来就不曾为红学家们所认识"。红学家们的错误,主要表现

---

[1] 张义春:《红学那些人》,北京:东方出版社2010年版,第212页。

[2] 张义春:《红学那些人》,北京:东方出版社2010年版,第213页。

在"第一，对《红楼梦》创作故事的囫囵吞枣。第二，《红楼梦》人物塑造研究的数典忘祖。曹雪芹的《红楼梦》人物创作，本是字典化的关系，即人物名字的字典意义决定人物的故事和命运的关系。一部《红楼梦》，即是一部《康熙字典》的演绎。而许久以来的《红楼梦》评论，莫不是搬弄教条为能事。第三，《红楼梦》著作结构的望洋兴叹。《红楼梦》著作结构从来就是个老大难问题，红学界除了周汝昌先生有所得之外，其他人在这方面有所研究的实属寥寥无几"。总而言之，《太极红楼梦》具有开天辟地的创新性，"对现实的红学，对历史的红学，是一种反省，是一种检验，或者说是一种批判"。

《书刊导报》文章的一些措辞，与同时期的气功报道极为类似，如"旷世发现""震惊人类的发现""这门专学建立以后，红学的所有重大问题（争议）都可以顺利解决"等。而王国华《太极红楼梦》一书将自己名字置于曹雪芹之前，在序言中对百年来红学研究不屑一顾，对自己的"发现"高张大举，其推翻旧秩序、建立新秩序的"革命"思维也是昭然若揭。王国华的举动以及《书刊导报》等报纸杂志对其的宣传，让红学界不少人大光其火，纷纷撰文予以批评，斥其为"异端邪说"者有之，呼唤"文化遗产研究要端正思想和方法"有之，武汉红学会会长张国光教授甚至专门开了讲座驳斥王国华和《书刊导报》的相关言论。

王国华文化程度只有小学，从其《太极红楼梦》前言里面的基本论述来看，知识底蕴还是比较薄弱的，对于《红楼梦》和红学的了解很难说达到了什么程度，但是，仅仅靠着读《红楼梦》时的一些"灵机一动"，居然能够独立成说，出版专著，能说动红学研究名家周汝昌向有关部门推荐、武汉红学会会长张国光帮助安排其参加红学会议[①]，最后甚至破格进入湖北省社会科学院这样的官方学术研究机构任职，其中自然有推荐人周汝昌作为前辈学者乐于助人、奖掖后进的品格因素，但这种由业余一跃而上专业殿堂的经历也只有在 80 年代这种充满浪漫情怀的年代才能够出现。

《太极红楼梦》的风波尚未平息，《红楼解梦》又以更为猛烈的宣传热潮席

---

① 据张国光在湖北大学的讲座介绍，其推荐王国华参加 1988 年、1989 年两届武汉 "当代红学研讨会"，会后又积极协助安排王国华到湖北社科院工作。见章凡：《所谓 "震惊人类的发现"，纯属欺人之谈！ ——张国光教授严正批评为违背常识的 "太极红楼梦" 滥作广告的周汝昌氏学风之不正》，《理论月刊》1992 年第 6 期。

卷而来。

《红楼解梦》的作者颇具传奇性。该书的作者并非一人，而是有霍国玲、张晖（笔名紫军）夫妇，霍国玲弟弟霍纪平、霍国玲姐姐霍力君四人。四人都是退休的老干部，张晖就职于外文局，霍国玲就职于某国企。退休前一段时间，霍国玲开始研究《红楼梦》，颇有所得，后来带动一家人，皆投身红学研究。早在 1982 年，霍国玲已经写出第一篇论文《曹雪芹生辰年月考》，该文在同年 10 月第三届全国《红楼梦》学术讨论会上宣读，受到红学界的关注，其关于曹雪芹生辰的考证，被载入 1988 年出版的《红楼梦鉴赏辞典》中。1986 年，霍国玲的论文《反照"风月宝鉴"——试论〈红楼梦〉的主线》与其弟弟霍纪平的论文《双悬日月照乾坤》，在哈尔滨召开的国际《红楼梦》学术研讨会上印发，引发与会者的热烈讨论，嗣后文章刊登于《山西师大学报》。于是，霍国玲与弟弟霍纪平修改完善了这两篇论文，并以此为基础，写成了《红楼解梦》一书。

《红楼解梦》的核心观点主要有五："一、揭示了《红楼梦》作者的真正写书目的，并挖出了小说背后之所隐；二、揭开了雍正帝暴亡之谜，修正了清朝历史中的一页；三、考出了《红楼梦》作者曹雪芹的生辰；四、解决了研究此书时许多久而未决的问题，如《红楼梦》中纪年混乱问题等；五、揭示了一些《红楼梦》所特有的写作技巧和秘写手法，并指出用这种'一声两歌、一手二牍'的手法在一部小说的背后隐写一部历史的作家，曹雪芹乃是千古第一人。"其最核心观点曹雪芹鸩杀雍正，石破天惊，着实抢眼。

1989 年 5 月，《红楼解梦》第一册由北京燕山出版社出版，首印 28000 册，很快销售一空，之后迅速再版。到 2003 年，《红楼解梦》一至五集先后出版，加上编外集《红楼圆明探秘》，共六部九大册，皇皇 200 多万字。北京电视台于 1995 年 10—11 月间连续三次专题报道，各地各级报刊亦广为宣传。《红楼解梦》的作者霍国玲被邀请到多所大学发表演讲。其宣传海报声称"红楼解梦轰动北京城"，可谓不虚。

《红楼解梦》的写作和成功，非常符合 20 世纪 80 年代的浪漫情怀：普通人通过自己的努力钻研，得出了足以颠覆主流学术界的"革命性"成果。这样的图景简直就是另外一部《哥德巴赫猜想》。所以当时报纸杂志介绍霍国玲和《红楼解梦》的时候，经常使用"异军突起""独辟蹊径""破解百年谜案"之类的标题，其种种言辞之间，充满了对于霍国玲及其《红楼解梦》突破旧红学秩序的赞美。

《红楼解梦》出版之后，虽然有著名红学家胡文彬为其写序，大大称赞霍国玲姐弟做红学研究的苦心孤诣，呼吁"红楼不废百家言"，但是还是遭到主流红学界的批评。张季皋发表《读〈红楼解梦〉有感》（《红楼梦学刊》1998年第2辑），指出《红楼解梦》作者对书中某些字词根本没有弄懂，对格律诗的基本常识也缺乏了解。孙玉明发表《想入非非猜笨谜——红学索隐派与〈红楼解梦〉》（《红楼梦学刊》1996年第4辑），批评《红楼解梦》作者随心所欲肢解、割裂、妄改《红楼梦》的文字，为论证自己的观点服务，缺乏严谨的学术态度，无视历史史料以主观臆断为证等。周思源发表《沙滩上的大厦——评〈红楼解梦〉》（《红楼梦学刊》1996年第3辑），认为其引为证据的"野史"不证明《红楼梦》是历史，反而更证明《红楼梦》不是历史，其立论的几个依据也存在很多问题，《红楼解梦》是建立在"沙滩上的大厦"。因为受到主流红学界的批评，《红楼解梦》迅速从当初的畅销状态冷却，书商和书店纷纷中断协议，已经印好的书大多压在了库房里，霍国玲夫妻被迫省吃俭用，一度只能用微薄的退休金来偿还债务，霍纪平也被迫下海经商以帮助偿还债务。但是几个人对于《红楼梦》痴情依旧，没有中断研究，在2000年以后又相继出版了《红楼解梦》的后面几集，形成了较为完整的"解梦"体系。

与霍国玲同期，又不断有各种索隐派的作品问世，例如冯精志的《百年宫廷秘史——〈红楼梦〉谜底》（1992）、《大观园之谜》（1993）、《曹雪芹披露的故宫秘闻》（1995）等。这些索隐派作品持续发酵，最终在21世纪初刘心武揭秘《红楼梦》系列将索隐派的影响进一步扩大。

很难想象，作为红学的一代大家，周汝昌身上竟然会有着几乎天渊之别的不同评价：喜爱者誉其为"红学泰斗""红学第一人"，认为其带有"悟"性的研究，具有"红学上的超前性"[1]，具有诗人气质和学者素质；反对者认为其"学风不正，漏洞百出"[2]，甚至有数位红学家专门出版了批判周汝昌的专著，如《周汝昌红楼梦考证失误》（杨启樵著，上海书店出版社2010年版）、《红楼七宗案》（沈治钧著，江苏人民出版社2011年版）等，形成了独特的周汝昌专人研究景观。梁归智认为周汝昌"确有一种迥异常人的悟性思维方式，这又很难为一般只具有常规思路的红学同仁所企及理解。这种历史的际遇造成了一

---

① 陈维昭：《红学通史》，上海：上海人民出版社2005年版，第629页。
② 胥惠民：《我为什么要批评周汝昌先生》，《乌鲁木齐职业大学学报》2011年第2期。

种'缥缈孤鸿影'的孤独寂寞的学术和人生境界"①，梁归智说，和几位红学同仁闲谈时说过，假如周汝昌没有进入红学研究领域，转而从事唐宋诗词或先秦诸子等领域的研究，很可能已经成为陈寅恪、钱锺书、季羡林那样众人称赞的"国宝"和"大师"了，但不幸入了红学界，却只能是一位争议缠身的学者。在《红学泰斗周汝昌传》里，梁归智指出，周汝昌与他的几位主要批判者之间，是悟性高低的区别，也是两代学者之间学术观念的差异——其实，如果将周汝昌的一些观点放置于八九十年代特殊的文化脉络中，可以发现，其言论也恰好带有当时典型的时代特征。

1982 年 4 月，周汝昌在《河北师范大学学报》发表了《什么是红学》，提出普通人以为红学就是研究《红楼梦》的学问，他却认为研究《红楼梦》的学问不一定就是红学。在周汝昌看来，红学是一门特殊的学问，以一般研究小说的方式、方法、眼光、态度去研究《红楼梦》是不对的。如果只是像研究《三国演义》《水浒传》等其他古典小说一样去研究《红楼梦》，那红学就被解构了。那种一般的小说研究套路，比如研究人物性格、研究作家创作思想、研究语言、研究形象等，用来研究《红楼梦》也是有必要的。但是，在周汝昌看来，这种传统的研究套路并不是红学研究，红学有自己特殊的范围与意义，"相当一部分关于《红楼梦》的文章并不属于红学的范围，而是一般的小说学的范围"②。

周汝昌认为，普通的小说学研究，基本上可以用"形象鲜明，性格突出，语言生动，结构谨严"等"十六字真言"来概括，用这"十六字真言"几乎就可以解决古今中外许多小说的研究问题。以这"十六字真言"来做《红楼梦》的小说学研究，也是足够的。但是，红学并不是小说学研究，它解决的是别的问题。周汝昌提出，目前的红学包括曹学、版本学、探佚学、脂学四个方面。这四个方面都不属于小说学研究，而是具有特色的关于《红楼梦》的学问。"红学不是要去代替一般小说学，它却补充和丰富一般小说学。一般小说学也不能代替红学。这个分别很重要，可是不一定每个人都清楚。"③

周汝昌文章发表后，私下里红学界虽然也有议论，但是公开应者寥寥，只有复旦大学应必诚教授的《也谈什么是红学》（《文艺报》1984 年 3 月）和北京大学赵齐平教授的《我看红学》（《文艺报》1984 年 8 月）等几篇文章提出

---

① 梁归智：《红学泰斗周汝昌传》，桂林：漓江出版社 2006 年版，第 322 页。
② 周汝昌：《什么是红学》，《河北师范大学学报（哲学社会科学版）》1982 年第 3 期。
③ 周汝昌：《什么是红学》，《河北师范大学学报（哲学社会科学版）》1982 年第 3 期。

反对意见。周汝昌稍作回复，此事也就告一段落。

不料，时隔 13 年，《北京大学学报（哲学社会科学版）》1995 年第 4 期又发表了周汝昌的一篇长文《还"红学"以学——近百年红学史之回顾》。这是一篇约 2 万字的长文，在文章开始，周汝昌提出《红楼梦》"是了解与理解中华传统文化之宫殿的一件极可宝贵的黄金钥匙"，因为具有如此重要的地位，所以，红学作为学术的一个品类应该是自成体系的，"时下一般人误以为只要是谈话写文之时一涉《红楼梦》小说的一鳞半爪，片言零句，那便都是'红学'行列中人了。名目一到如此宽泛而混乱的地步，便知真正的红学必然相对地稀少而可贵起来了"①。周汝昌认为这样的红学是充满悲剧性的。

在周汝昌看来，清代虽然出现了许多有关《红楼梦》的题咏、随笔、批点、专著，但是这类文字大多只是一些阅读的随感或者议论，和学术研究有着非常明显的区别，所谓的"旧红学"只是一个"不曾存在的假想名义"。

而所谓的"新红学"，也是一个后来追认的名词，是"并无实义的假名"。周汝昌分析道，胡适的《红楼梦考证》做了一些考订工作，贡献很大，但在胡适的《红楼梦考证》中并没有尝试去构建新的思想内涵与学术体系。胡适对曹雪芹的为人、对《红楼梦》这部作品的思想内涵等，一律不感兴趣，"不妨说，单层次历史考证而外所必需的思力、识力和更高层次的灵智方面的体会寻求，赏音参悟，一概欠缺"②。胡适对于八十回本原著与一百二十回本程乙本的优劣和根本差异没有进行辨识，几乎以白话程度作为评价作品优劣的唯一标准。作为"新红学"的开创者和一代大师，胡适用这种精神态度去对待研究的作品，就使得"新红学"非常贫薄，文化学术品位不高。因此，周汝昌指出，"胡氏之于《红楼梦》研究，实未建立一个堪称独立的新创的'学'"。考证派另一代表人物俞平伯，在版本研究上识力也有同样的限制，在《红楼梦辨》之后，几十年间未再有研究作品问世。

对于王国维，周汝昌认为，其《红楼梦评论》只是拉一个外国人来借题发挥自己的悲剧观，虽然名高价重，受人推崇，却没有自己的研究创获。周汝昌推崇民国的另一"'评红'大手笔"陈蜕庵。陈蜕庵提出，曹雪芹的史笔超越左

---

① 周汝昌：《还"红学"以学——近百年红学史之回顾》，《北京大学学报（哲学社会科学版）》1995 年第 4 期。

② 周汝昌：《还"红学"以学——近百年红学史之回顾》，《北京大学学报（哲学社会科学版）》1995 年第 4 期。

丘明和司马迁，思想的深度方面也胜过法国卢梭，所以《红楼梦》应列于"子部"，是大思想家曹雪芹的伟大杰作。周汝昌认为，陈蜕庵的这种评价与认识，前所未有，"可谓石破天惊，骇俗震世之论"，其看待《红楼梦》的眼光思力，远超前人，足以在"评红"史上大书一笔。当然，周汝昌也同时指出，王国维和陈蜕庵的作品都是"评论"而不是"学"，他们只是属于评论家而不是红学家。

接着周汝昌评论到了鲁迅，周汝昌认为，鲁迅的《红楼梦》研究有几个特点：第一，指出《红楼梦》是"人情"小说，看到了《红楼梦》"特重心灵感情"的特点；第二，注意到了《红楼梦》从本名到改名、从初本到全本的过程；第三，严格区分八十回本与一百二十回本，除了一处补缺文之外，引文一概使用戚本；第四，评论各种续书时候，注意到了要不背离原书伏线的问题。

周汝昌慨叹道，"自从先生于 1936 年去世以后，这种以真'学'为质素的'红学'，竟然毫无发展与进境"[1]。"阶级斗争红学"把红学弄得一团糟，当代的学者则有"学力欠缺，功底太差""逞臆而言，毫无理据""造假作伪，恶语欺人"等众多问题，红学界经常出现"以非学充学之名，占学之位"。

周汝昌提出，《红楼梦》是一部具有极为丰富文化内涵和极为崇高文化品位的作品，需要文学、史学、哲学、美学、科学等多学科的第一流学者合作，共同研究，"方能胜任愉快，展现光辉"，但是第一流学者大多又不愿意用一生来研究一部小说，于是红学研究经常是一些学术层次不高的人来从事，就连自己也不过是一个三流学者过来从事红学。有鉴于此，周汝昌呼吁道："近百年来的'红学'底基的学术质素本不十分饱满充足，已如本文粗析；所以在鉴往知来的关节上，只有一条正路，即——还'红学'以学"[2]，"这学，应是中华文化之学，而不指文学常论，因为曹雪芹的《红楼梦》是中华大文化的代表著作之一，其范围层次远远超越了文学的区域"，"这学，应是科学学术的研究，而不指一般的文史基本知识的考据"，"这学，也必然会引发理解认识的'冲突'——思想的，学力的，文化素养的，审美层次的以及人生阅历的种种冲突"。

周汝昌的这篇文章甫一发出，立即引起红学界多位学者的强烈反应。有红学家称周汝昌的文章进行了一次"红学大扫荡"，把中国红学界的人一网打

---

① 周汝昌：《还"红学"以学——近百年红学史之回顾》，《北京大学学报（哲学社会科学版）》1995 年第 4 期。

② 周汝昌：《还"红学"以学——近百年红学史之回顾》，《北京大学学报（哲学社会科学版）》1995 年第 4 期。

尽。胥惠民在《红楼梦学刊》发文,指责周汝昌的文章存在"歪曲鲁迅、为我所用""贬低俞平伯,唇枪舌剑,用心良苦""批倒一切,使百年红学史几乎变成一片白地""学风不正,漏洞百出,贻笑大方之家"[①]等四个错误。胥惠民认为,周汝昌的《还"红学"以学》一文,"似乎在抬高红学,实际是架空红学,取消红学",在为文中的种种贬抑别人、暗中抬高自己的做法,"既缺乏学者的风度,又短少学的内容,决不是好的学风学德的表现"[②]。

贾穗更是直接把《还"红学"以学》称为"一篇贬人扬己的歪曲历史之作"。贾穗提出,《红楼梦》问世以来,由于其本身具有的博大的思想内涵以及独特的艺术魅力,一直吸引着无数红学爱好者潜心把玩,去探讨小说的内在意蕴和思想题旨,但是,受不同时代的风俗、思想、研究方法和掌握材料的影响,不同时代的人对《红楼梦》的解读自然会有一定差距,红学史就是一个不断发展进步的过程,在这个过程中,研究者会不断修正错误观点和方法,这也是周汝昌所说的"红学"的形成、发展直至壮大的过程。但是周汝昌《还"红学"以学》一文却贬抑前人研究成果,否定一百年来无数红学家的心血与努力,这是数典忘祖的行为。例如,周汝昌的考证受胡适、俞平伯的直接影响,却极力贬低二者在考证方面的实绩,"周先生明明是早年胡、俞'新红学'观点的最直接、最全面的承袭者,却长期一直试图贬抑、否定胡、俞之'学',以突出自己的地位和影响,这岂非是自挖根基、自非宗祖么?"[③]

贾穗认为,周汝昌的这篇文章,红学外的人看来,似乎表面上并没有太多直接谈及周汝昌自己,但红学界的人透过其文字表象可以看出,这与周汝昌一贯的做法是相同的,仍是一篇典型的"全力排斥他人、独尊己说的文字"。如果要说与以往的文字有何不同,那就是周汝昌这次在"近百年红学史之回顾"的名义下,"把一切不合于他的红学观点的和会妨碍他在红学史上独尊权威地位的有代表性和影响的红学研究者,统统进行了贬低或否定"。贾穗讥讽道,周汝昌的文章,在"中华大文化""红学的独特性""还红学以学"等耸人听闻的言辞底下,把整个红学史随心所欲地歪曲否定,其目的太过阴暗,因为在把

---

① 胥惠民:《读周汝昌〈还"红学"以学〉——兼说〈红楼梦〉研究的学术品格》,《红楼梦学刊》1996 年第 3 辑。

② 胥惠民:《读周汝昌〈还"红学"以学〉——兼说〈红楼梦〉研究的学术品格》,《红楼梦学刊》1996 年第 3 辑。

③ 贾穗:《一篇贬人扬己的歪曲历史之作——驳议周汝昌先生的〈还"红学"以学——近百年红学史之回顾〉》,《红楼梦学刊》1996 年第 4 辑。

红学史上的其他人贬低和否定掉之后，将来唯一能够"被红学史大书特书、树为典范的人物，自非他周汝昌先生莫属了"。贾穗认为，周汝昌的这种做法只会让自己招致更多的批评，失去红学界人的尊重，"红学史的是非曲直，毕竟自有公论，不是靠周先生一人能说了算的"①。

关于周汝昌《什么是红学》《还"红学"以学》两篇文章及其争议，梁归智在《红学泰斗周汝昌传》一书里面有过分析。梁归智认为，在《什么是红学》这篇文章里，周汝昌并不是要否定《红楼梦》的小说文本研究，而是认为，所谓的"《红楼梦》小说文本"本身是一个尚未弄明白的事物，许多人把《石头记》八十回本和《红楼梦》一百二十回本混为一谈，甚或者视高鹗续写的一百二十回本为正宗，以此立论。但是在周汝昌的考证里，一百二十回本《红楼梦》是在乾隆授意、和珅操手之下，对原著的诋毁式删改，目的就是要败坏曹雪芹原著的批判精神。要深刻理解曹雪芹原著伟大的精神内涵和艺术魅力，就必须正本清源，返回八十回本，"周先生老马识途，心明眼亮，一针见血地指出唯一的门径就是把那四个分支的基础研究搞深搞透。因此，周先生说那四个分支是红学的重镇，并不是要否定《红楼梦》的思想艺术研究，而恰恰是要通过那四个分支研究以区分出两种《红楼梦》两种不同的思想和艺术境界"②。

把两种版本之争视为具有根本性意义的敌我之争，这样的区分恰恰也就是周汝昌与其他红学家之间的根本差异所在。梁归智评价道，周汝昌不可能在每个争论的问题上都是正确的，他毫无疑问"确有一种迥异常人的悟性思维方式"，但是这种思维方式又经常很难被其他红学同仁理解，"这种历史的际遇造成了一种'缥缈孤鸿影'的孤独寂寞的学术和人生境界。因而，他一提起笔来，无论是撰文、写信，还是吟诗，一种'积郁'、孤愤的情绪就汩汩涌出。郁愤出诗人，郁愤的情绪加上周汝昌的天分，使他特别能与曹雪芹产生'同情'，而发《石头记》的真论，也使他的学术文章写得分外漂亮，不仅是学术，而且是文章"。所以即便是那些不认同周汝昌学术观点的人也不得不承认他的文章写得很好很有灵性，不过，与此同时，也会有更多人不同意他的观点，"专攻考据的人觉得他的思路跳跃性太大，好像不遵守考证的'规矩'，偏好文本分析的

① 贾穗：《一篇贬人扬己的歪曲历史之作——驳议周汝昌先生的〈还"红学"以学——近百年红学史之回顾〉》，《红楼梦学刊》1996 年第 4 辑。

② 梁归智：《红学泰斗周汝昌传》，桂林：漓江出版社 2006 年版，第 314 页。

人又嫌他'脱离'文本太远，讥为'考证派'"①。梁归智认为，周汝昌与其他红学家之间的区别，也许也正是曹雪芹和高鹗的差异。

梁归智认为，周汝昌之所以与不少红学界同仁之间产生了不可弥合的矛盾，其中一个重要原因就是双方的学术思路并不相同，常人往往以材论红，周以才悟红，其所言之处，往往是综合了自身学养而作的断言，如果没有一颗相同的领悟之心，是不太会认同周汝昌的悟证法的。例如周汝昌在没有任何实证材料支持的基础上，凭借学养"考"出曹寅有弟弟名为曹宣，字子猷。如果不是后来有确切的史料发现，证实了周汝昌的推论，其关于曹宣的考论可能又要被旁人视为信口雌黄了。

这种与主流红学界之间的隔膜，也使得周汝昌有了一种独特的个性："他特别肯奖掖后进，特别能发现人才，特别愿意充当伯乐。周汝昌的这个特点是红学界所公认的。不少中青年学人都受他的提携而步入红坛。只要有一善可称，周汝昌就尽全力予以表扬，代为鼓吹，给予各种帮助，包括推荐发表、出版，写序言，介绍参加学术会议。由于'学派'林立，众口难调，而被提携的学子们也禀性各异，有的颇具锋芒，有的学养欠周，周汝昌的古道热肠也就有时引起非议，招来种种'说辞'。周汝昌似乎对自己的大名鼎鼎估计不足，不知道享有大名的人不仅'批评'的话难说，而且'赞扬'的话也轻易说不得。从根源上说，周汝昌对青年的提携也是他孤独感的一种衍射。在同辈和准同辈中觅不到知音，只有把希望寄托在更年轻的人身上。而一旦真获遇'高山流水'，满腔真情就会倾泻而出"。②

作为交往亲厚的私淑弟子，梁归智以周汝昌的生平来做知人论世、以意逆志的分析，自然一语中的，有不少切中肯綮的精彩之论。当然，如果想理解周汝昌思想言行的话，还有一个角度就是将其置于20世纪八九十年代特殊的"革命"话语中。

在发表演讲批判《太极红楼梦》的时候，张国光曾经批评"周氏的浮夸风是一贯的"③，例如，在《红楼梦与中华文化》一书中，周汝昌夸赞曹雪芹"他是一个惊人的天才，在他身上，仪态万方地体现了我们中华文化的光彩和境界。

---

① 梁归智：《红学泰斗周汝昌传》，桂林：漓江出版社2006年版，第323页。

② 梁归智：《红学泰斗周汝昌传》，桂林：漓江出版社2006年版，第323页。

③ 章凡：《所谓"震惊人类的发现"，纯属欺人之谈！——张国光教授严正批评为违背常识的"太极红楼梦"滥作广告的周汝昌氏学风之不正》，《理论月刊》1992年第6期。

他是古今罕见的一个奇妙的'复合构成体'——大思想家、大诗人、大词曲家、大文豪、大美学家、大社会学家、大心理学家、大民俗学家、大典章制度学家、大园林建筑学家、大服装陈设专家、大音乐家、大医药学家……他的学识极广博，他的素养极高深。这端的是一个奇才绝才"[1]。张国光认为周汝昌这样的语言根本不像学术著作中的语言。的确，把曹雪芹誉为大文豪是没有太大问题的，但要说其是大思想家、大诗人、大词曲家、大美学家、大社会学家、大心理学家、大民俗学家、大典章制度学家、大园林建筑学家、大服装陈设专家、大音乐家、大医药学家，不免夸张过度，曹雪芹虽然在《红楼梦》里写了一批诗词，但放在中国古典诗词林里，并不具有高出侪辈的水平，至于心理学、社会学、民俗学、医药学等，不能只是作品稍微涉及，就说其作者在某方面具有很高水平。

周汝昌的种种夸张之词，在其作品中并非鲜见，例如《〈红楼梦〉和中华文化》里说"中华的戏剧、音乐、舞蹈、绘画，诸般艺术，在《红楼梦》中可说是得到了最充分的、最生动的、最精彩的表现"[2]。中华的戏剧、音乐、舞蹈、绘画等，表现得最充分、最生动、最精彩的载体，自然是各自的艺术形式，例如昆曲《牡丹亭》、历代名画等，不可能是一部小说。再例如，他认为高鹗的续书"是中华文化史上一桩最大的犯罪！伪续使雪芹这一伟大思想家在乾隆初期的出现横遭掩盖扼杀，使中华民族思想史倒退了不啻几千几百年"[3]。不管高鹗的续书如何曲解甚至毁坏《石头记》，原作中的一些精彩场景毕竟还是保留了下来，不可能所有思想所有精彩之处全部被掩盖扼杀，更不可能"使中华民族的思想史倒退几千几百年"——即使完全把《石头记》毁掉，恐怕也不可能有这么多的倒退，一个时代的思想不可能只是体现在某个具体的作品上。在《红楼梦与中华文化》里还有一句话，研究《石头记》的结构学和探佚学，并不仅仅是为了小说野史的事，这关系着我们中华民族文化史上的一桩特大事故与事件，对其意义的任何低估，都将造成泯没是非、颠倒美恶以及降低我国民众文化素质的严重后果。[4] 这句话也是过分夸大的，即便周汝昌所猜想的《石头记》遭到严重删改这个事件真的存在，对一个文学作品的思想理解错误，也不可能

---

① 周汝昌、周伦苓：《红楼梦与中华文化》，北京：中国工人出版社1989年版，第14页。

② 周汝昌：《〈红楼梦〉和中华文化》，《晋阳学刊》2011年第4期。

③ 周汝昌：《红楼夺目红》，南京：译林出版社2011年版，第345~346页。

④ 周汝昌：《红楼梦与中华文化》，北京：中国工人出版社1989年版，第220~221页。

就造成"降低我国民众文化素质的严重后果"。

至于对红学后起之秀的夸大赞美,除了前面所述将王国华的发现称赞为"有重要价值和深远影响",认为王国华的《太极红楼梦》中提到的大对称结构如果能够建立,"红学的所有重大问题(争议)都可以顺利解决。这不仅是红学的事,它实是我国文化史上的一个重大课题,巨大贡献,所关至为重要"。在丰润说成型的过程中,虽然并不赞同持丰润说的年轻学者取消曹雪芹作者权的考证,出于鼓励年轻人的目的,周汝昌还是撰文盛赞王家惠的论文《曹渊即曹颜》"论有创见,考证剖析周详细密,又能谨严而审慎;学力文风,俱为近年来治曹氏家世论著中难得之作"。后来河北省社科院王畅的《曹雪芹祖籍考论》一书出版,周汝昌又再次热情撰文,称赞其作品是"近年来极为罕见的学术考证的一个范例",可称之为"'红学'、'曹学'史上的一个里程碑碣","是一部学林奇才之绝大手笔"[1]。

以"大""最"作为修饰词,不断强调"里程碑式"的"突破""创新",这样的语言,正是前文所述的 20 世纪八九十年代特殊的"革命"话语思维。正是在这样的"革命"话语思维语境中,八十回本与一百二十回本成为针锋相对、不可相融的两极。事实上,周汝昌的《红楼梦新证》之所以能够得到毛泽东的赏识[2],并进而启发他发起 1954 年的红学批判运动,与其书中所构想的代表人民思想的《红楼梦》遭受封建统治者删改、毁坏的故事密切相关,这种大作家、大思想家不被时代理解、遭受统治者迫害的阶级斗争图解,与被"革命"话语烧得滚烫的思想回声应和,一拍即合。而领受了知音之赏的周汝昌,不知不觉亦将"革命"思维深植心中,其《还"红学"以学》等文章中的那种推翻旧秩序、建立新架构的豪情壮志,挥斥方遒之间,与中国近代以来的"革命"豪情何其相似乃尔!至于后来遭到一众主流红学家的围剿式批判,则更使周汝昌的"革命"图式进一步落实:"革命"难道不是总要遭受旧有统治者的打压迫害么?有打击迫害的"革命",一旦打败"旧秩序",则其成功愈发显得珍贵而甜蜜。有鉴于此,周汝昌对于同处"反抗旧秩序"阵营里的其他红学新论,也就不再苛责其内容如何,即便与自己的观点南辕北辙,也要不吝美词,倾力呐喊,壮其声威,以对旧红学体系的挑战和突破为唯一的价值所在。

---

[1]　周汝昌:《士林正气学苑奇功——评〈曹雪芹祖籍考论〉》,《华北电力大学学报(社会科学版)》1996 年第 4 期。

[2]　相关论述参见梁归智《红学泰斗周汝昌传》(漓江出版社 2006 年版)。

第二节 作为文化场域的红学

在不少中国知识者的记忆和想象中，20 世纪 80 年代是个"文化的年代"，查建英在《八十年代：访谈录》里说"八十年代的中国是一个人文风气浓郁、文艺家和人文知识分子引领潮流的时期"[①]，她将中国的 80 年代与美国的 60 年代相比拟，称之为"浪漫时代"。改革开放的总背景下，批判国民性、学习西方，在 80 年代的中国文化建构中，自然还是属于最大的潮流。在这个潮流中，东方与西方的关系某种程度上被置换为古代与现代之间的关系，中国传统文化被作为落后的、缺乏开创力的大陆文明加以批判，其最终导向了 1988 年文化"建设派"与"拆台派"之间的激烈论争。

正像列奥塔所说的那样，"大叙事"之外往往相伴着"小叙事"，在 20 世纪 80 年代全面西化的"大叙事"之外，呼唤传统、重建经典的"小叙事"也相随而生。1982 年 12 月，《中国文化》编委会与联合国教科文组织《人类科学文化史》中国编委会在复旦大学联合举办了"中国文化史研究学者座谈会"。出席会议的学者联合呼吁，要重新重视对中国文化史的研究。以这次座谈会为契机，理论界出现了一波中国文化讨论热潮。1984 年起，"中国近代文化史学术讨论会""东西方文化比较研究讨论会"等几个大型文化史研究学术会议相继召开，北京、西安、武汉、广州等地纷纷成立了一批文化研究机构，中国文化研究成为文化界的重要学术热点。其标志性事件当属中国文化书院的成立。

中国文化书院由梁漱溟、冯友兰、张岱年、朱伯崑和汤一介等共同发起，其导师包括季羡林、侯仁之、金克木、李慎之、韦政通、杜维明等数十位著名学者。书院提出，其宗旨一要"通过对中国传统文化的研究和教学活动，继承和阐扬中国的优秀文化遗产"，二要"通过对海外文化的介绍、研究以及国际性学术交流活动，提高对中国传统文化的研究水平，并促进中国文化的现代化"。中国文化书院先后举办了一系列声势浩大的"讲习班""培训班"，其主题有"中国传统文化""中外文化比较""文化与未来"等，举办了多次大规模的学术研讨会，出版了多达上百种论著的"中国文化书院文库"，风头一时无两。

在中国文化书院的带动下，一股中国文化研究热潮几乎覆盖大江南北。

---

① 查建英：《八十年代：访谈录》，北京：生活·读书·新知三联书店 2006 年版，第 7 页。

以研讨会为例，各种规模的文化研讨会、文化讲习班、文化发展战略研讨会纷至沓来，其参与度与参与者就学态度之虔诚恭敬令人惊叹。例如，1986年7月在青岛召开的中西文化讲习研讨会，主办方邀请了张岱年、梁漱溟、李泽厚、杜维明等12位名家，每天上午主讲，下午答问讨论。参会人数达到800余人，据统计，当时中国已毕业和在读的人文社科类博士仅160余人，参与本次研讨会的竟然超过100人，另有硕士200多人，大学教授讲师400多人，堪称集学界一时之盛。研讨会开幕式简洁明了，不赠礼品，没有旅游，甚至不统一安排会议餐饮，参会者坐而论道，讨论纯粹而激烈。而媒体方面也纷纷助力文化研究，《文汇报》《光明日报》相继开辟"中国传统文化和现代化""传统文化讨论"等专栏，邀请汤一介、冯友兰等名家撰文参与，进一步扩大了中国文化研究的影响力。

20世纪80年代中国的文化热也受外部因素的影响。由于东亚五大经济体的迅猛发展，文化界人士溯源追根，宣称找到了这几个新兴地区经济腾飞的奥秘——儒家文明。由此，发源于20年代、重兴于50年代的新儒学被重新提上了历史舞台。港台及海外新儒学代表人物熊十力、唐君毅、牟宗三、杜维明、刘述先等人的论著先后被介绍，产生了不小的影响。这批港台新儒家多主张重新正视中国儒家传统中的有益因素，将其置于多元现代性和东西方文明对话的大背景中来审察，冀图在新时代重新激发儒家文明中独特的精神力量。这样的文化主张与中国逐渐崛起的经济现实紧密结合，共同形成了一股复兴传统的热潮。

1984年，中国孔子基金会于山东曲阜成立，基金会提出要致力于促进儒学的研究与传播，为增进海内外华人团结、促进各国文化交流服务。随后，各地纷纷成立孔子研究机构，从省级到县市级都有不同类别不同层次的学术组织，形成了全国性的儒学研究网络。《孔子研究》《国际儒学研究》等一系列儒学刊物相继创刊。各种儒学会议纷纷举办，不仅孔子，甚至延及孟子、荀子、朱熹等儒学宗师，以及冯友兰、钱穆等当代儒学大师，都有以之为主题的多种类型的学术会议召开。

而随着90年代中国经济的迅猛发展，整个国家上下都表现出了对于传统文化的强烈呼唤。世界文化遗产申报持续升温，故宫、长城、黄山等一大批中华文明代表相继列入世界文化遗产名录；陈寅恪、钱锺书等"国学大师"成为学术界和社会公众热捧的文化偶像；以金庸小说为代表的具有浓厚中国传统文化因素的武侠小说及其影视剧引发全民观读评说狂潮……对于90年代的中国来说，呼唤传统不再如80年代一般专注于要求传统融入现代或者探求传统文化的现代新义，而是带上了更多的文化自信和中西文化竞争意味。由于经济实力和综合国力的迅速崛起，中国已经不仅仅满足于在"资本主义的"现代性图景中确立自我，而是尝试通过传统的自我认定重新建立自我坐标，重构近百年来的文化影像。

2001年，由李伯淳执笔，张岱年、季羡林等几十名中华文化研究者联合签名的《中华文化复兴宣言》发表。宣言提出，亚洲四小龙和日本经济的高速发展，都是吸收了中华文化的智慧才取得的。在这个时代，一批具有远见卓识的西方人也在努力研究中华文化，这些人提出要以东方的精神与价值来医治西方文化的各种现代病症，"东学西渐"的潮流正在逐渐形成，西方人开始仰头来看中华文化，"这些都说明了中华文化在当今世界仍有无穷的价值"。由此，《中华文化复兴宣言》非常乐观地宣布，21世纪虽然依旧是东西方文化交汇的大时代，但是这种交汇已经而且也应当从过去"以西方文化为主流"转向"以东方文化为主流"，中华文化的复兴有可能创造出人类的新文化，为人类开启新的文明，"二十一世纪是中华文化复兴的时代"[1]。

《红楼梦》自传世不久，即被众多解家誉为一部文化的大观园，王希廉《红楼梦总评》曾称赞道："一部书中，翰墨则诗词歌赋、制艺尺牍、爰书戏曲以及对联匾额、酒令灯谜、说书笑话，无不精善；技艺则琴棋书画、医卜星相及匠作构造、栽种花果、畜养禽鱼、针黹烹调，巨细无遗；人物则方正阴邪、贞淫顽善、节烈豪侠、刚强懦弱及前代女将、外洋诗女、仙佛鬼怪、尼僧女道、娼妓优伶、黠奴豪仆、盗贼邪魔、醉汉无赖，色色俱有；事迹则繁华筵宴、奢纵宣淫、操守贪廉、宫闱仪制、庆吊盛衰、判狱靖寇以及讽经设坛、贸易钻营，事事皆全；甚至寿终夭折、暴亡病故、丹戕药误以及自刎被杀、投河跳井、悬梁受逼、吞金服毒、撞阶脱精等事，亦件件俱有：可谓包罗万象，囊括无遗。岂别部小说，所能望其项背？"[2] 作为一部包容了各色各样中华文化因子的名著，在20

---

① 《中华文化复兴宣言》，https://max.book118.com/html/2017/0101/78923290.shtm，访问日期：2023年10月16日。

② 王希廉：《红楼梦总评》，载朱一玄编：《红楼梦资料汇编》，天津：南开大学出版社1985年版，第539页。

世纪八九十年代的中华文化热潮中，《红楼梦》自然也再一次躬逢其盛，于潮头浪尖翻涌上下，颇为引人注目。

1981年起，中央电视台召开专门会议，准备开拍电视连续剧《红楼梦》。1983年2月筹备组成立，开始着手相关事宜。电视剧《红楼梦》编剧组由刘耕路、周雷、周岭三人组成，同时聘请了阵容豪华的顾问团队，除了周汝昌、王昆仑、吴世昌、蒋和森等著名红学家之外，还有周扬、曹禺、钟惦棐等文学大家，另外还专门聘请沈从文担任服装顾问，可以说，集一时之俊彦。在剧本写作修改的同时，剧组采取海选形式在全国各地选拔演员，有数万人报名竞争100多个演员席位。演员确定之后，剧组专门在圆明园举办了两期红楼梦剧组演员学习班，聘请红学家来讲《红楼梦》，以提升演员对作品的理解，同时还聘请专业人员来教导演员琴棋书画等传统文化技能，以增强演员的艺术修养。经过两次淘汰和甄别，剧组才确定最终的演员人选。为了拍摄取景，剧组发动各种关系，按照原著的描述，在北京市专门建立了一座大观园，又另外在河北正定县建造了宁国府、荣国府和宁荣街等占地较大的景观。这两处后来都成为知名的《红楼梦》文化旅游景点。剧组在拍摄时可谓呕心沥血、精益求精，总投资680万元人民币，拍摄历时三年，单取景即总计走过10个省市41个地区219个景点，而对每一个细节更是反复讨论多次演练，力求最佳。例如，为了拍摄"秦可卿之死"的盛大场面，剧组专门请了一位曾经为吴佩孚葬礼做纸扎的年逾古稀的老匠人，带领其团队，费时一年精心制作了各色"烧活儿"，其制作工程之浩大，扎制绘画之精巧，被赞许为"自吴佩孚出大殡以来少有的举动"，较为逼真地呈现了明清丧礼民俗。电视剧《红楼梦》于1987年播出之时，好评如潮，成为中国电视剧史上的经典作品。此后在各个电视台重播达上千次，可以说，其影响了数代中国人。

在电视剧拍摄的同时，北京电影制片厂也投资拍摄了电影版《红楼梦》，此片由谢铁骊导演，演员汇聚了当时电影界和戏剧界的众多当红明星，如夏菁、陶慧敏、刘晓庆、林默予、赵丽蓉、何赛飞等，阵容堪称豪华。电影版《红楼梦》同样聘请了一批知名红学家作为顾问，其编排也多听取红学家的意见。电影共6部8集，成为中国电影史上时长最长的电影，谢铁骊也凭借此片荣获1990年第10届中国电影金鸡奖最佳导演奖。

随着《红楼梦》的再度走红，几个与原著相关的景点也持续走俏，成为著名的旅游景点。恭王府因为被不少红学家认为是大观园的原型，而且本身风景秀丽，具有典型的中国园林特征，所以从 20 世纪 60 年代开始就闻名遐迩，与长城、故宫、颐和园等一起成为北京最具代表性的旅游景点，常年吸引各类游客。

1984 年，为拍摄电视剧《红楼梦》而专门修建了大观园，园林修建方案经红学家、古建筑家、园林学家和清史专家共同商讨，以作者在书中的描述为依据，尽量采用中国古典园林和建筑的传统技法建造。其建筑物和园林布置等，都力求忠实于原著，再现原著中的大观园风采。由于电视剧的热播，大观园一跃成为京城著名景点。管理方也借机推出各种红楼主题活动，如每年农历春节初一至初六举办"红楼庙会"，庙会内容包括文艺演出、民间花会、民俗活动等。另外，每年中秋节还举办"北京大观园'中秋之夜'"主题活动，活动内容包括文艺演出、赏月观景等，成为北京中秋活动的传统品牌项目。2001 年起，还推出了常年演出的"红楼宴舞"主题节目，节目以《红楼梦》中的情节和人物为依托，集饮食、舞蹈、影视为一体，极具体验感。

受电视剧《红楼梦》热播的影响，在北京大观园之外，上海也投入巨资，建设名为"大观园"的旅游景点。上海大观园原本是淀山湖风景区，由上海市政府出资规划建设了一批仿古建筑群，依托淀山湖，形成一处有山有水的江南园林景区。1985 年景区改名为上海淀山湖大观园游览区，景区中的相关建筑也重新规划，从原有的 135 亩扩大到 1500 亩，由上海园林院梁友松主持设计相关园林与建筑，按照《红楼梦》中的描写，重新施工，改建为典型的江南风格园林。其相关建筑曾荣获国家建设工程鲁班奖、上海 40 周年十佳建筑、新中国 50 周年上海优秀建筑等称号。1991 年建成之后，淀山湖风景区正式改名为上海大观园。配合景区扩建开园活动，1991 年 9 月，上海大观园管委会联合上海市旅游事业管理局、青浦县人民政府、市红楼梦学会等单位在大观园举办了上海红楼旅游文化艺术周，其活动包括举办红楼文化学术研讨会、举行红楼文化艺术品展览、演出红楼戏曲、红楼菜肴小吃游园等。

围绕着《红楼梦》，还出现了不少周边产品，如红楼宴、红楼梦酒、红楼梦烟等。

据报道，红楼宴的设想最早由红学家冯其庸提出。冯其庸在前往扬州搜集曹家资料时，提出扬州与《红楼梦》有着密切的关系，而且《红楼梦》中描写了大量的淮扬风味菜肴，建议扬州西园饭店开发红楼宴。扬州西园饭店经过一番探索，以《红楼梦》中的描写为基础，加以改良，开发出了一批红楼菜。

1988 年，中国红楼梦学会在新加坡举行红楼梦文化艺术展，冯其庸向扬州市外办提出将西园饭店研制的红楼菜汇集成宴，随团出访。红楼宴在新加坡大出风头，博得一致好评，于是，正式成为扬州西园大饭店的经典招牌。之后，相继有多次红楼梦学术研讨会在西园大饭店召开，鉴赏品评红楼宴成为会议的重要议题。在 1992 年，中国艺术研究院与红楼梦学会还联合在西园大饭店召开了红楼宴专题研讨会，对于红楼宴的完善与升华提出了许多有益的意见。经过不断的研究改善，扬州西园大饭店的红楼宴正式成型，以美味的红楼菜肴、幽雅的红楼环境、精致的红楼餐具、独特的红楼菜品、悦耳的红楼音乐、生动的红楼解说，构成了完整的红楼美食文化体系，成为扬州旅游的一块文化招牌。

1979 年，四川宜宾红楼梦酒厂成立，其前身为民国时期的"梦酒"，在改制过程中，采用了《红楼梦》为主题来进行品牌设计。该厂生产的"梦""红楼梦""红楼梦金钗"酒等系列浓香型白酒以优良的品质、典雅的包装，深得市场青睐。其以《红楼梦》为主题包装的产品先后获得首届中国食品博览会金奖、1992 年香港国际博览会金奖、第五届亚太国际博览会金奖、联合国世界包装联合会"世界之星"包装金奖等殊荣，红楼梦酒也被评为中国文化名酒、四川名酒等。另一款著名的红楼品牌酒是河北唐山的曹雪芹家酒。

正如 20 世纪八九十年代的各种文化热点往往成为不同派别不同立场知识者争夺话语权的场域一样，在这个过程中，众多的红学家也深度参与其中，红楼梦文化产品成为红学家们角力的场域。

在 20 世纪八九十年代的红学界，周汝昌与冯其庸堪称影响力最大的两位。周汝昌成名已久，50 年代即凭借《红楼梦新证》一书奠定继胡适、俞平伯之后红学第三人的赫赫威名，其考证成果对于之后整个红学界的研究具有先导性意义。80 年代之后，周汝昌新作频出，先后有几十本红学专著问世，以在读者中的影响力而论，当代红学家里无出其右。相比周汝昌，冯其庸堪称红学研究的后起之秀，不过其在行政职务方面占据了高点，先后担任中国艺术研究院副院长、中国红楼梦学会会长、《红楼梦学刊》主编等职务，在红学界的实际影响力要更大。从 80 年代中期开始，周、冯二人由于红学观点的不同以及争夺"红学第一人"，关系逐渐恶化。冯其庸在红楼梦学会组织的研讨会发言中以学会官方身份不点名斥责周汝昌的研究，认为其"文风不正"[1]；周汝昌

---

[1] 冯其庸：《第六届全国红楼梦学术讨论会开幕词》，《红楼梦学刊》1988 年第 6 辑。

则虚挂红楼梦学会顾问之名,多年不参加学会的各种活动,在其论著中也不指名批评冯其庸"霸势","以非学充学之名、占学之位"①。以二者的地位身份,又各自有一批追随者,互相攻讦。于是,双方难免在一些红楼文化场域中多次交锋。

1987 年版电视剧《红楼梦》的顾问团队中,没有冯其庸②,周汝昌虽然不是身份最高的,但是电视剧的编剧思路主要采取的是周汝昌的意见,四十回后不用高鹗续写的情节,而是依据前八十回的相关线索重新编排,放弃了"兰桂齐芳、贾府中兴"的大团圆场面,重新设计了"白茫茫一片大地真干净"的结局。同时期开始筹备的电影版则聘请了李希凡、冯其庸、胡文彬、丁维忠等作为艺术顾问。在这一点上,双方颇有打对台的意思。在后来 1987 年版演职人员的回忆中,电视剧版与电影版之间存在着明确的竞争意图,电影版甚至曾经挖走了部分电视剧版的专家,导致 1987 年版演职人员产生了较大的危机感。

更大的一场交锋是关于曹雪芹祖籍的考证。对于曹雪芹祖籍,周汝昌在其《红楼梦新证》中最早提出"丰润说",此说在 20 世纪 80 年代之前居于主导地位。1978 年,冯其庸发表《曹雪芹家世新考》,提出了"辽阳说",力证曹雪芹祖籍在辽阳。1981 年,辽阳即以曹雪芹祖籍地的名义召开过红学研讨会。90 年代,随着"文化搭台、经济唱戏"宣传口号的火热,丰润和辽阳两地政府纷纷介入。1991 年,辽阳市承办了中国红楼梦学会纪念程甲本问世 200 周年学术研讨会,并在这之后成为《红楼梦学刊》的协办单位。1992 年,丰润县由县委、县政府组织了"立体开发战略","要把曹雪芹祖籍研究作为一个有利契机,开发旅游业,发展经济,把丰润的建设搞上去,把丰润的知名度搞上去"③。1993 年 6 月 6 日,《光明日报》发表《丰润发现曹氏重要墓志铭和墓碑》的报道,随后《中国文物报》《文汇报》《中国青年报》等重要报刊相继转载。之后,王家惠、刘润为提出新"丰润说",引发红学界大讨论。丰润县趁机推出了"曹雪芹家酒",在各路媒体上大做广告。酒厂 1996 年全年实现销售收入 1 亿元,成为河北省龙头企业。面对丰润县的一系列举措,辽阳市也闻风而动,由政府出资修建了曹雪芹纪念馆,并在 1996 年 9 月举办了首届曹雪芹文化艺术节,之

---

① 周汝昌:《还"红学"以学——近百年红学史之回顾》,《北京大学学报(哲学社会科学版)》1995 年第 4 期。

② 冯其庸只是在筹备期曾经以红学家的身份去给剧组人员上过几次课。

③ 王家惠:《中国红学的重大事件——河北省丰润县曹雪芹祖籍研究工作纪实》,载唐山市政协、丰润县政协文史资料委员会编:《曹雪芹祖籍在丰润》,天津:天津人民出版社 1994 年版,第 294 页。

后开发了"十二金钗啤酒"。

梁归智的《红学泰斗周汝昌传》曾经归纳了"丰润说"与"辽阳说"之间的争斗，列举如下：1993年6月6日《光明日报》发表《丰润发现曹氏重要墓志铭和墓碑》的报道以后，《中国文物报》《文汇报》《中国青年报》都发表了报道，说：史学家杨向奎认为，曹雪芹即丰润曹鼎望之嫡孙，曹钤之子，自幼寄养在辽东曹寅家，曹雪芹便在曹寅家长大。1994年1月8日，《文艺报》发表了王家惠的《曹渊即曹颜——曹寅曾过继曹鈖之子》和刘润为的《曹渊：〈红楼〉的原始作者》。1994年3月9日，《中国文化报》发表杨向奎《关于〈红楼梦〉作者研究的新发展》，肯定王家惠和刘润为的研究。1994年12月，天津人民出版社出版唐山市政协和丰润县政协文史资料委员会编辑的《曹雪芹祖籍在丰润》，22万字，周汝昌作序。1995年3月14日，中央电视台播放了电视专题片《〈红楼梦〉与丰润曹》，其中也有周汝昌的讲话镜头。1995年5月，河北教育出版社出版河北省曹雪芹研究会编《曹雪芹研究》，19万字，是倡导丰润说的论文集。1996年，河北教育出版社出版王畅著《曹雪芹祖籍考论》，43.3万字，周汝昌、韩进廉分别作序，该书论证曹雪芹祖籍丰润，反驳辽阳说，成为继《红楼梦新证》之后另一部主张丰润说的力作。1996年9月13—16日，中国红楼梦学会和辽阳市红楼梦学会联合主办的全国《红楼梦》学术研讨会在辽宁省辽阳市召开，大力宣传辽阳说，否定丰润说。会上试播了一部宣传曹雪芹祖籍在辽阳的电视片。会后，1997年第1辑《红楼梦学刊》发表了多篇肯定辽阳说反驳丰润说的文章。此后的《红楼梦学刊》各辑也时有同类型的文章发表。1996年12月，人民文学出版社出版1982年3月红楼梦研究所校订的第一版《红楼梦》的修订版，冯其庸于1994年7月7日改定1982年5月20日所写的旧版前言，改定关于曹雪芹的祖籍、家世和卒年部分，宣称：周汝昌、杨向奎先生认为曹雪芹祖籍是河北丰润，但这是没有任何根据的臆想，是不可信的。1997年，辽海出版社出版冯其庸、杨立宪主编的《曹雪芹祖籍在辽阳》，44万字。1997年8月，文化艺术出版社出版冯其庸《曹雪芹家世新考》之增订版，56万字，是辽阳说的代表作，亦是洋洋大著。1997年12月，春风文艺出版社出版李奉佐著《曹雪芹祖籍铁岭考》，13.5万字，周汝昌题诗并作序。1997年第4辑《红楼梦学刊》发表张书才《〈"丰润说"论证〉平议》及李广柏等人的文章，此后各辑时有相关文章发表，从"辽阳说"的立场上对"丰润说""铁岭说"质疑。1998年3月，中国大百科全书出版社出版刘世德著《曹雪芹祖籍辨证》，是刘世德多年来所写坚持"辽阳说"论文的结集，40万字。
1998年6月，对外经济贸易大学出版社出版王畅、冯保成主编《曹雪芹祖籍论辑》，周汝昌作序，是坚持"丰润说"的论文集，31.2万字。2001年2月，春风文艺出版社出版李奉佐、金鑫合著《曹雪芹家世新证》，周汝昌作序，继续论证"铁岭说"，38.4万字。2001年8月16—18日在铁岭召开全国《红楼梦》文化研讨会，周汝昌出席并在会上发言。2002年第4辑《红楼梦学刊》发表冯其庸《曹雪芹的祖籍、家世和〈红楼梦〉的关系——对一个争论了半个多世纪的问题的梳理和透视》，重申"辽阳说"为唯一合理的结论。2003年12月九州出版社出版金鑫、李奉佐主编的《红学求是集——纪念曹雪芹逝世二百四十周年文集》，59.5万字，论文集分三集：上集是曹雪芹与《红楼梦》，中集是曹雪芹关外真祖籍是铁岭，下集是《红楼梦》和伪续研究，三集的主体内容都是周汝昌学术观点的衍生。周汝昌为此书作序，序末有五言绝句四首，其第一首曰：何以念雪芹，编书为求是。铁岭有祖居，世代犹能志。2004年6月，辽宁人民出版社出版冯其庸和杨立宪主编《曹雪芹祖籍在辽阳（续集）》，36万字。2003年1月，黑龙江教育出版社推出了周汝昌著《红楼家世——曹雪芹氏族文化史观》，共36.9万字。[①]

在这场论争中，周汝昌先后几次受邀参加丰润县组织的曹雪芹学术思想研讨会及"曹雪芹祖籍问题座谈会"，为多部"丰润说"的专著作序，参与电视专题片《〈红楼梦〉与丰润曹》的拍摄，并为"曹雪芹家酒"题字。冯其庸则撰文力主"辽阳说"，将红楼梦学会的重大会议安排在辽阳举行，并利用所主管的《红楼梦学刊》组织了一系列批判"丰润说"、主张"辽阳说"的文章。在这场三地政府的博弈中，地方政府领导亲自挂帅，拨出专款资助，文化界人士摇旗呐喊、前后奔走，成为所在利益集团的座上宾，研讨会、专著、论文此起彼伏，很难说在这场争论中各方对于自己观点的坚持到底还有多少纯粹的学术思考。

事实上，在20世纪八九十年代中国的特殊环境中，知识界的各种活动，既受着体制的约束，又受着经济大潮的引导与诱惑，内与外、个体与集体、精神与物质的种种矛盾冲突振荡往复，这也造就了八九十年代中国知识界异常丰富的精神生态。期刊体制改革、文人下海、人文精神讨论、学术腐败……种种现象纷至沓来，使得八九十年代的知识界既喧哗骚动又哀声一片。在

---

① 梁归智：《红学泰斗周汝昌传》，桂林：漓江出版社2006年版，第389~392页。

八九十年代的特殊文化环境中，产生了像柯云路这样横跨多个领域的全能型作家。柯云路既能投身文学，创作出与时代主题紧密相关的改革小说《新星》等，之后30年持续都有纯文学作品问世，甚至创作出《芙蓉国》等具有较大批判向度的小说，又能投身畅销书写作，其出版的图书有文化人类学专著《人类时间》等，其出版图书之多、横跨领域之广、思考角度之奇，令人惊讶。但是，在横跨如此之广的领域短时间内创作数量如此大的作品，而且都涉及经济利益，自然难免泥沙俱下，有许多悖谬，如其气功学系列专著，就有许多胡编乱造、夸大失真之处，造成了非常不良的社会影响。物欲初开、社会失范、心态浮躁，这种特殊的时代氛围对于知识界的伤害是巨大的。1993年，贾平凹的小说《废都》出版。在小说中，贾平凹不仅把八九十年代之间知识界的众生相写得淋漓尽致，更是借庄之蝶写出了中国知识分子在现代物欲社会中彷徨失措、无地立足的空虚与痛苦。

也正是在这样的狂躁与失落中，《红楼梦》再一次成为知识者的热衷。学者欧阳健曾直言"'红学'的世界，确是太拥挤了"，"以1985年为例，全国全年公开发表的有关明清小说的论文共1076篇，而评红之作，竟达359篇，占总数的33.36%"[1]，红学研究占到全国明清小说研究力量的1/3。20世纪八九十年代，相继有舒芜、王蒙、刘心武、陈村、李国文、克非、二月河等知名作家投身《红楼梦》研究，借《红楼梦》来诉说自己的文化隐忧——至于私下里阅读谈论而不形诸文字的，则不知凡几。而据学者苗怀明统计，1990—2001年，《三国演义》《水浒传》《西游记》《金瓶梅》《聊斋志异》《儒林外史》《红楼梦》等7部名著共出版专书558部，占这一时期全部小说论著总量的60.9%，尤其是《红楼梦》的专书，更是达到261部之多，占到总数的近1/3。[2] 对于喜爱《红楼梦》的知识人而言，读红楼、谈红楼、爱红楼，并借此展开对于整个中华传统文化的研习与讨论，成为浮躁时代里重要的一种安顿心灵的文化生活。王蒙在《红楼启示录》里说："《红楼梦》对于我这个读者，是唯一的一个永远读不完、永远可以读，从哪里翻开书页读都可以的书。同样，当然是一部读后想不完回味不完评不完的书。"[3] 不仅如此，《红楼梦》的阅读与传播史还形成了这种文

---

① 欧阳健：《论红学辨伪的思路和实证——答郭树文先生》，《红楼梦学刊》1996年第2辑。

② 苗怀明：《二十世纪九十年代以来的中国古代小说研究——以其间出版的研究论著为参照》，《明清小说研究》2003年第1期。

③ 王蒙：《红楼启示录》，北京：生活·读书·新知三联书店2005年版，前言。

化样式，即知识者之间，经常通过共同阅读和评说《红楼梦》，形成一种公共的文化场域，八九十年代周汝昌、冯其庸之所以能够成为红学界的核心，其中很重要的缘故就在于其借助《红楼梦》的研究与评说，为知识界展开了一个传统文化的重要场域。

周汝昌自身多才多艺，"中国的乐器，笙、管、笛、箫，吹、拉、弹、唱，几乎没有我不会的"①，在燕京大学求学期间，曾加入国剧社，粉墨登场，先后扮演了《虹霓关》里的王伯当、《春秋配》里的李春发、《三堂会审》里的王金龙等角色。因为喜爱戏曲，周汝昌与黄裳、黄宗江、张伯驹等结成了票友关系。戏曲爱好伴随了他的一生，其中的不少技巧经常给予他学术研究启迪，"融化为他所标举的'中华大文化'的一个重要组成部分"②。例如，《鼓音笛韵》一文里，在论及《红楼梦》里"击鼓传花"一节的行文艺术时，周汝昌以京剧鼓师的击鼓艺术来说明："只拿京戏来说，几槌轻鼓，配上两三下'仓'然泠然的轻锣——更鼓三敲了，立时让人觉得那真是夜静更深，万籁俱寂之境。忽一阵紧点子突然震响，便使人真感到'渔阳鼙鼓动地来'的'杀气'声势，耸然神动，便知局面大变。"③周汝昌以鼓谈文，认为文章的用笔除了节奏的疾徐轻重、繁简断连之外，最要紧的是有正笔、侧笔之妙，取"中"取"边"之微旨。除了以鼓喻文，在周汝昌的文章中，还多次以戏谈文、以戏谈《红楼梦》，多能切中肯綮，别出心裁。

除了戏曲，周汝昌还雅擅书法，其自幼习练，宗《兰亭序》一脉而自成一家，其书法作品特点为"以侧取致，以瘦标骨，以涩见古"④，被海内外藏家广为收藏，引为珍宝。在书学方面，周汝昌先后有《书法艺术答问》《永字八法》等研究专著出版，于书学一道，颇有创见，被书法名家顾工赞许为"其见解的精深程度比许多专治书法的学者犹有过之"。书法也成为周汝昌与一些文化名人的交往媒介。例如，其与书法家启功的往来就颇为密切。据《红学泰斗周汝昌》一书介绍，周汝昌现存有一幅《兰亭序》的背临帖，自己题了一首七律，徐邦达题了一首七古，启功则题了两阕《南乡子》词。在争论《兰亭序》真伪的

---

① 张洁：《周汝昌：做个幸福的中国人！》，《人民论坛》2005年第12期。

② 梁归智：《红学泰斗周汝昌传》，桂林：漓江出版社2006年版，第42页。

③ 周汝昌：《神州自有连城璧——中华美学特色论丛八目》，济南：山东画报出版社2005年版，第214页。

④ 解小青：《以侧取致 以瘦标骨 以涩见古——周汝昌先生的书法观及其书法艺术》，《中国书法》2003年第12期。

时候，启功特意把自己所存元代人陆继善摹写的《兰亭序》原墨本的开头两页小照片赠送给周汝昌。另外，启功还把自己的论书绝句寄送给周汝昌，周汝昌也有唱和之作。

周汝昌在诗词方面也有很深的造诣，先后出版了《范成大诗选》《白居易诗选》《杨万里选集》，特别是《杨万里选集》，出版后颇获好评，在同类型的著作中享有盛誉。1987年，周汝昌出版了《诗词赏会》一书，该书分上卷"赏会编"和下卷"论证编"。上卷分别选择杜甫、杜牧、李商隐等几位诗人的诗和李煜、温庭筠等几位词人的词作进行鉴赏。下卷则为诗词专论。2000年，周汝昌将《诗词赏会》的"赏会编"修改扩充，取名为《千秋一寸心：唐宋诗词鉴赏讲座》，单独出版，反响不错。

当然，周汝昌在诗词方面最大的成就是吟咏《红楼梦》方面的诗词创作——说是诗词创作，其实包含了绝句、律诗、词、曲、赋、箴等各种体裁，这些"诗词创作"既有题咏《红楼梦》的，也有赠红学同好的，更有自述研红感触的，基本都是围绕红学这个主题来进行，其数量极为庞大，"像周汝昌这样把一生的歌咏基本上集中在一个主题上，这在古往今来的诗家词人中，也是极有特色而罕见的"①。周汝昌才思泉涌，诗书双绝，其咏红诗词往往挥笔立就、文不加点，1979年，人民美术出版社出版了刘旦宅绘画、周汝昌题诗的《石头记人物画》，据言四十首配画诗"连作带写，只用了一日零一上午即交卷，当时出版社大大惊异也"②。2004年出版《诗红墨翠——周汝昌咏红手迹》一书，共100多篇题咏，自序中，周汝昌言自己行年八十五，仍不服老，每日写作，如果精力好，还写写毛笔字，问妻子写什么词句好，妻子建议写红楼诗，于是建议，妻子念一个红楼人名，就题一首七言绝句"即席即兴，口占信笔，不打草，不停顿，不苦思冥索，不敷衍凑句，不引用自己原来的诗句……试试才思还能如昔时的'倚马立成'否？"③

诗词往来酬唱也成为周汝昌与众多学界同仁之间的特殊联结方式。周策纵在为周汝昌《曹雪芹小传》一书写的序言里，曾经记述过自己与周汝昌的相见方式：周策纵把自己写的诗拿给周汝昌看，"这诗自然只是写我个人久居海外的一些小感触，但如移作咏曹雪芹，似乎也不是完全不当。汝昌读了便静静

---

① 梁归智：《红学泰斗周汝昌传》，桂林：漓江出版社2006年版，第382页。
② 参见梁归智：《红学泰斗周汝昌传》，桂林：漓江出版社2006年版，第381页。
③ 周汝昌：《诗红墨翠——周汝昌咏红手迹》，太原：书海出版社2004年版，自序第5页。

地说：你诗作到这样，我们是可以谈的了。于是我们一谈就谈了整个下午，还谈不完"。离别之后，周策纵把当时的四张合影寄给周汝昌，在每张照片上都题了一首小诗奉赠。之后，周汝昌又和了一首七律。

当然，对于周汝昌来说，戏曲、书法、诗词只是外在形式，与同志友好谈红论红，才是其真正的精神内容。1953年《红楼梦新证》出版之后，全国知识界争相一睹为快，据言"文代会"上代表们纷纷传阅，几乎"人手一册"，最终更是上达中央，成为毛泽东等高级领导的案头读物，周汝昌一夜之间成为家喻户晓的人物。专著出版不久，周汝昌即收到上海名人张元济的儿媳代笔来信，向其咨询阅读中的一些疑问。顾廷龙读到《红楼梦新证》，病中也亲笔来函表达敬意。与周汝昌同校任教的古典诗词专家缪钺，读罢《红楼梦新证》，专程赋诗二首相赠，此后双方诗文往来不绝，成为一生挚友。周汝昌在燕京大学的老师顾随读过《红楼梦新证》后，也特意来信表达自己的激赏之情，并附上自己读完书后的多篇吟咏之作，称赞周汝昌的作品如"慧地论文，龙门作史，高密笺经"[①]。此后，师生酬唱不断，互相砥砺，保持了一生的友谊。据《红学泰斗周汝昌传》一书披露，周汝昌写作曹雪芹传记，也得到顾随的鼓励。顾随在信中鼓励周汝昌："至盼玉言能以生花之笔，运用史实，作曹雪芹传"，"雪老穷途落魄，寄居京郊，矮屋纸窗，夜阑人静，酒醒茶余，坐对云老，共伴一灯，横眉伸纸，挥毫疾书，一卷既成，先示爱侣。此时此际，此情此景，非玉言，谁能传之？责无旁贷，是云云矣"[②]。借由共同的《红楼梦》情缘，周汝昌还先后与吴宓、沈从文、张伯驹、聂绀弩、茅盾、季羡林等当时国内文化界名流结识，互有往来酬唱，一时之间，诗笔纵横，墨香氤氲，好一番文化延绵气象。

至于周汝昌与专业红学界同仁之间的往来酬唱，更是数不胜数。红学家吴恩裕，早年留学英国，行书毛笔字功底厚实，喜欢京剧，能唱余派须生，与周汝昌认识之后，彼此性情中人，很快也就热络了起来。1962年吴恩裕出版《曹雪芹的故事》之前，曾经请求周汝昌为书中每一节题一首绝句。虽然最后专著出版时没有采用周汝昌的诗，但是吴恩裕对于其中的一些诗表示非常欣赏。之后两人一起结伴采访香山健锐营张永海等，观剧谈红，关系更进一步。至于其后的伪诗事件，其实也是周、吴两个老友之间的一种玩笑。吴恩裕长期致力

---

① 慧地，《文心雕龙》作者刘勰出家后法名慧地。龙门，司马迁生于夏阳龙门。高密，郑玄为北海高密人。

② 梁归智：《红学泰斗周汝昌传》，桂林：漓江出版社2006年版，第156页。

于寻访和搜集有关曹雪芹的文物,有所收获后来信向周汝昌炫耀,周汝昌就提出拿自己手上的曹雪芹佚诗(实际上是自己补的仿曹诗)来交换。之后,陈毓罴在吴恩裕处见到这些诗作,抄出,引发吴世昌与梅节的争论。事件中,吴恩裕也写了相关文字,要求周汝昌对佚诗的来历作个交代。于是,周汝昌写了《曹雪芹的手笔"能"假托吗?》一文,承认三首诗歌是自己的拟补。有些人指责周汝昌有意作假欺骗,但周汝昌在文章中说得很清楚:"第一首因被人传出去了,有些同志来问及它,我当时因碍于某种原因,不欲说出原系自拟之作,但已着重声明:这是现代人续补的,千万不要误认为是'真'的!这种声明,在任何场合都未曾含糊过。"[①] 这个事件中,自然吴恩裕和吴世昌都受了欺骗愚弄,但如果当事者能够不以"发现独家材料"的学术功利之心,而是用文友之间的互相玩笑来看待,自然可以稍解胸怀。

周汝昌与刘心武之间的交往,也是颇具特色的文人知交例子。刘心武本是著名作家,其《班主任》《钟鼓楼》等作品影响很大,也曾经担任官方刊物《人民文学》主编。之后转而迷恋《红楼梦》,从 1992 年开始发表红学研究文章与著作,先后有《秦可卿之死》(华艺出版社 1994 年版)、《红楼梦三钗之谜》(华艺出版社 1999 年版)等专著出版。刘心武由《红楼梦》关于秦可卿的几个描写疑点入手,逐渐深入作品,以康熙、雍正、乾隆三朝的皇家争斗事件为参照,建立了"秦学",提出《红楼梦》内中隐藏了曹家卷入康熙废太子胤礽一系而最终败落的内幕。2000 年之后更是连续出版了几本"秦学"专著,继而在中央电视台百家讲坛开讲,产生了较大的社会影响。刘心武的"秦学"在公众中影响很大,也遭受了不少红学家的责难,但是,周汝昌一直给予其精神支持,鼓励其将研究继续下去。刘心武的第一本红学书《秦可卿之死》就是由周汝昌作序的。之后,周汝昌与刘心武鱼雁往来,在讨论中不断切磋深入,使得刘心武的"秦学"最终成型。二人的红学通信在《文汇报》发表后,获得《文汇报》2003 年"长江杯"征文优秀作品奖,颁奖方的颁奖词言这些通信,以"闪电般的灵感和严密的考证,浮续着中华文化的一脉心香,雅人深致,引人入胜"。的确,这种前辈学者与后辈学者之间纯粹而热烈的论学往来,与前辈学者对后辈学者的提携呵护,无疑是深具文化传承意味的。周汝昌与梁归智、与贾穗、与邓遂夫等后辈学人甚至红学草根之间的往来,都雅韵深藏、令人情动。

对于自己的博学多才,周汝昌曾经这么解释道:"别人都说我聪明,一学

---

① 周汝昌:《曹雪芹的手笔"能"假托吗?》,《教学与进修》1979 年第 2 期。

就会，比别人强。这是因为我们中华文化多姿多彩，它深深地吸引着我，我从中得到的精神享受，不是语言所能表达的。我为我们有一个这么好的民族，为我们有这么丰富多彩的文化传统而自豪。我觉得做一个中国人太幸福了。"①他认为自己学习这些多姿多彩的中华文化，本身就是一种享受，因而精神特别愉悦，特别有动力，学得也就特别地快特别地好。而《红楼梦》就是多种中华文化的集大成者。从精神上来说，"《红楼梦》是一部以重人、爱人、唯人为中心思想的书，它是我们中华文化史上的一部最伟大的著作，以小说的通俗形式，向最广大的人间众生说法……真正的意义也在于他把中华文化的重人、爱人、为人的精神发挥到一个'唯人'的高度。这与历代诸子的精神仍然是一致的，或者是殊途同归的。我所以才说《红楼梦》是我们中华民族文化的代表性最强的作品"②。而从所包容的文化因素来说，"我们中国人的思想、感情、性格、观念（宇宙、人生、道德、伦理……）、思维、感发、生活（衣、食、住、行）、言谈、行动、交际、礼数、文采、智慧……无一不可从这部书中找到最好的（忠实、生动、魅力、精彩）写照"③，《红楼梦》就是一把进入中华文化大门的钥匙。因此，"每当与西方或外国访问者晤谈的时候，我总是对他们说：如果要了解中华民族的文化特点特色，最好的——既最有趣味又最为便捷（具体、真切、生动）的办法就是去读通了《红楼梦》……《红楼梦》是我们中华民族的一部古往今来、绝无仅有的'文化小说'"④。

与周汝昌相比，冯其庸的多才多艺也毫不逊色。冯其庸出身贫寒，但是其年少时即对古典文学感兴趣，自行阅读了大量古籍，奠定了良好的古典文学根基。初中毕业之后，冯其庸考上省立无锡工业专科学校，就读纺织科印染学。在学期间，冯其庸经常向当时在校任教的张潮象、顾钦伯等先生请教作诗填词，加入了"湖山诗社"。在学校里，有毛笔字课，于是冯其庸也开始临帖。而印染学有一门图画课，冯其庸也非常感兴趣，潜心学习，进步飞速。由于机缘，得蒙当时名画家诸健秋青睐，特别允许冯其庸可以常到画室观其画画。虽然由于家贫，在无锡工业专科学校学了一年之后，冯其庸无力再负担学费和生活费，只能退学，仅仅在诸健秋画室观摩了小半年，但是收获颇丰。退学之

① 张洁：《周汝昌：做个幸福的中国人！》，《人民论坛》2005年第12期。
② 周汝昌：《红楼梦与中华文化》，北京：华艺出版社1998年版，第18页。
③ 周汝昌：《神州自有连城璧——中华美学特色论丛八目》，济南：山东画报出版社2005年版，第286页。
④ 周汝昌：《红楼十二层》，太原：书海出版社2005年版，第5页。

后，冯其庸在家乡边种田边兼职做中小学教师，坚持每天读书、临帖和画画。

抗战胜利之后，冯其庸报考了苏州美术专科学校，边在无锡孤儿院小学教书边上学，但是由于学校要搬回苏州，冯其庸只好再一次放弃学业。1946年，冯其庸再次考入无锡国学专修学校。无锡国专的老师中有朱东润、冯振心、吴白匋、周贻白、向培良等名家，冯其庸受学其间，学问渐长。更重要的是，由于参加"国风诗社"，冯其庸得以拜在诗坛泰斗钱仲联先生门下学诗。而由于参与学生运动，冯其庸又得以结识书法家王蘧常。后来冯其庸由王蘧常先生帮忙，转入无锡国专上海分校就读，在上海受学于王蘧常、童书业、龙沐勋、陈小翠等名家，学养更是进一步提升。

在无锡工业学校和无锡国专的求学经历，使得冯其庸在书法和绘画方面都打下了良好的基础。后来调任北京，有机会观赏揣摩历代书画真迹，与书画名家启功、刘海粟、唐云、黄永玉等论交，其书画水平更是一日千里。从1998年起，冯其庸在北京和上海多次举办个人书画展，博得文化界众人赞扬。由于有了书画方面的独到审美眼光，冯其庸还大胆涉猎摄影。2000年及次年，他在上海和北京分别举办"冯其庸发现考实玄奘取经之路暨大西部摄影展"，引起轰动。季羡林、钟敬文、启功、侯仁之等学界老友皆题字发来祝贺，老师钱仲联也专门题诗赞曰："红学专门众所宗，画书摄影更能工。何人一手超三绝，四海堂堂独此公。"

冯其庸家在无锡，有许多乡间戏曲演出可以看，读初中的时候，由于抗战，剧团生计艰难，国风苏剧团（今浙江昆剧团）到前洲镇驻扎演出。冯其庸经常下课之后就去看戏，与演员混熟了。剧团班主朱国梁，演员王传淞、周传瑛、张娴等后来都成了昆曲界的名角，冯其庸与他们保持了长期的交往。1956年，浙江昆剧团进京演出新排历史剧《十五贯》，主演就是朱国梁、王传淞等人。朱国梁特意先请冯其庸观看彩排并提意见，冯其庸观看之后大加赞扬，认为肯定能够在北京取得成功。后来《十五贯》果然火爆京城，号称"一出戏救活了一个剧种"。自此之后，冯其庸开始参加戏曲方面的座谈会，逐渐也撰写一些戏曲方面的文章。由于其文章发论精当、鞭辟入里，逐渐引起戏曲界的注意，冯其庸也先后与袁世海、厉慧良、周信芳、张继青、赵燕侠等名家往来，成为其座上佳客。

与周汝昌视听有碍不同，冯其庸身康体健，他对于中国古代诗人的游历传统非常欣赏，将游历视为读"天地间最大的一部大书"，只要有空，即身体力行、四处游览，其足迹之广，遍及全国。以还在干校劳动的 1970 年为例，其依旧有雅兴，借探亲假四处游历，"9 月 5 日，返京探亲，6 日至杭州，居停二日，游览了灵隐寺、西湖、虎跑泉、六和塔、石屋三洞诸名胜，对许多古代遗址被毁甚感惋惜。8 日至无锡，之后三日，重游已经阔别八九年的太湖、惠山。12 日经泰安，登泰山，一路寻幽览胜，尤留意于石刻碑刻，如金刚经刻石、唐玄宗摩崖碑、传为秦始皇的无字碑等等。翌日晨观日出。当日午抵达济南，游大明湖、趵突泉。14 日回到北京。10 月 7 日，离家折返江西。经南京、芜湖，绕道至黄山。从汤口入山，在山上二日，饱览天都峰、莲花峰、鳌鱼峰、始信峰等，深为黄山胜景所陶醉。15 日，返回干校，继续劳动和参加政治学习"[1]。

冯其庸的游历除了开阔视野之外，还经常与学术研究的实地考察相联系。例如为了研究曹雪芹家世，他曾经多次前往辽阳考察，最终发现了"辽阳三碑"等重要文物。还有，1982—2005 年，他先后数次实地考察《项羽本纪》的一些史迹，最终写就《项羽不死于乌江考》和《千百年来一座有名无实的九头山》这两篇很有分量的文章，澄清了关于项羽生平的一些重要误解。从 1986 年 62 岁开始到 2005 年 81 岁之间，冯其庸十赴西域三上帕米尔高原，实地考察确定了明铁盖山口为玄奘取经东归古道，并横穿罗布泊，经楼兰、龙城、白龙堆、三垄沙入玉门关，查实了玄奘取经东归入长安的最后一个路段，其壮举令人惊叹。

不止于书、画、戏曲与游历，冯其庸对于传统文化的方方面面都充满兴趣而且颇有心得。其所居瓜饭楼，除了书籍与书画作品之外，书架上摆放着各种陶瓷、紫砂壶、造像、瓦当、雕塑、奇石、印章、古墨、碑刻等艺术品，"琳琅满目，古色古香，仿佛是一个小型的文物博物馆"[2]。每一项，他都不是普普通通地涉猎、收藏，而是几乎都有深入的研究。例如紫砂壶，冯其庸与当代紫砂壶大师顾景舟论交数十年，与顾景舟的传人如高海庚、周桂珍等也有密切往来，多次到宜兴，为其作品题字。冯其庸还先后撰写《关于中国的陶文化、茶文化及其他》《宜兴的紫砂艺术》等专题文章，对于紫砂壶的历史了若指掌，句句在行。另外，对于汉代画像，冯其庸也有深厚造诣，几乎遍观全国各地所有汉代画像，收集了大量的汉画像拓片，出版过关于汉画像的专著，为汉画像的学

---

① 叶君远:《虽万劫而不灭求学求真之心：冯其庸传》，南京：江苏人民出版社 2010 年版，第 93 页。

② 叶君远:《虽万劫而不灭求学求真之心：冯其庸传》，南京：江苏人民出版社 2010 年版，第 106 页。

术推广工作做了大量的工作。因为在汉画学方面的成就，冯其庸被推举为中国汉画学会首届会长。

当然，冯其庸最为重要的文化成就是在红学，自20世纪70年代中期以年近50的"高龄"踏入红学研究以来，冯其庸先后出版《曹雪芹家世新考》《梦边集》《曹雪芹家世、〈红楼梦〉文物图录》《曹学叙论》《石头记脂本研究》《红楼梦概论》《瓜饭楼重校评批〈红楼梦〉》等几十部专著，有研究专著、评点、校对、辞典编辑等多种形式，涉及红学的方方面面，可谓著作等身，成为公认的一代红学大家。冯其庸还利用自身的职务和地位，创办了《红楼梦学刊》并担任主编，创立了中国红楼梦学会并担任会长，组织了多次国际国内红学研讨会，开展了多种形式的国内外红学交流活动。通过各种红学组织和红学活动，冯其庸成功地把国内外的红学研究者和爱好者聚合在一起，扩大了红学的影响力，对红学在20世纪中华文化界的传播与研读起到了重要的作用。

周汝昌在《周汝昌校订批点本石头记》中"批点余音"说，随着近些年的思考越加全面和深入，自己对曹雪芹《石头记》的理解、认识、评价也有逐步地提高，"大致说来，第一步，我正式提出《石头记》是我们中华文化的一部集大成的代表作。第二步，是把它定位于新国学。第三步，提出《石头记》应列为中华'十四经'的一个崭新命题"。① 这自然是爱之乐之痴之恋之的略带偏执的夸张之言，与其将曹雪芹称为大典章制度家、大医药家等类似，不能当真，但其发言之基乃是《红楼梦》具有包容万有之文化内容、具有将中华文化的热爱者们网罗在一起令其徜徉其中的文化迷幻之力，其痴绝之态，令人莞尔。

冯其庸也赞叹："《红楼梦》是伟大的中华民族的传统文化、传统思想精华的结晶。自远古神话、《诗经》以来的文学传统、思想传统、作家传统等等，都被卓越地融汇到这部不朽巨著并加以天才地升华了！我认为由《红楼梦》所揭示的中华传统文化的继承和创新，仍然能给予我们以启示，它也许是我们从文化上返顾过去，展望未来的一面可以借鉴的镜子！"②

也正如刘梦溪在《红楼梦与百年中国》中所说的，"因此我感到有两个《红楼梦》，两种红学。一个《红楼梦》是作为清中叶社会生活的反映的《红楼梦》，它属于十八世纪；另一个是不同时期读者心中眼中的《红楼梦》，它属于今天

---

① 龙协涛：《红学应定位于"新国学"——访著名红学家周汝昌先生》，《北京大学学报（哲学社会科学版）》1999年第2期。

② 冯其庸：《冯其庸文集》第9卷，青岛：青岛出版社2011年版，第212页。

和明天。后一个《红楼梦》随着读者的参与性阅读而常在常新。两种红学，一种是研究《红楼梦》本文和作者家世生平及版本流变有关问题，另一种是从《红楼梦》和作者的世界中走出来，把《红楼梦》描写的内容作为广泛的中国传统文化现象，特别着重从渊源和影响的角度加以研究。比如红楼建筑、红楼服饰、红楼茶艺、红楼宴饮，以及以《红楼梦》为题材的戏剧、电影、绘画、书法、篆刻、雕塑、陶瓷、编织、刺绣等等，已经成为今天人们文化生活和艺术创作的组成部分"[①]。通过《红楼梦》，周汝昌、冯其庸得以将其在诗词、戏曲、绘画、书法、古典文化研究等方面的才能纵情展露，并且在墨香诗韵、才气纵横之中，与一众中华文化的痴迷者、守护者们一起，令中华文化中的那股风流蕴藉生机勃勃、历劫不灭。

---

① 刘梦溪：《红楼梦与百年中国》，石家庄：河北教育出版社1999年版，第431页。

结　语

　　白玉堂前春解舞，蜂围蝶阵乱纷纷。对于 20 世纪中国知识人而言，《红楼梦》实际上就是一面风月宝鉴，揽镜自视，宜嗔宜喜，其中自可随情幻化，展演出百十神通、万千迷梦。处于晚清时代大变局中的王国维，以自身呼吸领会到的末世之哀坎坷之痛，在《红楼梦》中照出了人世间绝大悲剧的惊惧之影；辗转于新旧阵营的蔡元培，以自身仕宦之途的不得意与大尴尬，在《红楼梦》中照出了乱世文人进退两难的踟蹰之形；众多沉迷于中国古典经学渊薮的索隐派和考证派，以对于传统审美情趣的热爱，在《红楼梦》中照出了一座名物与隐喻之城；立志反抗专制制度、博得生命自由的陈独秀，以对家庭暴虐、社会压迫决绝反抗的姿态，在《红楼梦》中照出了一个个任性恣肆的率真自我；有心启蒙民众发扬国族的梁启超，以重构语言再述历史的热情，在《红楼梦》中照出了一篇篇泼辣畅爽的白话文学；钟情革新传统再造中华的胡适，以精确化、体系化的西学为标的，在《红楼梦》中照出了重铸国学、争竞世界的壮志豪情；领导改天换地革故鼎新大潮的毛泽东，以穿透浮华直视底层的眼光，在《红楼梦》中照出了一汪汪命如草芥、触目惊心的阶级血泪；身处万象更新朝气蓬勃时代的何其芳，以一颗欣喜真挚的赞美之心，在《红楼梦》中照出了一首首青年男女热情奔放的爱恋之诗；远离故国故土流徙异地他乡的张爱玲，以一缕缕入骨相思，在《红楼梦》中照出了一团团苦闷孤绝的异乡之魂；奔行于八九十年代新启蒙热浪中的刘心武，以依旧带有"革命"色彩的浪漫奇思，在《红楼梦》中照出了一个个颠覆传统的惊天之秘；耕耘于大国崛起文化重兴背景中的冯其庸，以同吟共赏诗酒风流，在《红楼梦》中照出了一个墨香诗韵、文脉绵延的文化大观园……

　　《红楼梦》只是一个普通的文本，但是由于其强大的可读性，现代中国知识界众人不约而同地选择其作为自身情感与思想统合的载体，从不同角度一次次地进行重述，从而让《红楼梦》这个文本变得更为丰富多彩——尤为重要的是,也让整个《红楼梦》的重述和阅读活动成为另外一个同样丰富多彩的文本。在这个超量的大文本中,我们看到了个体与国族、传统与现代、历史与想象等诸多装置的碰撞融合。从区别方面来讲,不同时期对于《红楼梦》的重述与阅读活动都是不同的,甚至相同时期处于不同环境中的人物对于《红楼梦》的重述与阅读活动也都迥然不同。这种区别有点类似于雷蒙·威廉斯在《关键词:文化与社会的词汇》中所说的,在不同的年龄或者阶级中,"每一种团体讲的是自己特有的语言,但是用法上有很明显的不同,尤其是涉及情感的强度或概念的重要性时"[①]。这些语言的使用,并不能说谁对谁错,虽然总有居于主流的团体会强调自己的用法是正确或者唯一的。雷蒙·威廉斯在这种语言变迁中体会到了"某一些语词、语调、节奏及意义被赋予、感觉、检试、证实、确认、肯定、限定与改变的过程"[②],并进而发展出了"情感结构"这个概念,认为每一个时代的人,不仅在语言的使用上,还包括对于历史对于世界的总体感受,都是不一样的,他们甚至往往觉得自己所在群体的这种感受独一无二、与众不同。当我们使用"情感结构"这个概念来观察不同时期知识者对《红楼梦》的重述与阅读活动的时候,我们看到的不仅是一个个充满差异性的个案,更与雷蒙·威廉斯一样,从中体验到了这种"一般组织中所有因素带来的特殊的、活的结果"所带来的令人目眩神驰的时代差异之美。

当然,如果从趋同的方面来讲,我们能看到的不仅仅是不同时代的差异之美。现代中国知识界对于《红楼梦》的这种热烈的重述与阅读活动,不管有多少差异,不管每个群体如何宣扬自己所处时代读法的独特性,从一个漫长的文明发展的视角来看,它们又都可以总合在一个更大的"情感结构"之中。不管如何讲述这种活动,所有对《红楼梦》进行重述与阅读的活动,都可以从中看到非常明显地围绕"中华"这个文化概念进行讲述、描绘的行为与情感。换句话说,他们的特殊感觉的核心,那些"感受中的思想"和"思想中的情感",就在于"中华"二字,他们既描绘它又拜伏于其下,既生产它又使用它进行再生产。本书以"红楼与中华文化共同体"为题,其所指处,正是现代中国知识界的这种以《红楼梦》梦"中华",又以"中华"来演《红楼梦》的特殊结构。

---

① 雷蒙·威廉斯:《关键词:文化与社会的词汇》,刘建基译,北京:生活·读书·新知三联书店2005年版,第2页。

② 雷蒙·威廉斯:《关键词:文化与社会的词汇》,刘建基译,北京:生活·读书·新知三联书店2005年版,第2页。

参考文献

E. 希尔斯：《论传统》，傅铿、吕乐译，上海：上海人民出版社 1991 年版。

本尼迪克特·安德森：《想象的共同体：民族主义的起源与散布》，吴叡人译，上海：上海人民出版社 2003 年版。

雷蒙·威廉斯：《关键词：文化与社会的词汇》，刘建基译，北京：生活·读书·新知三联书店 2005 年版。

安东尼·吉登斯：《现代性的后果》，田禾译，南京：译林出版社 2000 年版。

卡尔·曼海姆：《意识形态和乌托邦》，艾彦译，北京：华夏出版社 2001 年版。

米歇尔·福柯：《知识考古学》，谢强、马月译，北京：生活·读书·新知三联书店 1999 年版。

朱一玄编：《红楼梦资料汇编》，天津：南开大学出版社 1985 年版。

一粟编：《红楼梦资料汇编》，北京：中华书局 2004 年版。

吕启祥、林东海编：《红楼梦研究稀见资料汇编》，北京：人民文学出版社 2001 年版。

郭豫适编：《红楼梦研究文选》，上海：华东师范大学出版社 1988 年版。

胡文彬、周雷编：《台湾红学论文选》，天津：百花文艺出版社 1981 年版。

胡文彬、周雷编：《红学世界》，北京：北京出版社 1984 年版。

古耜编：《百年一觉红楼梦》，郑州：河南人民出版社 2006 年版。

郭豫适：《拟曹雪芹"答客问"——论红学索隐派的研究方法》，上海：华东师范大学出版社 2006 年版。

白盾主编：《红楼梦研究史论》，天津：天津人民出版社 1997 年版。

俞平伯：《俞平伯论红楼梦》，上海：上海古籍出版社 1988 年版。

俞平伯：《红楼梦辨》，北京：商务印书馆 2010 年版。

俞平伯：《俞平伯全集》，石家庄：花山文艺出版社 1997 年版。

胡适：《胡适红楼梦研究论述全编》，上海：上海古籍出版社 1988 年版。

胡适口述，唐德刚译：《胡适口述自传》，桂林：广西师范大学出版社 2005 年版。

胡适：《胡适文集》，北京：北京大学出版社 1998 年版。

曹雪芹、高鹗著,王希廉评:《新评绣像红楼梦全传》,北京:北京图书馆出版社2004年版。

龚鹏程:《红楼丛谈》,济南:山东画报出版社2012年版

胡文彬:《历史的光影——程伟元与〈红楼梦〉》,北京:时代作家出版社2011年版。

陈维昭:《红学通史》,上海:上海人民出版社2005年版。

陈维昭:《红学与二十世纪学术思想》,北京:人民文学出版社2000年版。

梁归智:《石头记探佚》,太原:山西教育出版社1991年版。

魏绍昌:《红楼梦版本小考》,北京:中国社会科学出版社1982年版。

李辰冬:《红楼梦研究》,南京:正中书局1946年版。

舒芜:《红楼说梦》,北京:人民文学出版社2004年版。

胡邦炜:《红楼祭——20世纪中国一个奇特文化现象之破译》,成都:四川人民出版社1998年版。

董志新:《毛泽东读〈红楼梦〉》,沈阳:万卷出版公司2009年版。

逄先知、金冲及主编:《毛泽东传(1949—1976)》,北京:中央文献出版社2003年版。

董学文:《毛泽东和中国文学》,沈阳:春风文艺出版社1994年版。

中共中央文献研究室编:《毛泽东文艺论集》,北京:中央文献出版社2002年版。

陈晋:《毛泽东与文艺传统》,北京:中央文献出版社1992年版。

盛巽昌:《毛泽东与红楼梦》,桂林:广西人民出版社1997年版。

徐中远:《毛泽东读评五部古典小说》,北京:华文出版社1997年版。

何其芳:《论红楼梦》,北京:人民文学出版社1963年版。

蒋和森:《红楼梦论稿》,北京:人民文学出版社1981年版。

潘重规:《红楼梦血泪史》,台北:东大图书股份有限公司1996年版。

潘重规:《红学六十年》,台北:三民书局1991年版。

潘重规:《红学论集》,台北:三民书局1992年版。

潘重规:《民族文选》,台北:台湾省立师范大学人文学社1956年版。

刘梦溪:《红楼梦与百年中国》,北京:中央编译出版社2005年版。

胡文彬:《红楼梦与台湾:穿越海峡的记忆》,沈阳:白山出版社2009年版。

张爱玲:《红楼梦魇》,北京:十月文艺出版社2007年版。

宋淇:《红楼梦识要:宋淇红学论集》,北京:中国书店2000年版。

林以亮:《文思录》,沈阳:辽宁教育出版社2001年版。

周策纵:《红楼梦案——周策纵论红楼梦》,北京:文化艺术出版社2005年版。

刘再复、刘剑梅:《共悟红楼》,北京:生活·读书·新知三联书店2009年版。

刘再复:《红楼梦悟》,香港:三联书店2008年版。

刘再复:《红楼人三十种解读》,北京:生活·读书·新知三联书店2009年版。

刘再复:《红楼哲学笔记》,北京:生活·读书·新知三联书店2009年版。

刘再复:《思想者十八题》,北京:中信出版社2010年版。

张义春:《红学那些人》,北京:东方出版社2010年版。

周汝昌:《红楼夺目红》,北京:作家出版社2003年版。

周汝昌:《红楼梦与中华文化》,北京:中国工人出版社1989年版。

周汝昌:《神州自有连城璧——中华美学特色论丛八目》,济南:山东画报出版社2005年版。

周汝昌:《诗红墨翠——周汝昌咏红手迹》,太原:书海出版社2004年版。

王畅:《曹雪芹祖籍考论》,石家庄:河北教育出版社1996年版。

唐山市政协、丰润县政协文史资料委员会编:《曹雪芹祖籍在丰润》,天津:天津人民出版社1994年版。

王蘧常选注:《梁启超诗文选注》,北京:人民文学出版社1987年版。

梁启超:《清代学术概论》,北京:东方出版社1996年版。

梁启超:《梁启超全集》,北京:北京出版社1999年版。

梁启超:《饮冰室合集》,北京:中华书局1989年版。

袁英光、刘寅生:《王国维年谱长编》,天津:天津人民出版社1996年版。

王国维:《静庵文集》,沈阳:辽宁教育出版社1997年版。

朱寿朋:《光绪朝东华录》,北京:中华书局1958年版。

方华文:《20世纪中国翻译史》,西安:西北大学出版社2005年版。

王世儒编:《蔡元培日记》,北京:北京大学出版社2010年版。

中国蔡元培研究会编:《蔡元培全集》,杭州:浙江教育出版社1998年版。

高平叔:《蔡元培年谱》,北京:中华书局1980年版。

蔡元培著,文国明编:《蔡元培自述》,北京:人民日报出版社2011年版。

陈三立:《散原精舍诗文集》,上海:上海古籍出版社2003年版。

孙中山:《孙中山选集》,北京:人民出版社1962年版。

辜鸿铭:《辜鸿铭文集》,海口:海南出版社1996年版。

李家骥等整理:《林纾诗文选》,北京:商务印书馆1993年版。

马庆茂:《林纾传》,北京:团结出版社1998年版。

林纾:《林琴南文集》,北京:北京市中国书店1985年版。

梁济:《梁巨川遗书》,上海:华东师范大学出版社2008年版。

顾廷龙校:《艺风堂友朋书札》,上海:上海古籍出版社1981年版。

沈德符:《万历野获编》,北京:中华书局 2004 年版。

周予同原著,朱维铮编校:《经学和经学史》,上海:上海人民出版社 2012 年版。

章太炎:《章太炎的白话文》,贵阳:贵州教育出版社 2001 年版。

苏关鑫编:《欧阳予倩研究资料》,北京:中国戏剧出版社 1989 年版。

陈独秀:《独秀文存》,合肥:安徽人民出版社 1987 年版。

陈独秀:《陈独秀著作选》,上海:上海人民出版社 1993 年版。

本社编:《清末文字改革文集》北京:文字改革出版社 1958 年版。

张新编:《中国文论选·近代卷》,南京:江苏文艺出版社 1996 年版。

陈平原、夏晓虹编:《二十世纪中国小说理论资料》,北京:北京大学出版社 1997 年版。

谭彼岸:《晚清的白话文运动》,北京:人民出版社 1956 年版。

汪原放:《回忆亚东图书馆》,上海:学林出版社 1983 年版。

郭嵩焘:《使西纪程——郭嵩焘集》,沈阳:辽宁人民出版社 1994 年版。

刘东、文韬编:《审问与明辨:晚清民国的"国学"论争》,北京:北京大学出版社 2012 年版。

郑师渠:《晚清国粹派》,北京:北京师范大学出版社 2000 年版。

启功:《励耘书屋问学记》,北京:生活·读书·新知三联书店 1982 年版。

岳玉玺等编:《傅斯年选集》,天津:天津人民出版社 1996 年版。

李霖:《郭沫若评传》,上海:现代书局 1932 年版。

顾颉刚:《当代中国史学》,上海:上海古籍出版社 2000 年版。

杨建新、石光树、袁廷华编著:《五星红旗从这里升起》,北京:文史资料出版社 1984 年版。

天鹰:《一九五八年中国民歌运动》,上海:上海文艺出版社 1959 年版。

何其芳:《何其芳文集》,北京:人民文学出版社 1983 年版。

蒋光慈:《蒋光慈文集》,上海:上海文艺出版社 1982 年版。

洪灵菲:《洪灵菲选集》,北京:人民文学出版社 1982 年版。

张贤亮、杨宪益等:《亲历历史》,北京:中信出版社 2008 年版。

戴光中:《胡风传》,北京:中国华侨出版社 1998 年版。

黄乔生:《鲁迅与胡风》,石家庄:河北人民出版社 2003 年版。

张紫葛:《心香泪酒祭吴宓》,广州:广州出版社 1997 年版。

廖仁义:《异端观点——战后台湾文化霸权的批判》,北京:中国文联出版社 1990 年版。

赵卫防:《香港电影史》,北京:中国广播电视出版社 2007 年版。

陈飞宝：《台湾电影史话》，北京：中国电影出版社1988年版。

白先勇：《白先勇自选集》，广州：花城出版社1996年版。

夏志清：《中国现代小说史》，刘绍铭等译，上海：复旦大学出版社2005年版。

张爱玲：《张爱玲散文全编》，杭州：浙江文艺出版社1992年版。

李晓红：《面对传统的张爱玲》，昆明：云南人民出版社2007年版。

刘绍铭、梁秉钧、许子东编：《再读张爱玲》，济南：山东画报出版社2004年版。

司马新：《张爱玲在美国——婚姻与晚年》，徐斯、司马新译，上海：上海文艺出版社1996年版。

子通、亦清主编：《张爱玲评说六十年》，北京：中国华侨出版社2001年版。

张爱玲：《小团圆》，北京：十月文艺出版社2009年版。

张爱玲、宋淇、宋邝文美：《张爱玲私语录》，北京：十月文艺出版社2011年版。

王德威：《如何现代，怎样文学》，台北：麦田出版社2008年版。

余英时：《文史传统与文化重建》，北京：生活·读书·新知三联书店2004年版。

余英时：《中国情怀：余英时散文集》，北京：北京大学出版社2012年版。

刘再复：《性格组合论》，合肥：安徽文艺出版社1999年版。

刘再复：《独语天涯：一千零一夜不连贯的思索》，上海：上海文艺出版社2001年版。

查建英：《八十年代：访谈录》，北京：生活·读书·新知三联书店2006年版。

陈建华：《"革命"的现代性：中国革命话语考论》，上海：上海古籍出版社2000年版。

梁归智：《红学泰斗周汝昌传》，桂林：漓江出版社2006年版。

梁归智：《萧剑集》，太原：山西教育出版社2000年版。

叶君远：《虽万劫而不灭求学求真之心：冯其庸传》，南京：江苏人民出版社2010年版。

冯其庸、李广柏：《红楼梦概论》，北京：国家图书馆出版社2002年版。

金耀基：《中国政治与文化》，香港：牛津大学出版社1997年版。

冯其庸：《冯其庸文集》，青岛：青岛出版社2011年版。

李泽厚、刘纲纪：《中国美学史》，合肥：安徽文艺出版社1999年版。

红楼梦研究小组：《红楼梦研究专刊》，香港：广华书局1967年版。

朱小珍：《"红楼"戏曲演出史稿》，上海戏剧学院博士学位论文，2010年。

易图强：《新中国畅销书历史嬗变及其与时代变迁关系研究》，湖南师范大学博士学位论文，2011 年。

杨明：《1949 大陆迁台作家的怀乡书写》，四川大学博士学位论文，2007 年。

俞平伯：《与顾颉刚讨论〈红楼梦〉的通信》，《红楼梦学刊》1981 年第 3 辑。

雷宇辉：《论〈红楼梦〉人物年龄错乱问题》，《韶关学院学报（社会科学版）》2004 年第 4 期。

俞晓红：《一个世纪的观照——写在王国维〈红楼梦评论〉发表一百周年之际》，《红楼梦学刊》2004 年第 1 辑。

沈治钧：《王国维红学语境述要》，《红楼梦学刊》2010 年第 4 辑。

孟泽：《"遗民诗学"的亲证——王国维的精神变迁与情感归属》，《中国韵文学刊》2007 年第 1 期。

王笛：《清末新政与近代学堂的兴起》，《近代史研究》1987 年第 3 期。

刘广定：《蔡元培〈石头记索隐〉补遗》，《红楼梦学刊》2003 年第 1 辑。

冉利华：《创造国语的文学——蔡元培写作〈石头记索隐〉动机新探》，《文化与诗学》2010 年第 1 期。

孙玉明：《想入非非猜笨谜——红学索隐派与〈红楼解梦〉》，《红楼梦学刊》1997 年第 1 辑。

关四平：《红学索隐派与中国文学传统》，《红楼梦学刊》2010 年第 5 辑。

周汝昌：《什么是红学》，《河北师范大学学报（哲学社会科学版）》1980 年第 3 期。

周汝昌：《还"红学"以学——近百年红学史之回顾》，《北京大学学报（社会科学版）》1995 年第 4 期。

吴柱国：《红学索隐派新议》，《红楼》1997 年第 2 期。

王爱松：《个人主义与"五四"文学》，《南京大学学报》2001 年第 4 期。

黄振萍：《晚清白话问题研究纲要》，《清华大学学报（哲学社会科学版）》1999 年第 1 期。

袁进：《重新审视欧化白话文的起源——试论近代西方传教士对中国文学的影响》，《文学评论》2007 年第 1 期。

欧阳哲生：《中国的文艺复兴——胡适以中国文化为题材的英文作品解析》，《近代史研究》2009 年第 4 期。

卢毅：《"整理国故"运动兴盛原因探究》，《东南文化》2006 年第 4 期。

卢毅：《试论民国时期"整理国故运动"的衰歇》，《学海》2005 年第 1 期。

胡文彬：《〈红楼梦〉研究三十年》，《学习与探索》1980 年第 2 期。

冯其庸：《哭蒋和森》，《红楼梦学刊》1996 年第 11 辑。

胡风：《〈石头记交响曲〉序》，《红楼梦学刊》1982 年第 4 辑。

胡风:《石头记交响曲》,《红楼梦学刊》1983 年第 1 辑。

胡风:《从莎士比亚谈起》,《新文学史料》1988 年第 4 期。

胡风:《读〈红楼梦〉随想》,《文汇月刊》1984 年第 3 期。

胥惠民:《读周汝昌〈还"红学"以学〉——兼说〈红楼梦〉研究的学术品格》,《红楼梦学刊》1996 年第 3 辑。

贾穗:《一篇贬人扬己的歪曲历史之作——驳议周汝昌先生的〈还"红学"以学——近百年红学史之回顾〉》,《红楼梦学刊》1996 年第 4 辑。

马红军:《吴宓留美期间译介〈红楼梦〉考述》,《红楼梦学刊》2017 年第 1 辑。

沈治钧:《吴宓红学讲座述略》,《红楼梦学刊》2008 年第 5 辑。

沈治钧:《平生爱读〈石头记〉——吴宓恋石情结摭谭》,《红楼梦学刊》2010 年第 2 辑。

郑阿财:《潘重规先生敦煌学研究成果与贡献》,《敦煌研究》2000 年第 2 期。

高淮生:《索隐旧途迷不悟,校红述史开新篇:潘重规的红学研究》,《河南教育学院学报》2013 年第 4 期。

李杨:《"救亡压倒启蒙"?——对八十年代一种历史"元叙事"的解构分析》,《书屋》2002 年第 5 期。

贺崇寅:《探索生命科学的奥秘》,《自然杂志》1980 年第 4 期。

章凡:《所谓"震惊人类的发现",纯属欺人之谈!——张国光教授严正批评为违背常识的"太极红楼梦"滥作广告的周汝昌氏学风之不正》,《理论月刊》1992 年第 6 期。

胥惠民:《我为什么要批评周汝昌先生》,《乌鲁木齐职业大学学报》2011 年第 6 期。

晓立:《〈红楼梦新证〉的功过》,《解放日报》1955 年 3 月 2 日。

季学原:《毛批〈红楼梦〉点滴》,《羊城晚报》1995 年 9 月 5 日。

段献民:《震惊人类的发现:〈红楼梦〉应有两部——王国华替曹雪芹完成〈太极红楼梦〉》,《书刊导报》1992 年 3 月 13 日。